Friedrich Schiller

Allgemeine Sammlung historischer Memoires vom zwölften Jahrhundert bis auf die neuesten Zeiten

Zweite Abteilung

Friedrich Schiller

Allgemeine Sammlung historischer Memoires vom zwölften Jahrhundert bis auf die neuesten Zeiten
Zweite Abteilung

ISBN/EAN: 9783743607019

Hergestellt in Europa, USA, Kanada, Australien, Japan

Cover: Foto ©Andreas Hilbeck / pixelio.de

Weitere Bücher finden Sie auf **www.hansebooks.com**

Allgemeine Sammlung
Historischer Memoires

vom zwölften Jahrhundert

bis auf die neuesten Zeiten

durch mehrere Verfasser übersetzt,

mit den nöthigen Anmerkungen versehen, und jedesmal
mit einer universalhistorischen Uebersicht begleitet

herausgegeben

von

Friedrich Schiller

Professor der Philosophie in Jena.

Zweyte Abtheilung.

Dritter Band.

Jena,
bey Johann Michael Mauke, 1792.

Fortgesetzte

Uebersicht

der

bürgerlichen Unruhen in Frankreich,

welche

der Regierung Heinrichs IV. vorangiengen.

Bürgerkriege in Frankreich
vom Jahr 1562 — 1569.

Umsonst hatte Katharina von Medicis alle Kün-
ste ihrer Politik aufgeboten, die Wut der Parteyen zu besänftigen, umsonst hatte ein Schluß
des Conseil alle Anhänger des Prinzen von Conde
als Rebellen und Hochverräther erklärt, umsonst
das Pariser Parlament die Partey gegen die
Kalvinisten ergriffen, der Bürgerkrieg war da,
und ganz Frankreich stand in Flammen. Wie
groß aber auch das Zutrauen der Letztern zu ihren
Kräften war, so entsprach der Erfolg doch keines-
wegs den Erwartungen, welche ihre Zurüstung erweckt hatte. Der reformirte Adel, welcher die Haupt-
stärke der Armee des Prinzen von Conde ausmachte, hatte in kurzer Zeit seinen kleinen Vorrath verzehrt, und außer Stande sich, da nichts entscheidendes geschah und der Krieg in die Länge gespielt
wurde, forthin selbst zu verköstigen, gab er den
dringenden Aufforderungen der Selbstliebe nach,
welche ihn heimrief, seinen eigenen Heerd zu ver-
a 3 theidi-

theidigen. Zerronnen war in kurzer Zeit diese, so
große Thaten versprechende, Armee, und dem Prin,
zen, jetzt viel zu schwach, um einem überlegenen
Feind im Felde zu begegnen, blieb nichts übrig,
als sich mit dem Ueberrest seiner Truppen in der
Stadt Orleans einzuschließen.

Hier erwartete er nun die Hülfe, zu welcher
einige auswärtige protestantische Mächte ihm Hof,
nung gemacht hatten. Deutschland und die
Schweiß waren für beide kriegsführende Parteyen
eine Vorrathskammer von Soldaten, und ihre
feile Tapferkeit, gleichgültig gegen die Sache,
wofür gefochten werden sollte, stand dem Meistbie,
tenden zu Gebot. Deutsche sowohl als schweitze,
rische Miethtruppen schlugen sich, je nachdem ihr
eigener und ihrer Anführer Vortheil es erheischte,
zu entgegengesetzten Fahnen, und das Interesse der
Religion wurde wenig dabey in Betrachtung ge,
zogen. Indem dort an den Ufern des Rheins ein
deutsches Heer für den Prinzen geworben ward,
kam zugleich ein sehr wichtiger Vertrag mit der
Königin Elisabeth von England zu Stande. Die
nehmliche Politik, welche diese Fürstinn in der Fol,
ge veranlaßte, sich zur Beschützerinn der Nieder,
lande gegen ihren Unterdrücker, Philipp von Spa,
nien aufzuwerfen, und diesen neu aufblühenden
Staat in ihre Obhut zu nehmen, legte ihr gegen

die

die französischen Proteſtanten gleiche Pflichten auf, und das große Intereſſe der Religion erlaubte ihr nicht, dem Untergange ihrer Glaubensgenoſſen in einem benachbarten Königreich gleichgültig zuzuſehen. Dieſe Antriebe ihres Gewiſſens wurden nicht wenig durch politiſche Gründe verſtärkt. Ein bürgerlicher Krieg in Frankreich ſicherte ihren eigenen noch wankenden Thron vor einem Angriff von dieſer Seite, und eröfnete ihr zugleich eine erwünſchte Gelegenheit, auf Koſten dieſes Staats ihre eigne Beſitzungen zu erweitern. Der Verluſt von Calais war eine noch friſche Wunde für England; mit dieſem wichtigen Gränzplatz hatte es den freyen Eintritt in Frankreich verloren. Dieſen Schaden zu erſetzen, und von einer andern Seite in dem Königreich feſten Fuß zu faſſen, beſchäftigte ſchon längſt die Politik der Eliſabeth, und der Bürgerkrieg, der ſich nunmehr in Frankreich entzündet hatte, zeigte ihr die Mittel, es zu bewerkſtelligen. Sechstauſend Mann engliſcher Hülfstruppen wurden dem Prinzen von Conde unter der Bedingung bewilligt, daß die eine Hälfte derſelben die Stadt Havre-de-Grace, die andre die Städte Rouen und Dieppe in der Normandie als eine Zuflucht der verfolgten Religionsverwandten, beſetzt halten ſollte. So löſchte ein wütender Parteygeiſt auf eine Zeitlang alle patriotiſchen Gefühle bey den franzöſiſchen Prote-

                    ſtanten

stanten aus, und der verjährte Nationalhaß gegen
die Britten wich auf Augenblicke dem glühenden
Sektenhaß und dem Verfolgungsgeist erbitterter
Faktionen.

Der gefürchtete nahe Eintritt der Engländer
in der Normandie zog die königliche Armee nach
dieser Provinz, und die Stadt Rouen wurde be-
lagert. Das Parlament und die vornehmsten
Bürger hatten sich schon vorher aus dieser Stadt
geflüchtet, und die Vertheidigung derselben blieb
einer fanatischen Menge überlassen, die von schwär-
merischen Prädikanten erhitzt, bloß ihrem blinden
Religionseifer und dem Gesetz der Verzweiflung
Gehör gab. Aber alles Widerstandes von Seiten der Bürgerschaft ungeachtet wurden die Wälle
nach einer monatlangen Gegenwehr im Sturme
erstiegen, und die Halsstarrigkeit ihrer Vertheidi-
ger durch eine barbarische Behandlung geahndet,
welche man zu Orleans auf protestantischer Seite
nicht lang unvergolten ließ. Der Tod des Königs von Navarra, welcher auf eine vor dieser
Stadt empfangenen Wunde erfolgte, macht die
Belagerung von Rouen im Jahr 1562 berühmt,
aber nicht eben merkwürdig; denn der Hintritt
dieses Prinzen blieb gleich unbedeutend für beide
kämpfende Parteyen.

Der

Der Verlust von Rouen und die siegreichen Fortschritte der feindlichen Armee in der Normandie drohten dem Prinzen von Conde, der jetzt nur noch wenige große Städte unter seiner Botmäßigkeit sah, den nahen Untergang seiner Partey, als die Erscheinung der deutschen Hülfstruppen, mit denen sich sein Obrister Andelot, nach überstandnen unsäglichen Schwierigkeiten, glücklich vereinigt hatte, aufs neue seine Hofnungen belebte. An der Spitze dieser Truppen, welche in Verbindung mit seinen eigenen ein bedeutendes Heer ausmachten, fühlte er sich stark genug, nach Paris aufzubrechen und diese Hauptstadt durch seine unverhoffte gewaffnete Ankunft in Schrecken zu setzen. Ohne die politische Klugheit Katharinens wäre diesmal entweder Paris erobert, oder wenigstens ein vortheilhafter Friede von den Protestanten errungen worden. Mit Hülfe der Unterhandlungen, ihrem gewöhnlichen Rettungsmittel, wußte sie den Prinzen mitten im Lauf seiner Unternehmung zu fesseln, und durch Vorspiegelung günstiger Tractaten Zeit zur Rettung zu gewinnen. Sie versprach, das Edikt des Jenners, welches den Protestanten die freie Religionsübung zusprach, zu bestätigen, bloß mit Ausnahme derjenigen Städte, in welchen die souverainen Gerichtshöfe ihre Sitzung hätten. Da der Prinz die Religionsduldung auch auf diese letztern ausgedehnt wissen wollte, so wurden die

Unter

Unterhandlungen in die Länge gezogen, und Katharina erhielt die gewünschte Frist, ihre Maaßregeln zu ergreifen. Der Waffenstillstand, den sie während dieser Traktaten geschickt von ihm zu erhalten wußte, ward für die Konföderirten verderblich, und indem die Königlichen innerhalb der Mauren von Paris neue Kräfte schöpften und sich durch spanische Hülfstruppen verstärkten, schmolz die Armee des Prinzen durch Desertion und strenge Kälte dahin, daß er in kurzem zu einem schimpflichen Aufbruch gezwungen wurde. Er richtete seinen Marsch nach der Normandie, wo er Geld und Truppen aus England erwartete, sah sich aber ohnweit der Stadt Dreux von der nacheilenden Armee der Königinn eingeholt, und zu einem entscheidenden Treffen genöthigt. Bestürzt und unschlüssig, gleich als hätten die unterdrückten Gefühle der Natur auf einen Augenblick ihre Rechte zurückgefodert, staunten beide Heere einander an, ehe die Kanonen die Losung des Todes gaben; der Gedanke an das Bürger- und Bruderblut, das jetzt versprützt werden sollte, schien jeden einzelnen Kämpfer mit flüchtigem Entsetzen zu durchschauern. Nicht lange aber dauerte dieser Gewissenskampf; der wilde Ruf der Zwietracht übertäubte bald der Menschlichkeit leise Stimme. Ein desto wütender Sturm folgte auf diese bedeutungsvolle Stille. Sieben schreckliche Stunden fochten beide Theile

mit

mit gleich kühnem Muthe, mit gleich heftiger Erbitterung. Ungewiß schwankte der Sieg von einer Seite zur andern, bis die Entschlossenheit des
Herzogs von Guise ihn endlich auf die Seite des
Königs neigte. Unter den Verbundenen wurde
der Prinz von Conde, unter den Königlichen der
Konnetable von Montmorency zu Gefangenen gemacht, und von den letztern blieb noch der Marschall von Saint Andre auf dem Platze. Das
Schlachtfeld blieb dem Herzog von Guise, welchen
dieser entscheidende Sieg zugleich von einem furchtbaren öffentlichen Feind und von zwey Nebenbuh-
lern seiner Macht befreite.

Hatte Katharina mit Widerwillen die Ab-
hängigkeit ertragen, in welche sie durch die Trium-
virn versetzt war, so mußte ihr nunmehr die Allein-
herrschaft des Herzogs, dessen Ehrgeiz keine Gränzen, dessen gebieterischer Stolz keine Mäßigung
kannte, doppelt empfindlich fallen. Der Sieg
bey Dreux, weit entfernt ihre Wünsche zu befördern, hatte ihr einen Herrn in ihm gegeben, der
nicht lange säumte, sich der erlangten Ueberlegenheit zu bedienen, und die zuversichtlich stolze Sprache des Herrschers zu führen. Alles stand ihm
zu Gebot, und die unumschränkte Macht, die er
besaß, verschaffte ihm die Mittel, sich Freunde zu
erkaufen, und den Hof sowohl als die Armee mit
seinen

seinen Geschöpfen anzufüllen. Katharina, so sehr
ihr die Staatsklugheit anrieth, die gesunkene Partey der Protestanten wieder aufzurichten, und
durch Wiederherstellung des Prinzen von Conde
die Anmaßungen des Herzogs zu beschränken, wurde durch den überlegenen Einfluß des Letztern zu
entgegengesetzten Maaßregeln fortgerissen. Der
Herzog verfolgte seinen Sieg, und rückte vor die
Stadt Orleans, um durch Ueberwältigung dieses
Platzes, welcher die Hauptmacht der Protestanten
einschloß, ihrer Partey auf einmal ein Ende zu
machen. Der Verlust einer Schlacht und die Gefangenschaft ihres Anführers hatte den Muth derselben zwar erschüttern, aber nicht ganz niederbeu-
gen können. Admiral Coligny stand an ihrer Spitze, dessen erfinderischer, an Hülfsmitteln uner-
schöpflicher Geist sich in der Widerwärtigkeit immer am glänzendsten zu entfalten pflegte. Er hatte
die Trümmer der geschlagenen Armee in kurzem
wieder unter seinen Fahnen versammelt, und ihr,
was noch mehr war, in seiner Person einen Feld-
herrn gegeben. Durch englische Truppen verstärkt
und mit englischem Gelde befriedigt führte er sie
in die Normandie, um sich in dieser Provinz
durch kleine Wagestücke zu einer größern Unternehmung zu stärken.

Unterdessen fuhr Franz von Guise fort, die
Stadt Orleans zu ängstigen, um durch Eroberung

dersel-

derselben seinen Triumphen die Krone aufzusetzen. Andelot hatte sich mit dem Kern der Armee und den versuchtesten Anführern in diese Stadt geworfen, wo noch überdies der gefangene Konnetable in Verwahrung gehalten wurde. Die Einnahme eines so wichtigen Platzes hätte den Krieg auf einmal geendigt, und darum sparte der Herzog keine Mühe, sie in seine Gewalt zu bekommen. Aber anstatt der gehofften Lorbeern fand er an ihren Mauern das Ziel seiner Größe. Ein Meuchelmörder Johann Poltrot de Méré verwundete ihn mit vergifteten Kugeln, und machte mit dieser blutigen That den Anfang des Trauerspiels, welches der Fanatismus nachher in einer Reihe von ähnlichen Greuelthaten so schrecklich entwickelte. Unstreitig wurde die kalvinische Partey in ihm eines furchtbaren Gegners, Katharina eines gefährlichen Theilhabers ihrer Macht entledigt; aber Frankreich verlor mit ihm zugleich einen Helden und einen großen Mann. Wie hoch sich auch die Anmaßungen dieses Fürsten erstiegen, so war er doch gewiß auch der Mann für seine Plane; wie viel Stürme auch sein Ehrgeiz im Staate erregt hatte, so fehlte demselben doch, selbst nach dem Geständniß seiner Feinde, der Schwung der Gesinnungen nicht, welcher in großen Seelen jede Leidenschaft adelt. Wie heilig ihm auch mitten unter den verwilderten Sitten des Bürgerkriegs, wo

die

Die Gefühle der Menschlichkeit sonst so gerne ver-
stummen, die Pflicht der Ehre war, beweißt die
Behandlung, welche er dem Prinzen von Conde,
seinem Gefangenen, nach der Schlacht bey Dreux
widerfahren ließ. Mit nicht geringem Erstaunen
sah man diese zwey erbitterten Gegner, so viele Jahre
lang geschäftig, sich zu vertilgen, durch so viele er-
littnen Beleidigungen zur Rache, so viele ausge-
übte Feindseligkeiten zum Mißtrauen gereizt —
an Einer Tafel vertraulich zusammen speisen, und,
nach der Sitte jener Zeit, in demselbigen Bette
schlafen.

Der Tod ihres Anführers hemmte schnell die
Thätigkeit der katholischen Partey, und erleichterte Katharinens Bemühungen, die Ruhe wieder
herzustellen. Frankreichs immer zunehmendes
Elend erregte dringende Wünsche nach Frieden,
wozu die Gefangenschaft der beiden Oberhäupter,
Conde und Montmorency, gegründete Hofnung
machten. Beide gleich ungeduldig nach Freiheit,
von der Königinn Mutter unablässig zur Versöhnung gemahnt, vereinigten sich endlich in dem
Vergleiche von Amboise 1563, worinn das
Edikt des Jenners mit wenigen Ausnahmen bestätigt, den Reformirten die öffentliche Religionsübung in demjenigen Städten, welche sie zur Zeit
in Besitz hatten, zugestanden, auf dem Lande hingegen

gegen auf die Ländereyen der hohen Gerichtsherren und zu einem Privatgottesdienst in den Häusern des Adels eingeschränkt, übrigens das Vergangene einer allgemeinen ewigen Vergessenheit überliefert ward.

So erheblich die Vortheile schienen, welche der Vergleich von Amboise den Reformirten verschaffte, so hatte Coligny dennoch vollkommen recht, ihn als ein Werk der Uebereilung von Seiten des Prinzen, und von Seiten der Königinn alß ein Werk des Betrugs zu verwünschen. Dahin waren mit diesem unzeitigen Frieden alle glänzende Hofnungen seiner Partey, die im ganzen Laufe dieses Bürgerkriegs vielleicht noch nie so gegründet gewesen waren. Der Herzog von Guise, die Seele der katholischen Partey, der Marschall von Saint Andre, der König von Navarra im Grabe, der Konnetable gefangen, die Armee ohne Anführer und schwürig wegen des ausbleibenden Soldes, die Finanzen erschöpft; auf der andern Seite eine blühende Armee, Englands mächtige Hülfe, Freunde in Deutschland, und in dem Religionseifer der französischen Protestanten Hülfsquellen genug, den Krieg fortzusetzen. Die wichtigen Waffenplätze Lyon und Orleans, mit so vielem Blute erworben und vertheidigt, giengen nunmehr durch einen Federzug verloren; die Armee mußte auseinander

anber, die Deutschen nach Hause gehn. Und für
alle diese Aufopferungen hatte man, weit entfernt,
einen Schritt vorwärts zu der bürgerlichen Gleichheit der Religionen zu thun, nicht einmal die vorigen Rechte zurück erhalten.

Die Auswechselung der gefangenen Anführer und die Verjagung der Engländer aus Havre-
de-Grace, welche Montmorency durch die Ueber-
reste des abgedankten protestantischen Heeres be-
werkstelligte, waren die erste Frucht dieses Friedens, und der gleiche Wetteifer beyder Parteyen,
diese Unternehmung zu beschleunigen, bewies nicht
sowohl den wieder auflebenden Gemeingeist der
Franzosen, als die unvertilgbare Gewalt des Na-
tionalhasses, den weder die Pflicht der Dankbarkeit noch das stärkste Interesse der Leidenschaft
überwinden konnte. Nicht sobald war der gemeinschaftliche Feind von dem vaterländischen Boden
vertrieben, als alle Leidenschaften, welche der Se-
ktengeist entflammt, in ihrer vorigen Stärke zurückkehrten, und die traurigen Scenen der Zwietracht erneuerten. So gering der Gewinn auch
war, den die Kalvinisten aus dem neuerrichteten
Vergleiche schöpften, so wurde ihnen auch dieses
Wenige mißgönnt, und unter dem Vorwand, die
Vergleichspunkte zur Vollziehung zu bringen, maß-
te man sich an, ihnen durch eine willkührliche Aus-
legung

legung. die engsten Gränzen zu setzen. Montmo=
rencys herrschbegieriger Geist war geschäftig, den
Frieden zu untergraben, wozu er doch selbst das
Werkzeug gewesen war, denn nur der Krieg konnte
ihn der Königinn unentbehrlich machen. Der un=
duldsame Glaubenseifer, welcher ihn selbst beseel=
te, theilte sich mehrern Befehlshabern in den Pro=
vinzen mit, und wehe den Protestanten in denjeni=
gen Distrikten, wo sie die Mehrheit nicht auf ih=
rer Seite hatten! Umsonst reclamirten sie die Rech=
te, welche der ausdrückliche Buchstabe des Ver=
trages ihnen zugestand; der Prinz von Conde, ihr
Beschützer, von dem Netze der Königinn umstrickt,
und der undankbaren Rolle eines Parteyführers
müde, entschädigte sich in der wollüstigen Ruhe des
Hoflebens für die langen Entbehrungen, welche
der Krieg seiner herrschenden Neigung auferlegt
hatte. Er begnügte sich mit schriftlichen Gegen=
vorstellungen, welche, von keiner Armee unterstützt,
natürlicher Weise ohne Folgen blieben, während
daß ein Edikt auf das andre erschien, die gerin=
gen Freiheiten seiner Partey noch mehr zu be=
schränken.

Mittlerweile führte Katharina den jungen
König, der im Jahr 1563 für volljährig erklärt
ward, in ganz Frankreich umher, um den Unter=
thanen ihren Monarchen zu zeigen, die Empörungs=

sucht der Faktionen durch die königliche Gegenwart niederzuschlagen, und ihren Söhne die Liebe der Nation zu erwerben. Der Anblick so vieler zerstörten Klöster und Kirchen, welche von der fanatischen Wut des protestantischen Pöbels furchtbare Zeugen abgaben, konnte schwerlich dazu dienen, diesem jungen Fürsten einen günstigen Begriff von der neuen Religion einzuflößen, und es ist wahrscheinlich genug, daß sich bey dieser Gelegenheit ein glühender Haß gegen die Anhänger Kalvins in seine Seele prägte.

Indem sich unter den mißvergnügten Parteyen der Zunder zu einem neuen Kriegsfeuer sammelte, zeigte sich Katharina am Hofe geschäftig, zwischen den nicht minder erbitterten Anführern ein Gaukelspiel verstellter Versöhnung aufzuführen. Ein schwerer Verdacht befleckte schon seit lange die Ehre des Admirals von Coligny. Franz von Guise war durch die Hände des Meuchelmords gefallen, und der Untergang eines solchen Feindes war für den Admiral eine zu glückliche Begebenheit, als daß die Erbitterung seiner Gegner sich hätte enthalten können, ihn eines Antheils daran zu beschuldigen. Die Aussagen des Mörders, der sich, um seine eigene Schuld zu verringern, hinter den Schirm eines großen Namens flüchtete, gaben diesem Verdacht einen Schein von Gerechtigkeit.

Nicht

Nicht genug, daß die bekannte Ehrliebe des Admirals diese Verläumdung widerlegte — es giebt Zeitumstände, wo man an keine Tugend glaubt. Der verwilderte Geist des Jahrhunderts duldete keine Stärke des Gemüths, die sich über ihn hinwegschwingen wollte. Antoinette von Bourbon, die Wittwe des Ermordeten, klagte den Admiral laut und öffentlich als den Mörder an, und sein Sohn Heinrich von Guise, in dessen jugendlicher Brust schon die künftige Größe pochte, hatte schon den furchtbaren Vorsatz der Rache gefaßt. Diesen gefährlichen Zunder neuer Feindseligkeiten erstickte Katharinens geschäftige Politik; denn so sehr die Zwietracht der Parteyen ihren Trieb nach Herrschaft begünstigte, so sorgfältig unterdrückte sie jeden offenbaren Ausbruch derselben, der sie in die Nothwendigkeit setzte, zwischen den streitenden Faktionen Partey zu ergreifen, und ihrer Unabhängigkeit verlustig zu werden. Ihrem unermüdeten Bestreben gelang es, von der Wittwe und dem Bruder des Entleibten eine Ehrenerklärung gegen den Admiral zu erhalten, welche diesen von der angeschuldigten Mordthat reinigte, und zwischen beiden Häusern eine verstellte Versöhnung bewürkte.

Aber unter dem Schleyer dieser erkünstelten Eintracht entwickelten sich die Keime zu einem neuen

                          und

und wütendern Bürgerkrieg. Jeder noch so geringe, den Reformirten bewilligte Vortheil dünkte den eifrigern Katholiken ein nie zu verzeihender Eingriff in die Hoheit ihrer Religion, eine Entweihung des Heiligthums, ein Raub an der Kirche begangen, die auch das kleinste von ihren Rechten sich nicht vergeben dürfe. Kein noch so feierlicher Vertrag, der diese unverletzbaren Rechte kränkte, konnte nach ihrem Systeme Anspruch auf Gültigkeit haben; und Pflicht war es jedem Rechtgläubigen, dieser fremden fluchwürdigen Religionspartey diese Vorrechte, gleich einem gestohlnen Gut, wieder zu entreissen. Indem man von Rom aus geschäftig war, diese widrigen Gesinnungen zu nähren und noch mehr zu erhitzen, indem die Anführer der Katholischen diesen fanatischen Eifer durch das Ansehen ihres Beyspiels bewaffneten, versäumte unglücklicher Weise die Gegenpartey nichts, den Haß der Papisten durch immer kühnere Foderungen noch mehr gegen sich zu reizen, und ihre Ansprüche in eben dem Verhältniß als sie jenen unerträglicher fielen, weiter auszudehnen. „Vor „kurzem,“ erklärte sich Karl IX gegen Coligny, „begnügtet ihr euch damit, von uns geduldet zu „werden; jetzt wollt ihr gleiche Rechte mit uns „haben; bald will ich erleben, daß ihr uns aus „dem Königreich treibt, um das Feld allein zu be„haupten.“

Bey

Bey dieser widrigen Stimmung der Gemü-
ther konnte ein Friede nicht bestehen, der beide
Parteyen gleich wenig befriedigt hatte. Katharina
selbst, durch die Drohungen der Kalvinisten aus
ihrer Sicherheit aufgeschreckt, dachte ernstlich auf
einen öffentlichen Bruch, und die Frage war bloß,
wie die nöthige Kriegsmacht in Bewegung zu setzen sey, um einen argwöhnischen und wachsamen
Feind nicht zu frühzeitig von seiner Gefahr zu be-
lehren.   Der Marsch einer spanischen Armee nach
den Niederlanden unter der Anführung des Herzogs von Alba, welche bey ihrem Vorüberzug die
französische Grenze berührte, gab den erwünschten
Vorwand zu der Kriegsrüstung her, welche man
gegen die innern Feinde des Königreichs machte.
Es schien der Klugheit gemäß, eine so gefährliche
Macht, als der spanische Generalissimus kommandirte, nicht unbeobachtet und unbewacht an den
Pforten des Reichs vorüber ziehen zu lassen; und
selbst der argwöhnische Geist der protestantischen
Anführer begriff die Nothwendigkeit, eine Obser-
vationsarmee aufzustellen, welche diese gefährlichen
Gäste im Zaum halten und die bedrohten Provinzen gegen einen Ueberfall decken könnte.   Um auch
ihrerseits von diesem Umstande Vortheil zu ziehen,
erboten sie sich voll Arglist, ihre eigne Partey zum
Beistand des Königreichs zu bewaffnen; ein Stra-
tagem, wodurch sie, wenn es gelungen wäre, das

b 3

nehm-

nehmliche gegen den Hof zu erreichen hofften, was dieser gegen sie selbst beabsichtet hatte. In aller Eile ließ nun Katharina Soldaten werben und ein Heer von sechstausend Schweitzern bewaffnen, über welche sie, mit Uebergehung der Kalvinisten, lau er katholische Befehlshaber setzte. Diese Kriegsmacht blieb, so lange sein Zug dauerte, dem Herzog von Alba zur Seite, dem es nie in den Sinn gekommen war, etwas feindliches gegen Frankreich zu unternehmen. Anstatt aber nun nach Entfernung der Gefahr auseinander zu gehen, richteten die Schweitzer ihren Marsch nach dem Herzen des Königreichs, wo man die vornehmsten Anführer der Hugenotten unvorbereitet zu überfallen hoffte. Dieser verrätherische Anschlag wurde noch zu rechter Zeit laut, und mit Schrecken erkannten die Letztern die Nähe des Abgrunds, in welchen man sie stürzen wollte. Ihr Entschluß mußte schnell seyn. Man hielt Rath bey Coligny, in wenig Tagen sah man die ganze Partey in Bewegung. Der Plan war, dem Hofe den Vorsprung abzugewinnen und den König auf seinem Landsitz zu Monceaux aufzuheben, wo er sich bey

geringer

geringer Bedeckung in tiefer Sicherheit glaubte. Das Gerücht von diesen Bewegungen verscheuchte ihn zwar nach Meaux, wohin man die Schweizer aufs eilfertigste beorderte. Diese fanden sich zwar noch frühzeitig genug ein; aber die Reiterey des Prinzen von Conde rückte immer näher und näher, immer zahlreicher ward das Heer der Verbundenen; und drohte den König in seinem Zufluchtsort zu belagern. Die Entschlossenheit der Schweitzer riß den König aus dieser dringenden Gefahr. Sie erboten sich, ihn mitten durch den Feind nach Paris zu führen, und Katharina bedachte sich nicht, die Person des Königs ihrer Tapferkeit anzuvertrauen. Der Aufbruch geschah gegen Mitternacht; den Monarchen nebst seiner Mutter in ihrer Mitte, den sie in einem gedrängten Viereck umschloß, wandelte diese bewegliche Vestung fort, und bildete mit vorgestreckten Piken eine stachlichte Mauer, welche die feindliche Reiterei nicht durchbrechen konnte. Der herausfodernde Muth, mit dem die Schweitzer einherschritten, angefeuert durch das heilige Palladium der Majestät, das ihre Mitte beherbergte, schlug

die

die Herzhaftigkeit des Feindes darnieder, und die Ehrfurcht vor der Person des Königs, welche die Brust der Franzosen so spät verläßt, erlaubte dem Prinzen von Conde nicht, etwas mehr als einige unbedeutende Scharmützel zu wagen. Und so erreichte der König noch an demselben Abende Paris, und glaubte, dem Degen der Schweitzer nichts geringeres als Leben und Freiheit zu verdanken.

Der Krieg war nun erklärt, und zwar unter der gewöhnlichen Förmlichkeit, daß man nicht gegen den König, sondern gegen seine und des Staats Feinde die Waffen ergriffen habe. Unter diesen war der Kardinal von Lothringen der verhaßteste, und überzeugt, daß er der protestantischen Sache die schlimmsten Dienste zu leisten pflege, hatte man auf den Untergang dieses Mannes ein vorzügliches Absehen gerichtet. Glücklicher Weise entfloh er noch zu rechter Zeit dem Streich, welcher gegen ihn geführt werden sollte, indem er seinen Hausrath der Wut des Feindes überließ.

Die

Die Kavallerie des Prinzen stand zwar im Felde, aber durch die Zurüstungen des Königs übereilt, hatte sie nicht Zeit gehabt, sich mit dem erwarteten deutschen Fußvolk zu vereinigen und eine ordentliche Armee zu formiren. So muthig der französische Adel war, der die Reiterei des Prinzen größtentheils ausmachte, so wenig taugte er zu Belagerungen, auf welche es doch bey diesem Kriege vorzüglich ankam. Nichts destoweniger unternahm dieser kleine Haufe, Paris zu berennen, drang eilfertig gegen diese Hauptstadt vor, und machte Anstalten sie durch Hunger zu überwältigen. Die Verheerung, welche die Feinde in der ganzen Nachbarschaft von Paris anrichteten, erschöpfte die Geduld der Bürger, welche den Ruin ihres Eigenthums nicht länger müßig ansehen konnten. Einstimmig drangen sie darauf, gegen den Feind geführt zu werden, der sich mit jedem Tag an ihren Thoren verstärkte. Man mußte eilen, etwas entscheidendes zu thun, ehe es ihm gelang, die deutschen Truppen an sich zu ziehen, und durch diesen Zuwachs das Uebergewicht zu erlangen. So kam es am zehnten

 Novem‑

November des Jahrs 1567 zu dem Treffen bey Saint Denis, in welchem die Kalvinisten nach einem hartnäckigem Widerstand zwar den Kürzern zogen, aber durch den Tod des Konnetable, der in dieser Schlacht seine merkwürdige Laufbahn beschloß, reichlich entschädigt wurde. Die Tapferkeit der Seinigen entriß diesen sterbenden General den Händen des Feindes, und verschaffte ihm noch den Trost, in Paris unter den Augen seines Herrn den Geist aufzugeben. Er war es, der seinen Beichtvater mit diesen lakonischen Worten von seinem Sterbebette wegschickte: Laßt es gut seyn, Herr Pater, es wäre Schande, wenn ich in achtzig Jahren nicht gelernt hätte eine Viertelstunde lang zu sterben.

(Fortsetzung im vierten Band.)

Inhalt

Inhalt

der Memoires von Sully.

Dritter Band.

Neuntes Buch.

Zehntes

Zehntes Buch.

Eilftes Buch.

proben Sullys Feldzeugmeisterstalente. Das Fort
Sainte Catherine bey Genf wird geschleift. Friedens-
unterhandlungen durch den Cardinal Aldobrandini.
Lesdiguieres der einzige treue General Heinrichs IV.
Friede mit Savoyen.   Würkliche Vermählung mit
Marie von Medicis. Moritz von Oranien siegt gegen
den Erzherzog Albert.

Zwölftes Buch.

1601. Sully nutzt den Frieden zu Wollenburg seiner Fi-
nanzanstalten durch allgemeine Entwürfe von jedem
Fach seines Departements, Verbesserung des Münz-
wesens, Herabsetzung der Zinse, Verbote ausländischer
Geldsorten, Manufakturwaaren und der Münzausfuhr,
Strenge der Justizkammer gegen die Finanzbediente
u. dergl. m. Sullys hohe Meinung vom Adel. Moritz von Oranien geheime Connexionen mit Heinrich
IV. Reise nach Calais. Heinrichs Plane gegen Oesterreich mit Elisabeth von England concertirt. Gesandschaften vom Großherrn und von Venedig. Cor-
respondenz zwischen Heinrich und Elisabeth. Nur
Etiquette hindert, daß Heinrich nicht „seine gute
Schwester‟ persönlich kennen lernt. Sully an Elisabeth abgeschickt. Seine Bewunderung gegen sie. Tod
des jungen Chatillon-Coligny. Heinrichs Vorur-
theile gegen Protestanten. Entbindung der Königin
den 17ten Sept. von einem Dauphin. Diesem wird
die Nativität gestellt. Die Königin erhält Monceaux
als Geschenk ins Wochenbett. Vertrag mit Florenz
über

Neuntes

Neuntes Buch.

Alle diese Kriegsrüstungen hinderten nichts daran, daß man sich zu Paris den Freuden überließ, welche gewöhnlich der Winter heranbringt. Da eine milde Regierung die öffentliche Ruhe sicherte, so genoß man die Vergnügungen ohne einige Beymischung von der Bitterkeit, die sie so lange vergiftet hatte. Galanterie, die Schaubühne und Spiele nahmen die ganze Zeit des Hofes weg, und der König, der aus Geschmack diese Lustbarkeiten liebte, beförderte sie aus Politik. Herr und Frau von Fervaques (1) baten mich, die Bewerbung des Herrn von Laval, des Sohns dieser Dame aus ihrer ersten Ehe, um meine älteste Tochter zu genehmigen. Ich verwies sie an den König, ohne dessen Einwilligung ich die Hand meiner Tochter nicht mehr vergeben konnte, seitdem die Prinzessin Katharine den Vorschlag gethan hatte, sie an den Herzog von Rohan zu vermählen. Heinrich, der damals mit diesem leztern unzufrieden war, gab Laval's Antrage seinen Beyfall.

Verschiedne ähnliche Verbindungen verschafften täglich dem Hofe das Vergnügen neuer Lustbarkeiten. Der Connetable gab ein prächtiges Fest bey Gelegenheit der Taufe seines Sohns; man wußte aber recht gut, daß dieses nur der Vorwand war, und daß eine von den schönsten jungen Damen des Hofes, die erst seit kurzem einen alten Mann geheirathet hatte, der Gegenstand dieser Galanterie war. Montmorency suchte zu seinem Ball unter allen Hofleuten ihrer zwölfe aus, von welchen er glaubte, daß sie mit der meisten Pracht dabey erscheinen würden; und mir ließ er durch den König befehlen, einer von den Zwölfen zu seyn. Nie habe ich in dieser Art etwas so gut angeordnet gesehn, das zugleich durch jene passende Genauigkeit und dadurch, daß zu allem der rechte Augenblick gewählt war, welches diesen Arten von Lustbarkeiten den höchsten Werth giebt, mehr Vergnügen erweckt hätte. Dieses Fest hatte bey weitem den Vorzug vor allen den übrigen, aber es war auch das letzte, und wurde am Ende noch sonderbar gestört.

Um 2 Uhr nach Mitternacht war ich nach Hause gegangen und lag schon seit etwa anderthalb Stunden im Bette, als Beringhen auf einmal in meine Kammer trat, und so bestürzt war, daß er mir weiter nichts sagen konnte, als daß ich gleich zu dem Könige kommen sollte, und daß diesem nicht persönlich ein Unglück begegnet wäre. Dies war gleich meine erste Frage gewesen, und seine Antwort tröstete mich gewissermaßen im Voraus, denn ich sah kein durchaus unwiederbringliches Unglück, so lange sein Leben in Sicherheit war. Ich kleidete mich nun eiligst an, und rannte in der größten Unruhe nach dem Louvre. So wie ich in des Königs Zimmer trat, sah ich ihn mit großen Schritten hin und her gehen, im Nachtzeuge, die Hände auf dem Rücken gefaltet, den Kopf herabhängend, und auf seinem Gesicht die Zeichen des tiefsten Kummers. (2) Die Hofleute standen von beyden Seiten, an die Wand gelehnt, und keiner sprach ein Wort.

Der

Der König kam gleich auf mich zu und faßte mich
veſt bey der Hand; „Ach mein Freund, rief er, welch
„ein Unglück! Amiens iſt verlohren." Ich geſtehe,
daß ich über dieſen unerwarteten Streich eben ſo ſtarr
vor Schrecken blieb, als die Andern. Ein ſo veſter
Ort, der ſo gut mit Allem verſehen war, ſo nahe bey
Paris, der einzige Schlüſſel des Königreichs von der
Seite der Picardie, — und in einem Augenblick weggenommen, ohne daß auch nur eine vorhergegangne
Nachricht hätte ahnden laſſen, daß er in Gefahr wäre! Dies kam mir ganz unglaublich vor, und die
allgemeine Beſtürzung ſchien mir ſehr gegründet. Doch
beſann ich mich bald, und unterdeſſen der König, im
Begriff zu Bette zu gehen, mir die näheren Umſtände (3) dieſer Eroberung erzählte, ſo wie ſie ihm be-
richtet worden waren, überzeugte ich mich, daß, anſtatt vergebens den Schrecken zu vermehren, es klüger
wäre, den König zu tröſten, und allen andern Muth
zu machen. Ich ſagte ihm, ich wäre gerade zur rechten Zeit ſo eben mit einem Plan fertig geworden, der
ihm ſehr leicht nicht nur Amiens ſondern auch verſchiedne andre Plätze wieder verſchaffen könnte.

Dieſe Eröfnung ſchien allein ſchon die Hälfte des
geſchehnen Unglücks zu heben, ob er gleich die Schwierigkeiten einer Unternehmung, die ſehr verdrüßliche
Folgen haben konnte, deswegen nicht weniger einſah.
Aber weil alle Hofleute den Kopf verlohren hatten, und
dem König auf ſeine Fragen keine andre Antworten
zu geben mußten, als die das Uebel nur noch ärger
vorſtellten, ſo fand er ſich jetzt durch die Meinige ſehr
erleichtert. Er befragte mich um die Mittel deren ich
mich dazu bedienen wollte; ich antwortete, er ſollte ſie
aus den Beweisſtücken ſelber ſehen; zugleich gieng ich
hinaus, als ob ich ſie holen wollte, und ließ ihn da-

durch

durch in einer etwas ruhigern Gemüthsfassung. Wäre er ein Zeuge der heftigen Bewegung gewesen, in der ich mich befand, als ich in mein Kabinet trat; er würde etwas von dem Lobe nachgelassen haben, das er mir nach meiner Entfernung gegen die Hofleute beylegte. Jetzt erst, da sich eine Menge verschiedner Betrachtungen meinem Geist vorstellten, fühlte ich ganz das Niederschlagende unsrer Verhältnisse. Die königlichen Kassen waren leer, er hatte nicht ein einziges Regiment, das im Stande war Dienste zu thun; und doch mußten wir Geld und Truppen haben, und zwar beyde in ansehnlicher Menge, und auf der Stelle. —

Ich durchsuchte meine Aufsätze. Ich überdachte die Mittel, Geld aufzubringen, mit denen ich mich oft in müssigen Stunden beschäftigt hatte, weil ich immer voraussah, daß der König es bald nöthig haben würde. Sie lassen sich alle in zwo Klassen bringen: die Einfachsten, wo es nur darauf ankömmt, die Steuern oder eine schon eingeführte Auflage zu vermehren; und die Schwereren, wo man neue Quellen ersinnen muß, aus welchen das Geld geschöpft werden kann. Es schien mir nicht politisch gehandelt zu seyn, zu der ersten Art meine Zuflucht zu nehmen. Denn nach allen den Geißeln, die das Landvolk schon getroffen hatten, es noch durch eine Vermehrung der Abgaben zu belästigen, von welcher es allein das Opfer würde, und dies zu einer Zeit, wo es kaum angefangen hatte Athem zu schöpfen, dies hieß, den Untergang des Staats vollenden, und auf die Zukunft dem König selbst seine fruchtbarsten und in einem gewissen Verstande seine einzigen wahren Hülfsquellen rauben.

Ich beschäftigte mich also bloß mit denen von der zweyten Art, und blieb endlich bey folgendem Entwurf stehen

stehen: Von der Geistlichkeit ein freywilliges Geschenk auf ein, oder selbst auf zwey Jahre zu fodern, und sie zu bewegen, es voraus zu bezahlen; durch eine Vermehrung der alten, neue Aemter zu schaffen, nehmlich vier Stellen bey jedem der höchsten Gerichtshöfe, vier Maitres des Comptes in jeder Rechnungskammer, und zween in jedem Büreau der Finanzen, zwey Räthe bey jedem Presidial, zwey Assessoren bey jedem königlichen Gericht, und zwey Elü's (gewählte Richter) bey jedem Untergericht (Election); bey allen Finanzbeamten noch einen dritten, unter dem Namen des Triennal's (4) hinzu zu fügen; die Zahlung der Rückstände, von denen unter der vorigen Regierung bey den Generalpächtern aufgenommnen Summen, um ein halbes Jahr aufzuschieben; den Scheffel Salz um 15 Sols zu erhöhen, und selbst es immer bey diesem Preise zu lassen, weil man dadurch in der Folge einige Aemter, die den Staat sehr drückten, abschaffen könnte; die Grenz- und Fluß-Zölle blos durch eine neue Taxe um ein Drittheil zu erhöhen; und, weil alle diese Einrichtungen größtentheils nur Geld in Hofnung gaben, zu erst ein Anleihen von 1,200,000 Livres bey den reichsten Privatpersonen am Hofe und in den großen Städten zu machen, und ihnen zur Wiederbezahlung eine dieser erhöhten Auflagen bey der Gabelle oder in den fünf großen Pachtungen anzuweisen. Außerdem aber, um das übrige baare Geld, dessen man jetzt bedurfte, anzuschaffen, die letzten Pachter, welche große Reichthümer gewonnen hatten, durch eine Gerichtskammer anklagen zu lassen, und sie dadurch zu zwingen, sich einer Taxe, auch in Form eines Darlehns, zu unterwerfen.

Dieser Plan war, wie man sieht, sehr ausgedehnt; ich hatte aber nicht die Absicht, daß man alle

diese

diese Mittel auf Einmal gebrauchen sollte, sondern, weil
es ungewiß war, wie lange der Krieg dauren würde, so
könnte man Eins nach dem Andern anwenden, und
mit den am wenigsten drückenden den Anfang machen.
In Ansehung der Truppen glaubte ich, könne man
nichts bessers thun, als sie aus denen Provinzen zu
nehmen, die sie zu ihrer Vertheidigung nicht mehr
brauchten. So schätzte ich Isle de France und Berry auf Ein vollständiges Regiment, Orleannois und
Touraine auf ein zweytes und die Normandie allein
auf ein drittes. Jedes dieser Regimenter sollte 1550,
Mann stark seyn, und von dem Tage seiner Ankunft
vor Amiens an auf Kosten seiner Provinz erhalten werden, wofür diese das Recht behielte, ihm ihren Namen zu geben und die Offiziers zu ernennen.

Nach fünf Tagen trug ich meinen ganzen Entwurf zu dem Könige, die Belege waren in bester Form
in 13 Aufsätzen enthalten. Er schloß sich mit Frontenac, d'Arambure, Lomenie, Beringhen, l'Ofenai
und mir ein, um alles zu untersuchen. Nachdem ich
es vorgelesen hatte, sagte ich ihm, mit diesen Hülfsmitteln müßte ihn nun nichts mehr von der Reise nach
Amiens abhalten. Uebrigens wären schon alle Vorräthe zu einem Lager in Picardie angeschafft, so, daß
ich ihm dafür stünde, daß seine Armee nicht nur Lebensmittel im Ueberfluß, sondern auch alle die Waaren, die
man blos zur Bequemlichkeit braucht, daselbst eben so
leicht und eben so wohlfeil als in einer Stadt finden
würde. Ich sezte hinzu, so schnelle Hülfe mein Entwurf ihm auch bey seinen jetzigen Bedürfnissen bringen
würde, so möchte er doch aber ja nicht denken, daß
man so etwas ausführen könnte, ohne Frankreichs alte
Wunden, die noch lange nicht geheilt wären, noch durch
neue zu vermehren. Man dürfe nur einen Blick auf
die

die Schulden und die ungeheuren Verbindlichkeiten werfen, welche der Staat übernommen hätte; und jede
neue Auflage, wie man sie auch zu verstecken suche, sey
im Grunde für ein erschöpftes Land immer dasselbe;
man müsse daher den Krieg blos in der Absicht wieder
anfangen, um dadurch desto leichter einen vortheilhaften Frieden zu erlangen, welcher uns unumgänglich
nothwendig geworden wäre. Wie groß aber auch das
allgemeine Elend seyn möchte, so wollte ich doch dafür
haften, daß 12 Jahre eines ununterbrochnen Friedens
hinreichen würden, das Reich wieder blühender als jemals zu machen.

Ich zweifelte gar nicht, daß, so wie der König
gesonnen schien sich zu betragen, die Feinde ihrer Vortheile ungeachtet bald die ersten seyn würden, welche
das Ende des Krieges wünschten, und ich entdeckte
gleich damals dem König einen Gedanken, dessen Richtigkeit der Erfolg gezeigt hat. Ich war nehmlich überzeugt, daß der König von Spanien die ersten Schritte
zu dem Frieden thun würde, weil seine Politik ihm nicht
erlaubte, in dem Zustande der Kränklichkeit und Schwä-
che, worein der natürliche Lauf der Dinge ihn versetzt
hatte, seine Krone den Unfällen des Krieges blos zu
stellen, die stets zu fürchten sind, am meisten aber in
dem Anfang der Regierung eines noch unmündigen
Fürsten. Dies machte mich so kühn, selbst zu behaupten, Spanien werde durch Zurückgebung aller Städte, die es uns abgenommen hatte, den Frieden erkaufen.

Der König fand meinen Einfall wegen der Erhebung neuer Gelder so glücklich, daß er selbst ihn im versammleten Staatsrath vortragen wollte. Vorher theilte er ihn dem kleinen Kriegsrath mit, welcher aus dem
Herzog von Montpensier und den Herren von Mont-

moren-

morency, Mayenne, Auvergne, Biron, Ornano, Bellegarde, Saint - Luc, Fervaqués, Roquelaure und Frontenac bestand. Alsdann berief er einen außerordentlichen Rath von allen den Personen in Paris, welche fähig waren dazu gezogen zu werden, und besonders von den Notablen der Versammlung zu Rouen, welche sich hier noch aufhielten, zusammen. Er konnte es nicht besser anfangen, um sein Ansehn auf die von ihr selbst anerkannte Ohnmacht dieser großen Versammlung zu gründen. Zuerst beklagte er den Verlust von Amiens, und zeigte die Nothwendigkeit, diesen Ort so schnell als möglich wieder zu erobern, und zugleich den völlig richtigen Anschlag alles dessen, was dazu erforderlich war. Dann fragte er die Zuhörer um ihren Rath über die Mittel, dieses auszuführen, und beklagte sich, um das, was er ihnen vorzuschlagen hatte, noch besser zu verbergen, daß er stets nur Hindernisse gegen die nützlichsten Unternehmungen fände.

Er schwieg nunmehr, als wollte er die Berathschlagungen der Versammlung abwarten; aber einer sah den andern an ohne ein Wort zu sprechen. Die Großen unterbrachen das Stillschweigen, um die Sache auf die Finanzbedienten zu schieben; diese aber gaben zur Antwort, sie erwarteten den Ausspruch der Großen. Heinrich drang auf eine Entscheidung; man warf einige unbedeutende Vorschläge wegen neuer Auflagen hin, welche aber von der andern Hälfte sogleich bestritten wurden; alle Räthe fanden die Sprache wieder, um ohne Unterschied zu tadeln, was von der einen oder der andern Partey vorgeschlagen wurde. Den Augenblick, wo man von beyden Seiten äußerst aufgebracht war, so daß kein Anschein mehr übrig blieb, daß sie sich vereinigen würden, ergrif der König, zog den Aufsatz aus seiner Tasche, und sagte, ob er gleich in

Finanz-

Finanzsachen nicht sehr erfahren wäre, so wolle er doch
auch seine Meinung vortragen, die er jedoch stets bereit
wäre gegen eine bessere aufzugeben. Zugleich fieng er an
zu lesen, und erregte dadurch bey allen Anwesenden erst
die tiefste Aufmerksamkeit, und dann ein Erstaunen,
welches sie unbeweglich und stumm machte. Heinrich
wartete dieses Stillschweigen einige Minuten ab, und
dann erklärte er, er nähme es für eine allgemeine Einwilligung. Er setzte hinzu, da er nicht alle diese Mittel auf einmal anwenden wollte, so würde er mit dem
Anleihen von 1,200,000 Livres den Anfang machen.
Zugleich ermahnte er die Großen und Reichen, von
selbst das gegenwärtige Bedürfniß sich angelegen seyn
zu lassen, und auf sein königliches Wort zu rechnen,
daß sie das Kapital in zwey Jahren wieder erhalten
sollten, ohne etwas an den Zinsen zu verliehren. —
Alsdann sollten in der Ordnung die 15 Sols auf das
Salz, die Ernennung der Triennal's, und die Untersuchung gegen die, welche in den Finanzen Unterschleif
gemacht hätten, folgen. Die ganze Sache wurde beschlossen, und das Arret nach diesem Plan gemacht.
In kurzer Zeit erhielt man 300,000 Thaler als freywilliges Darlehn. Die Ernennung der Triennals
brachte 1,200,000 ein, und eben so viel zog man von
den Finanzpächtern, wozu die Schatzmeister von
Frankreich gerechnet wurden, welche jedoch sich selbst
taxirten.

Der Finanz Rath, welcher im Besitz war, in
dem Elend des Volks seine Freude zu finden, tröstete
sich bald über diese neuen Subsidien, wenn sie nur
durch seine Hände giengen. Sie legten dem Aufsatz
des Königs die größten Lobeserhebungen bey, und
stellten ihm zugleich vor, der Erfolg hinge davon ab,
daß man Leute von großer Erfahrung dabey gebrauchte,

A 5 die

die in der Arbeit schnell und mit der vollkommensten
Macht ausgerüstet wären. Er antwortete ihnen, der-
jenige, dem er den Auftrag geben würde, sollte völlig
mit der königlichen Gewalt handeln; in Ansehung der
übrigen Eigenschaften aber würde er keinen andern wählen, als mich, weil ich, obgleich der Jüngste, doch
der arbeitsamste und sorgfältigste wäre. Dies sagte er
in meiner Gegenwart, nachher erklärte er sich in noch
stärkern Ausdrücken darüber gegen Schomberg, (5)
den er, im Begriff abzureisen, noch in seinem Hause
besuchte, weil er wegen seiner Unpäßlichkeit das Bett
hüten mußte, und gegen die Räthe, die sich in dem
Zimmer des Kranken befanden. Er sagte ihnen, so
wie er sich an mich allein halten würde, wenn es ihm
an etwas fehlte, so lange er beschäftigt wäre, sich zu
schlagen; so verlange er auch, daß in dem Finanzrath
sich alles nach meinem Willen richten sollte. Vor seiner Abreise übertrug er mir feyerlich sein ganzes Ansehn,
welches Schomberg so sehr verdroß, daß er lieber hingehen wollte, um bey der Belagerung zu dienen, als die
Finanzen meinen Befehlen unterworfen zu sehen. Sans-
cy verschwand auch aus dem Kollegio, und nahm seine Stelle als Obrister der Schweitzer ein.

Ich hatte deswegen nur noch größere Ursach, den
Finanzräthen nicht zu trauen, welches ich auch bey Gelegenheit der Triennal's erfuhr. Nachdem ich das Edict,
wodurch ihre Ernennung befohlen wurde, hatte bestätigen lassen, dachte ich nur darauf, so viel Geld, als
möglich war, aus diesen Bedienungen zu ziehen. Um
meinen Kollegen alle Gelegenheit abzuschneiden, um
geringe Preise damit ihre Verwandten und Freunde zu
begünstigen, führte ich selbst dabey die Feder wie ein
Schreiber oder Unterneinnehmer. Auch mit dieser Vorsicht noch nicht zufrieden, gab ich dem Käufer einen

Zettel

Zettel von meiner Hand, welchen er zu dem Schatzmeister tragen mußte, der ihm gegen sein Geld eine
Quittung ausstellte; und beydes, Geld und Quittung
mußte mir vorgezeigt werden.

Weil hier alle Ueberraschung unnütz wurde, so
nahmen die Käufer zu einem andern Mittel ihre Zuflucht, welches ihnen wahrscheinlich bisher selten fehlgeschlagen war: sie versuchten mich durch Geschenke zu
bestechen. Der lahme Robin, ein reicher Unternehmer von Tours, gieng erst mit dem ganzen Collegio,
das er auf seine Seite zu ziehen gewußt hatte, zu Rath,
kam dann zu mir, und bat einen von meinen Sekre-
tären, ihn zu der Frau von Rosny zu führen. Dieser both er einen Diamant von 6000 Thalern an
Werth für mich, und einen andern von 2000 Thalern
für sie, an, wenn ich mich nicht widersetzen wollte,
daß der Finanzrath ihm alle Triennalstellen der Gene-
ralämter Tours und Orleans für 72,000 Thaler zu-
spräche. Er wurde mir durch meine Gemahlin vorgestellt, die das Uebel, wozu man sie hatte gebrauchen
wollen, erst durch den scharfen Verweis erfuhr, den
ich ihr in Robins Gegenwart gab. Ich schonte ihn
selber auch nicht, um allen andern in der Folge die
Lust zu ähnlichen Versuchen zu benehmen, und schickte ihn sehr verwundert, wie ich glaube, und sehr mißvergnügt über mein Betragen zurück. Für die Hälfte von
dem, was er für 72,000 Thaler haben wollte, waren
mir schon 60,000 gebothen worden, die ich nicht angenommen hatte; und noch denselben Abend brachte
mir bloß diese Hälfte 80,000 Thaler ein, weil ich sie
einzeln verhandelte.

Dies Geschäft hielt mich diesen und den ganzen
folgenden Tag zu Hause, und ich glaubte es dem Verlangen

langen des Kanzlers vorsetzen zu müssen, welcher mich zweymal durch den Thürsteher hatte bitten lassen, in die Rathsversammlung zu kommen, um eine Sache zu beschließen, sagte er — wo es darauf ankäme, dem König 75,000 Thaler baar Geld zu verschaffen. So bald ich Zeit hatte, eilte ich hin und dachte nicht mehr an Robin. Der Kanzler wollte mir, indem ich in das Zimmer trat, einige kleine Vorwürfe über meine Nachlässigkeit machen, aber ich antwortete ihm ganz kurz, ich wäre dem König in meinem Kabinet noch nützlicher gewesen. „Wir sind es hier nicht weniger gewesen" antwortete der Kanzler, und legte einen großen Nachdruck auf sein baares Geld, weil der König in zwey Briefen nach einander welches verlangt hatte. Als ich erfuhr, daß die Sache weiter nichts war, als dieselbe Summe, die Robin schon geboten hatte, blos um 3000 Thaler vermehrt, so ließ ich die Herren fühlen, daß, da sie gewußt hätten, daß der Käufer schon bey mir gewesen wäre, sie nicht ohne mich eine Sache hätten beschließen sollen, die ich nicht gut fände.

Sie wollten mich durch einen Ton des Uebergewichts, der mit Klagen untermischt war, niederschlagen; ich sagte ihnen aber nun ganz rein heraus, wenn ich der Mann wäre, der sich durch Geschenke gewinnen ließe, so hätte der Handel gar nicht an sie kommen sollen; weil aber der König sich auf meine Treue verließe, so wollte ich sie auch so weit erstrecken, als sie gehen müßte. Der Kanzler, Fresne und la- Grange-les-Roi, äußerst beleidiget durch den Vorwurf, den diese Worte enthielten, wollten mir erst einstreiten, ein Handel, durch welchen der König über die Hälfte verlöhre, wäre ihm doch vortheilhafter, wenn er baares Geld erhielte, als die Meinigen, wo ich gewöhnlich den Käufern zur Zahlung der zweiten Hälfte sechs Mona-

Monate Zeit ließ. Nachher machten sie mir Vorwürfe, daß ich mich zum Verbesserer der Finanzen auf-
werfen wollte, und erklärten mir verachtend, sie würden ihren Kontract gegen den Meinigen zu behaupten
wissen, ein einzelner Mann solle sich nicht einbilden,
umstoßen zu wollen, was ein ganzes Collegium beschlossen hätte, und zugleich entschied der ganze Finanzrath, die Besetzung solle auf ihre Bedingungen
Robin von Tours zugeschlagen werden.

Ich hielt es nicht für rathsam, weder über diese
Ungerechtigkeit, noch über die Verordnung, die deswegen gemacht wurde, daß man künftig im Finanzrath gar nicht mehr auf die Anweisungen eines Einzelnen achten solle, weiter ein Wort zu verlieren; als
aber der Sekretair Fayet mir diese schöne Verordnung
zu unterzeichnen brachte, weigerte ich mich es zu thun,
bis daß ich von dem König Antwort auf einen Brief
würde erhalten haben, worinn, wie ich ihm sagte, ich
weder der Wahrheit noch der Personen schonte. Dieser Brief machte Fayet Angst, und in der Absicht hatte ich es auch blos gesagt. Er bat mich ihn ihm zu
zeigen, und ich stellte mich, als gäbe ich seinem Dringen nach. Der Brief selbst handelte ganz allein von
den geheimen Schleichwegen, durch welche Robin die
Herren Finanzräthe gewonnen hatte, und die ich so
glücklich gewesen war zu entdecken. Der König würde
daraus gesehen haben, daß die Ursach, die das Kollegium
so sehr auf Robins Seite gebracht hatte, keine andre
war, als daß dieser der Marquisin (6) von Sourdis,
der Geliebten des Kanzlers dieselben Anerbietungen
gethan hatte, womit er bey mir so schlecht angekommen war, und ausserdem auch die Frau von Deuilly, eine Verwandte des Kanzlers, in welche du Fresne verliebt
war, beschenkt hatte. Sie erfuhren den Inhalt meines

nes Briefes durch Fayet, und er kam geschwind zurück, um mich zu bitten, ihn nicht abgehen zu lassen. — Die Verordnung sowohl als Robins Kontract wurden unterdrückt.

So theilte ich meine Arbeit zwischen die Sorge, die Gelder des Staats einzunehmen, und sie wieder so nützlich zu den Bedürfnissen der Armee zu verwenden, daß es dieser während der ganzen Belagerung von Amiens an nichts fehlen durfte, weder zum Unterhalt noch zu dem Geschütz. Gewöhnlich that ich alle Monate eine Reise ins Lager, und ließ 1,500,000 Thaler hinter mir her fahren, welches mir die Freundschaft aller Obristen zuzog, die an eine solche regelmäßige Auszahlung nicht gewöhnt waren. Meine Aufmerksamkeit erstreckte sich bis auf die gemeinen Soldaten, für die ich in dem Lager ein Lazareth errichten ließ, wo sie so gute Bedienung und so viel Bequemlichkeit fanden, daß verschiedne Leute von Stande dahin giengen, um sich von Krankheiten oder Wunden heilen zu lassen (7).

Die beynahe übermäßige Sorge des Königs für meine Erhaltung bezahlte mir alle meine Mühe mit Wucher. Saint-Luc, dem der Graf von Guiche seine Stelle als Generalfeldzeugmeister abgetreten hatte, bat mich bey meiner dritten Reise ins Lager zu Gaste, und wollte mir bey der Gelegenheit alle seine Werke zeigen, weil er meine Vorliebe zu diesem Theil der Kriegskunst kannte; dieses führte uns etwas weit vorwärts in den Laufgräben, und noch an einige andre Orte, die nicht ganz vor der Gefahr gesichert waren. Man erzählte es dem König, der mir darüber einen scharfen Verweis gab, und mir ausdrücklich verbot, an irgend einen Ort zu gehen, wo ich die geringste Gefahr laufen könnte.

könnte. Er sagte bey dieser Gelegenheit ganz laut, ich hätte Feinde auch im Lager, die meinen Untergang so brennend wünschten, daß sie sich gern selber jeder Todesgefahr aussetzen würden, wenn sie nur machen könnten, daß ich sie mit ihnen theilte. Es war schwer für einen, der selbst Soldat gewesen war, das Feuer seiner ersten Leidenschaft an der Seite eines Fürsten nicht wieder zu fühlen, der keine kriegerische Beschäftigung unter seiner Würde glaubte, und sie alle mit einer Emsigkeit und einem Muth erfüllte, die auch den Unempfindlichsten hätten erwärmen müssen.

Dennoch that sein Beyspiel nicht auf Jedermann diese Wirkung. Mitten in dem Lager entstand eine Kabale unruhiger Protestanten, an deren Spitze die Herren von la Tremouille, Bouillon und Du Plessis standen, und die ihm den tödtlichsten Verdruß machte. Ich fand ihn, da ich vor meiner Rückreise nach Paris Abschied von ihm zu nehmen kam, in der tiefsten Traurigkeit. Er hatte eben sichere Nachricht erhalten, daß diese drey Herren nebst noch etwa zwanzig Reformirten, worunter die beyden Saint-Germain's, Clan, Beaupr. (8), d'Aubigne, la Case, la Valliere, la Saussaie, la Bertiehere, Preaux, Bassignac, Regnac, Bessais, Constant und einige andre waren, eine allgemeine Versammlung aller Protestanten gehalten hätten. In dieser hatten sie den Vorschlag gethan und aus allen ihren Kräften unterstützt, daß man sich des Umstandes der Belagerung von Amiens (9), welche ohne sie nicht beendigt werden könnte, zu Nutze machen sollte, um dem König ein Edict zu entreißen, welches ihnen völlige Genugthuung gäbe, oder, im Weigerungsfall, die Waffen zu ergreifen. Zum Glück fand dieser Rath großen Widerspruch in der Versammlung selbst und von einem Theil der großen Städte, die man

hinein

hinein zu ziehen gesucht hatte. Dies beruhigte den
König einigermaßen, indessen war doch immer zu befürchten, daß am Ende die Heftigsten durchdringen
möchten. Er befahl mir daher, an einige der Vornehmsten zu schreiben, um sie, wo möglich, zu ver-
nünftigern Gesinnungen zu bringen, besonders den
Herzog von la Trémouille, von dem man wußte,
daß er der vorzüglichste Beförderer des ganzen Komplots war.

Ich hatte bisher mit ihm immer in ziemlich genauer Verbindung gestanden; und er hatte selbst geglaubt mir von diesen Versammlungen Nachricht geben zu müssen. Aber die Absicht derselben hatte er mir
verschwiegen; in seinen Briefen darüber bediente er sich
so gesuchter Ausdrücke, daß ich leicht merken konnte,
diese Herren sähen mich als einen Abtrünnigen von seiner Partey an, und la Trémouille wäre nahe dabey,
sich zu empören. Dennoch suchte ich den Rest des
Verhältnisses, in dem ich noch mit ihm stand, geltend
zu machen, um wo möglich ihn wieder zu seiner Schuldigkeit zurückzubringen. Ich schrieb ihm, wenn es
auch wahr wäre, daß der König so gegen sie dächte,
als er es voraussetzte, so wäre es doch für ihn weder
rühmlich noch groß, eine Erklärung zu erpressen, die
sie blos der Nothwendigkeit zu danken haben würden.
Aber Heinrich habe noch für alle Reformirte seine alten Gesinnungen beybehalten; er sey nicht schuld an der
wenigen Gerechtigkeit, die die Katholiken ihnen wiederfahren ließen, denn er selber hätte nicht weniger von
diesen auszustehen. Uebrigens möchten sie erwägen,
daß ein so zur unrechten Zeit erlangtes Edict, ihnen
nicht die Vortheile bringen würde, die sie davon erwarteten. Die Katholiken, welche doch immer die
Stärksten wären, könnten dieses vor jetzt sehr leicht

ver-

verhindern, und in der Folge würde der König, mit Recht über den Zwang, den man ihm angethan hätte, aufgebracht, die Lust verliehren, ihnen einst freywillig alles das zuzugestehen, was sie jetzt so zur Unzeit vorausnehmen wollten. Sie würden weiter nichts ausrichten, als durch den Lerm einer fehlgeschlagnen Unternehmung die Katholiken nur noch mißtrauischer machen, damit sie desto mehr gegen sie auf ihrer Huth wären. — Ich führte ihm das Beyspiel jener erhabnen Protestanten zu Gemüthe, die bey jeder Gelegenheit sagten und durch ihre Aufführung bewiesen, daß ein Protestant, der nach seinem Glauben handelt, nie das Wohl des Staats und den wahren Vortheil seines Königs aus dem Gesichte verliehrt. La Trémouille wurde durch meinen Brief nur wenig gerührt, er zeigte ihn aller Welt, und hielt sich öffentlich darüber auf. Die Entwürfe der Häupter der Reformirten scheiterten aber, weil sie nicht genug Anhänger fanden.

Die Feldzeugmeisterstelle wurde erledigt, da ich gerade zum vierten male ins Lager gereist war. Saint-Luc (10) sah zwischen zwey Schanzkörben durch, wo fast nicht einmal Raum für eine Kanonenkugel war; dennoch führte sein Unglück eine hin, die ihn todt zur Erde streckte. Ich war gerade allein bey dem Könige, als Villeroy und Montigny (11) ihm diese Nachricht brachten; jeder that es insgeheim, weil sie sogleich wegen dieser Stelle auch schon eine Bitte anzubringen hatten. Ich näherte mich dem König wieder, nachdem sie weg waren, und erfuhr sowohl Saint-Luc's Tod von ihm, als auch daß Villeroy für seinen Sohn d'Alincourt oder seinen Neffen Chateauneuf-l'Aulevine; und Montigny für sich selbst angehalten hatten. Saint-Luc war ein Mann von Verstand und Einbildungskraft, schnell, erfindsam und

voll Herzhaftigkeit; man konnte ihm nichts vorwerfen,
als den Fehler, sich zuweilen dem Ueberfluß seiner
Ideen, die ihm Entwurf auf Entwurf eingaben, so zu
überlassen, daß er einen Theil der Zeit, den die Ausführung erforderte, an die Erfindung und Einbildung
wendete. Dem ungeachtet fand der König unter den
vorgeschlagnen keinen einzigen, der fähig gewesen wäre, Saint-Luc zu ersetzen. D'Alincourt fehlte es
an Vestigkeit, und er hatte, wie Heinrich sagte, „gar
zu bloße Nägel.“ Chateauneuf verbarg einen wirklichen Mangel an Verstande unter einem von Affecta-
tion und Grimassen zusammengesetzten Aeußeren. Montigny war in der That tapfer und dem König zugethan;
aber auch diese Eigenschaften sind zu einem so wichtigen Posten nicht hinlänglich, wenn sie nicht von einem
Geist, der in sich selbst Hülfsmittel hat, und Ordnung
mit vernünftiger Sparsamkeit zu verbinden weiß, begleitet werden.

Indem wir so mit einander redeten, schien es mir,
daß den König nichts abhielte, mir selbst diesen Posten zu geben, als daß er glaubte, ich würde sie nicht
mit dem Amt eines Oberaufsehers über die Finanzen
verbinden können. Es wurde mir nicht schwer, ihm
diesen Irrthum zu benehmen, und er gab mir nun auf
der Stelle sein Wort; die Ausführung seines guten
Willens verschob er aber bis nach der Belagerung, denn
so lange wollte er keinen neuen Feldzeugmeister machen,
weil ihm meine Gegenwart zu Paris nothwendig schien.
Ich sah ihn den ganzen folgenden Tag nicht, zum Unglück für mich aber sah er die Frau von Monceaux,
welche alles anwendete, um diesen Posten für den alten D'Estrées, ihren Vater, zu erhalten. Der König blieb standhaft bey ihren Thränen, aber er gab
nach, als sie ihm drohte in ein Kloster zu gehen, wenn

er ihr diese Bitte abschlüge. Durch diese Verstellung
gelang es ihr so gut, Heinrichs ganze Leidenschaft für sie
wieder zu entzünden, daß sie endlich ihre Absicht erreichte. Der König erzählte mir den folgenden Tag,
was vorgegangen war, nicht ohne einige Verwirrung
über seine Schwachheit. Er hatte doch noch wenigstens in Einem Stück für mich gesorgt, dadurch, daß
er die Bedingung machte, daß der Herr von Estrées,
der völlig (12) unfähig war, dieser Stelle durch sich
selbst vorzustehen, sie gegen die erste Kronbedienung,
welche erledigt werden würde, oder im Fall eines be-
trächtlichen Krieges ohne Widerrede an denjenigen
abtreten sollte, den der König dazu ernennen würde;
und zugleich gab er mir von neuem sein Wort, daß
er keinen andern als mich ernennen wollte.

Mit dieser Versicherung zufrieden, nahm ich den
Rückweg nach Paris, wo ich wenige Tage nachher
aus dem Lager die Nachricht von dem Tode meines
Bruders (13), des Gouverneurs von Mante erhielt,
den ich ganz gesund verlassen hatte. Durch diesen zweyten Todesfall blieben nun von uns vier Brüdern nur
noch zween übrig. Der König wies alle ab, die um
das Gouvernement von Mante anhielten, um es mir
zu geben, ohne daß ich ihn darum gebeten hatte. Durch
den Brief, den er mir über diesen Tod schrieb, erhielt
ich zugleich dieses Geschenk und die nöthigen Stücke,
um in alle Rechte meines Bruders zu treten, welcher
ohne Erben gestorben war. Ich schickte meinen Sekretair Baltazar nach Amiens, um meine Bestallung
als Gouverneur zu holen, und gieng dann sogleich
nach Mante um mich aufnehmen zu lassen. Ich wollte nur vier Tage abwesend seyn.

Meine Herrn Kollegen hatten darüber keine geringe Freude, weil sie sich einbildeten, daß ich weit län-

ger

ger ausbleiben, und überhaupt künftig die Finanzsachen vernachläßigen würde. Um sogleich Vortheil daraus zu ziehen, nahmen sie ihre Maasregeln, um sich einen Theil der zu der Belagerung von Amiens bestimmten Gelder zuzueignen. Sie unterzeichneten alle einen, im Namen des ganzen Kollegiums, an den König geschriebenen Brief, worinn sie ihm voraussagten, er möchte sich nicht wundern, nachdem es ihm fünf Monathe lang an nichts gefehlt hätte, wenn er erführe, daß seine Kassen gänzlich erschöpft wären; sie enthielten jetzt nichts mehr, als einige geringe Reste und Ueberschüsse von Auszahlungen. Heinrich, der nicht wußte, daß ich zu Mante war, und nach seiner gewöhnlichen Lebhaftigkeit die Unterschriften dieses Briefes nicht genau untersuchte, erstaunte um so mehr darüber, weil ich ihm ganz gewiß versichert hatte, ich wäre im Stande ihm noch vier Monathe lang, und länger könnte die Belagerung nicht dauern, die gewöhnlichen Summen zu schaffen. Er schalt in Gegenwart seiner vornehmsten Offiziere sehr auf das Finanzkollegium, und diesmal wurde ich eben so wenig verschont als die andern. Als er aber sich besonnen und die Unterschriften seines Briefes angesehen hatte, wo er meinen Namen nicht fand, und auch durch den Kurier erfuhr, daß ich in Mante wäre, verdammte er selbst seine Uebereilung. Damit es der Genugthuung, die er mir geben wollte, an nichts fehlte, las er meine Antwort auf seinen Brief in Gegenwart derselben Zeugen laut vor.

Es war sein Vortheil, ihnen den Muth nicht zu benehmen. Diese gewiß sehr beschwerliche Belagerung machte sie und ihre Soldaten zuweilen verdrüßlich. Hätten die Gelder aufgehört, sie würden ihn alle verlassen haben; schon wenn nur die Wagen unterweges aufgehalten worden waren, konnte er nicht hindern,

daß

daß hier und da einige fortgiengen. Indeſſen gieng
alles gut bis zum Ende. Wenn die Belagerten ſich
tapfer vertheidigten, und einen Ausfall nach dem andern thaten, ſo grif man ſie auch nachdrücklich an, und
ſie wurden immer geſchlagen.

Man war mit dem Sappiren ſchon bis an die
Wälle gekommen, und die Belagerer hatten ſich zweyer
Caſematten bemächtigt, und dieſe dadurch den Feinden unnütz gemacht, als der Kardinal Erzherzog und
der Graf von Mannsfeld, der unter ihm kommandirte,
es für Zeit hielten einen Verſuch zum Entſatz der
Stadt zu machen. Sie brachen mit 12 bis 13,000
Mann Infanterie, und drittehalb bis dreytauſend Pferden auf, und giengen über die Authie in der Abſicht,
eine Schlacht zu liefern, oder wenigſtens eine anſehn-
liche Verſtärkung in die Stadt zu werfen. Aber alle die Haufen, welche er dazu abſchickte, wurden
zurückgetrieben. (14) Der König rekognoſcirte ſelbſt
die feindliche Armee. Er ſah ſie von vornen und auch
im Rücken, und er würde ungeachtet ihrer überlegnen
Anzahl nicht angeſtanden haben ſie anzugreifen, weil
er blos einen verwirrten Haufen ohne Ordnung und
Zucht entdeckte, wenn nicht bey ſeinen erſten Bewegungen gleich der Erzherzog ſich eilig zurückgezo-
gen hätte. (15) Es wäre vielleicht nicht unmöglich
geweſen, die Spanier zur Schlacht zu zwingen ohne
deshalb die Belagerung aufzuheben; Heinrich wenigſtens hat dieſes immer geglaubt, dennoch gab er den
meiſten Stimmen nach, welche riethen: man ſollte den
Erzherzog ſich zurück ziehen laſſen. Nachher dachte
man an weiter nichts als an die Belagerung. Das
Ravelin wurde eingenommen, und die Mineurs machten ſich nun an den Hauptwall, als Amiens ſich am En-

de

de des Septembers dieses Jahrs ergab. Diese Belagerung hatte fast den ganzen Feldzug weggenommen.

Wenn ich die große Menge Briefe ansehe, die
ich während dieser Zeit von dem Könige erhielt, so muß
ich erstaunen, wie ein Fürst, der mit den Unternehmungen einer großen Belagerung, und den einzelnen Sorgen für ein ganzes Lager beladen war, sich deswegen
nicht weniger um die innern Angelegenheiten des Königreichs bekümmerte, und mit gleicher Leichtigkeit so
verschiedne Beschäftigungen umfassen konnte. Ich er-
spare dem Leser die Mühe, alle diese Briefe zu lesen,
und eben so werde ich es auch mit denen machen, womit Sr. Majestät mich in der Folge beehrt hat. Ich
habe deren über 3000, ohne die, welche ich vernachläßigt habe aufzuheben, oder die durch die Schuld meiner Sekretäre verloren gegangen sind. Es würde zu
langweilig seyn, dem Publikum von jedem besonders
Rechenschaft zu geben. Bey einigen derselben muß
ich dem Befehl des Königs, sie zu vernichten, gehorchen, weil von Personen darin die Rede ist, die er
nicht hat kränken wollen, und die ich um so mehr mich
hüten muß zu beleidigen. Dieses aber würde unvermeidlich seyn, wenn ich manche politische Intriguen,
oder auch nur Galanterien, welche verborgen geblieben
sind, an den Tag bringen wollte. Die übrigen handeln hauptsächlich nur von der Anwendung der Gelder,
von Rechnungen, Auszahlungen, Gehalten und andern Dingen der Art, und sind so trocken und wenig
unterhaltend, daß sie dadurch selbst nur noch mehr zu
Heinrichs Lobe gereichen.

Man würde zum Beyspiel daraus sehen, daß er
über den Artikel der Finanzen die Genauigkeit so
weit trieb, sich von mir alle acht Tage über die ein-
gegang-

gegangnen Gelder und die Anwendung derselben Rechnung ablegen zu laſſen (16). Es entgeht ihm nicht, daß man beym Schmelzen Eine Kanone hatte entwenden wollen. Bey Gelegenheit von 6 bis 7000 Thalern, die man aus Noth dem Volk auf die Steuern nachlaſſen mußte, berechnet er ſelber, wie viel von dieſem Gnadengeſchenk auf verſchiedne Kirchſpiele, die am meiſten gelitten hatten, kommen ſollte. Er bringt ſehr genau jedes verkaufte Amt und das daraus gelöſete Geld in Anſchlag. Er verliert keinen von denen aus den Augen, welchen der Staat Verbindlichkeiten hat, oder die in den entfernten Provinzen oder den benachbarten Reichen ihm Dienſte leiſten, und weiſet jedem mit trefflicher Unterſcheidung ein beſonderes Kapital an, wovon ſie ſollen bezahlt werden. Seine größte Sorge iſt, daß auf die Einkünfte, die allein zum Kriege beſtimmt ſind, nie eine Zahlung angewieſen werde, die damit nichts zu thun hat; dieſes zeigte ſich deutlich bey der Gelegenheit, wo der Herr von Vienne, der die Stadt Tours wieder zum Gehorſam gebracht hatte, eine Belohnung erhalten, und als die Frau von Beaufort die 4000 Thaler wieder bekommen ſollte, die er von ihr geborgt hatte.

In Anſehung des Krieges ſind dieſe Briefe äuſſerſt umſtändlich. Das Geld, das zu den Laufgräben und den übrigen Werken ſowohl, als zum Sold der Truppen erfordert wird, iſt ſo genau darin berechnet, daß man nicht fürchten darf zu irren, wenn man ſich darnach richtet. Die Marſchordnung ſeiner Truppen iſt darinn mit eben ſoviel Klugheit beſtimmt als der Weg der Convois, die zu der Armee kamen, damit ſie nie aufgehalten oder weggenommen werden könnten.

Die

Das alles machte nur noch einen Theil seiner Sorgen aus. Eine Menge seiner Briefe zeigen, daß er mit gleich geschickter Hand den Plan eines Angriffs zu entwerfen und die Angelegenheiten des Kabinets zu leiten mußte. Der zum Beyspiel, wo er von den Ausbesserungen von Montreuil, Boulogne und Abbeville spricht. Die andern, wo er bey Gelegenheit der Rechnungskammer, die es an Ehrfurcht gegen ihn hatte ermangeln lassen, sich über die Art und Weise, die Ordnung in den Provinzen, den Gehorsam in den Städten, und die Subordination in den verschiednen Corps zu erhalten, ausbreitet. Jener, wo er sagt: „ich ha„be nicht Lust, Maskeradenaufzüge unter die Gelder „zu mischen, die für meine Armee bestimmt sind;" weil Mortier, der Kleider zu einem Feste angeschafft hatte, sie auf einer Rechnung der Kriegskosten hatte eintragen lassen. Der endlich, wo er auf ein Anerbieten, das ihm die Stadt Paris durch ihren Prevot und die Echevins hatte thun lassen, auf ihre Unkosten 1200 Mann zu besolden antwortet, und in Betracht dieses Dienstes die Stadt von der Verdopplung der Accise losspricht; und noch tausend andre in dieser Art.

Sein persönlicher Unterhalt war die einzige Sache, von der man sagen konnte, daß er sie vernachläßigte. Um ihn zu nöthigen daran zu denken, mußte Monglat, sein erster Haushofmeister ihn errinnern, daß sein Kessel bald ganz würde auf der Nase liegen; dies sind seine eignen Ausdrücke in einem seiner Briefe. Er erröthet nicht eine Sache zu gestehn, über die freylich auch nur seine häuslichen Feinde sich hätten schämen sollen, daß er nehmlich fast nackt, ohne Waffen und ohne Pferde war. In der Folge fand er jedoch Mittel, ein Kapital zu seinem Unterhalt auszusetzen, welches nicht zu etwas anderm konnte vergriffen werden. Er bestimmte dazu die Mark Goldes,

welche

welche von dem Verkauf der Aemter gezogen wurde. Dies ist der Inhalt eines Theils seiner Briefe von diesem Jahre; von ihnen kann man auf die in den folgenden Jahren geschriebnen schließen die ich alle sorgfältig in der Urschrift aufhebe, ob ich gleich dem Publikum nur das wichtigste daraus mittheilen werde. Eine Sache, die man nicht vergessen muß dabey zu bemerken, ist, daß, so groß ihre Anzahl und so lang sie auch größtentheils sind, er doch beynahe alle eigenhändig geschrieben hat, hauptsächlich die, welche gerade an das Finanzkollegium oder an mich gerichtet sind. (17)

Ich war bey dem Kriegsrath zugegen, welcher kurze Zeit nach der Eroberung von Amiens über das, was man in diesem Feldzuge noch unternehmen könnte, gehalten wurde. Man that drey Vorschläge: der feindlichen Armee zu folgen; irgend eine Stadt in Artois zu überfallen; oder Dourlens in Picardie ordentlich zu belagern. Jeder sagte seine Meinung darüber. Die Meinige war, es sey nicht zu glauben, daß der Kardinal Infant, der, als ihm nur dies einzige Mittel übrig blieb, Amiens zu retten, die Schlacht so hartnäckig verweigert hatte, sich jetzt dazu sollte hinreißen lassen, da er die ganze Macht des Königs gegen sich haben würde, und da er alle Zeit gehabt hatte seine Maasregeln zu nehmen um sie zu vermeiden. Es sey eben so wenig wahrscheinlich, daß eine Unternehmung auf die Städte in Artois in der Nachbarschaft einer so zahlreichen Armee glücken würde. Dennoch gefielen mir diese beyden Vorschläge immer noch besser, als die Belagerung von Dourlens, denn man brauchte doch nur etwa vierzehn Tage, um zu wissen, was man von dem einen und dem andern erwarten könnte, es wäre auch keine Schande dabey, wenn sie fehlschlügen, da

man,

man hingegen bey der letztern den Verbruß haben würde, viel Zeit, Geld und Truppen unnütz aufgeopfert
zu haben. — Es wurde beschlossen die beyden ersten
Vorschläge schnell zu versuchen, ohne deswegen den
letztern aufzugeben. Die Spanier waren auf ihrer
Huth; und es blieb den Franzosen weiter kein Vortheil
als die Ehre, daß sie gesucht hatten den Krieg durch
eine Unternehmung zu endigen, die so viel als das übrige beytrug, dem König von Spanien den Frieden wün-
schenswerth zu machen.

Mit der Belagerung von Dourlens, auf der man
durchaus bestand, gieng es ganz anders. Der König
schrieb mir, als ich nach Paris zurückgekehrt war, seinen letzten Entschluß darüber. Ich wagte es ihm noch
einmal und noch nachdrücklicher die Gründe vorzustellen, weswegen ich diesem Plan meinen Beyfall nicht
hatte geben können; daß, da seine Armee so sehr vor
Amiens gelitten hätte, er jetzt nicht im Stande wäre,
eine andere und so schwere Belagerung, als die von
Dourlens anzufangen, noch dazu im October, wo der
Regen den von Natur fetten und schlüpfrigen Boden
dieser Gegend ganz unzugänglich machte, und im Angesicht einer Armee, die auf nichts dächte, als ihren
Schimpf wieder gut zu machen. Heinrich nahm mir
diese Freyheit nicht übel, aber meine Gründe über-
führten ihn nicht. Er antwortete mir, der Besitz von
Dourlens wäre ihm durchaus nothwendig, um Amiens
und Abbeville zu behaupten. Dadurch, daß er die
Picardie sicherte, würde der Verkauf der neuen Dienste erleichtert werden, und er würde es schon so einzurichten suchen, daß die Belagerung nicht so lange
dauern sollte, als ich fürchtete.

Dour-

Dourlens wurde also den 9ten October einge=
schloffen, und schon am 13ten war der Boden von
dem Regen dergestalt verdorben, und die Wege so grund=
los geworden, daß die Unternehmung gar keinen Fort=
gang hatte. Villeroy schrieb mir, man bereue schon,
sie angefangen zu haben. Auch gieng der König gleich
nachher von seinem Quartiere zu Beauval nach Balbat
und schickte von da Befehl, die Belagerung aufzuhe=
ben. So kurze Zeit diese auch nur gedauert hatte,
so hatten die Truppen doch schon so viel gelitten, daß
sie im Begriff waren auseinander zu gehen. Der Kö=
nig ließ ihnen den Sold bezahlen, legte sie in die Win=
terquartiere an der Grenze, wo er auch seine leichte
Reuterey ließ, und zog einen Theil der Besatzungen
zurück, welche man nach dem Verlust von Amiens in
die benachbarten Orte hatte legen müssen. Er selbst
gieng über Rouen und Monzeaux, wo er sich acht Ta=
ge aufhielt, nach Paris zurück, um hier den Win=
ter zuzubringen.

Von Monzeaux aus gab er mir seine Befehle,
daß ich die Schwierigkeiten sollte heben lassen, welche
der Kanzler von Chiverny im Parlement machte, die
Grafschaft Armagnac und Lectoure zum Presidial zu
erheben; und von dem Gelde, welches daraus gelöset
werden würde, die Unkosten bezahlen sollte, wozu der
König von dem Parlament in einem Prozeß gegen den
Herrn von Fontrailles, Grafen von Armagnac ver=
dammt war. Weil die Prinzessinn von Navarra in
Kraft der Schenkung, welche der König ihr von allen
seinen Gütern in dieser Provinz gemacht hatte, auf
dieses Geld einiges Recht hätte haben können, so be=
fahl mir Heinrich die Sache geheim zu halten, und
gebrauchte dieselbe Vorsicht bey Fontrailles und dem
Kanzler. Der letztere gehorchte sehr schlecht, aber sei=
ne

ne Schwachhaftigkeit half zu nichts, weil die Prinzeßin kurz nachher den französischen Hof verließ. Der König erinnerte mich in demselben Briefe, Demeurat, seinen Prokurator zu Riom in Auvergne, und la Corbiniac zu bezahlen, welcher den Unterhalt der in Picardie gebliebnen Truppen zu besorgen hatte. In solchen Augenblicken der Muße erstreckte er seine Aufmerksamkeit bis auf die geringsten Gegenstände. Ich mußte dem Herrn von Pices, einem alten und treuen Diener, ein Geschenk von 3000 Thalern, und Gobelin, der sein Hauswesen unterhielt, eins von 8000 Livres auszahlen, und diesem zugleich 16,000 Livres, die er vorgeschossen hatte, wieder erstatten. Es war kein Name, bis auf den der armen Einnehmerin zu Gisors, der nicht das Recht gehabt hätte in seinen Briefen eine Stelle einzunehmen.

Das in der That ausserordentlich große Elend des Volks (18) hatte bey der Einkassirung der Auflagen große Lücken verursacht. Die Herren vom Finanzrath waren sehr eifrig diese Lücken vorzustellen, und selbst zu vergrößern; dem König stieg daher ein Zweifel auf, ob sie nicht, nachdem sie einen Nachlaß für das Volk erhalten hätten, diesen etwa geheim halten, und in der Folge von den Unterthanen beträchtliche Summen für sich selbst ziehen möchten. Er befahl mir daher zu untersuchen, erstlich, ob das Volk wirklich von den Jahren 1594 und 95 noch so viel schuldig wäre, als diese Herren ihn glauben machen wollten; dieses war leicht, ich durfte nur die Listen der Einnahme und Ausgabe der Ober- und Unter-Einnehmer, und jedes Untergericht in den General-Aemtern, wo ich schon gewesen war, genau untersuchen: und zweytens, ob diese Lücke in den Abgaben nicht Faulheit oder Ungehorsam von Seiten der Unterthanen zum Grunde hätte.

Eine

Eine andre, sehr wichtige Angelegenheit endlich, mit welcher der König zu Monçeaux sich zu beschäftigen anfieng, war die Bestimmung der Artikel, über welche er mit den Protestanten sich vergleichen wollte. Schon seit langer Zeit trieb er den Kanzler und Villeroi dazu an, und ich hatte den Auftrag daran zu arbeiten; aber er würde sich noch lange haben beklagen können, daß diese Herren seine Absicht so schlecht erfüllten, wenn er nicht selbst nach Paris gekommen wäre, seinen Entwurf auszuführen. (19).

Diese beyden letzten Angelegenheiten, der Finanzbedienten und der Protestanten, hätten eine Musse erfordert, die der König bey seiner Ankunft zu Paris nicht fand. Er mußte auf neue Zurüstungen denken, um das folgende Frühjahr nach Bretagne gehen zu können, wo die Rebellen, von dem Anblick ihres Oberherrn entfernt, ungestraft die Verwirrungen und den Ungehorsam verewigten. Der Herzog von Mercoeur, der an ihrer Spitze stand, wagte es doch nicht, öffentlich die Empörung zu begünstigen. Im Gegentheil waren seine Briefe an den König voll von anscheinenden Zeichen der Unterwerfung, und seit zwey Jahren studirte er darauf, ihn durch verstellte Vorschläge, deren Erfüllung er immer auszuweichen wußte, hinzuhalten. Der König hatte seiner Seits auch bisher sich gegen den Herzog verstellen müssen, und sich begnügt, die Officiere aus dieser Provinz gütig aufzunehmen, die, Mercoeurs Langsamkeit überdrüßig, sich gerade zu an ihn gewendet hatten. Jetzt aber hielt er es für Zeit, diesen aufrührischen Unterthanen in seiner Provinz anzugreifen. (20) Dies war den Winter über unsre Beschäftigung, die wir so viel als möglich geheim hielten.

Es würde unnütz gewesen seyn, dies ohne ein Korps von 1200 Mann Infanterie und 2000 Cavallerie, und ohne eine Artillerie von wenigstens 12 Stücken zu unternehmen. Von den 6000 Mann zu Fuß und 1000 zu Pferde, die der König zur Vertheidigung der Grenze von Picardie für nöthig gehalten hatte, und die dem Commando des Connetable untergeben waren, der sich des Raths der Herren von Bellievre, Villeroi und Sillery bedienen sollte, konnten diese Truppen nicht gezogen werden. Man mußte also wieder neue Quellen aufsuchen, um alle diese Soldaten zu unterhalten. Die Auflagen zu vermehren war kaum mehr möglich; aber die Verminderung der Unkosten bey Erhebung derselben ist immer, wenigstens für den König, eine ansehnliche Vermehrung. Ich richtete meine Sorgfalt dahin, zugleich suchte ich alle übrigen Schuldreste einzutreiben, das von der Hand gekommne wieder herbey zu schaffen, und machte einige neue Abgaben, aber in geringer Anzahl, die nicht sehr drückend waren.

Ohne diese Hülfe hätte der König sich zum Frieden müssen bereitwillig finden lassen, und dieser könnte jetzt nicht anders, als sehr zu Spaniens Vortheil ausfallen. Clemens VIII wünschte ihn sehr. Schon lange vor dem Feldzuge in Picardie hatte er den Kardinal von Florenz, (21) seinen Neffen, als Legaten an den König geschickt, um Vorschläge dazu zu thun, unterdeß der Patriarch von Constantinopel (22) auf Befehl seiner Heiligkeit in derselben Absicht nach Spanien gieng. Der Anfang der Unterhandlung war nicht glücklich gewesen. Durch den Verlust von Amiens mehr erzürnt als niedergeschlagen, hatte der König dem Kardinal von Florenz stolz geantwortet, er würde ihn anhören, wenn er erst diesen Platz wieder erobert hätte. Auf der andern Seite hatte der König von Spanien, ob

er gleich ungern den Krieg hatte wieder angehen sehen,
doch auf sein Glück in Flandern, und besonders auf
die Eroberung von Amiens, deren Besitz ihm das ganze Land von der Oyse bis an die Seine unterwerfen
konnte, jetzt große Hofnungen gebauet.

Die Begebenheiten des Feldzuges, welcher für
Frankreich glücklich war, machten beyde Theile geneigter zum Vergleich. Philipp kannte nun Heinrichen
als einen Fürsten, gegen den es eben so schwer war,
seine Vortheile zu behaupten, als neue hinzuzufügen.
Ueberdem hatte er auch damals schon eine Ahndung,
daß er von der Krankheit, die ihn befallen hatte, sich
nicht erholen würde. Diese Aussicht stellte ihm das
Unglück vor, bey seinem Tode seinen Sohn mit einem
solchen Feinde, als der König von Frankreich, in einen
Krieg verwickelt zu lassen. Er gab daher Calataginon-
nes Rathschlägen Gehör, welcher, sobald er nur Philipps Gesinnungen versichert war, nach Rom eilte, sie
dem Papst zu hinterbringen. Dieser schickte ihn sogleich wieder nach Frankreich, um den Kardinal von
Florenz von seinen Fortschritten Nachricht zu geben,
und mit ihm gemeinschaftlich zu arbeiten.

Diese beiden Eminenzen erneuerten nun ihre Bemühungen bey Heinrich dem IV, und sagten ihm sehr
öft, der Frieden hienge gewissermaßen nur noch von
ihm ab. Der König, der seiner Seits auch von den
großen und schmeichelhaften Ideen zurückgekommen war,
mit welchen er sich auf das Wort der Höflinge berauscht
hatte, sah sie mit Vergnügen wiederkommen, ob er
sich gleich lange bitten ließ. Endlich erklärte er sich gegen sie, er würde sich dem Frieden eben nicht widersetzen, wenn die Spanier alles zurück gäben, was sie
in seinem Lande besäßen. Die Legaten gaben darauf

zu verstehen, dies würde wohl zu erlangen seyn, und er erlaubte ihnen nun nach diesem Plan mit den drey Ministern, die er in Picardie gelassen hatte, und an die er sie verwies, in Unterhandlung zu treten und abzuschließen. Er selbst aber gieng nach Bretagne um seine Zurüstungen nicht vergebens gemacht zu haben, und die kostbare Zeit nicht blos mit vorläufigen Reden zuzubringen.

Es war im Anfang des März. Der König nahm seinen Weg über Angers und befahl der Armee, ihm mit kleinen Märschen zu folgen. Er erlaubte seinen Räthen auch, ihm zu folgen, wenn sie erst die nöthigen Einrichtungen würden gemacht haben, daß es weder der Armee in Bretagne, noch den Truppen oder Friedenskommissarien in Picardie an etwas fehlen könnte. Da ich die unumschränkte Aufsicht darüber hatte, und nichts mich hinderte, so brachte ich alles in kurzem so weit, daß ich glaubte, ich könnte nun ohne Furcht mich zu dem König begeben. Ich erwartete ihn schon tief in Bretagne zu finden; mit desto größerer Verwunderung erfuhr ich, da ich mich Angers näherte, daß er noch nicht weiter als in dieser Stadt war. Der Herzog von Mercoeur wäre ohne Rettung verlohren gewesen, wenn ihm nicht seine Gemahlin (23) und Schwiegermutter (24) bey dieser Gelegenheit den wesentlichsten Dienst geleistet hätten. Sie suchten und erhielten durch die Marquisin von Monçeaux einen Paßport, um zu dem König nach Angers kommen zu dürfen. (25) Sobald sie daselbst waren, brachten sie seine Geliebte völlig auf ihre Seite. Die Herzogin von Mercoeur both ihr ihre einzige Tochter an, sie zu verheyrathen, an wen der König es für gut befände; unter der Hand aber gab sie ihr zu verstehen, daß es nur von ihr abhängen würde, diese reiche Erbin mit

ihrem

ihrem Sohn Cäsar zu vermählen. (26) Diese Verbindung schmeichelte so sehr der Eitelkeit der Frau von
Monçeaux, daß sie von diesem Augenblick an die Sache des Herzogs von Mercoeur als ihre eigne betrachtete, und sich mit Wärme dafür verwendete, unterdeß
die beyden Herzoginnen von ihrer Seite alle mögliche
Demüthigungen, Versprechungen und Thränen in Bewegung setzten, welche sie fähig glaubten, einen Fürsten zu rühren, dessen Gefälligkeit und Neigung für
das andre Geschlecht bekannt waren. Heinrich ließ
sich erweichen, und dachte nicht mehr daran den Herzog
von Mercoeur zu züchtigen.

Ich war kaum abgestiegen, so gieng ich auch gleich
zu dem Könige. Bey meinem ersten Worte, und schon
blos aus meiner Mine, sah er, was ich im Kopfe hatte; er fiel mir um den Hals, drückte mit beiden Armen
meinen Kopf gegen seine Brust, und rief: „Willkom-
„men mein Freund. Wie froh bin ich, Sie hier zu
„sehen; ich habe Sie schon recht nöthig gehabt.‟
„Sire‟ antwortete ich ihm, denn es war mir unmöglich mich zu den Schonungen herab zu lassen, welche
die Schmeicheley eingiebt, „und ich bin gar nicht froh,
„Sie noch hier zu finden.‟ „Wir kennen uns nun
„schon so lange,‟ erwiederte er, indem er mich unterbrach, „daß wir einander auch auf das halbe Wort
„verstehen. Ich rathe schon, was Sie mir sagen
„wollen, aber wenn Sie wüßten, was vorgeht, und
„wie weit ich die Sache schon gebracht habe, Sie
„würden ihre Meinung ändern.‟ Ich sagte ihm, die
Vortheile, von welchen er spräche, möchten noch so
groß seyn, so würde er doch alle diese und noch tausendmal wichtigere erlangt haben, wenn er statt zu Angers zu bleiben, sich an der Spitze einer Armee vor
Nantes gezeigt hätte. Er suchte sich durch den Man-

gel an nöthigen Geräth zur Belagerung dieser Stadt zu entschuldigen. Ich antwortete darauf, er würde dergleichen gar nicht bedurft haben, weil Nantes durch eine freywillige Ergebung ihm würde zuvorgekommen seyn, und vielleicht gar den Herzog von Mercoeur (27) ausgeliefert hätte. Es war, hauptsächlich in Ansehung des ersten, mehr als wahrscheinlich, daß die Sache würde erfolgt seyn wie ich es sagte; und der König räumte es auch ein. „Ich erkenne hier,“ sagte ich nach diesem Geständniß zu ihm, „zwar meinen tapfern „König nicht; aber ich schweige, denn ich sehe wohl, „was ihn zurückgehalten hat.“ Bey diesem Fürsten durfte ich die Wirkungen einer zu großen Aufrichtigkeit nicht scheuen. Er gestand mir alles mit einiger Verwirrung und gab seinem natürlichen Mitleid mit denen, die sich demüthigen, und der Furcht seine Geliebte zu beleidigen, die Schuld.

Wir unterhielten uns nachher blos noch von Neuigkeiten. Er hatte Briefe von der Königin von England erhalten, worin sie ihm schrieb, daß sie ihm einen Gesandten schicken würde, um, wie man mit ziemlicher Wahrscheinlichkeit schloß, ihn zur Fortsetzung des Krieges zu bewegen. Andre Briefe von Bellievre und Sillery gaben ihm Nachricht, daß die Legaten im Namen Philipps II sich erböten, alle französische Städte, die in diesem Kriege weggenommen waren, außer Cambrai, wieder zu geben. Daß Heinrich mit Truppen nach Bretagne marschirt war, ohne deshalb die Picardie zu entblößen, hatte in Spanien großes Erstaunen verursacht, und eben so große Freude am Londner Hofe, der immer darauf bedacht war, Philipps Größe zu erniedrigen. Mein Rath war, der König möchte um Einer Stadt willen nicht den Frieden verscherzen,

und

und sich begnügen, den Feind aus der Picardie und Bretagne vertrieben zu haben.

Diese letzte Provinz, die schon so lange nach Ruhe geseufzt hatte, fühlte ganz, was sie dem König schuldig war, dessen Gegenwart an der Spitze eines Heers allein ihr dieses Glück verschaffen konnte. Mercoeurs Parthey wurde jetzt die königliche, und gegen diese beyden zusammengenommen waren die Spanier nicht im Stande sich lange zu halten. Blavet (28) und Douarnenes, die beyden Orte, wo sie sich in der größten Anzahl festgesetzt hatten, mußten nothwendig bald dem allgemeinen Schicksal folgen, und einige Tage waren hinreichend um die Provinz völlig von ihren auswärtigen Feinden zu reinigen. Sie hatte beschlossen, ihre Staaten zu versammlen, um dem König durch eine beträchtliche außerordentliche Steuer ihre Dankbarkeit zu erkennen zu geben. Er befahl mir meinen Weg nach Bretagne fortzusetzen, und in der Zwischenzeit, bis er selbst dahin käme, den Truppen den Sold auszuzahlen, und sie in die Kasernen in der Gegend von Rennes und Vitré zu verlegen, mit den strengsten Befehlen, die äußerste Kriegszucht zu beobachten. Alsdann sollte ich nach Rennes gehen, seine Stelle in der Staatenversammlung einnehmen, die Berathschlagungen über die versprochnen Summen beförbern, und zur Erhebung derselben ihnen mit den Truppen beystehen. Heinrich blieb mit Vergnügen noch ein paar Tage zu Angers, unter dem Vorwande, daß noch einiges an dem Vergleich des Herzogs von Mercoeur fehlte.

Ich konnte es der Herzogin nicht verdenken, daß sie gesucht hatte gute Bedingungen zu erlangen; aber es kränkte mich so empfindlich, daß der König sich durch ihre Schmeicheleyen hatte hintergehen lassen, daß ich

von

von Angers würde abgereiset seyn ohne sie zu sehen, wenn er mich nicht dazu genöthigt hätte, ob ich gleich ein Verwandter dieser Dame bin, und zwar von derselben Seite, wo ich die Ehre habe mit dem königlichen Hause verwandt zu seyn, nehmlich durch das Haus Luxemburg. (29)

Heinrich stellte mir vor, daß wenn auch dieser Grund und die französische Höflichkeit nicht hinreichend wären, mich zu diesem Schritte zu bewegen, so verdiente die Herzogin es doch durch ihre Gesinnungen für mich, welche selbst durch Kenntniß von den meinigen sich nicht geändert hätten. In der That wurde ich auch von ihr und der Frau von Martiques mit der größten und auszeichnendsten Achtung aufgenommen. Die Herzogin machte mir einige sanfte und verbindliche Vorwürfe, daß ich ihr und meiner Kusine, ihrer Tochter, hätte schaden wollen; denn setzte sie hinzu, sie hätte nichts so sehr gewünscht, als die Angelegenheiten ihres Gemahls mir übergeben zu können, um seinen Vergleich mit dem König zu machen, so wie ich es für gut befände. Ich antwortete ihr: sie sollte jetzt, da meine Ergebenheit gegen sie nicht mehr durch den Dienst meines Herrn gehindert würde, der mich gegen alle andre Rücksichten blind machte, erfahren, daß Niemand geneigter seyn könnte ihr zu dienen, als ich.

Denselben Abend gieng ich noch bis Chateau Gontier, und den folgenden Tag bis Vitré. Ich sah die Nothwendigkeit einer strengen Ordnung bey den Quartieren der Soldaten zu gut ein, um etwas dabey zu versäumen. Die beyden Marschälle de Camp, Salignac und Mony waren mir dabey eine große Hülfe. Die Ruhe wurde in dieser Gegend so gut hergestellt, daß die Bauren, die sich Anfangs in die Wälder geflüch-

flüchtet und daselbst so festgesetzt hatten, daß sie jeden
Augenblick im Begriff waren loszuschlagen, in ihre
Dörfer zurückkehrten. Die Bürger von Rennes glaubten mir einen Dank dafür schuldig zu seyn. Sie ließen mir für die Zeit meines Aufenthalts in ihrer Stadt
während der Generalstaaten sehr schöne Zimmer bey
Mademoiselle de la Riviere zurecht machen. Dieses
war ein geistreiches, munteres und mit der Welt be-
kanntes Frauenzimmer. Sie liebte das Vergnügen
für sich selbst, und war darum nur desto fähiger zu
dem Auftrag den sie übernommen hatte, mich alle die
Annehmlichkeiten genießen zu lassen, welche man in
so reichen und verfeinerten Städten als Rennes finden kann.

Wenn der Zustand eines Ministers stets so wäre,
als die sechs Wochen, welche ich in dieser Stadt zubrachte, so würde er in der That alle das angenehme
haben, welches man ihm fälschlich zuschreibt. Meine
einzige Beschäftigung war, den Versammlungen der
Staaten beyzuwohnen, welche mit der größten Dankbarkeit zu dem Dienste, den sie jetzt dem König erzeigen sollten, bereit waren. Sie gestanden ihm ohne
Widerspruch 800,000 Thaler zu, wovon in den ersten zwey Monathen jedesmal 100,000, und dann bis
zum Ende der Zahlung jeden Monath 200,000 sollten geliefert werden. Um diese Summe zu erhalten,
machte man eine Auflage von 4 Thalern auf jede Pi-
pe Wein. Die Stände wollten noch 6000 Thaler
hinzufügen, um mir ein Geschenk zu machen. Ich
untersuchte nicht, ob dieses eine von den Gelegenheiten wäre, wo ich es ohne Nachtheil annehmen könnte,
sondern schlug es aus. Man vergrößerte diese soge-
nannte Großmuth gegen den König, und da auch er
meiner Aufführung bey den Staaten weit mehr Lob

bey-

beylegte, als sie verdiente, so wollte er selbst mein Beloh-
ner seyn, und gab mir statt der 6000 Thaler, 10,000.
Seit 26 Jahren, da ich in des Königs Diensten war, hatte ich noch nicht ein so beträchtliches Geschenk von ihm
erhalten. Es entstand darüber zwischen ihm und der
Provinz Bretagne eine Art von Ehrenstreit, und die
letztere setzte es durch, daß diese 10,000 Thaler noch
zu den 800,000 hinzugethan wurden, welche sie
ihm anbot.

Da der Vergleich mit dem Herzog von Mercoeur
jetzt geschlossen war, so schickte ihn der König an die
Rechnungskammer zu Rennes um einregistrirt zu werden. Weil aber in dem Vergleich einige geheime Artikel waren, über die man sich nicht deutlich erklärt hätte, so glaubte die Kammer sich berechtigt, ihn nicht
anders als mit einigen Einschränkungen in Ansehung
dieser Artikel einzutragen. Heinrich, der besser als
irgend ein Fürst den Umfang der Macht der höchsten
Gerichtshöfe kannte, und sich stets weit entfernt bezeigt hatte, den geringsten Eingriff darein zu thun, nahm
diese Weigerung sehr übel. Er schickte mir mit den
Depeschen, die ich gewöhnlich alle Tage von ihm erhielt, eine Lettre de jussion für die Rechnungskammer.
Er sagte ihr darin, sie hätte nicht vergessen sollen, daß
in den Vergleichen oder Handlungen, welche blos den
Krieg oder die Person des Königs betreffen, der Souverain von Frankreich keinen Menschen um Rath frägt,
und die Einregistrirung seiner Briefe blos als eine un-
nöthige Formalität verlangt. Er nannte die Aufführ-
rung dieses Kollegiums Vermessenheit, und befahl ihm
seinen Ungehorsam durch stille und unbedingte Unterwerfung wieder gut zu machen.

Nicht weniger Standhaftigkeit zeigte er bey einer
andern Gelegenheit, welche auch die höchsten Gerichtshöfe

höfe betraf. Sie verlangten sogleich nur die Hälfte des Geldes, wozu sie von den Staaten taxirt worden waren, zu geben, und den Rest ihres Beytrages in bequemen und entfernten Terminen zu bezahlen. Dieselben Schwürigkeiten machten sie wegen ihres Antheils an den zum Unterhalt der Truppen, die sie doch selbst verlangt hatten, nöthigen Beysteuern. Heinrich merkte leicht, daß sie blos diesen Kunstgriff gebrauchten, um gar nichts mehr zu geben, sobald er die Provinz verlassen haben würde. Er ließ mich daher wissen, er wollte, daß sie das ihrige auch ganz beytragen sollten; und dies mußte auch geschehen. Sie hörten auf über die Bezahlung der Truppen zu murren, so bald sie eingesehen hatten, daß die Ruhe der Provinz von der Richtigkeit dieser Zahlung abhieng, und waren nachher die Ersten, die mein Verfahren billigten.

Ich erhielt diese Befehle von Nantes, wohin der König nach der Schließung des Vergleichs mit dem Herzog von Mercoeur gegangen war, um sich mit zwey wichtigen Sachen zu beschäftigen, dem Edikt für die Reformirten, und der Aufnahme der Englischen und Holländischen Gesandten. Er hielt seine Gegenwart in der Picardie für nothwendig, um den Frieden zu Stande zu bringen, wozu die Unterhandlungen mit gleichem Erfolg fortgesetzt wurden; er dachte daher von Nantes dahin zu gehen, ohne erst nach Rennes zu kommen, welches ihm unnöthig schien, und er hatte schon Befehl gegeben, daß die fünf Regimenter Navarra, Piemont, Isle de France, Boniface und Bréauté, die er aus Bretagne zog, um die Flandrische Grenze durch sie zu verstärken, dahin vorausgehen sollten. Er theilte mir diesen Plan mit, und ich stellte ihm in Ansehung dieser Regimenter vor, daß, da der Anschein des Frieden zur Gewißheit geworden sey, er darauf denken

möchte,

möchte, einen Theil der Soldaten zu verabschieden, und die Anzahl seiner Besatzungen, die dem Lande gar zu sehr zur Last fielen, zu vermindern; zwey von den fünf Regimentern würden daher für die Picardie hinreichend seyn. Er schickte auch blos die beyden ersten unter dem Marschall von Brissac dahin. Ich bestand zugleich auf der Nothwendigkeit, daß er sich in der Hauptstadt von Bretagne wenigstens zeigen müßte. Dieses bewog ihn, seinen Plan zu ändern, und auf einige Tage dahin zu gehen, ehe er nach Paris zurückkehren würde. Zu dem Ende suchte er die beyden Angelegenheiten, die ihn zu Nantes aufhielten, sobald als möglich abzuthun.

Es war mehr als jemals nothwendig geworden, die, welche die Protestanten betraf, in Ordnung zu bringen. Ihr kleiner Staat nahm sich in Frankreich solche Freyheiten heraus, daß der König selbst vor ihrem Ungestüm und ihrer Bosheit nicht immer sicher war. Seine Vorstellungen an die Urheber des Komplots, von dem ich geredet habe, schienen, anstatt sie zu ihrer Pflicht zurückzurufen, nur im Gegentheil das zu gedient zu haben, sie zu bewegen, daß sie das äußerste anwendeten, um auf ihren verschiednen Synoden die ganze protestantische Partey zu den gewaltsamsten Entschlüssen zu bewegen. Die Frau von Rohan hatte es nicht unter ihrer Würde gehalten, sich bey Allen die größte Mühe zu geben, um es dahin zu bringen, daß man durch die Mehrheit der Stimmen beschlösse, den König zur Annehmung der Bedingungen, die man ihm vorschreiben wollte, zu zwingen. Hierin hatte ihr d'Aubigné, der wegen seiner verläumberischen und satyrischen Zunge bekannt ist, treulich beygestanden. (30) Er war es, der in diesen Versammlungen gewagt hatte zu behaupten, man müsse weiter kein Vertrauen

trauen auf einen Fürsten setzen, der mit seiner Religion alles Gefühl von Zuneigung, guten Willen oder Dankbarkeit gegen die Calvinisten abgeschworen hätte. Nur die Nothwendigkeit zwänge ihn noch, sich an sie zu wenden und sie zu schonen; nachher aber würde er sich wohl hüten, noch etwas für ihre Gewissen, ihr Leben und ihre Freyheit zu thun. Der Frieden, den man im Begriff wäre mit Spanien zu schließen, würde ihrer ganzen Partey das äußerste Elend zuziehen, weil Heinrich ihn blos in der Absicht machte, sich nachher mit dieser Krone und mit dem Pabst zu vereinigen, um die Reformirten ihrer gemeinschaftlichen Rache aufzuopfern. Es bliebe ihnen also nichts übrig, als sich des Königs Verlegenheit während einer beschwerlichen Belagerung, seinen Geldmangel, den Zeitpunkt, wo er ihrer noch bedürfe, und die Gewalt, die der Herzog von Mercoeur noch in Bretagne hätte, zu Nutze zu machen, um das mit Gewalt zu erlangen, was Heinrich sonst in der Folge sich weigern würde, ihnen zuzugestehen.

Um diese Versammlungen noch mehr zu empören erlaubte man sich die schwärzesten Verläumbungen. D'Aubigné schämte sich nicht, Heinrich als einen Fürsten vorzustellen, dem alle Religionen gleichgültig wären, und der nur die mit Eifer liebte, welche ihm einen Thron versicherte; (31) diesen Begriff, wollte er, sollte man sich von des Königs Abschwörung machen. Nach seiner Meinung zeigten die vorgeblichen Beleidigungen, die den Protestanten wiederfahren wären, deutlich das neue Staatssystem, welches Heinrich sich gemacht hätte. Diese Beleidigungen waren ein weites Feld für ihn. Die geringste nannte er Schmach, unerhörte Treulosigkeit; und alles, was blos von der Partey der Katholiken oder von dem Römischen Hofe kam, wurde höchst unbillig dem König

nig

nig zur Laſt gelegt. Der Herzog von Bouillon überließ andern das Reden, und unterſtützte D'Aubigné
durch ſeine Geſchicklichkeit, Zwietracht zwiſchen Heinrich und allen die um ihn waren, Proteſtanten und
Katholiken, zu ſäen, und ihm Händel genug zuzzie-
hen, damit er ſich noch lange nicht gegen ihn wenden
könnte. Die Eroberung von Mende in Gevaudan,
welches Foſſeuſe wegnahm, und die Ausflucht des
Grafen von Auvergne waren Folgen ſeiner Anſchläge.

Alle dieſe Perſonen vergaßen ſich nicht bey den
holländiſchen und engliſchen Geſandten, ſobald ſie ſie
in Nantes ſahen. Sie rechneten deſto ſicherer darauf,
ſie in ihre Abſichten zu verflechten, weil ſie wußten,
daß es den Bothſchaftern beſonders empfohlen war, den
Frieden mit Spanien zu verhindern. Milord Cecil,
(32) der Sekretair der Königin Eliſabeth, und Juſtin
von Naſſau, der Admiral der Republik, waren die
Geſandten. Sie baten den König um eine Audienz,
wo ſie ganz allein oder nur in meiner und Lomenie's
Gegenwart mit Seiner Majeſtät ſich unterhalten könnten. Ich konnte nicht dabey ſeyn, weil ich zu Rennes beſchäftigt war.

Hätten die beyden Geſandten den Reformirten
gefolgt, ſo würden ſie nur geſucht haben, dem König
Furcht einzuprägen, und ihn durch Drohungen zu nöthigen, ihre Abſichten zu erfüllen. Aber vielleicht war
dieſes nicht in ihrer Macht, vielleicht auch hatten ſie
die Ungerechtigkeit der Proteſtanten eingeſehen, und
hielten es unter ihrer eignen Würde, Werkzeuge der
Leidenſchaft derſelben zu ſeyn; genug, ſie ſagten dem
König nichts von dem, was dieſe ihnen eingegeben
hatten. Sie hatten übrigens Anerbietungen zu thun,
die weit mehr fähig geweſen wären, einen Fürſten zu ver-
füh-

führen, dessen Neigung zum Kriege man kannte. Der Englische Gesandte bot ihm im Namen seiner Königin 6000 Mann Infanterie und 500 zu Pferde an, welche pünktlich unterhalten und besoldet werden sollten; Nassau versprach ihm 4000 Mann zu Fuß, und eine zahlreiche Artillerie mit allem versehen und völlig bedient. Außerdem sollte noch eine besondre Hülfe geleistet werden, und man gab zu verstehen, daß sie beträchtlich seyn würde, wenn Heinrich sich bemühen wollte, Calais und Arbres wegzunehmen. Im Fall er durch diese Bedingungen gereizt würde, hatten beyde Gesandten Befehl, auf der Stelle ein Bündniß zwischen England, Holland und Frankreich gegen Spanien zu schließen, und dabey die Bedingung nicht zu vergessen, daß nie die eine der drey Mächte irgend einen Stillstand oder Vertrag mit dem gemeinschaftlichen Feinde anders, als mit Einwilligung der beyden andern sollte eingehen können.

Zum Glück entgieng der König dieser Schlinge; die Betrachtung des gegenwärtigen Zustandes seines Reichs wog alle andern bey ihm nieder. Er dankte den Gesandten auf die verbindlichste Art, und versicherte sie, daß, wenn er gleich die Anerbietungen ihrer Souveraine nicht annähme, er doch von der Freundschaft nicht abweichen würde, die sie seit so langer Zeit mit ihm verbände. Der Frieden, den er im Begriff wäre mit Spanien zu schließen, denn er verbarg ihnen nicht, wie er mit Philipp II stünde, würde ihn nicht hindern, in demselben Verhältnisse, wie ehmals mit ihnen zu bleiben, und in ihren Bedürfnissen ihnen dieselbe Unterstützung an Gelde zu geben; nur mit der einzigen Vorsicht, daß diese Darlehne als bezahlte Schulden angegeben würden, um den Spaniern keine Ursache zum Friedensbruch zu geben.

Er

Er erklärte ihnen dann mit derselben Aufrichtigkeit alle die Gründe, die ihn bewogen, den Frieden
zu schließen. Sein Reich, sagte er ihnen, sey nicht
so wie Holland oder England durch natürliche Schranken gegen die Anfälle seiner Nachbarn gesichert, sondern von allen Seiten offen; seine Vestungen ohne
Wälle und ohne Vorräthe; seine Seemacht schwach,
seine Provinzen verheert und selbst zum Theil zur Wü-
ste geworden. Er gieng dann zu einer genaueren Be-
schreibung der Mißbräuche und des Unglücks der Staatsverwaltung über. Die Ungezähmtheit der Bürgerkriege, mit den auswärtigen Kriegen verbunden, hatte
alle Subordination aufgehoben. Seine eigne Macht
war noch ungewiß und schwankend, und für das königliche Ansehen hatte man eben so wenig Ehrerbjetung,
als für die heiligsten Gesetze des Staats. Wenn man
zu lange wartete gegen diese Uebel das Mittel anzuwenden, welches der Frieden allein gewähren könnte;
so thäte Frankreich vielleicht die letzten Schritte zu
seinem Untergang, ohne daß nachher eine menschliche
Hülfe im Stande wäre einen Schaden aufzuhalten,
welches schon das Herz angegriffen hätte. Er vergaß
nicht jeden dieser Gründe dadurch zu verstärken, daß
er bey allen diesen Betrachtungen eine Vergleichung seiner gegenwärtigen Lage mit der von Holland und England anstellte, deren Ruhe und Vortheil sich eben sowohl mit einem Kriege vertrugen, auf welchen ihre größte
Sicherheit beruhete. Heinrich stellte diesen Vergleich
mit so vieler Genauigkeit und Urtheil an, und zeigte
dabey eine so vollkommne Kenntniß der Angelegenheiten
dieser Staaten, die seinen Vortrag so einleuchtend
machte, daß die beyden Fremden nichts darauf zu antworten wußten, und sich mit äußerstem Erstaunen einander ansahen. Er gab ihnen zu verstehen, er würde
jetzt die Wiederherstellung der Angelegenheiten seines

Lan-

Landes seine einzige Sorge seyn lassen, um nachher mit besto mehr Hoffnung eines guten Erfolgs seine ersten Entwürfe gegen das deutsche Reich und das Haus Oestreich wieder vorzunehmen. Beyde Vorhaben aber ließen sich nicht zu gleicher Zeit ausführen. Die Gesandten glaubten, wenigstens zum Schein seinen Entschluß bestreiten zu müssen; aber dies geschah nur so schwach, weil sie seine Wahrheiten gefühlt hatten, daß er sie noch in derselben Unterredung zur Annehmung seiner Gesinnungen und zu dem Geständniß brachte; der Frieden, den er schlösse, sey ein Glück für ganz Europa. Sie giengen gleich darauf wieder zu Schiffe, und erfüllten die fremden Länder mit der vortheilhaften Meinung, die sie von der Weisheit und Fähigkeit des Königs von Frankreich gefaßt hatten.

In der That aber, was für eine Fluth von Elend würde er seinem Lande nicht zugezogen haben, wenn er mehr dem Verdruß und der Rache als dem Rath der Vernunft Gehör gegeben, und den Krieg wieder angefangen hätte, da es in seiner Macht war, ihn zu ersticken? Wie schrecklich ist das Bild, daß sich dem Geist darstellt, wenn man denkt, daß das Schicksal, welches die Zufälle des Krieges lenkt, ihn für Frankreich hätte unglücklich können ausschlagen lassen? Gesetzt aber auch, er wäre sehr glücklich geführt worden; läßt sich was traurigers denken, als die Glücksfälle, die ein Fürst durch die Veräusserung seiner Domänen, durch Vorausnehmen und Verpfänden seiner Einkünfte, durch den Untergang seines Handels, durch die Abnahme des Ackerbaues und der Viehzucht, der beyden Brüste, die Frankreich säugen; und durch Erschöpfung und Verwüstung seiner Provinzen erkauft? Was kann man dagegen in die andre Schaale legen? Eroberungen deren gezwungner Besitz mit jedem Augenblicke die

Besorg-

Beforgniſſe erneuert, und die gleichſam ſo viele verhaßte Denkmäler bleiben, welche den Feind an die Ehr-
ſucht und die Beleidigungen des Siegers erinnern, ein
Keim des Neides, des Mißtrauens und des Haſſes
werden, und den Staat von neuem in all das Elend
zurück ſtürzen, das er in ſeinem Innerſten noch nicht
verwunden hat. Aus dieſer Urſache getraue ich mich
zu behaupten, daß es in dem jetzigen Zuſtande von
Europa, für einen Fürſten faſt gleich gefährlich iſt,
in ſeinen Unternehmungen glücklich zu ſeyn, oder zu
ſcheitern; und daß das wahre Mittel einen mächtigen
Nachbar zu ſchwächen, nicht darinn beſteht, ſich mit
ſeinem Raube zu beladen, ſondern — andre ſich darinn
theilen zu laſſen.

Die ganze Aufgeblaſenheit der proteſtantiſchen
Kabale fiel, ſobald ſie ſahen, daß die Geſandten, auf
die ſie ſo ſehr rechneten, die Geſinnungen des Königs
angenommen hatten. Sie urtheilten, daß der Frieden bald auf dieſe Begebenheit folgen würde, und dachten nun nur darauf, wie ſie ſelbſt, auf anſtändige Bedingungen, ſich dieſe allgemeine Wohlthat zu Nutze machen wollten. Es war ihr Glück, daß ſie in einem
Augenblick, wo man ſie ſehr gut für ihr ungeziemendes
Betragen hätte züchtigen können, mit einem Fürſten
zu thun hatten, bey dem die Vernunft ſtets Meiſterin
ſeiner Empfindlichkeit blieb. Man arbeitete nun von
beyden Seiten an der Entwerfung dieſes berühmten
Vergleichs, welchen man das Edict von Nantes nennt,
und wodurch die Rechte beyder Religionen in der Folge eben ſo dauerhaft gegründet als deutlich erklärt werden ſollten. Schomberg, der Präſident de - Thou,
Jeannin und Calignon bekamen den Auftrag, es aufzuſetzen. Ich werde weiter nichts davon ſagen, als
daß die franzöſiſchen Calviniſten, welche bisher nur

durch

durch Stillſtände, welche aufgehoben oder verlängert
wurden, beſtanden hatten, durch dieſes Edict endlich
einen veſten und dauerhaften Zuſtand erhielten. (33)
Es war nun noch übrig, dieſen Vergleich durch die
Parlamenter und höchſten Gerichtshöfe, und zwar zuerſt durch die Pariſer beſtätigen und aufnehmen zu laſſen; dieſes verſchob der König bis nach ſeiner Rückkehr
in die Hauptſtadt.

Heinrich glaubte nun, da er mit der ſtrengſten
Genauigkeit alles gethan hatte, was er den Proteſtanten ſchuldig war, nicht mehr nöthig zu haben, die
unruhigen Köpfe unter denſelben zu ſchonen, (34), und
vorzüglich dem Herzog von Bouillon, der ſich am meiſten vorzuwerfen hatte. Er nahm ſich vor, einmal als
Herr mit ihm zu reden. Jetzt hatte er ſich das Recht
dazu erworben, wenn er es auch als König nicht ſchon
beſeſſen hätte; und es ſollte zu Rennes geſchehen, wohin er unverzüglich abreiſete. Der Herzog wohnte in
dieſer Stadt bey l'Alloué, wo er wegen ſeiner Gicht
das Bett nicht verlaſſen konnte. Heinrich gieng zu ihm,
als wollte er ihm einen Beſuch machen. Nach der
erſten Bewillkommung aber ließ er Jedermann aus
dem Zimmer des Kranken hinausgehen, und ſagte ihm,
er möchte, ohne ihn zu unterbrechen, alles anhören,
was er mit ihm zu reden hätte. Zuerſt rechnete er ihm
alle ſeine einzelnen Unternehmungen her, um zu zeigen,
daß ihm keine einzige derſelben unbekannt wäre. Er
hielt ſich hauptſächlich bey einigen Schritten des Herzogs auf, die um ſo ſtrafbarer waren, da er ſie nach
dem Edict von Nantes gethan hatte, welches ihm doch
jeden Gedanken, ſich gegen einen Fürſten aufzulehnen,
der ſo großmüthig zu ſeiner Befriedigung beytrug, hätte verbieten ſollen. Der Herzog wollte das Wort
nehmen, um ſich zu entſchuldigen, aber Heinrich un-
ter-

zerbrach ihn kurz, indem er ihm sagte, von diesem Augenblick an wäre ohne weitere Rechtfertigung alles Geschehene vergessen; nachdem er alles, was die schwärzeste Bosheit seinen Feinden habe eingeben können, verziehen hätte, sey er weit entfernt, einen alten Diener, mit dem er lange zufrieden gewesen wäre, von seiner Gnade auszuschließen. Dann aber nahm er den Ton des Ansehns an, der ihm um so besser anstand, je weniger er ihn gebrauchte, und warnte den Herzog, er möchte den Rath, den er als sein Freund ihm noch geben wollte, nützen, und sich seiner vorigen Aufführung nicht anders erinnern, als um in Zukunft eine ganz entgegengesetzte anzunehmen. Wenn es ihm noch einmal begegnete, daß er sich hinreißen ließe, die Ehrfurcht gegen seinen König und seinen Herrn aus den Augen zu setzen, so sey Er entschlossen, alle die Gewalt, welche ihm die hergestellte Ruhe seines Königreichs gewährte, anzuwenden, um ihn dafür zu bestrafen. Mit diesen Worten gieng er hinaus, ohne die Antwort des Herzogs hören zu wollen, und überließ ihn seinem Nachdenken.

Die Bretagner waren über die Freundlichkeit ihres Königs, und über die Gefälligkeit entzückt, mit der er an allen den Festen theilnahm, womit die Damen sich um die Wette bemühten, ihn zu erfreuen. Er theilte seine Zeit zwischen diese Gesellschaften der Damen, das Ringelrennen, die Ballets und das Ballspiel, ohne deßhalb in seiner Aufmerksamkeit gegen die Frau von Monceaur etwas nachzulassen, welche schon in ihrer Schwangerschaft sehr weit gekommen war.

Mitten zwischen allen diesen Lustbarkeiten schien er mir doch in gewissen Augenblicken so tiefsinnig, daß ich leicht einsah, er müsse durch irgend eine geheime

Em-

Empfindung, der er sich überließe, beunruhigt werden.
Ich wurde in meiner Meinung bestärkt, als Heinrich,
der zuweilen auch sich mit der Jagd belustigte, mir
zweymal befahl ihn zu begleiten, weil er mit mir ins
gehehn reden wollte; — aber er sprach von nichts,
als die Gelegenheit da war. Es fiel mir ein, daß
eben dieses zu Saint-Germain und zu Angers geschehen sey, und ich schloß daraus, es müsse von irgend
einer Absicht die Rede seyn, über welche es ihm schwer
würde, sich gegen mich zu erklären, weil er wußte, mit
welcher Freymüthigkeit ich zuweilen seine Meinung zu
bestreiten wagte. Aber es war mir unmöglich, diese
Absicht zu errathen. Nach jenem Besuch bey dem Herzog von Bouillon sah der König, als er die Treppe herunter kam, mich in den Hof treten. Er rief mich,
ließ sich den großen und schönen Garten aufschließen,
und führte mich hinein, indem er mich bey der Hand
hielt und seine Finger mit den meinigen verschlungen
hatte, wie es seine Gewohnheit war. Hinter uns ließ
er die Thür wieder verschließen, und befahl, daß niemand hinein gelassen werden sollte.

Dieser Anfang ließ mich eine große Entdeckung
erwarten, aber er kam nicht gleich dahin. Er fieng,
um sich selbst erst zu fassen, damit an, daß er mir erzählte, was zwischen ihm und dem Herzog von Bouillon so eben vorgegangen war. Dann kam er auf Nachrichten von den Unterhandlungen zu Vervins, und der
Faden des Gesprächs führte ihn unvermerkt auf die
Vortheile, welche eine ruhige Staatsverwaltung dem
Lande verschaffen würde. Ein einziger Umstand, sagte er, mache ihm Sorgen, daß er keine Kinder von
der Königin hätte, und also vergebens sich so viel Mühe gäbe Frankreich zu beruhigen, denn nach seinem Tode würde der Streit um die Krone, zwischen den Prinzen von Condé und den übrigen Prinzen vom Geblü-

unfehlbar alles vergangne Elend erneuern. Er gestand mir, daß es aus dieser Ursach sein heißester Wunsch wäre, Söhne zu haben. Ohne die Trennung seiner Heyrath mit Margarethen von Valois, war diese Beruhigung ihm auf immer versagt. Seine Abgeordneten zu Rom, der Erzbischof von Urbino, und die Herren du Pernon, d'Ossat und Marguemont, hatten ihm indessen geschrieben, sie fänden den Pabst über diesen Punkt so nachgebend, daß er große Hofnungen schöpfte, es durchzusetzen. Clemens VIII war ein so guter Staatsmann, als irgend ein Fürst in Europa. Um Frankreich und die übrigen Reiche der Christenheit vor einem Rückfall in die Verwirrung zu bewahren, der sie kaum erst entgangen waren, sah er kein besseres Mittel, als die Thronfolge in Frankreich zu sichern, indem er den König berechtigte eine neue Heyrath zu schließen, aus welcher er männliche Erben haben könnte.

Unsre Unterredung blieb an diesem Gegenstande hängen, und ich merkte nun wohl, daß dies der Punkt war, der Heinrichs Unruhe erregte, aber dennoch wußte ich den wahren Grund derselben noch nicht. Er fieng an mit mir zu überlegen, auf welche Prinzessin von Europa er wohl seine Augen richten könnte, um sie zu seiner Gemahlinn zu wählen, im Fall seine jetzige Ehe getrennt würde. Aber die Wahrheit zu sagen schickte er erst eine Erklärung voraus, durch welche die ganze Untersuchung ziemlich unnütz wurde. Um nicht einen so gewagten Handel, als diesen, nachher bereuen zu müssen, sagte er, und um sich nicht in das Unglück zu stürzen, welches das größte von allen wäre, eine an Körper und Geist ungestalte Frau zu haben, verlangte er bey der, die er wählen würde, sieben Eigenschaften. Sie sollte schön, von der besten Aufführung, sanft, klug, fruchtbar, reich und von königlicher Abkunft seyn. Natürlich fand er in ganz Europa keine, welche ihm

völlig

voͤllig genug gethan haͤtte. „Ich wollte schon,“ setzte
er nachher, sehr wenig mit den eben geaͤußerten Grund-
saͤtzen uͤbereinstimmend, hinzu, „ich wollte schon mit
„der Infantin von Spanien zufrieden seyn, so alt sie
„auch ist, wenn ich mit ihr die Niederlande erheyra-
„then koͤnnte, sollte es auch nur seyn, um Ihnen die
„Graͤfschaft Bethune zu geben. Ich wuͤrde auch die
„Prinzessin Reibelle (35) von England nicht ausschla-
„gen, da man sagt, daß diese Krone ihr zukoͤmmt,
„wenn sie nur wenigstens zur muthmaßlichen Erbin er-
„klaͤrt waͤre. Aber es laͤßt sich so wenig auf das Eine
„als auf das Andre rechnen. Ausserdem habe ich auch
„von verschiednen Prinzessinnen in Deutschland gehoͤrt,
„deren Namen mir entfallen sind; aber die Weiber aus
„diesem Lande sind gar nicht nach meinem Geschmack.
„Ich wuͤrde mir immer einbilden, ein Faß Wein laͤ-
„ge an meiner Seite; auch habe ich gehoͤrt, daß einst
„in Frankreich eine Koͤnigin von dieser Nation gewe-
„sen ist, die das Land beynahe zu Grunde gerichtet
„haͤtte; das alles erregt mir einen Widerwillen gegen
„die Deutschen. Man hat mir die Schwestern des
„Prinzen Moritz genannt; aber sie sind alle Hugenot-
„ten, und das wuͤrde den Roͤmischen Hof mißtrauisch
„machen. Außerdem laͤuft auch ein gewisses Geruͤcht
„unter den Katholiken, daß sie geistliches Blut in ih-
„ren Adern haben sollen, und das und noch ein Um-
„stand, den ich Ihnen ein andermal sagen will, schreckt
„mich ab. Der Herzog von Florenz hat noch eine
„Nichte, und man sagt, sie soll schoͤn genug seyn;
„aber sie ist aus einem der geringsten Haͤuser der Chri-
„stenheit, die den Fuͤrstentitel fuͤhren. Vor 60 bis
„80 Jahren gehoͤrten ihre Vorfahren nur noch blos unter
„die angesehensten Buͤrger ihrer Stadt. Und dann
„ist sie von demselben Geschlecht als die Koͤnigin Mut-

„ter)

„ter, die ganz Frankreich, und mir besonders so viel
„böses gethan hat.

„Das sind, fuhr er fort, da er sah, daß ich ihm
„aufmerksam zuhörte, das sind alle die fremden Prin-
„zessinnen, von denen ich etwas weiß. Unter den ein-
„heimischen hier in Frankreich, wäre meine Nichte Gui-
„se (36) eine von denen, die mir an besten gefallen
„würden; ungeachtet des Geredes, daß einige boßhafte
„Zungen von ihr ausgesprengt haben: sie sey den Lie-
„besbriefchen nicht gram; denn vors erste halte ich das
„für Verläumdung, und nachher möchte ich immer
„lieber eine Frau haben, die ein wenig galant wäre,
„als eine, die einen Starrkopf hätte. Aber ich fürch-
„te, die zu große Vorliebe, die sie für ihr Haus, und
„besonders für ihre Brüder zeigt.“ Er ließ nun, eben
so vergebens, die andern Prinzessinnen die Musterung
passiren. Einige fand er schön, groß, gut gewachsen,
als die älteste der beyden Töchter des Herzogs von
Mayenne, ob sie gleich ein wenig schwarz wäre, die
beyden Aumale und die drey Longueville; — aber diese
waren entweder zu jung, oder sie gefielen ihm nicht: —
die Tochter der Prinzessin von Conti, aus dem Hause
Lucé, die Fräuleins von Luxemburg und von Guemé-
ne; — aber die eine war reformirt, die andre nicht alt
genug, und die übrigen nicht nach seinem Geschmack.
Mit einem Worte, er fand bey einer jeden besondre Ursachen, sie auszuschließen, und er endigte die Musterung
damit, daß er sagte, so vollkommen ihm auch alle diese Mädchen vorkämen, so könnte er doch nicht versichert
seyn, daß er Söhne mit ihnen zeugen, und mit ihrer
Laune oder ihrem Geist sich vertragen würde. Ohne
diese drey Bedingungen, von den sieben, die er zuerst gemacht hätte, würde er sich aber nie zu einer neuen
Verbindung entschließen; denn er nähme eine Frau in

der

der Absicht, daß sie seine häuslichen Sorgen mit ihm theilen sollte, und da er nach dem Lauf der Natur wahrscheinlich vor ihr sterben, und vielleicht seine Kinder noch sehr jung hinterlassen würde, so wäre es nothwendig, daß sie diese erziehen und den Staat während einer Minderjährigkeit regieren könnte.

"Aber wie!" sagte ich endlich, müde, länger über den Zweck einer Rede nachzusinnen, wo er zu gleicher Zeit zu wollen und nicht zu wollen schien, "Was meinen Sie eigentlich, Sire, mit allen diesen für und wider? Und was kann ich daraus für einen Schluß ziehen, als daß Sie sehr wünschen, sich wieder zu vermählen, und doch auf der ganzen Erde kein Frauenzimmer finden können, das sich für Sie schickt? Nach der Art, wie Sie von der Infantin Clara Eugenia reden, scheint es, Sie hätten am liebsten eine reiche Erbin. Aber erwarten Sie denn, daß der Himmel die Margarethen von Flandern, die Marien von Burgund wieder auferwecken, oder wenigstens die Königin Elisabeth wieder verjüngen soll?" Was die Proben anbeträfe, die er verlangte, setzte ich lachend hinzu, so müßte ich keinen andern Rath, als daß er alle die schönsten Mädchen von ganz Frankreich, von 17 bis 25 Jahren zusammenkommen ließe, um durch besondre Unterhaltungen die Art ihres Herzens und ihres Geistes zu erforschen. Wegen des übrigen müsse man sich auf den Bericht erfahrner Matronen verlassen, zu denen man in ähnlichen Fällen seine Zuflucht zu nehmen pflegte. Nach meiner Meinung indessen, fuhr ich ernsthafter fort, könnte er sogleich die großen Reichthümer und die königliche Geburt von seinen Forderungen nachlassen. Es sey genug, wenn seine Gemahlin liebenswürdig wäre, und ihm wohlgebildete Kinder geben könnte. Ueber diesen Punkt aber müsse man

sich

sich mit dem bloßen Anschein begnügen, und sich erinnern, daß viel schöne Frauen unfruchtbar, und viel
berühmte Väter in ihren Kindern unglücklich wären.
Uebrigens aber, die Seinigen möchten seyn, wie sie
wollten, so würde das Blut, aus dem sie entsprossen
wären, sie stets zum Gegenstande der Ehrfurcht und
des Gehorsams der Franzosen machen.

„Nun gut,“ unterbrach mich der König, „wir
„wollen einmal Ihren Vorschlag wegen der Versamm-
„lung von Mädchen, die doch nur was zu lachen ge-
„ben würde, und Ihre schönen Herren, (37) die so
„übel gerathne Kinder haben, bey Seite setzen, denn
„ich hoffe die meinigen sollen besser seyn als ich, weil
„Sie mir doch zugeben, daß meine Frau gefällig, hübsch
„und von einer Gestalt seyn soll, die Erben hoffen läßt;
„aber nun denken Sie einmal bey sich selbst nach, ob
„Sie nicht irgend Eine kennen, bey der dies alles zu-
„sammentrift.“   Ich antwortete, über eine Wahl,
die so viele Ueberlegung erforderte, und über die ich
noch gar nicht gedacht hätte, könnte ich so schnell nicht
entscheiden. „Und was würden Sie sagen, erwie-
„derte Heinrich, wenn ich Ihnen Eine nennte, von
„der ich in Ansehung dieser drey Punkte genaue Kennt-
„niß hätte?“ — Ich würde sagen, Sire, antwortete
ich ganz natürlich, daß Sie mit ihr in größerer Ver-
traulichkeit gestanden haben müssen, als ich, und daß
es nur eine Wittwe seyn kann; denn über den Artikel
der Kinder kann sonst nichts überzeugend seyn. „Sie
„mag seyn was Sie wollen,“ fiel er mir ein, „aber
„wenn Sie nicht rathen können, so muß ich sie nennen.“
Nennen Sie sie immer, sagte ich, denn ich gestehe, daß
ich nicht fein genug dazu bin. „O über den feinen
„Vogel! rief der König; wenn Sie wollten, Sie
„würden sie schon nennen. Sie machen nur so den
„Un-

„Unwiſſenden, um mich zu nöthigen, daß ich es thue.
„Müſſen Sie nicht eingeſtehen, daß dieſe drey Bedin-
„gungen bey meiner Geliebten zuſammen treffen? —
„Nicht daß ich damit ſagen wollte, fuhr er, über ſeine
„eigne Schwachheit beſchämt, fort, daß ich den Ge-
„danken hätte, ſie zu heyrathen; ſondern nur um zu
„hören, was Sie dazu ſagen würden, wenn ich mir,
„in Ermanglung einer andern, es eines Tages in den
„Kopf kommen ließe.

Es war ungeachtet dieſer ſchwachen Vorſicht leicht
zu ſehen, daß er den Gedanken nur zu oft ſchon gehabt
hatte, und nur zu ſehr zu dieſer unwürdigen Heyrath
geneigt war, für die er mit allen ſeinen Worten, um
Gnade zu bitten ſchien. Mein Erſtaunen war ſo groß,
als man es denken kann, aber ich glaubte es ſorgfältig
verbergen zu müſſen. Ich ſtellte mich, als fände ich
in Heinrichs letzten Worten einen Scherz, der gar nicht
darinn war, und nahm daher Gelegenheit, durch eine auch blos ſcherzhafte Antwort ihn über dieſen ſelt-
ſamen Einfall zu beſchämen. Aber meine Verſtellung
gerieth nicht. Der König war nicht geſonnen es dabey
bewenden zu laſſen, nachdem er ſich einmal den Zwang
angethan hatte, ein ſo ſaures Geſtändniß abzulegen.
„Ich befehle Ihnen“ ſagte er, „frey mit mir zu reden.
„Sie haben das Recht erlangt, mir Wahrheiten zu
„ſagen. Fürchten Sie nicht, daß ich mich erzürnen
„werde, ſo lange es nur unter vier Augen geſchieht.
„Vor der Welt würde ich es ſehr übel nehmen.“

Ich antwortete, ich würde nie ſo unbeſonnen
ſeyn, ihm weder insgeheim noch öffentlich etwas zu
ſagen, das ihm misfallen könnte, den Fall allein ausgenommen, wenn es ſein Leben oder das Wohl des
Staats beträfe. Dann aber zeigte ich ihm die Schan-

de,

de, womit eine unanständige Verbindung ihn in den
Augen der ganzen Welt bedecken, und die Vorwürfe,
welche er einst sich selbst machen würde, wenn die Flam-
me der Leidenschaft erloschen wäre und er nun ruhiger
über diesen Schritt urtheilte. Wenn er sich blos zu
diesem Mittel entschlösse, um Frankreich vor dem Unglück einer ungewissen Nachfolge zu bewahren, so möchte er bedenken, daß er es dadurch gerade allen den
Uebeln, die er vermeiden wollte, und noch weit grö-
ßeren aussezte. Er könnte zwar die Kinder, die er
mit der Frau von Liancourt gehabt hätte, legitimiren,
aber er würde doch dadurch nicht hindern, daß der älteste, der unstreitig die Frucht eines doppelten Ehebruchs
wäre, aus diesem Grunde dem zweyten würde nach-
stehen müssen, dem nur der Flecken eines einfachen
Ehebruchs anklebte. Beyde aber würden geringer geachtet werden, als die Kinder, die er nachher mit seiner Geliebten zeugen würde, wenn sie seine Gemahlin
geworden wäre. Die Unmöglichkeit, jemals den gegenseitigen Stand dieser Kinder genau bestimmen zu
können, würde eine unerschöpfliche Quelle von Streit
und Krieg werden. „Ich überlasse dies alles Ihrer
„Ueberlegung, Sire,“ fuhr ich fort, „ehe ich Ihnen
„noch mehr darüber sage.“ „Das ist auch am besten,“
antwortete er, durch einen einzigen Blick auf das, was
ich ihm vorgestellt hatte, betroffen, „denn wahrhaftig,
„für das erste mal haben Sie mir genug gesagt.“ Aber
wie weit geht nicht die Tyranney einer blinden Leidenschaft! Wider seinen eignen Willen kam er in demselben Augenblick wieder so weit zurück, mich zu fragen,
ob, so wie mir die Gesinnungen der Franzosen und besonders der Großen bekannt wären, ich wohl glaubte,
daß er bey seinen Lebzeiten eine Empörung von ihnen
zu befürchten hätte, wenn er seine Geliebte heyrathete?

Diese

Diese Frage überzeugte mich vollends, daß Heinrich ein gefährlicher Kranker wäre, und als einen solchen behandelte ich ihn. Ich ließ mich in Erklärungen ein, die ich dem Leser ersparen will; auch wird er
sich leicht vorstellen können, was ich bey dieser Gelegenheit sagte, und überhaupt bin ich darüber fast schon
zu umständlich gewesen. — Wir blieben beynahe
drey Stunden mit einander eingeschlossen, und ich hatte den Trost, als wir uns trennten, ihn von allem
dem, was ich ihm vorgestellt hatte, überzeugt zu sehen.

Es war nicht leicht, Bande zu zerreißen, die
zu stark geworden waren. Heinrich war so weit noch
nicht gekommen, und es kostete ihn vorher noch fürchterliche innere Kämpfe (38). Alles, was er in dem
gegenwärtigen Augenblick fähig war zu thun, bestand
darinn, daß er es so lange verschob einen letzten Entschluß zu fassen, bis die so mühsam gesuchte Erlaubniß des Pabstes angekommen seyn würde; und bis dahin über alle seine Gesinnungen das tiefste Stillschweigen zu beobachten. Er versprach mir von den meinigen seiner Geliebten nichts zu entdecken, um sie nicht
zu meiner Feindin zu machen. „Sie ist Ihnen gut,
„sagte er, und schätzt Sie noch mehr; aber es bleibt
„ihr immer einiges Mißtrauen, daß Sie bey dem,
„was ich zu ihrem und ihrer Kinder Vortheil
„thun möchte, ihr nicht günstig sind. Sie sagt
„mir oft, wenn man hörte, wie Sie immer nur von
„dem Staat und meinem Ruhm redeten, so schiene
„es, daß Sie den ersten meiner Person, und den letz-
„tern meiner Zufriedenheit vorzögen." Ich antwortete, daß ich in gewisser Rücksicht dieses nicht läugnete.
Der Staat und der Souverain dürften nicht aus zwey
verschiedenen Gesichtspunkten angesehen werden. „Be-
„denken Sie, Sire, setzte ich hinzu, daß Ihre Tu-

D 5

„gen-

„genden der Geist sind, der diesen großen Körper be-
„lebt, daß der blühende Zustand desselben Ihnen den
„Ruhm und die Glückseeligkeit zurückgeben muß, die
„er von Ihnen erhält, und daß Sie die Ihrige nir-
„gend anders suchen können.“ Mit diesen Worten
verließen wir den Garten und trennten uns, um zum
Abendessen zu gehen, unterdeß die Höflinge sich zer-
marterten um den Gegenstand einer so langen Unterredung zu errathen.

Wir hatten beyde einen Umstand ganz aus der
Acht gelassen, dessen Ermanglung bey solchen Gelegenheiten oft ein Hinderniß gewesen ist. An die Einwilligung der Königin Margarethe zu der Ehescheidung
hatten wir gar nicht gedacht. Ich glaubte diese Unterhandlung einleiten zu müssen, unterdeß die andre zu
Rom ihren Weg gieng. Zuerst wünschte ich die Gesinnungen Margarethens zu erforschen. Ich schrieb
ihr daher einen Brief des Inhalts, da ich nichts so
sehr wünschte, als ihre Aussöhnung mit dem Könige,
worauf Frankreich die Hoffnung eines Kronerben gründete, so hätte ich geglaubt sie ersuchen zu müssen, sich
meiner zu diesem Werke zu bedienen. Wenn aber die
Gesinnungen beyder Theile so beschaffen wären, daß
sie zu diesem Schritt sich nicht entschließen, oder, daß
er zu dem Zweck, von dem ich redete, nicht führen
könnte; (und ich mußte wohl, daß sie wegen ihrer Un-
fruchtbarkeit diesen Punkt stillschweigend einräumen
mußte) so möchte sie es nicht ungnädig nehmen, wenn
ich in der Folge so dreist wäre, sie zu einem noch größern Opfer zu bereden, welches der Staat von ihr
erwartete. Deutlicher erklärte ich mich noch nicht,
aber nach dem, was ich über die Nothwendigkeit,
dem französischen Geblüt rechtmäßige Kinder zu geben,
gesagt hatte, war es nicht schwer zu errathen, worinn
dieses Opfer bestehen sollte.

Die

Die Königin nahm sich volle Zeit, einen so wichtigen Entschluß zu überlegen, ehe sie mir eine Antwort gab. Erst fünf Monathe nachher erhielt ich sie; sie war von Usson (39) geschrieben, wo Margarethe sich gewöhnlich aufhielt, und so beschaffen, wie man sie wünschen konnte, klug, bescheiden und nachgebend. Ohne sich deutlicher, als ich gethan hatte, über eine Scheidung zu erklären, wovon das Gerücht noch nicht erschollen war, begnügte sich die Königin zu versichern, daß sie sich in allen Stücken dem Willen ihres Gemahls unterwerfen würde, und dankte mir für die Mühe, die ich mir genommen hatte.

Der König hielt sich nur sieben oder acht Tage zu Rennes auf; nachher eilte er nach Paris zurück, um im Anfang des May in Picardie seyn zu können. Er gieng über Vitré (40), und schickte von da aus mir einen Befehl, daß ich der Besatzung von Rochefort ein Geschenk geben, das Schloß aber schleifen lassen sollte. Von Vitré nahm er seinen Weg nach Tours an der Loire hin, und besuchte unterweges la Fleche, einen Ort, wo er einen Theil seiner Jugend zugebracht hatte, und den er jetzt wieder zu sehn sich eine Freude machte.

Ich blieb noch 5 bis 6 Tage länger zu Rennes, um alles wegen der Finanzen und der Bezahlung der Truppen, bey ihrem Ausmarsch und auf ihrem Wege durch die Provinzen, in Ordnung zu bringen, und eilte dann nach Tours, wohin mich der König wegen einer wichtigen Angelegenheit beschieden hatte. Von hier aus ließ ich ihn seinen Weg nach Paris fortsetzen, welches er, so sehr er auch eilte, vor dem Ende des May nicht erreichen konnte. Ich war des Ceremonials der großen Städte und hauptsächlich der langen Reden so müde (41), daß ich einen Seitenweg durch Maine und Perche nahm, und ganz allein mein Gut Rosny besu besuchte. Meine Gemahlin fand ich hier beschäftigt, das neue Haus, welches ich bauen ließ, anzufangen. Sie war beynahe von den Ruinen des alten Gebäudes, welches man einreißen mußte, erschlagen worden.

So kurze Zeit ich mich auch nur aufhielt, so fand ich doch den König schon nicht mehr zu Paris. Er war nur durchgereist, und hatte sogleich den Weg nach Amiens genommen. Dieser Ort schien ihm bequem, um die Gemeinschaft mit den Ministern zu Vervins zu erleichtern und zu gleicher Zeit die Grenzplätze besehen, die Räumung derer, welche ihm durch den Frieden zurückgegeben werden sollten, befördern, und auf die Zukunft für ihre Sicherheit sorgen zu können. Das alles geschah in acht Tagen, und, als Heinrich wieder nach Paris kam, war der Friede unterzeichnet. (42).

Der Tractat war äusserst einfach. Die Wiedergabe aller Plätze, welche Spanien in Frankreich besaß, war beynahe der einzige wichtige Artikel. Ueber das Marquisat Saluzzo wurde nichts darinn bestimmt. Der König wollte um dieses Artikels willen den Frieden nicht verfehlen. Die ganze Sache wurde für so wenig wichtig gehalten, daß er mit geringer Mühe sich des ganzen Marquisats bemächtigen könnte, hieß es; wenn Savoyen sich weigerte ihm sein Recht zuzugestehen, da jetzt von Seiten Spaniens kein Hinderniß mehr im Wege war; man nahm bloß den Pabst zum Schiedsrichter an. (43) Dies war ein Fehler, den die Minister begiengen, und der dem König gleich nach dem Frieden einen andern Krieg zuzog, den man hätte vermeiden können. Uebrigens schweige ich von all den Formalitäten, die unter den bevollmächtigten Gesandten gebräuchlich sind, (44) und überlasse es andern, die Feinheiten und Umwege zu loben, welche die

Po-

Politik gern für das Meisterstück des menschlichen Verstandes ausgeben möchte.

Der König unterzeichnete den Tractat zu Paris in Gegenwart des Herzogs von Arschott und des Admirals von Arragonien. (45). Der Kardinal Erzherzog that im Namen des Königs von Spanien und in seinem eignen dasselbe in Brüssel im Beyseyn des Marschalls von Biron, den Heinrich, um ihn dieses Auftrags würdiger zu machen, zum Herzog und Pair von Frankreich erhoben hatte. — Diese Würde verdrehete ihm vollends den Kopf. — Die Herren von Sillery und Bellievre waren auch dabey zugegen. Der Herzog von Savoyen erhielt den Frieden feyerlich zu Chambery in Gegenwart des Gouverneurs von Lion, Gadaigne Bothéon (46), den der König deshalb an ihn geschickt hatte.

So erreichte der König seine Absichten und kröute sie mit einem glorreichen Frieden (47), ungeachtet so furchtbare Mächte, als der Pabst, der Kaiser, der König von Spanien, der Herzog von Savoyen, und alle Geistliche von ganz Europa sind, sich gegen ihn verbunden hatten. Alle, die daran gearbeitet hatten, belohnte er königlich; und damit die Republik Holland dadurch nicht von ihm abwendig gemacht werden möchte, ließ er sogleich Buzenval nach Amsterdam abreisen, mit dem Auftrag, das gute Verständniß mit den General-Staaten zu erhalten, und die Pension, die er ihnen gab, auszuzahlen. Man kann gar nicht aufhören, diesem vortrefflichen Fürsten das Lob zu zollen, welches die Geschicklichkeit und unermüdete Thätigkeit, womit er bey dem geringsten Bedürfniß nach allen Orten seines Königreichs eilte, so sehr verdienten.

Zehn-

Zehntes Buch.

1598. Der Frieden brachte andre Sorgen und andre Arbeiten hervor. Der König verminderte seine Truppen, sowohl die französischen als die fremden. Die Schweitzer wurden bis auf die drey Compagnien der Obristen Galati, Heid, und Baltazard, jede zu 100 Mann, verabschiedet. Ich hätte gewünscht, und die Umstände schienen es zu erfordern, daß der König noch weniger Soldaten beybehalten hätte, aber er genehmigte den Rath nicht, den ich darüber gab. Wenn man erwägt, daß der königliche Schatz bis aufs äusserste erschöpft war, und demungeachtet eine Menge so dringender Ausgaben bestreiten mußte, daß man sich von neuem genöthigt sahe, Geld zu borgen; so, glaube ich, wird man mir deswegen keine schmutzige und übel angebrachte Sparsamkeit vorwerfen können.

Diese Ausgaben waren die Wiederherstellung der Vestungswerke in einer Menge von Städten, und die Ausbesserung unzähliger Gebäude, welche durch die Unglücksfälle der letzten Zeiten so zugerichtet waren, daß man ohne Aufschub daran arbeiten mußte, um ihrem gänzlichen Einsturz zuvorzukommen. Es wurden vier Personen von bekannter Rechtschaffenheit ausgeschickt, um an den vornehmsten Flüssen die verschiedenen Rechte und Zölle vestzusetzen, und bey der Gelegenheit fanden sich auch eine Menge nothwendiger Arbeiten, die daran geschehen mußten, besonders an der Charente.

Unter

Unter verschiednen Polizeyverordnungen, welche man für nöthig hielt, setzte der König auch der ungeheuren Kornausfuhr Schranken, welche Frankreich oft der Unbequemlichkeit aussetzte, an seinen eignen Gütern Mangel zu leiden. Durch eine andre Verordnung wurde allen denen, welche kein Recht dazu hatten, bey großer Strafe verboten, Waffen zu tragen.

Auch die schönen Wissenschaften fanden einen Platz unter den Beschäftigungen des Königs. Er hörte von Casaubon reden, und auf den Ruf von der Gelehrsamkeit dieses Mannes ließ er ihn einladen, sich mit seiner Familie zu Paris niederzulassen. Durch einen Gehalt, welchen er ihm versicherte, setzte er ihn in den Stand, hier leben zu können, wie es sich für einen Mann von seinem Character schickt, der, wie Heinrich sagte, nicht berufen ist, den Staat zu regieren.

Ich muß hier die einzelnen Umstände einer Menge weniger wichtiger Angelegenheiten unterdrücken. Es würde ins unendliche gehen, wenn ich alles hersetzen wollte, was mir der König sagte, oder was er mir von Fontainebleau, von Monceaux und von Saint-Germain-en-Laye schrieb, wo er den Rest dieses Jahres zubrachte, und mich oft zu sich kommen ließ, um mit mir über die verschiednen Geschäfte, welche gerade vorfielen, sich zu berathschlagen. Ich werde mich auch hier an mein erstes Versprechen halten, alles, was nicht für sich selbst in Betrachtung zu kommen verdient, wegzulassen, und nur bloß das sagen, daß vielleicht nie ein Staatsminister bey irgend einem Fürsten so viel eigne Hülfsquellen, und so viel Aufmerksamkeit auf alles, was zum Nutzen oder auch nur zur Bequemlichkeit des Landes gereicht, gefunden haben wird, als ich stets bey meinem Herrn fand. Nie ließen ihn

der

der Frieden oder die innern Angelegenheiten das, was ausserhalb des Königreichs vorgieng, aus dem Gesichte verlieren. Die Frage über den wahren oder falschen Dom Sebastian machte damals in Spanien und in ganz Europa viel Aufsehen (1); er schickte deswegen la Trémouille (2) nach Portugal, um wo möglich hinter das Geheimniß zu kommen, damit er mit voller Kenntniß der Sache über das Verfahren des Spanischen Kabinets entscheiden könnte, welches damit angefangen hatte, daß es den vorgeblichen König von Portugal gefangen setzen ließ.

Heinrich hatte damals noch an die großen Entwürfe nicht gedacht, welche er in der Folge gegen das Haus Oestreich machte. Er wollte in diesem Jahre Vermittler zwischen Spanien und England werden, und schlug deshalb eine Zusammenkunft zu Boulogne vor, (3) wohin er von seiner Seite Caumartin und Jeannin schickte. Auch diesen Einfall bestritt ich vergebens, weil er mir mit der gesunden Politik sich nicht zu vertragen schien. Zum Glück brachte die Zusammenkunft nichts von dem, was man erwartete, zu Stande. Der eingewurzelte Haß beyder Nationen erhitzte gleich anfangs den Streit über den Vortritt so sehr, daß man sich wieder trennte, ohne auch nur den geringsten vorläufigen Artikel eingeleitet zu haben.

Die Jesuiten waren nicht glücklicher, als sie einen Punkt des Friedens von Vervins auf sich anwenden wollten, durch welchen es jedem vertriebnen Franzosen und jedem Fremden freygestellt worden war, wieder nach Frankreich zu kommen, und sich darinn niederzulassen. Ein Arret des Staatsraths versagte ihnen dieses Hülfsmittel, und sie mußten nun andre Wege einschlagen, auf denen es ihnen besser gelang.

Die

Die Versammlung der Geistlichkeit, welche dieses Jahr anfieng und einen Theil des folgenden dauerte, und die Ernennung der Kardinäle erforderte auch die Aufmerksamkeit des Königs. Der Sohn der Frau von Sourdis (4) war unter den Franzosen, welche ernannt wurden, obgleich Heinrich wegen seiner grossen Jugend ihn nicht recht würdig dazu hielt. Die Frau von Sourdis erwarb ihrem Sohn den Purpur durch ihre Geschicklichkeit, daß sie ihre Bitte durch die Herzogin von Beaufort unterstützen ließ.

Dies war der Titel, den die Marquisin von Monceaux seit der Geburt ihres zweiten Sohnes angenommen hatte, welche die Zärtlichkeit des Königs und seine Freygebigkeit gegen sie noch unendlich vermehrte. Schon seit langer Zeit schränkte der Ehrgeitz dieser Frau sich darauf nicht mehr ein. Sie strebte nach nichts geringerem, als sich zur Königin von Frankreich erklären zu lassen, und Heinrichs Leidenschaft, die mit jedem Tage zunahm, ließ sie hoffen, es endlich noch dahin zu bringen. So bald sie erfuhr, daß die Bevollmächtigten des Königs zu Rom den Auftrag hatten, die Trennung seiner Ehe mit Margarethen zu suchen, und daß er den Herzog von Luxemburg (5) mit dem Titel eines Botschafters dahin schicken wollte, um diese Sache zum Schluß zu bringen, so glaubte sie, daß dies der günstige Augenblick sey. Weil sie aber den Bevollmächtigten und wahrscheinlich auch dem neuen Botschafter nicht trauete, so warf sie die Augen auf Sillery, der schon sehr auf ihrer Seite war, und welchen dieser letzte Beweis ihres Zutrauens unfehlbar völlig gewinnen mußte. Sie ließ ihn kommen, erklärte ihm ihre Absichten, und setzte den Belohnungen, womit sie seine Dienste und seine Ergebenheit bezahlen wollte, gar keine Grenzen. Da sie recht gut wußte, was ihn lo-

den konnte, so versprach sie ihm das Reichssiegel, so
bald er von Rom würde zurückgekehrt seyn, sollte sie
auch dadurch die Frau von Sourdis, ihre Tante und vertraute Freundin beleidigen. Ueberdies
versicherte sie ihm auch noch die Kanzlerstelle, so bald
sie erledigt seyn würde. Sillery verband sich dagegen
mit allen Schwüren, die sie nur verlangen konnte,
nichts zu versäumen, um von dem Pabst die Legitima-
tion der beyden Söhne, die sie von dem König hatte,
zugleich mit der Trennung jener Ehe zu erlangen,
Wenn dieser erste Schritt einmal gethan wäre, dann
waren nur noch wenige und sehr leichte übrig, um bis
auf den Thron zu steigen. Bey ihrem Liebhaber fehlte
es ihr nicht an Gründen, um von ihm den Botschafter, den sie gewählt hatte, bestätigen zu lassen. Der
Herzog von Luxemburg reisete nichts desto weniger ab;
aber blos um wieder zurückberufen zu werden, so bald
Sillery im Stande seyn würde, ihn abzulösen. Die
Herzogin gab sich keine Mühe, dem Hofe den Titel
zu verbergen, mit dem sie ihren Günstling bekleidet
hatte. Sie arbeitete selbst an seiner Equipage und ließ
durch den König die nöthigen Befehle ausfertigen, das
mit Sillery mit all dem Glanze und der Größe erscheinen möchte, welche ihm den glücklichen Erfolg seiner Unterhandlung versichern könnten.

Um zugleich die Franzosen auf die Standesver-
änderung ihrer Kinder, welche sie im Sinne hatte, vorzubereiten, erlangte sie von dem König, der diese fast eben so zärtlich liebte als ihre Mutter, daß die
Taufe ihres zweyten Sohnes zu Saint-Germain, wo
Heinrich damals war, mit eben der Pracht und den
Ehrenbezeugungen geschehen sollte, die allein bey der
Taufe der königlichen Prinzen üblich sind. Man kann
es dieser Frau verzeihen, daß sie durch die knechtische

Ehr-

Ehrerbietung der Hofleute für ihre Kinder, und durch die Art, wie sie sie selbst anbeteten, berauscht war. Aber Heinrich verdient nicht so viel Nachsicht, da er, weit entfernt ihr die Augen zu öfnen, vielmehr die Befehle zu der Taufe dieses Kindes mit einer Gefälligkeit gab, die genug zeigte, daß die ganze Sache ihm nur zu gut anstand. Ich sagte meine Meinung ganz laut darüber. Oeffentlich bemühte ich mich hauptsächlich die Folgerung zu bestreiten, welche die Hofleute wegen der Thronfolge aus der Begünstigung dieser Kinder zogen, die dem König so theuer waren. Er selbst sah gleich nachher ein, daß er viel zu viel erlaubt hatte, und sagte zu mir, man habe seine Befehle überschritten, welches ich auch sehr gern glaube. Das Kind wurde Alexander genannt (6), so wie das älteste Cäsar hieß. Die Hofleute aber tauften ihn noch einmal, und nannten ihn Monsieur, ein Titel, den doch in Frankreich nur der älteste Bruder des Königs oder der vermuthliche Kronerbe führen darf.

Die Herzogin war damit noch nicht zufrieden; sie fieng an in allen Stücken sich das Ansehn einer Königin zu geben. In der That geschah dies wohl weniger aus ihrem eignen Antrieb, (denn ich glaube, sie kannte sich zu gut, als daß sie von selbst diese Idee gehabt hätte) als durch das beständige Einblasen ihrer Kreaturen und Verwandten, welche sie unaufhörlich anspornten diesen Schritt zu thun. Chiverny, Fresne und die Frau von Sourdis unterstützten sie so gut von ihrer Seite, daß es bald die Neuigkeit des ganzen Hofes wurde, der König werde seine Geliebte heyrathen, und suche nur aus dieser Absicht zu Rom um die Ehescheidung an. Ein Gerücht das dem Ruhme dieses Fürsten so nachtheilig war, brachte mich auf; ich gieng zu ihm, und stellte ihm die Folgen davon

vor.

vor. Er schien mir darüber betroffen, und selbst beleibigt. In der ersten Bewegung wollte er die Frau von Beaufort rechtfertigen; er versicherte mich sehr ernsthaft, sie habe gar nichts dazu beygetragen, und der einzige Beweis, den er darüber anführte, war, daß sie es ihm gesagt hatte. Die Frau von Sourdis und Fresne sollten allein Schuld daran seyn; er zeigte aber zugleich, daß er ihnen eine so wenig ehrerbietige Dreistigkeit gern verzeihe, denn ob er gleich wußte, wie sehr sie schuldig waren, so kamen sie doch ohne die geringste Ahndung davon.

Ein Umstand gab den Schritten, die ich in dieser Angelegenheit sowohl öffentlich als unter der Hand that, ein großes Gewicht. Ich war genöthigt über den Punkt der nahen Ehescheidung einen Briefwechsel mit der Königin Margarethe zu unterhalten, welche endlich nach allen andern auch erfahren hatte, was bey Hofe geredet und gethan wurde. Sie schrieb mir, sie würde fortfahren zu ihrer Trennung von dem König die Hände zu bieten, aber sie fühlte sich empfindlich beleidigt, daß man darauf denken könnte, einer so übel berüchtigten Person, als die neue Herzogin es durch ihren Umgang mit dem König war, ihre Stelle zu geben. Da sie bey ihrer Einwilligung gar keine Bedingungen gemacht hätte, so müsse sie jetzt schlechterdings darauf bestehen, daß diese Frau ausgeschlossen würde, und sie sey über diesen Punkt so fest entschieden, daß man sich nur gar keine Hoffnung machen möchte, sie durch irgend eine gute oder üble Behandlung zur Veränderung ihrer Gesinnungen zu bewegen. Ich zeigte diesen Brief dem König, und er sah daraus nur noch deutlicher, wie sehr die Ausführung dieser Heyrath alle rechtschafne Leute aufbringen würde; auch

fieng

fieng er jetzt an, seine Meinung und sein Betragen merklich zu ändern.]

Ich bildete mir ein, daß dieser Brief vielleicht dieselbe Wirkung auf die Frau von Beaufort thun könnte, wenn sie den Inhalt desselben erführe. Aber ich wollte es nicht selbst übernehmen, sie damit bekannt zu machen, um mich nicht dem Uebermuth und dem Ungestüm einer Frau auszusetzen, die mich ohnedem als einen Stein des Anstoßes bey allen ihren Entwürfen betrachtete. Ich theilte daher meinen Brief Chiverny und Fresne mit, welche sogleich die Frau von Sourdis, und durch diese die Herzogin von Beaufort davon unterrichteten. Aber die Rathgeber dieser Dame waren so leicht nicht in Furcht zu setzen. Sie hatten vorausgesehn, daß ein solcher Schritt, als der, wozu sie den König verleiten wollten, nothwendig eine Menge Schwierigkeiten finden müßte, und sie hatten sich darauf vorbereitet. Das Resultat aller ihrer Berathschlagungen war gewesen, man müsse so viel als möglich eilen, die Sache zum Schluß zu bringen; überzeugt, daß wenn es einmal geschehen wäre, sie keine große Mühe haben würden, diese Handlung in einem Lichte zu zeigen, wo sie entschuldigt werden könnte, und wenn auch das schlimste erfolgte, so würde man doch nach einigen Unruhen sie als eine Sache, der nicht mehr abzuhelfen wäre, hingehen lassen. Sie kannten den Character der Franzosen und besonders der Höflinge, deren erstes Gesetz ist, zu wollen was der Fürst will, und die keine stärkere Leidenschaft haben, als die Begierde ihm zu gefallen. Mit einem Worte, sie glaubten von allem gewiß zu seyn, wenn nur der König selbst sie nicht im Stiche ließe.

Fresne hatte den Befehl zur Bezahlung der Herolde, Trompeter und der übrigen niedern Hofbedien-

ten,

ten, welche bey der Taufhandlung gebraucht worden waren, aufgesetzt. Er wurde mir so wie alle andern gebracht, um meine Anweisung zur Auszahlung darunter zu setzen. Kaum hatte ich die Augen darauf geworfen, so sah ich mit dem lebhaftesten Schmerz, daß dieses nur ein Denkmal der Schande des Königs war, welches man der Nachwelt aufbewahren wollte. Ohne mich darüber lange zu bedenken, behielt ich diese Schrift zurück, und ließ eine andere aufsetzen, welche bescheidner war, so wie sichs gehörte, und wo die Namen: Monsieur, und Prinz von Frankreich, so wie alles was denselben Sinn haben konnte, weggelassen waren. Zu gleicher Zeit ließ ich die Belohnung der Herolde auf die gewöhnliche Taxe herabsetzen, womit sie aber nicht zufrieden waren. Sie kamen bald sehr misvergnügt zurück, und beriefen sich auf den Herrn von Fresne und das Gesetz, welches ihre Rechte bestimmte. Anfangs hielt ich an mich in Gegenwart dieser Leute, deren üble Gesinnung mir bekannt genug war; am Ende aber verließ mich die Geduld, und ich konnte mich nicht enthalten, ihnen mit Unwillen zu sagen: „Geht, geht! es wird nichts daraus. Wissset, daß es jetzt keine königliche Prinzen von Frankreich giebt."

Kaum war mir dieses Wort entfahren, so vermuthete ich auch schon, daß es mir Händel zuziehen würde. Um ihnen vorzubeugen, gieng ich sogleich fort und suchte den König auf, der in seinen Zimmern zu Saint-Germain mit dem Herzog von Epernon aus und abgieng. Ich zeigte ihm den Befehl, und sagte ihm dabey, wenn dieser so ausgeführt werden sollte, so bliebe ihm nichts übrig, als bekannt zu machen, daß er mit der Herzogin von Beaufort vermählt wäre. „Das ist eine Bosheit von Fresne," sagte der König

nig, nachdem er die Schrift gelesen hatte, „aber ich
„will sie schon verhindern." Zugleich befahl er mir,
das Papier zu zerreissen, und sagte ganz laut, indem
er sich gegen einige Herren vom Hofe, welche die nächs-
sten waren, kehrte: „Sehen Sie nur die Bosheit, und
„wie man denen, welche mir gut dienen, immer et-
„was in den Weg zu legen sucht. Da hat man dem
„Herrn von Roann einen Befehl gebracht, damit er
„mich beleidigen sollte, wenn er ihn annähme, oder
„meine Geliebte, wenn er sich weigerte." In der le-
tzigen Lage der Sachen war dieses Wort gar nicht gleichgültig. Die Höflinge, welche schon über meine Ein-
falt gelacht hatten, fiengen an zu glauben, sie möchten
wohl selbst betrogen, und diese vorgebliche Vermählung noch nicht so nahe seyn, als sie geglaubt hatten.
Der König fuhr fort sich mit mir allein zu unterhalten,
und sagte mir, er zweifelte nicht, daß die Frau von
Beaufort heftig gegen mich erzürnt seyn würde; er riethe mir daher zu ihr zu gehen, und zu versuchen, ob
ich sie mit guten Gründen befriedigen könnte. „Und
„wenn das nicht hilft" setzte er hinzu, „so will ich
„als Herr sprechen."

Die Herzogin hatte ihre Zimmer in dem Kloster
von Saint-Germain; ich gieng auf der Stelle zu ihr.
Ich weiß nicht, was sie von einem Besuche denken
mußte, den ich sogleich mit einer Art von Erklärung
anfieng. Sie ließ mir nicht Zeit, sie zu Ende zu bringen. Der Zorn, in dem sie war, erlaubte ihr nicht,
ihre Ausdrücke abzumessen, sie unterbrach mich und machte mir Vorwürfe, daß ich den König verführte, und ihm
glauben machte: das schwarze sey weiß. „Nun! Nun!
„gnädige Frau," sagte ich, indem ich sie wieder unterbrach, aber dabey äußerst kalt blieb, „wenn Sie den
„Ton anstimmen, so küsse ich Ihnen die Hände, aber

„ich

„ich werde darum nicht weniger meine Schuldigkeit
„thun." Mit den Worten verließ ich sie ohne länger
warten zu wollen, damit ich nicht von meiner Seite ihr
etwas härteres sagen möchte. Der König wurde sehr
aufgebracht gegen seine Geliebte, da ich ihm den ganzen Vorgang erzählte. „Kommen Sie," sagte er mit
einer Bewegung, die mir sehr angenehm war, „kom-
„men Sie mit mir, ich will Ihnen zeigen, daß die
„Weiber mich nicht beherrschen." Da seine Kutsche
zu lange ausblieb, so stieg er in die meinige, und auf
dem ganzen Wege bis in das Zimmer der Herzogin
wiederholte er mir die Versicherung, man sollte ihm
niemals vorwerfen können, daß er aus Gefälligkeit gegen eine Frau solche Diener, wie ich, die nur seinen
Ruhm und seinen Vortheil suchten, vertrieben oder
auch nur misvergnügt gemacht hätte.

Die Frau von Beaufort hatte, so wie ich sie verließ, gleich erwartet, daß der König bald zu ihr kommen würde, und daher in der Zwischenzeit sich auf ihre Rolle vortrefflich vorbereitet. Sie sowohl als ich
sahe den Sieg, den einer von uns davon tragen würde,
als die glückliche oder unglückliche Vorbedeutung seines
künftigen Schicksals an. So bald man ihr den König
meldete kam sie ihm bis an die Thür des ersten Saals
entgegen. Ohne sie zu umarmen, noch ihr die gewöhnlichen Liebkosungen zu machen, rief er, „Kommen Sie,
„Madam, kommen Sie in Ihr Zimmer, und daß
„Niemand mit hineingehe, als Sie, Nosny und ich;
„denn ich will mit Ihnen beyden reden, und machen,
„daß Sie in gutem Verständniß mit einander leben."
Er ließ die Thür verschließen und sah selber nach, ob
etwa Jemand in dem Zimmer, in der Garderobe
oder in dem Kabinet wäre. Dann faßte er sie mit
der einen Hand, indem er mit der andern mich hielt,

und

und sagte ihr mit einer Mine, die sie in der That befremden mußte: die wahre Ursache, die ihn bewogen hätte, sich mit ihr zu verbinden, wäre die Sanftmuth gewesen, die er in ihrem Character zu bemerken geglaubt hätte. Er sähe aber aus dem Betragen, welches sie seit einiger Zeit angenommen habe, daß das, was ihm Wahrheit geschienen hätte, nur Verstellung gewesen wäre, und daß sie ihn betrogen hätte. Er warf ihr die schlechten Rathschläge, denen sie Gehör gebe, und die wichtigen Fehltritte vor, die eine Folge derselben wären. Mich überhäufte er mit Lobsprüchen, um durch den Unterschied unsers Verfahrens die Herzogin fühlen zu lassen, daß ich allein seiner Person treu ergeben wäre. Er befahl ihr, ihren Widerwillen gegen mich zu überwinden, dergestalt, daß sie künftig sich durch meinen Rath leiten ließe; denn gewiß würde er mich um ihrentwillen nicht fortjagen.

Die Frau von Beaufort begann ihre Antwort mit Seufzern, Schluchzen und Thränen. Sie nahm eine schmeichelnde und unterwürfige Mine an, und wollte Heinrichs Hand küssen. Nichts von allem, was sie fähig glaubte, sein Herz zu rühren, unterließ sie. Nur erst nach allen diesen kleinen Kunstgriffen nahm sie das Wort, um sich schmerzlich zu beklagen, daß, anstatt der Gegenliebe, die sie von einem Fürsten erwarten könnte, dem sie ihre ganze Zärtlichkeit geschenkt hätte, sie nun sich einem von seinen Bedienten aufgeopfert sehen müßte. Sie wiederholte alles, was ich gegen ihre Kinder gesagt und gethan hatte, um dem König gegen mich aufzubringen; dann stellte sie sich, als ob sie unter ihrer Verzweiflung erläge, sank auf ein Bette nieder, und schwur, daß sie nach einer so schimpflichen Beleidigung hier den Tod erwarten wollte. Der Angriff war heftig, Heinrich hatte sich nicht darauf gefaßt

ge-

gemacht. Ich beobachtete ihn. Ich sah, daß sein Herz wankte, aber er ermannte sich so schnell wieder, daß seine Geliebte es nicht wahrnahm. Er fuhr in demselben Ton fort, und sagte ihr, sie hätte sich die Mühe ersparen können, um einer so kleinen Ursach willen, so viel Kunstgriffe anzuwenden. Dieser Vorwurf beleidigte sie empfindlich, ihre Thränen flossen noch häufiger. Sie schrie, sie sähe wohl, daß sie verlassen wäre, und ohne Zweifel nur um ihre Schande und meinen Triumph zu vergrößern hätte der König mich zum Zeugen mitgebracht, da er ihr die härtesten Dinge sagte, die man einer Frau nur sagen könnte. Dieser Gedanke schien sie in eine wahre Verzweiflung zu stürzen. Heinrich verlohr endlich die Geduld: „Beym Himmel! „Madam, rief er, das ist zu viel. Ich sehe wohl, „daß man Sie zu dieser Spielerey abgerichtet hat, um „zu versuchen, ob man mich dahin bringen könnte, ei„nen Diener wegzujagen, ohne den ich nicht fertig wer„den kann. Ich erkläre Ihnen hiemit, daß, wenn „ich in die Nothwendigkeit versetzt werden sollte, zu „wählen, ob ich den einen oder die andre verlieren woll„te, ich eher zehnmal eine Geliebte, wie Sie, als Ei„nen Diener, wie er, aufopfern würde.“ Er ließ ihr auch den Ausdruck, Bedienter, den sie gebraucht hatte, nicht hingehen, und fand es sehr unschicklich, daß sie ihn auf einen Mann anwendete, dessen Haus die Ehre hatte, mit dem seinigen verwandt zu seyn.

Nach diesen niederschlagenden Reden verließ er die Herzogin plötzlich und war im Begriff zum Zimmer hinaus zu gehen, ohne durch den Zustand, worinn er sie sahe, gerührt zu seyn. Wahrscheinlich kannte er sie genug um zu entdecken, wie viel angenommnes Wesen und Verstellung in ihrem Betragen war. Ich für meinen Theil wurde dadurch betrogen, so, daß sie mich

dauer-

dauerte, und ich kam nicht eher aus meinem Irrthum zurück, als bis die Frau von Beaufort, da sie sahe, daß der König im Begriff war, so erzürnt von ihr zu gehen, daß sie befürchten mußte, er möchte vielleicht gar nicht wiederkommen, auf einmal ihre Rolle veränderte. Sie lief hin, ihn aufzuhalten und warf sich ihm zu Füßen, nicht mehr um ihn dadurch zu überraschen, sondern wegen ihres Fehlers um Verzeihung zu bitten. Sie fieng an sich zu entschuldigen, und hatte dabey eine sanfte und heitre Mine. Sie schwur ihm, sie hätte nie einen andern Willen gehabt, als den seinigen, und würde auch nie einen andern haben. Eine schnellere Scenenveränderung läßt sich nicht denken. Ich sah jetzt nur ein angenehmes, gefälliges Weib vor mir, alles, was sie mir eben erst gesagt hatte, schien mir ein Traum zu seyn. Der Frieden unter uns beyden wurde von ganzem Herzen geschlossen, und wir trennten uns als die besten Freunde.

Gegen das Ende des Octobers empfand der König zu Monceaux einige geringe fieberhafte Bewegungen, woraus aber bald einer der heftigsten Anfälle wurde. (7) Man schrieb es einem Ueberfluß an schlechten Säften zu, wovon er sich durch eine Arzney befreyte. Da das Fieber am Ende nachließ, so glaubte er sich geheilt. Er schrieb mir dieses nach Paris, doch, setzte er hinzu, wäre ihm von seiner Unpäßlichkeit eine düstre Niedergeschlagenheit geblieben, die ihm nicht gewöhnlich wäre, er wollte aber suchen, sie durch Bewegung zu zerstreuen, wenn er Kräfte genug dazu hätte. Dies war der Vorläufer einer heftigen Krankheit, die ihn wenige Tage nachher befiel, und in die größte Gefahr stürzte. Ich hatte den Schmerz ihn in diesem Zustande zu finden, da ich auf seinen Befehl, der in jenem Briefe enthalten war, mit Chatillon und d'In-

car-

carville nach Monceaux kam. Lange Zeit glaubte ich, ich
sey nur gekommen, um meinen Herrn in meinen Armen
sterben zu sehen; denn ich durfte Monceaux nicht verlaßen,
so lange seine Krankheit dauerte, und er rief mich fleißig an sein Bette. In einem dieser Augenblicke, wo
das Uebel, das sich immer hartnäckig verdoppelte, uns
alle Hoffnung benahm, daß die ganze Kunst der Aerzte
es jemals überwinden würde, und wo er selbst überzeugt war, daß er sterben müßte, sagte er zu mir:
„Lieber Freund, ich fürchte den Tod nicht; das wissen
„Sie besser als Jemand, da Sie mich in so mancher
„Gefahr gesehen haben, der ich mich leicht hätte ent-
„ziehen können; aber ich gestehe, daß es mir weh thut
„das Leben zu verlassen, ehe ich dies Reich zu dem
„Glanz erhoben habe, den ich mir vorgesetzt hatte, und
„ehe ich meinen Völkern, dadurch daß ich sie von ei-
„nem Theil der Abgaben befreye, und sie mit Milde
„regiere, beweisen kann, daß ich sie wie meine Kin-
„der liebe."

Heinrichs gute Leibesbeschaffenheit siegte endlich
über das Uebel, es verschwand, (1) als ob es auf
einmal weggenommen worden wäre, und die Freude
über seine Genesung folgte schnell auf den Kummer, in
den wir versunken waren. Er hatte nur noch einen
kleinen Rückfall, aber ohne irgend einen gefährlichen
Umstand. Ich erfuhr es schriftlich von ihm selber zu
Paris, wohin ich gleich zurückgekehrt war, so bald ich
ihn außer Gefahr sahe. In einem andern Briefe vom
6ten November, den Schomberg, der von Monceaux
zurückkam, mir mitbrachte, schrieb mir der König endlich, daß er völlig hergestellt sey; bis auf eine gewisse
Schwermüthigkeit, die er nicht los werden könnte, ob
er gleich die Vorschriften der Aerzte in allen Stücken
genau befolgte. Die Herren Marescot, Martin und

Rosset

Roßet waren auf die Nachricht von seiner Krankheit nach Monceaux gegangen, um seinen Leibärzten mit ihrem Rath beyzustehen. Er hatte die Aufmerksamkeit, ihnen ihre Reise zu vergüten, und befahl mir, jedem von ihnen 100 Thaler, und seinem Wundarzt Regnault 50 auszuzahlen.

Der König war noch zu Monceaux als der Kardinal von Florenz, der an dem Frieden von Vervins so großen Antheil hatte, aus der Picardie nach Rom zurückkehrte, und durch Paris gieng, um von dem König Abschied zu nehmen. Heinrich schickte mich in die Stadt, um ihn zu empfangen, und befahl, daß man ihm die größten Ehrenbezeugungen erweisen sollte. Er bedurfte bey dem Pabst des Beystandes eines so mächtigen Kardinals, der hernach selbst den Römischen Stuhl bestieg. Ich unterließ daher nichts um die Absichten des Königs zu erfüllen. Da der Legat Lust bezeigte, Saint-Germain en Laye zu sehen, so ließ ich dem Bettmeister Momier sagen, er sollte die schönsten Tapeten der Krone in den Zimmern und Sälen des Schlosses aufhängen. Momier gehorchte so pünktlich aber mit so wenigem Verstande, daß er um das Zimmer des Legaten zu putzen eine Tapete wählte, welche die Königin von Navarra hatte machen lassen, die in der That sehr prächtig war, aber nichts als eben so satyrische als witzige Sinnbilder und Inschriften gegen den Pabst und den Römischen Hof vorstellte. Der Prälat wollte durchaus, ich sollte einen Platz in seinen Wagen nehmen um nach Saint-Germain zu fahren. Zum größten Glücke aber verbat ich es und gieng voraus, um zu sehen, ob alles in Ordnung wäre. Hier entdeckte ich den Fehler des Bettmeisters, und ließ ihn schnell verbessern. Der Kardinal würde gewiß einen solchen Irrthum für eine absichtliche Beleidigung genommen,

men, und auch dem Pabst so vorgestellt haben. Da
ich nachher erwog, daß kein Unterschied der Religionen
zu solchen Ausfällen berechtigen kann, ließ ich alle diese Inschriften auslöschen.

Lange schon hatte ich gewünscht, des Friedens in
Ruhe genießen zu können, um endlich die Finanzge-
schäfte gründlich zu Stande zu bringen. Alles, was
ich bisher hatte thun können, schränkte sich darauf ein,
das Uebel zu lindern. Weit entfernt, ihm an die Wurzel zu kommen, und es einmal für allemal auszurotten,
hieß es bey den verschiednen Bedürfnissen des Staats,
welche während des Krieges immer eins auf das andre
folgten, schon etwas großes, den Finanzen nur so vorzustehen, daß die Unordnung nicht noch vermehrt wurde. Es ist wahr, wenn man die Sache genau betrachtete, so schienen sie an völlig unheilbaren Wunden zu
leiden, und es gehörte schon unüberwindliche Geduld
und Muth dazu, diese nur zu untersuchen. Der erste
Anblick zeigte nichts. als allgemeinen Miskredit, einige hundert Millionen, die der königliche Schatz schuldig war, ganz und gar keine Hülfsquellen, einen höchsten Grad des Elends und nahen gänzlichen Umsturz.
Aber dieser verzweifelte Zustand selbst machte es um so
dringender keinen Augenblick zu verlieren, um dies große Werk anzufangen, so lange die Bequemlichkeit der
äußern Verhältnisse wenigstens noch den Schein eines
möglichen guten Erfolgs übrig ließen. Alles war ruhig, die Truppen, welche unterhalten wurden, ansehnlich vermindert, und der größte Theil der übrigen Kriegs-
unkosten hatte aufgehört. Der Staatsrath hatte endlich die vergebliche Mühe, mir die Kenntniß der öffentlichen Angelegenheiten zu entziehen, aufgegeben,
und ich behielt sie fast allein unter Händen. Diese Herren
ließen sich kaum mehr herab zu den Versammlungen

zu

zu kommen, wenn nicht Eigennutz oder der Vortheil irgend eines Verwandten oder Freundes sie dahin zog. Alles wurde darinn nach meinem Rath vorgetragen, und nichts ohne meinen Willen ausgeführt. Der König hatte kein Geheimniß mehr vor mir, und bekleidete mich mit der ganzen Gewalt, die er vergeben konnte. Alle diese Betrachtungen ließen mich glauben, daß wenn jemals das Unglück, das durch so lange und gräusame Bürgerkriege verursacht war, gehoben werden könnte, so müßte es jetzt oder nie geschehen.

Ich habe von dem Himmel ein ziemlich festes Temperament erhalten. Mein Körper ist fähig eine lange Arbeit und die größte Anstrengung des Geistes auszustehen, (9) ich habe eine natürliche Neigung zur Ordnung und Sparsamkeit, die ich in den 25 Jahren, da ich dem König diente, durch ein besonders Studium der Finanzwissenschaften noch vermehrt hatte, — und, wenn ich es sagen darf, eine noch größere Leidenschaft für Tugend und Ehre. Dies waren die Gesinnungen, mit denen ich die Behandlung der öffentlichen Angelegenheiten angetreten habe. Man ist dabey nicht darüber erhaben, Fehler, selbst wichtige Fehler zu begehen; aber — Erfahrung und der glückliche Erfolg meiner Arbeit berechtigen mich, es zu sagen — man kann versichert seyn, daß die Finanzen eines Staats in gute Hände gefallen sind, wenn der, der sie verwaltet, gesunde Beurtheilungskraft mit viel Arbeitsamkeit und Genauigkeit, und noch mehr Rechtschaffenheit verbindet. Ich wage es nicht, mir eine größere Aehnlichkeit mit dem Bilde eines wahren Financiers, das ich jetzt entwerfen will, zuzuschreiben, denn ob ich es mir gleich immer zur Nachahmung vorgestellt habe, so bin ich doch weit entfernt mir einzubilden, daß ich mich selbst für ein Muster ausgeben könnte.

Das

Das kürzeste wäre, zu sagen, der Mann, der an die Spitze der Staatsangelegenheiten gestellt wird, muß ganz ohne Leidenschaften seyn. Aber es hieße ihn zu gar nichts machen, wenn man ihm eine unmögliche, oder blos idealische Existenz gäbe; wir wollten also nur von ihm verlangen, daß er die ganze Niedrigkeit des Hochmuths, die ganze Thorheit des Ehrgeitzes, und die ganze Schwachheit des Haffes und der Rachsucht kenne. Weil ich mich hier auf nichts einlaffen will, als was ihn geradezu und allein angeht, so rede ich nicht davon, wie niedrig es ist, irgend Jemanden thätlich oder nur mit Worten zu mishandlen, und den Unter-bedienten die Befehle nicht anders zu geben, als im Zorn und übler Laune, und mit Flüchen begleitet. Der Finanzminister lebt für das Allgemeine; er muß freund-lich seyn, und für Jedermann zugänglich, auffer für die nicht, die ihn zu bestechen suchen, und vor allen Dingen nie den Grundsatz aus den Augen verlieren, der einer der wichtigsten in dem Innern der Staatsver-waltung ist, daß ein großes Land nach allgemeinen Re-geln beherrscht werden muß, und daß die Ausnahmen allein Klage und Unzufriedenheit hervorbringen.

Die Kenntniß des Ranges und des Unterschieds der Stände ist diesem Grundsatz gar nicht entgegen; sie ist einem Minister wesentlich nothwendig, damit er sowohl in seinen Behandlungen die Verhältnisse beob-achte, welche die französische Höflichkeit unter den Stän-den festgesetzt hat, als auch damit er sich vor dem Irr-thum hüte, daß seine Reichthümer und sein Kredit ihn über alle andre erhebe. Die Neigung zu dem andern Geschlecht ist eine Quelle von Schwachheiten und Un-gerechtigkeiten, welche ihn ohne Zweifel über die Gren-zen seiner Pflicht hinausreiffen müffen. Die Leiden-schaft für das hohe Spiel wird ihn Versuchungen aus-

setzen,

ſetzen, die für einen Mann, der das Geld des Königs
reichs in Händen hat, noch tauſendmal ſchwerer zu
überwinden ſind. Damit er nicht in dieſen Fehler ver-
falle, ſehe ich mich genöthigt ihm vorzuſchreiben, daß
er weder Karten noch Würfel kennen ſoll.

Alles was zur Wolluſt und Weichlichkeit führt,
erregt gewöhnlich einen Ekel vor der Arbeit. Der
Staatsmann muß daher in der Mäßigkeit ein Mittel
gegen den Aufwand und die zu große Lüſternheit der
Tafel ſuchen, die nur dazu dienen, Geiſt und Körper
zu entnerven. — Trunkenheit iſt ein Laſter, daß kein
ehrbarer Mann kennt. Eben ſowohl muß ein arbeit-
ſamer Mann hochgewürzter Speiſen und ſtarker Ge-
tränke ſich enthalten. Er muß ſich zu jeder Stunde,
es ſey wenn es wolle, ſein Kabinet nicht nur erträg-
lich, ſondern ſogar angenehm machen; er kann ſich daher nicht genug hüten, ſeinen Kopf nicht mit Bällen,
Maskeraden und andern Luſtbarkeiten zu erfüllen. Alle
dieſe Kleinigkeiten haben ſo etwas an ſich, welches das
Herz eines Philoſophen und ſelbſt eines Menſchenfein-
des weichlich machen kann.

Ich ſage eben das von der Jagd, von Equi-
pagen, einer zahlreichen Livree, prächtigen Aufputz der
Zimmer, von Gebäuden und allen andern Erfindun-
gen des Luxus. Der Geſchmack, den man für eine
von dieſen Sachen hat, artet bald in eine Sucht aus,
deren geringſte Wirkung der Zeitverluſt iſt. Ver-
ſchwendung, Untergang und Schande ſind die gewöhnlichen Folgen davon. Nur ein Mann, der ſich nicht
mit ſich ſelbſt unterhalten und für ſich leben kann, mag
den ganzen Tag den Kopf blos von Säulen, Galle-
rien, und Vergoldungen voll haben, und zeitlebens hinter Statuen, Antiken und Medaillen herrennen. Seyd

mit einem mittelmäßigen Gemählde zufrieden! Der
feine Geschmack, mit großen Kosten und eben so. grosser Geistesunruhe Originale und andre seltne Stücke
zu sammlen, ist bloß Vorurtheil.

Bey allen diesen Grundsätzen bin ich jedoch weit
entfernt, einem Staatsmann alle Rückkehr zu sich selbst
und alle Arten des Vergnügens versagen zu wollen.
Er soll sich Freuden machen, und auch für sein eignes
Vermögen sorgen, aber nur geschehe das Eine ohne
daß er zu sehr sich zerstreue, und das Andre, ohne daß
er sich beschimpfe und herabsetze. Es ist einer der Vortheile des Geistes, der Ordnung und Mäßigung, daß
wer ihn besitzt, wenn er nur lange genug lebt, sich
unvermerkt im Ueberfluß befinden wird. Das Glückmachen, welches ein so verhaßter Ausdruck geworden
ist, weil es gewöhnlich nur Ungerechtigkeit, Druck
und Grausamkeit in den Bedienungen, oder niederträchtige Kunstgriffe, unwürdige Schmeicheleien, knechtische Wegwerfung, oder gar Betrug und Verrath bey
Hofe andeutet, wird eine bloß natürliche Folge, selbst
eine Tugend, wenn man darinn bloß den Preiß der
Arbeit und die rechtmäßige Belohnung guter Handlungen sieht. Um jeden Irrthum zu vermeiden, setze ich
aber hinzu, man muß sie darinn so klar und deutlich
sehen, daß sie von selbst in die Augen fallen, und unsere größten Feinde zwingen, dies einzugestehen (10).

Zu dem Ende sollte man es zum Gesetz machen,
daß wer die Verwaltung der Finanzen oder irgend
eines andern Zweiges der Regierung übernimmt, eine
Art eines öffentlichen Geständnisses ablegen und von
Zeit zu Zeit wiederholen müßte. Er sollte nemlich
bey der Antretung seines Amts gleich einen genauen
und umständlichen Aufsatz seines gegenwärtigen Vermögens

mögens geben, und, wenn er das Ministerium ver-
ließe, einen ähnlichen; damit die Veränderung seiner
Umstände andern eben so gut bekannt würde, als ihm
selbst. Ich habe dem Publikum schon von allen den
Vermehrungen meines Eigenthums und den erhöhten
Würden, bey den verschiednen Gelegenheiten, wo sie
mir zu Theil worden sind, Rechenschaft abgelegt.
Bey dieser Methode will ich auch ferner bleiben; weil
mir aber diese Sache selbst, ihrer Natur nach, eine
Art von Berechnung zu erfordern scheint, so will ich
Jedermann in den Stand setzen, diese selbst zu ma-
chen, bis er am Ende dieser Memoiren sie völlig
schließen kann.

Die Güter meines Vaters wurden zu gleichen
Theilen zwischen mir und dem einzigen von uns vier
Brüdern, der mir übrig blieb, getheilt. Meine Por-
tion brachte mir, wenn ich das Heyrathsgut meiner
Gemahlin, welches 10,000 Livres ausmachte, dazu
rechne, ungefehr 15 bis 16,000 Livres jährlicher Einkünfte. In den ersten Jahren, wo der König fast
gar keine Gelegenheit hatte, seine Diener zu belohnen,
wurde auch mein Vermögen nicht größer, und dies
war alles was ich besaß als mir die Finanzen übergeben wurden. Ich weiß wohl, daß Mancher sich eines solchen Geständnisses schämen würde, aber ich habe schon gesagt, ich finde in diesem Betracht nur eine
Sache, über die man erröthen muß, — die Schande,
schlecht erworbner oder zweifelhaft rechtmäßiger Güter.
Mir kann man weder Erpressungen, noch Konfiska-
tionen, noch zweydeutige Vortheile vorwerfen. Alles,
was ich zu meinem ersten Kapital hinzugethan habe,
sind bloße Wohlthaten des Königs; ich kann sagen,
daß ich alles nur Einem Gott und Einem Herrn schuldig bin.

                    Bis

Bis zu dem jetztlaufenden Jahre 1598 hätte ich folgende Summen auſſer meinen eignen Einkünften erhalten. 2000 Livres Besoldung als Rath von Navarra, eben so viel als Staatsrath, und 3600 Livres Pension, die der König mit dieser Stelle verbunden hatte. Mein Gehalt als Mitglied des geheimen Raths hatte sich Stufenweise und nach Verhältniß der Dienste, die der König von mir zu erhalten glaubte, vermehrt; jetzt betrug es 20,000 Livres. Heinrich setzte meine Compagnie Gens d'armes, die erst nur 50 Mann stark war, auf hundert; sie wurde nachher mit der Compagnie der Königin zusammen geschmolzen, und ich zum Kapitain-Lieutenant derselben gemacht; dieses trug mir jährlich 5000 Livres ein. Er ernannte mich noch zum Conseiller d'honneur bey dem Parlament zu Paris, aber ohne Besoldung; und um diese Zeit war es, daß die erste Dispensation von der Regel der 40 Tage ertheilt wurde; der junge Chäuvelin erhielt sie, weil er 4000 Thaler gab. Ich werde nur einen Artikel von dem Gouvernement von Mante, das ich vor kurzem erhalten hatte, und dem von Gergeau machen, das ich nachher bekam. — Dies war damals der Zustand meiner Glücksgüter; sie hatten bisher nur langsam zugenommen, desto schneller vermehrten sie sich in den folgenden Jahren durch die großen Bedienungen mit denen der König mich beehrte, und durch seine Geschenke, die so beträchtlich waren, daß der Artikel, wo ich sie alle zusammenstellen werde, einer von den wichtigsten werden wird. Ich verspreche darinn alles, bis auf die kleinsten Beweise seiner Freygebigkeit, und auch die, welche ich von den andern königlichen Personen erhielt, anzuführen. Ehe ich mich aber in eine Untersuchung der Finanzen und des Einzelnen derselben einlasse, wie ich es versprochen habe, will ich erst, weil ich einmal den Anfang gemacht ha-

be

Es das Publikum von meinen persönlichen Anlagen zu
unterrichten, auch das Bild vollenden, indem ich meine täglichen Beschäftigungen, und meine ganze Lebensart, seitdem ich in öffentlichen Aemtern stehe, erzähle.
Es ist hier der Ort, wo dieses am schicklichsten geschehen kann, ob ich gleich, um alles auf einmal zu sagen, mich so darstellen muß, als wäre ich schon mit
allen den Würden bekleidet gewesen, die ich erst nachher erhielt. An jedem der sechs Werktage in der Woche wurde eine Rathsversammlung gehalten. Die erste und wichtigste von allen war die, welche der Staats-
und Finanzrath hieß, dieser nahm allein den Dienstag,
Donnerstag und Sonnabend weg, wo jedesmal zwey
Sitzungen gehalten wurden, die eine den Vormittag,
die andre den Nachmittag. Der König war das Haupt
desselben, und wohnte ihm regelmäßig bey. Die Prinzen, die Herzoge und Pairs, die hohen Kronbedienten, die Ritter der königlichen Orden und die, welchen
der König Anwartschaften gegeben hatte, hatten Sitz
und Stimme darinn. Man nahm hier alle Arten von
Bittschriften, über welchen Gegenstand sie auch seyn
mochten, an und untersuchte sie; vorzüglich aber beschäftigte man sich mit denen, welche Staatspensionen betrafen, und man hatte angefangen, diese mit so viel
Sorgfalt und Genauigkeit abzuzahlen, daß sie bald
allen andern Arten von Gütern, und selbst liegenden
Gründen vorgezogen wurden. An den drey übrigen
Tagen der Woche wurden eben auch früh und Abends
Rathsversammlungen gehalten, welche man Ausschüsse
nannte, und die aus einer gewissen Anzahl besondrer
Räthe bestanden. Hier untersuchte man, was für jedes dieser Kollegien gehörte; entstanden Streitigkeiten
darinn, so wurden sie vor die Tribunäle gebracht, die
das Recht hatten, darüber zu entscheiden, und man sorgte,
daß sie schnell und unparteyisch Recht sprechen mußten.

 Ich

Ich gehörte zu allen dieser Rathsversammlungen, und hatte gewöhnlich den Vorsitz darinn, wenn der König nicht zugegen seyn konnte, und dieses geschah oft, hauptsächlich bey den Ausschüssen. Im Staatsrath, den ich fast ganz allein dirigirte, fehlte ich niemals. Alle Briefe und Bittschriften, die darin vorgeschlagen werden sollten, waren an mich gerichtet; und weil nur wenige Fragen eine allgemeine Berathschlagung erfordern, so gab ich immer bey dem Vortrag zugleich auch mein Gutachten. Oft auch brachte ich gleich die Arrets schon aufgesetzt mit, damit alles in einer Sitzung abgethan werden könnte, und selten wurde etwas darin verändert. Ich habe immer den Grundsatz gehabt, daß die Antworten bey wichtigen Angelegenheiten, nie schnell und deutlich genug seyn können; alle Zeit, die man mit Streitigkeiten darüber hinbringt, ist verlohren.

Man sieht leicht ein, wie viel Zeit diese Arbeit allein wegnahm; auch gewöhnte ich mich, Winter und Sommer des Morgens um vier Uhr aufzustehen, und wendete die beyden ersten Stunden des Tages blos dazu an, die Sachen, welche vorgenommen werden sollten, so viel als möglich aufs Reine zu bringen. Ein Minister, der dieses nicht thut, wird in eine Menge Verlegenheiten gerathen und alles in einer Verwirrung und einer ewigen Unentschiedenheit lassen, die ihn endlich zu Boden drücken müssen. — Um halb sieben war ich stets angekleidet, und im Stande, mich in die Rathsversamlung zu begeben, welche um sieben Uhr angieng und gewöhnlich um neun aufhörte; wenn wichtige Sache vorkamen dauerte sie aber auch wohl bis zehen oder eilfe. Oft geschah es, daß der König, anstatt selber hinzukommen, um neun oder zehen Uhr mich, entweder allein oder mit den beyden andern

Staats-

Staatsministern (11) Villeroi und Sillery zu sich holen ließ, im Spazierengehen uns seine Meinung mittheilte, und jedem in seinem besondern Fach Aufträge gab. So bald ich von da zurück kam, speise-
te ich zu Mittage.

Meine Tafel war gewöhnlich nur für zehn Personen gedeckt, weil sie aber mit einer Mäßigkeit bedient
wurde, welche den Herren des Hofes, besonders den
Lüsternen, die sich sehr ernsthaft damit beschäftigen die
Kochkunst zu verfeinern, hätte misfallen können, so lud
ich selten jemanden dazu ein. Die meiste Zeit waren
diese Stellen durch meine Gemahlin, meine Kinder,
und etwa einen Freund, der mit mir vorlieb nehmen
wollte, ausgefüllt. Man hat mich oft bewegen wollen, darinn eine Aenderung zu machen. Ich antwortete aber auf alle diese Vorwürfe mit den Worten eines Alten: sind die Gäste weise, so ist genug für sie
da; sind sie es nicht, so entbehre ich gern ihrer Gesellschaft.

Nach der Tafel gieng ich in meinen großen Saal,
der um diese Stunde allemal voll Menschen war, weil
man wußte, daß ich eine regelmäßige Audienz gab.
Alle Welt wurde hier zugelassen, und wenn der Zu-
tritt frey war, so war auch die Abfertigung promt.
Mein Geschmack kam hier mit der Absicht des Königs
überein. Ich machte den Anfang mit den Geistlichen
von beyden Religionen, und die Landleute, welche
bis zuletzt blieben, verloren weiter nichts dabey, als
daß sie ein wenig warten mußten. Jedermann mußte
abgefertigt seyn, ehe ich den Saal verließ, und ich schickte selbst hin, und ließ die, welche sich im Hofe oder im
Garten verspätet hatten, erinnern. War die Sache,
die man mir vortrug, gerecht, und hieng sie von mir

ab,

ab, so versprach ich mit zwey Worten die Ausführung. Wenn sie ungerecht war, so machte ich darüber einige höfliche Vorwürfe, und weigerte mich, mich damit abzugeben. Schien sie mir aber zweifelhaft, so rief ich einen Intendanten oder einen von meinen Sekretairs, und übergab ihm die Papiere, worinn die Aufklärung enthalten war; ich versprach, daß sie binnen einer Woche untersucht seyn sollten, und sah auch darnach, daß dies geschah. Eine Sache mochte so verworren seyn, als sie wollte, so durfte sie doch das Kollegium, wohin sie gebracht wurde, nie über einen Monath behalten.

Den andern Rathsversammlungen, welche Montags, Mittwochs und Freytags gehalten wurden, wohnte ich bey so lange ich konnte, ehe die überhäuften Aemter meine Geschäfte zu sehr vermehrt hatten, und auch selbst noch nachher. Nachdem aber die Aufsicht über das Seewesen, das Geschütz, die Vestungen die Gebäude, die Brücken und Straßen, mir allein aufgetragen war und ich über das noch bey meinen Gouvernements mich aufs einzelne einlassen mußte, so sah ich mich genöthigt, diese Geschäfte an die Stelle des ersten zu setzen, und ihnen die Morgenstunden jener drey Tage zu weihen. Der König hielt diese Aemter, besonders die Oberaufseherstellen über die Straßen, 12) über das Bauwesen und die Vestungswerke für wichtig genug, um bey der Ablegung der Rechnungen und der Belege in jedem von diesen Fächern, welches allemal in Gegenwart der Gouverneurs und aller andern dabey interessirten Beamten geschahe, die dazu berufen wurden, selbst zugegen zu seyn. Dem ungeachtet verlor ich die andern Kollegia nicht aus dem Gesicht; ich ließ keine wichtige Berathschlagung, hauptsächlich

wenn

wenn vom Kriege die Rede war, in meiner Abwesenheit daselbst vornehmen.

Ich suchte meine Stunden so einzutheilen, daß jede dieser Angelegenheiten mir noch Zeit für die andern übrig ließ, und auch für so viele andere, die ich noch nicht genannt habe. Denn welch eine Menge ausserordentlicher und unvorhergesehener Geschäfte fiel nicht vor? Wie viel Befehle, Rathfragungen und Briefe von dem König, die mit allen dem nichts zu thun hatten? Man wird sich einen Begriff davon machen, wenn ich im allgemeinen versichere, daß er nicht allein mir sogleich alles entdeckte, was ihm begegnet war, sondern daß auch in seiner Seele nichts vorgieng, welches er nicht in meinen Busen ausgeschüttet hätte. Geheimnisse, Entwürfe, Gedanken, verborgne Krankheiten, häuslicher Kummer und häusliche Freuden, Furcht und Hofnung, Liebe Freundschaft, Haß. — Alles mit einem Wort wurde meiner Treue und meiner Vorsichtigkeit anvertrauet; denn ich darf mich dieser Ausdrücke wohl bedienen. In solchen Augenblicken, wo es darauf ankam, Heinrichs Verlangen oder Bedürfnisse zu erfüllen mußte ich alles, auch die dringendsten Geschäfte liegen lassen, Mittel ausdenken, mich in Unternehmungen einlassen, Briefe beantworten und Reisen unternehmen. Alle andere Staatsangelegenheiten hätten dabey leiden müssen, wenn ich nicht zu diesen neuen Zwischenbeschäftigungen, die weder auf Monate noch auf Tage und Stunden festgesetzt waren, die Nacht so gut als den Tag angewendet, und durch einen ausserordentlichen Fleiß, die unterbrochnen Geschäfte nachzuholen, alles wieder in seinen natürlichen Gang gebracht hätte.

Man wird sich wundern, wenn man dieses bedenkt, wie wenig Augenblicke, bey dieser großen Wirth-

schaft

schaft mit der Zeit, mir für meine häuslichen Angelegenheiten blieben. Die wenigen Momente, die ich
dazu anwendete, konnte ich nur zuweilen des Nachmittags an diesen drey Tagen stehlen, und meine Gemahlin mußte sich gewöhnen, alles zu verrichten, wobey es nicht unumgänglich war, daß ich es selber
that, oder ich mußte mich auf Geschäftsleute und
Bediente verlassen.

Die Erholungen und die Stunden der Ruhe,
welche nothwendig zwischen so drückenden Arbeiten Platz
finden müssen, waren eben so regelmäßig vorgeschrieben, als die Geschäfte, aber sie wurden auch eben so
leicht gestört. Wenn ich so glücklich war, sie mir
gewähren zu können, so verließ ich doch deswegen das
Arsenal nicht. Dies Schloß habe ich bewohnt, so lange ich die Feldzeugmeisterstelle besaß, bis auf die Zeit,
wo der Tod des Königs mich der Ruhe des Privatle-
bens wiedergegeben hat. In Ansehung der Kriegs-
übungen war das Arsenal eine treffliche Schule für die
Jugend, und bey ihnen erheiterte sich mein Geist, besonders wenn ich meine Kinder, meinen Schwieger-
sohn, meine Verwandten und meine liebsten Freunde
damit beschäftigt sahe. Die gute Gesellschaft, die sich
alle Nachmittage auf diesem Fleck versammelte, die
kriegerische Musik, die man hier hörte, und die Lust
der männlichen Frölichkeit, und des von Weichlichkeit entfernten Vergnügens, die man hier athmete, ist
von allem was ich kenne am fähigsten, einen Geist wieder zu stärken, dem Gewohnheit der Arbeit alle Vergnügungen des Müssiggangs und der Trägheit abge-
schmackt vorkommen ließ.

Auf welche Art aber auch der Nachmittag verstrichen
und die Stunde des Abendessens heran gekommen seyn
mochte,

mochte, so ließ ich, sobald sie geschlagen hatte, die Thüren
verschließen, und verbot irgend Jemanden noch einzulaß-
sen, er müsse denn im Namen des Königs kommen.)
Von diesem Augenblick bis um zehn Uhr, wo ich zu
Bette gieng, war nicht mehr die Rede von Geschäften,
sondern blos von Zerstreuung, von Freude und von
Herzensergießung mit einer kleinen Anzahl von Freunden, welche gute und vorzüglich angenehme Gesell-
schafter waren.

Die Stelle eines ersten Ministers erfordert zwar
immer einen arbeitsamen Mann, aber es sind nicht zu
allen Zeiten dieselben Schwierigkeiten dabey. Mit
Recht sind diejenigen zu beneiden, die diesen Posten
in einem Zeitpunkt erhalten, wo die Geschäfte schon
seit mehreren Jahren in einen regelmäßigen und ruhi-
gen Gang gebracht sind. Sie können, indem sie gelassen am Steuer sitzen, sich mit einer allgemeinen Aufsicht begnügen, und das ganze übrige Manöuvre der
Menge von Handlangern überlassen, die unter ihren
Befehlen arbeiten. So glücklich bin ich nicht gewesen. Man wird dies schon aus dem gesehen haben,
welches ich bey verschiednen Gelegenheiten habe sagen
können, ich will daher nicht noch einmal von den Finanzsachen anfangen, welche damals ein grund- und
uferloses Meer waren; aber ich bitte den Leser nur einen Blick auf die gehäuften Hindernisse zu werfen, denen man blos im Innern des Königreichs begegnete.
Da war eine Kabale von Aufrührern, über die man sehr
genau wachen, und sie wo möglich ganz unterdrücken
mußte; da gab es einen Religionsstreit zu endigen, eine mächtige Partey zu befriedigen und im Gehorsam
zu erhalten; allgemeine Polizey und Subordination
sollten erst eingeführt, und dann auch über ihre Beobachtung gehalten werden. Dies Uebel war so groß,
daß

daß man vor der ungeheuren Anzahl von Offizieren, von Beamten bey der Polizey, den Finanzen, den Gerichten und dem königlichen Hause, die entweder von dem Staat oder aus des Königs Kasse besoldet wurden, weiter nichts wußte, als daß ihre Anzahl in der That unendlich wäre; und daß man erst anfangen mußte, ihre Namen aufzusuchen und in ein großes Register einzutragen, um nachher eine Menge davon ausstreichen zu können.

Die Kriegsangelegenheiten waren noch weit ärger durch einander geworfen. Um hier Ordnung zu machen, war es nicht genug, einen Theil der Truppen abzudanken, wie man sich vielleicht einbildet. Es gehörte eine genaue Kenntniß aller Städte und festen Plätze dazu, von denen aber die meisten dem gänzlichen Verfall so nahe waren, daß sowohl aus dieser Ursach, als auch um die Menge der Besatzungen zu vermindern, die Frankreich unterhält, es nöthig war, die am wenigsten nutzbaren zu schleifen. Dieses konnte aber nicht eher geschehen als nach dem Tode ihrer Gouverneurs, die man ohne Gefahr ihrer Vestungen nicht hätte berauben dürfen.

Das Seewesen allein konnte einen Minister ganz allein viele Jahre hintereinander beschäftigen. Dieser Theil der Staatsverwaltung, der so großen und anhaltenden Fleiß erfordert, kann nie einen schleunigen Erfolg haben. Das Seewesen gedeihet nur durch den Wohlstand und den Glanz, die ein Land durch dauerhaften Frieden und eine gute Regierung erhält. Man macht sich keinen Begriff, wie sehr die Marine und der Handel, der davon abhängt, in Frankreich vergessen waren. Der König beschloß mit mir, daß man hierbey mit den allerersten Grundlagen den Anfang machen

chen wollte.   Zuerst sollten die Küsten beseßen und
die Häfen untersucht werden, um zu ihrer Ausbesserung
Anstalt zu machen.   Damit wollte man sich auch bey
der kleinen Anzahl übel zugerichteter Schiffe und Galeeren, die sich noch finden würden, vor jetzt begnügen, bis man im Stande wäre, neue zu bauen; alsdann die Offiziere ernennen, und Matrosen und
Steuermänner suchen, deren Fleiß durch Belohnungen ermuntert werden sollte. — Mit einem Wort,
man wollte anfangen eine ganz neue Marine zu er-
schaffen.

Dies alles konnte nur langsam und nach und nach
geschehen.   Die Finanzen waren das krankeste Glied
an dem Staatskörper; hier mußte also auch am ersten
Hülfe geschafft werden.   Man mag die Größe des Uebels beurtheilen, wenn man die Summen liest, die
der königliche Schatz hergeben mußte, um die Häupter
und die vornehmsten Glieder und Städte der Ligue auf
unsere Seite zu bringen.   Diese Liste ist sonderbar genug; sie beträgt über 32 Millionen Livres:

Dem Herzog von Lothringen und
    andern, die in seinen Ver-
    gleich mit eingeschlossen waren 3,766,825 Livres
Dem Herzog von Mayenne, eini-
    gen andern und zwey Schwei-
    zerregimentern, die der König
    zu befriedigen übernahm   3,580,000 —
Dem Herzog von Guise und andern   388,000 —
Dem Herzog von Nemours   378,000 —
Dem Herzog von Mercoeur für
    Blavet und einige andre Städ-
    te in Bretagne   4,295,350 —

       Summa 12,408,175 Livres

              Dem

Dem Herzog von Elbeuf, für Poi-
    tiers 2c.   970,880 Livres

Dem Herrn von Villars und dem
    Ritter von Oise für Rouen
    und Hayre, nebst den Ent-
    schädigungen, welche der Her-
    zog von Montpensier, der
    Marschall von Biron, und
    der Kanzler erhielten 2c.   3,477,800

Dem Herzog von Epernon 2c.   496,000

Für die Unterwerfung von Mar-
    seille   406,000

Dem Herzog von Brißac für Pa-
    ris 2c.   1,695,400

Dem Herzog von Joyeuse für Tou-
    louse 2c.   1,470,000

Dem Herrn von la Châtre für Or-
    leans, Bourges 2c.   898,900

Den Herren von Villeroi und
    Alicourt für Pontoise 2c.   476,594

Dem Herrn von Bois Dauphin
    und andern   678,800

Dem Herrn von Balagni für Cam-
    bray 2c.   828,930

Den Herren von Vitry und Mé-
    davy   1,880,000

Dem Vidome von Amiens, den Her-
    ren von Estournelle, Mar-
    quis von Trenel, Sesseval,
    du Pêche, Lamet 2c., und
    für die Städte Amiens, Ab-
    beville, Peronne, Coucy, Pier-
    refont 2c.   1,261,880

        Summa 13,041,184 Livres

                      Der

Den Herren von Belan, Quionville,
    Joffreville, du Pêche ꝛc. und
    für Troyes, Nogent, Vitry,
    Chaumont, Rocroy, Chateau-
    Portien ꝛc.   830,048 Livres
Den Herren von Rochefort, und für
    Vezelay, Macon, Mailly ꝛc.   457,000
Den Herren von Canillac d'Achon,
    Lignerac, Monsan, Fumel ꝛc.
    und für die Stadt Puy   547,000
Den Herren von Monpesat und
    Montespan ꝛc. und für ver-
    schiedne Städte in Guyenne   390,000
Für Lion, Vienne, Valence und
    andre Städte in Dauphiné   636,800
Den Herren Danadon, le Par-
    bieu, Bourcanny, Saint-
    Offange, für Dinan ꝛc.   180,000
Den Herren von Leviston, Bau-
    doin und Beauvilliers   160,000

          Summa 28,649,327 Livres

    Meine Leser würden erschrecken, wenn ich ihnen
bewiese, daß diese Summe nur noch einen kleinen
Theil von denen ausmacht, welche so wohl Franzosen
als Ausländer unter den Namen, Sold, Gehalte,
Darlehn, Rückstände, Interessen, Renten, u. s. w.
von dem Königlichen Schatz forderten. Die Summe aller dieser Forderungen, nachdem ich einige Einschränkungen gemacht hatte, deren Gerechtigkeit man
ohne große Untersuchung einsah, belief sich doch nach
meinem allgemeinen Anschlag auf beynahe 330 Millionen Livres. Ich würde die Berechnung hieher setzen,
wenn ich nicht glaubte, sie müsse besser an ihrer Stelle
                              seyn,

seyn, wenn alle diese besondern Zweige abgehandelt
werden.

Hier öfnete sich ein schönes Feld für die Arbeiten eines Oberaufsehers der Finanzen; aber wo sollte
er anfangen? Die ungeheure Größe der Staatsschul-
den machte noch eine Vermehrung der Abgaben nothwendig. Noch dringender forderte das allgemeine
Elend, eine Verminderung derselben; und alles genau überlegt, fand ich, daß es selbst der Vortheil des
Königs war, das Geschrey des öffentlichen Elendes
zu ersticken. In der That ist es auch unmöglich sich
einen Begrif von dem erbärmlichen Zustande der Provinzen zu machen, besonders von Provence, Dau-
phine, Languedoc und Guienne, welche völlig von den
Kriegen und Gewaltthätigkeiten erschöpft waren, denen
sie so lange zum blutigen Schauplatz gedient hatten.
Ich erließ dem ganzen Königreich den Rest der noch
nicht bezahlten Auflagen von 1596; eine Handlung,
wozu mich die Noth eben so sehr, als Mitleid und
Gerechtigkeit drang. Dieses Geschenk, durch welches
das Volk zu Athem kommen konnte, kostete dem König 20 Millionen; aber es erleichterte auch die Bezahlung auf das folgende Jahr, welche sonst unmöglich gewesen wäre.

Außer dieser Erleichterung suchte ich das Landvolk
noch auf alle Art zu unterstützen; denn ich war fest
überzeugt, daß es nicht durch die Summen von 30
Millionen, die man alle Jahre in einem so reichen und
so ausgedehnten Lande als Frankreich erhob, in den
elenden Zustand, worin ich es sahe, versetzt seyn konnte.
Nothwendig mußten die Summen, welche durch die
Art der Erhebung und die Unkosten erpreßt wurden,
noch bey weitem die Gelder übersteigen, welche in die
königlichen Kassen kamen. Ich unternahm diese ungeheure

geheure Berechnung. Mit einem Abscheu, der meinen Eifer nur noch vermehrte, entdeckte ich, daß, für die 30 Millionen, welche der König bekam, die Unterthanen — fast schäme ich mich es zu sagen, — 150 Millionen geben mußten. Die Sache schien mir unglaublich, aber durch wiederholte Arbeiten überzeugte ich mich von der Wahrheit. Nun wunderte ich mich nicht mehr, woher das Elend des Volks kam, zu einer Zeit, wo man, ungeachtet der Handel lag, die Betriebsamkeit aufgehört hatte oder verfolgt wurde, die liegenden Gründe vernachläßigt und ohne Werth, und die übrigen Güter nach Verhältniß gefallen waren, dannoch dasselbe gezwungen hatte, eine Summe aufzubringen, die seine Kräfte so weit überstieg, weil man, um sie ihm zu entreißen, mit der äußersten Gewaltthätigkeit verfahren war.

Ich grif die Urheber dieses unerhörten Drucks an, das heißt alle Gouverneurs und Offiziere, Obrigkeiten und Finanzbeamten, welche alle, bis auf die geringsten einen unerhörten Mißbrauch von dem Ansehn machten, das sie durch ihre Bedienungen über das Volk erhielten. Der Staatsrath mußte einen Befehl geben, wodurch unter großen Strafen verboten wurde, außer den Steuern und den übrigen von Sr. Majestät verordneten Abgaben, das geringste, unter welchen Namen es auch seyn möchte, ohne eine ausdrückliche Verordnung zu fordern. Den Schatzmeistern von Frankreich wurde aufgegeben, bey Strafe persönlicher Verantwortung jede Uebertretung dieses Gesetzes anzuzeigen.

Dieser Befehl legte der Habsucht aller dieser kleinen Tyrannen einen Zügel an, aber er erregte zugleich ihre ganze Wuth gegen mich. Ob es gleich schimpflich für sie war, es merken zu lassen, so wurden doch

Viele in ihren Klagen laut, als hätte ich sie eines recht-
mäßigen Guts beraubt. Der Herzog von Epernon
war der erste, welcher auftrat, und sogar wagte, mit
mir zu Thätlichkeiten zu kommen. Seine letzte De-
müthigung hatte ihn doch von seinem hochmüthigen und
befehlenden Wesen nicht geheilt. Tausendmal hatten
die Provenzalen den Augenblick gesegnet, wo er aus
ihrer Provinz gegangen war. Jetzt gab es keine Unglückliche mehr darinn, als die, die entweder seine Unterthanen oder zu nahe Nachbarn seiner Güter waren.
Alle Jahre wußte er sich auf ihre Unkosten über 60,000
Thaler Einkünfte zu verschaffen.

Durch die Mitglieder des Staatsraths selber,
denen diese Verordnung eben so verdrüßlich war als
ihm, erfuhr er den Tag, wo sie ausgefertigt werden sollte; und er dachte dieses schon zu hindern. Er nahm
seinen Sitz in der Versammlung (13), wendkte sich
gegen mich, und machte eine hochmüthige und verach-
tende Vergleichung zwischen der Art, wie Er seinen
Namen behauptete, und wie ich den meinigen ernie-
drigte, durch den neuen Stand, den ich erwählt hätte. Ich antwortete ohne alle Zweydeutigkeit auf eine
so beleidigende Rede, daß ich mich in jedem Betracht
wenigstens für seinesgleichen hielte. Bey diesen klaren Worten verließ ihn die spöttische Kälte, die er bisher angenommen hatte, und das Feuer stieg ihm ins
Gesicht; er kam bis zu Drohungen, die ich nicht ge-
duldiger anhörte, als das Uebrige. Ich erwiederte sie
mit Lebhaftigkeit, er antwortete in demselben Ton, und
ohne weitere Erklärung griffen wir beyde nach den Degen. Hätte man uns nicht auseinander gebracht und
auf den beyden entgegengesetzten Seiten aus der Versammlung gehen lassen, so glaube ich würde ein Auftritt entstanden seyn, der wenigstens für den Schauplatz,

plaß, wo er vorgieng, neu war. Unſer Streit, wurde dem König erzählt, der damals zu Fontainebleau
war, und er billigte den Eifer, mit dem ich bey dieſer Gelegenheit die gerechte Sache verfochten hatte, ſo
ſehr, daß er mir in dem Augenblick ſelbſt eigenhändig
ſchrieb, meine Aufführung lobte, „und,‟ dies waren
ſeine eignen Ausdrücke, „ſich erbot, mit gegen d'Eper-
„non zum Sekandanten zu dienen, mit dem er auf
„eine Art reden wollte, daß ihm künftig die Luſt zu
„ſolchen Ausfällen vergehen ſollte.‟ Da der Herzog
ſah, daß Heinrich ſein Betragen ſehr übel genommen
hatte, machte er mir in deſſen Gegenwart Entſchul-
digungen darüber, und der König ſelber ſöhnte uns aus.

Außer dieſen Einkünften, welche die Prinzen vom
Geblüt, des Königs Schweſter nicht ausgenommen,
und die Kronbedienten ſich ſo eigenmächtig verſchafft
hatten, wurde das Volk auch noch durch die Art ge-
drückt, wie ſie ihre wirklichen Renten eintrieben. Unter allen dieſen war keiner, der nicht wegen ſeiner Aemter, oder als Belohnung, als Gnadengeſchenk, oder
als Bedingung des Vergleichs, den er bey ſeiner Unterwerfung geſchloſſen hatte, von dem König beſoldet
worden wäre. Während der Zügelloſigkeit der letzten
Jahre war der Gebrauch eingeriſſen, daß dieſe Herren,
anſtatt die Zahlung dieſer Penſionen von den königlichen
Schatzmeiſter zu fordern, ſich ſelbſt durch die Gelder
der Pachtungen, welche man ihnen zur Sicherheit gegeben hatte, bezalt machten. Einige waren auf die
Steuern, andre auf das Salz, auf die Acciſe von
Kaufmannsgütern, auf die Kammergüter, die fünf
großen Pachtungen, die anfallenden Aemter, die
Flußzölle, die Einkünfte von Bordeaux, die königlichen Gnadenbriefe von Languedoc, von Provence u. ſ.
w. angewieſen. Durch eben dieſes Mittel hatte der

Kö-

König die Bezahlung noch wichtigerer Summen, die
er ausser Landes schuldig war, von sich abgewälzt; da=
hin gehörten die Krone von England, der Churfürst
von der Pfalz, der Herzog von Wirtenberg, der Her=
zog von Florenz, die Schweizer, die Republik Vene=
dig und die Stadt Straßburg. Auch die Subsidien,
welche aus politischem Interesse an auswärtige Fürsten
und Freystaaten gegeben werden mußten, trug der Kö=
nig auf diese Weise ab, denn zu allen Zeiten hat sich
Frankreich zum freywilligen Schuldner von ganz Euro=
pa gemacht. Alle diese verschiednen Gläubiger hatten
nun mitten zwischen den Pachtungen des Königs neue
Pachten zu ihrem eignen Vortheil errichtet; ihre Ein=
nehmer und Rechnungsführer waren mit denen des Kö=
nigs vermengt, und verstanden es eben so gut, das
Volk zu plündern. Ich glaube nicht, daß man einen
gefährlichern und zu gleicher Zeit schimpflichern Miß=
brauch sehen kann, als wenn alle Welt, und gar noch
Fremde, in den Finanzen des Staats wühlen; wenn
Monopolisten von allen Nationen den Zinswucher
und die Verfolgung auf die schreiendste Art vermeh=
ren, und ungestraft sich einen Theil des königlichen An=
sehens anmaßen.

Nichts schien mir so dringend nothwendig, als
auf einmal die Wurzel dieses Uebels abzuschneiden, und
ich that es durch eine zweyte Verordnung, welche allen
Fremden und Einheimischen, Prinzen vom Geblüt und
Kronbedienten verbot, welchen Vorwand oder Schuld=
forderung sie auch haben möchten, von den Pachtungen
und andern Staatseinkünften irgend etwas zu erheben,
sondern sich deswegen blos und allein an den königli=
chen Schatz zu wenden. Ruhig sah ich das Ungewit=
ter sich aufthürmen, welches diese Verordnung unfehl=
bar gegen mich erregen mußte. In der That war sie
auch

auch kaum gegeben, so hörte man nichts als das Geschrey der Großen und der vornehmsten Unternehmer,
als hätte ich sie an den Bettelstab gebracht (denn anders drückten sie sich nicht aus), da ich sie auf ihren ersten Accord verwies, und sie aus einer andern Quelle
bezahlen wollte. Der König, von Natur gegen Klagen empfindlich, konnte sich nicht einbilden, daß sie
so ganz unvernünftig wären, und glaubte, ich möchte
vielleicht aus Eifer eine Unbesonnenheit begangen haben. Er ließ mich holen, und sagte weiter nichts, als:
„Ach! mein Freund, was haben Sie gemacht?“

Es wurde mir nicht schwer, ihn zu überzeugen,
daß Gerechtigkeit und Ordnung das, was ich gethan
hätte, nothwendig machten. Ich bewies ihm, daß
seine Finanzen nicht so viele Herren haben und so viele
Hypotheken tragen dürften; daß seine Pachtungen ihm
mehr als zweymal so viel einbringen würden, so bald
er sie selber nutzte. Daß auch dieser Vortheil nicht einmal den verschiednen Personen, welche sie inne hätten,
zu gut käme, sondern nur ihren Bevollmächtigten und
Unterhähblern; daß aber auch, wenn sie ihn selbst ge-
nössen, man doch gar nicht ihr Eigenthum angriffe,
wenn man ihnen Nutzungen entzöge, auf die sie gar
kein Recht hätten. Der König sah das alles recht gut
ein, aber er war nur in Verlegenheit, wie er es anfangen sollte, um nicht einen gewissen Edmund, den
Agenten der Königin von England; einen deutschen,
der des Herzogs von Wirtemberg Faktor war; Gondy, den Pachter des Herzogs von Florenz; den Connetable seinen Gevatter, die vornehmsten Herren des
Hofes, und seine eigne Schwester zu beleidigen.

Ich bat den König, nur einen von ihnen holen
zu lassen, mit dem ich in seiner Gegenwart reden könn-

te.

te. Der Connetable hatte ihn nur eben verlassen, er wurde zurückgerufen, und Heinrich sagte zu ihm: „Nun, Gevatter, weswegen beklagen Sie sich denn „über Rosny?“ „Sire,“ antwortete er, „ich bekla- „ge mich darüber, daß er mich mit allen in eine Klasse „geworfen, und mir eine armselige kleine Anweisung „auf eine Abgabe in Languedoc, von der Sie niemals „etwas bekamen, entzogen hat.“ Ich antwortete dem Connetable sehr höflich, ich würde der erste seyn, mich schuldig zu nennen, wenn ich je die Absicht ge- habt hätte, daß er etwas dabey verlieren sollte. Zu- gleich fragte ich ihn, wie viel ihm diese Abgabe ein- brächte, denn ich wußte wohl, daß er einer von denen war, welchen die Unterhändler ihre Dienste am theuer- sten verkauften. Er sagte es, und ich versicherte ihm, er könne darauf rechnen, daß ihm diese Summe aufs genaueste ausgezahlt werden sollte. „Das ist recht „gut,“ antwortete Montmorency, „aber wer steht mir „dafür, daß ich das Geld auf die Minute erhalte wie „bis jetzt.“ — „Ich stehe dafür,“ erwiederte ich, „Zum Bürgen setze ich Ihnen Se. Majestät, welche „nicht bankrott machen wird. Dies verspreche ich Ih- „nen, wenn mich der König seine Einkünfte nach mei- „ner Einsicht ferner verwalten läßt, und ich selbst will „wieder für ihn Bürgschaft machen, denn ich denke „wohl, daß mein gnädigster Herr, wenn ich ihn reich „mache, mir auch so viel Gutes thun wird, daß ich „nicht werde betteln dürfen.“

Der Connetable, ein gerader und rechtschaffener Mann, war mit meiner Antwort zufrieden, und nahm mit wahrem Wohlgefallen meine Meinung an. Er gestand mir, daß er diese Auflage nur für 5000 Tha- ler des Jahres verpachtete, wovon er noch dem Schatz- meister 2000 abgeben mußte. „Das habe ich recht „gut

„gut gewußt,“ antwortete ich; „und mein Wille ist,
„Ihnen von Ihren 9000 Thalern nichts abzuziehen.
„Es sollen doch noch 18,000 für den König bleiben,
„und ich will auch 4000 dabey gewinnen.“ Niemand
war erstaunter als der Connetable. Er wollte nicht
einräumen, daß er bisher so sehr angeführt worden wäre. Der König lachte unterdessen von ganzem Herzen.
Den folgenden Tag brachte ich einen Mann zu ihm,
der in seiner Gegenwart im Namen der Stände von
Languedoc diese Pachtung für 50000 Thaler übernahm.
Heinrich bot mir von dieser Summe die 4000 Thaler
an, von denen ich gestern im Scherz geredet hatte; ich
schlug sie aber aus, und stellte ihm vor, daß das Uebel
in den Finanzen, welches ich vernichten wollte, größtentheils daher entstanden wäre, daß der vorige König die Pachtungen unmittelbar mit den Gnadenge-
schenken beschwert hätte, die er nur gar zu leicht an alle,
die um ihn waren, austheilte; dieselbe Unbequemlichkeit würde daher noch einmal entstehen, wenn man nicht
alle, die Seiner Majestät nützliche Dienste geleistet
hätten, gewöhnte, blos aus seiner Hand ihre Belohnungen zu empfangen. Heinrich gab mir Recht, und
ich verlohr auch nichts dabey, denn da ich ihm auf diese Pachtung 12000 Thaler mußte vorschießen lassen,
schickte er mir durch Beringhen 4000 davon.

Ich brachte alle die, welche in dem Fall des Connetable waren, leicht zur Vernunft. Und in der That,
was ist auch vernünftiger, als daß der König selbst
seine Einkünfte ziehe! Was die Uebrigen betraf, die
ihr Vortheil gegen alle vernünftige Vorstellungen taub
machte, so bekümmerte ich mich nicht um ihren Beyfall. — Dieser einzige Artikel vermehrte die königlichen Einkünfte um 60,000 Thaler.

Nichts

Nichts läßt sich mit der Mühe vergleichen, die es mir kostete, die Geheimnisse der Finanzbedienten zu entdecken. Ich wußte kein besseres Mittel dazu, als endlich einmal den allgemeinen Anschlag der Einkünfte, von dem ich schon geredet habe, ohne Irrthum fertig zu haben; aber darinn lag eben die Schwierigkeit. Mit dem, den ich 1596 auf das folgende Jahr gemacht hatte, war ich nicht zufrieden; auch nicht mit dem von 1597, ob er gleich schon weit genauer war. Der Fehler lag darinn, daß ich keine andern Quellen hatte, nach denen ich ihn verfertigen konnte, als die Angaben und Listen der Intendanten und Schatzmeister, und daß bey allen diesen ohne Ausnahme, so sorgfältig ich auch in der Wahl war, ich doch immer fürchten mußte, überrascht oder betrogen zu werden. Ich fieng also dieselbe Arbeit dies Jahr von neuem an. Zuerst machte ich ein Verzeichniß von all den Steuerausschreibungen, welche man in die General-Aemter schickte, und den Edicten, nach welchen die Gelder in dem Königreich gehoben wurden. Dann setzte ich die Tarifs hinzu, welche nach diesen Edicten gemacht waren, und alle Kontracte, welche der Finanzrath mit den Haupt- und den Afterpächtern geschlossen hatte. Alle diese Stücke verglich ich mit einander nach den Einsichten, welche meine vorigen Arbeiten mir schon in dieser Sache gegeben hatten. Diesmal glaubte ich nun endlich so weit gekommen zu seyn, daß ich den Grund der Sache durchschaute. Bey dem gewöhnlichen Ausschreiben der Steuer giengen einige Mißbräuche vor, aber dies waren die geringsten. Weit beträchtlichere fand ich bey den außerordentlichen Ausschreibungen oder Befehlen zu Vorschüssen auf das künftige Jahr; und die allergrößten schienen mir von den Afterpachten herzukommen. Die Pächter, welche von dem Finanzrath pachteten, und die Schatzmeister von Frank-

reich,

reich, welche sie zur Erhebung der Abgaben brauchten, zogen davon beynahe zweymal so viel, als die
Summe, welche sie bezahlten. Weil abr. diese Ge-
neralpächter wieder an andere verpachteten, so vermehrte diese Reihe von Afterpachten, die bis ins Unendliche gieng, auch die Unkosten bis ins Unendliche, und
diente zu weiter nichts, als eine Menge Menschen,
die es durch keine Arbeit verdienten, im größten Ueberfluß zu erhalten. Von ihnen bereicherten sich erst die
Mitglieder des Finanzraths, dann ihre Pächter, und
dann nach Verhältniß die ganze Reihe der Uebrigen,
welche über die Geheimnisse, in welche sie eingeweiht
waren, das tiefste Stillschweigen beobachteten.

Ich war außer mir für Freude über diese Entdeckung, die ich dem König mittheilte. Mit seinem
Ansehen ausgerüstet, legte ich Arrest auf alle die Gelder von den Steuern, die auf außerordentliche Ausschreiben bezahlt waren. Ohne auf diese zu achten, befahl ich den Einnehmern, von diesen Geldern so gut
als von den andern Rechnung abzulegen) und sie sogleich baar einzuschicken. Alle Afterpachten hob ich
für immer auf, und verordnete, daß künftig jeder
Theil nur Einen Pachter und Einen Einnehmer haben
sollte. Auch hierüber gab es noch großes Geschrey;
aber die gescheidesten unter den Pächtern waren so klug
zu bedenken, daß ihnen ihre Klagen weiter nichts helfen würden, als sich auszuzeichnen, und da die Stellen durch Abschaffung eines Theils der Kontrahirenden
seltner werden mußten, so eilten sie zu mir, aus Furcht
müssig übrig zu bleiben, begnügten sich mit einem mä-
ßigern Gewinst, und nahmen auf eigene Rechnung
ihre Pachtungen wieder, mit dem Unterschied, daß
der König jetzt die Vortheile zog, die sie genossen hatten, weil die Pachtgelder verdoppelt wurden.

So

So wie ich durch Erfahrung in meiner Arbeit sicherer wurde, so gab ich auch meinen allgemeinen Anschlägen größere Vollkommenheit. Ich ließ es nicht mehr bey dem Schema der Rechnungen bewenden, das die Einnehmer sich selbst gemacht hatten, sondern ich schickte ihnen schon fertige Modelle zu, wo ich mich bemühet hatte, mit möglichster Deutlichkeit auch zugleich die größte Genauigkeit im Einzelnen zu verbinden. Nachher, wenn ich sie zurückbekam, untersuchte ich sie selbst, und war dabey so strenge selbst über Fehler der Unachtsamkeit, und wenn das geringste ausgelassen war, daß bald nichts mehr ausgelassen wurde, so unbeträchtlich und verborgen es auch seyn konnte. Alles mußte durch die Belege, welche ich hinzufügen ließ, und mit äußerster Aufmerksamkeit damit verglich, berichtigt werden. So zerstörte ich alle die geheimen Schlupfwinkel der Einnehmer. Es waren deren nicht wenige: Erdichtungen, vorgeblich nicht erhaltene Schulden, schlechte Münzsorten, Kosten bey den Kammergütern, Erlassungen, Geschenke, Rechte, Schätzungen, Kosten, Sporteln 2c. Alles dieses waren Hülfsmittel, welche die Unterbedienten zu ihrem Vortheil anwendeten, weil man sich nicht die Mühe gegeben hatte, alle diese Dinge einzeln nach ihrem wahren Werth zu schätzen, welche alsdann, alle zusammen und weit übertrieben einen großen Theil der Einnahme verzehrten. Die Herren vom Finanzrath, die eigentlich darüber hätten wachen sollen, kannten selbst die Nützlichkeit dieser Vorwände nur zu gut.

Man gab so wenig Achtung auf die Rechnungen der Einnehmer, daß diese oft, wenn sie ihre Stellen niederlegten, noch eine Menge Reste schuldig blieben, welche nachher vergessen wurden. Ich schafte diese Gewohnheit ab. Die, welche die Stellen beka-

ren, mußten ihre Vorgänger zur Bezahlung anhalten, und um sie durch das einzige wirksame Mittel
zu zwingen, dabey sorgfältig zu seyn, so wieß ich ihnen ihre Besoldungen darauf an. Sie wußten nun
sehr gut diese kleinen Bankrotte zu hindern, statt daß
sie dieselbe vorher begünstigten.

Verschiedne von denen, welche Gelder auszuzahlen schuldig waren, und hauptsächlich die von der
Rechnungskammer, auf welche die meisten Anweisungen gestellt waren, mußten die Ueberbringer derselben durch öftere Verzögerungen so zu ermüden, daß
sie endlich sich gefallen lassen mußten nur einen Theil
von dem, was die Anweisung betrug, zu nehmen
und über das Ganze zu quittiren. Ich verbot die
Zahlungen aufzuschieben, oder auch deswegen Gelder
inne zu behalten. Dadurch wurden dem Betrug eine
Menge Hülfsmittel abgeschnitten, mit welchen man
den König auf eine unglaubliche Art bestahl; die Verwirrung verschwand nach und nach, und es wurde
Tag in den Finanzen.

Nachdem der allgemeine Anschlag, von dem ich
geredet habe, und diese Verordnungen und Modelle
gemacht waren, las ich sie in Abwesenheit des Königs im Staatsrath vor. Der Verdruß meiner Kollegen über meinen Fleiß, und daß man sie nicht mit
zu dieser Arbeit genommen hatte, war in die Augen
fallend. Sie antworteten mir nur ganz trocken und
gleichsam im Scherz: meine Sekretaire hätten gute
Tage. In der That hatte ich auch alle diese Stücke
eigenhändig geschrieben. Nachdem ich die Versammlung verlassen hatte, gestanden sie doch, daß meine
Arbeit unendlich und doch sehr genau wäre, und daß
man vergebens mit künftig noch etwas würde zu verbergen

bergen suchen. Zween Tage nachher, da der König
im Staatsrath zugegen war, las ich meine Aufsätze
abermals vor. Er fragte die Andern, was sie davon
hielten. Sie gestanden, daß meine Angaben richtig
wären, und daß ich für einen Mann vom Kriegsstan-
de mich schnell genug in Staatssachen hätte finden
lernen. Ich weiß nicht, ob sie an der Verläumdung
schuld waren, welche damals ausgesprengt wurde, als
ließe ich durch Du-Lunt (14) ein Buch schreiben,
worin ich, unter dem Vorwand, neue Ideen über
die Finanzen zu geben, ohne Barmherzigkeit und
Schonung übel von den besten Dienern des Königs
redete. Er versicherte mich hingegen, meine Neider
möchten thun, was sie wollten, so würden sie nie
seine Freundschaft für mich ändern. In der That behandelte er mich auch von dieser Zeit an so, daß ich
in ihm nicht einen Herrn sondern meinen Freund zu
sehen glaubte. Es konnte mir keine Freude und kein
Kummer begegnen, an dem er nicht lebhaften Antheil
genommen hätte.

Es wäre zwiefache Undankbarkeit, wenn ich ver-
schwiege, was ich dem König in Ansehung der Finanzen schuldig bin. Nicht genug, daß er mich standhaft in allen meinen Handlungen unterstützte, — so
wie bey der Gelegenheit, als der Prevôt und die Eche-
rins von Paris sich weigerten mir ihre Register mitzutheilen, unter dem Vorwand, daß sie mit dem Finanzrath nichts gemein hätten, — daß er meinen Wünschen
zuvorkam und mit Güte mich tröstete, wenn mich Widerwärtigkeiten hinderten, wobey er mir gewöhnlich sich
selbst zum Beyspiel anführte; so sind auch seine Kenntnisse und sein Rath bey allem was auf die Finanzen
Beziehung hatte, mir oft von so großen Nutzen gewesen, daß ich gern gestehe, ich würde ohne ihn vergebens

bens das schwere Werk dieser Reform unternommen
haben. Ein großer Theil meiner Ideen stammt von
ihm her; und ich hebe verschiedne Aufsätze über Gegenstände, die uns beyde gleich emsig beschäftigten,
und die er, so lang sie sind, eigenhändig geschrieben
hatte, als einen kostbaren Schatz auf.

Nach diesem allen muß ich aufrichtig gestehen,
daß der größte Theil des Lobes, den die Staatsver-
waltung unter Heinrich dem Großen verdient hat, ihm
selbst mit Recht gebührt. Andere würden unter ihm
mit gleicher Treue und weit größerer Geschicklichkeit
als ich gearbeitet haben; denn einem König fehlt es
nie an guten Dienern, aber den guten Dienern fehlt
oft der König. Die große Schwierigkeit wird immer
seyn, einen Fürsten zu finden, der in dem Mann, welcher seine Geschäfte verwaltet, nicht auch den Diener
seiner Laune und seiner Leidenschaften suche; der
mit eben so viel Weisheit als Scharfsinn es über sich
nehme, zu den ersten Aemtern nur Männer zu rufen,
die Rechtschaffenheit, Vernunft und Fähigkeiten im
gleichen Grade besitzen; und der endlich, selbst voller
Talente, nicht die Schwachheit habe, andere darum
zu beneiden. Diese Eifersucht des Verdienstes bey
einem großen Herrn, welche jedoch voraussetzt, daß
er selbst nicht davon entblößt ist, thut in gewissem Verstande einem Staat mehr Schaden, als sein Haß gegen manche Laster Vortheil stiften kann.

Ehe ich aus Bretagne abreisete, machte ich einige Verordnungen in Finanzsachen; welche nach Maasgabe der Natur und der Privilegien dieser Provinz
verschieden waren. Nachher schickte ich den Rech-
nungsmeister Herrn von Maupeou dahin, sowohl um
über die Beobachtung meiner Einrichtungen zu halten,

als

als auch um die Pachtungen der Provinz zu einem
gewissen Werth zu bringen und die Bezahlung der
Gelder, welche ich zum Kapital bestimmt hatte, zu befördern. Zu demselben Ende ließ ich den
Beysitzer der Rechnungen Coßnard nach Poitou,
und Bizouze nach Champagne abgehen. Cham-
pigny setzte ich über die Flußzölle in Orleannois und
Touraine. — Doch vorjetzt sey dieses genug von den
Finanzen.

Wir wollen von Dingen andrer Art, die um
ihrer Sonderbarkeit willen dies Jahr merkwürdig machten, noch etwas reden. — Man hat noch immer
nicht ergründet, was jene Erscheinung seyn konnte,
die so oft und von so vielen Leuten im Walde von
Fontainebleau gesehn wurde. Es war ein Gespenst
mit einer Kuppel Hunde umgeben, welche man von
weiten sah, und toben hörte; so bald man sich aber
näherte, verschwand alles. (15) An der Küste von
Holland fieng man einen Wallfisch, der 80 Fuß lang
war. Die Tiber trat so fürchterlich aus, daß sie eine Menge Häuser umriß und einen Theil der Stadt
Rom überschwemmte. Ein Gerücht verbreitete sich
in Europa, daß die Juden aus Haß gegen die Christenheit dem Großherrn 500,000 Dukaten geboten
hätten, um das heilige Grab zu Jerusalem zu zerstören.

Aber die interessanteste aller Begebenheiten, und
mit welcher dieses Jahr sich schloß, war der Tod Philipp des zweyten, (16) welcher nach acht oder neun
Monathen so schrecklicher Leiden starb, daß die Religion allein ihm die Kraft geben konnte, sie mit so vieler Geduld zu ertragen. In den Augen der meisten

Menschen war aber dieser Heldenmuth nicht einmal
ein Verdienst. Wenn man bedachte, daß sein Geitz
und seine Herrschsucht die ganze neue Welt mit dem
Blut ihrer unglücklichen Einwohner erfüllt, und über
seine eignen Unterthanen, wenn er ihnen auch das Leben ließ, doch eben so barbarische Gewaltthätigkeiten
ausgeübt hatten; so sah man in den faulen Geschwü-
ren, die seinen ganzen Leib bedeckten, nicht so wohl
einen natürlichen Zufall, als vielmehr eine Wirkung
der göttlichen Rache. Er hinterließ ein Testament,
welches mir ein zu merkwürdiges Stück scheint, um
es mit Stillschweigen zu übergehn. Man weiß nicht
genau, ob er es während seiner Krankheit dictirte, ob
er es eigenhändig dem Kronprinzen übergab, oder ob
man es nach seinem Tode nebst andern geheimen Pa-
pieren in der Kiste fand, welche er seinem Günstling
Dom Christoph von Mora anvertrauet hatte. Aber
dieser, an sich gleichgültige Umstand ist auch in Ansehung der Aechtheit dieses Stücks, welche durch eine
Menge anderer Stellen bewiesen ist, nicht von Wichtigkeit. Meine Abschrift erhielt ich durch dieselbe Hand,
woher der König die seinige bekam. Jakob Bongars,
unser Agent bey den deutschen Protestanten, schickte
sie mir; er hatte sie von dem Landgrafen von Hessen,
und dieser von den Städten Venedig und Genua.
Sie stimmt in allen Stücken so genau mit den andern
überein, die an verschiednen Orten verbreitet wurden,
daß dadurch jeder Zweifel wegfällt, als wäre sie von
den Feinden Sr. katholischen Majestät untergescho-
ben (17).

Philipp fängt das Testament mit einem aufrichtigen Geständniß aller Fehler, die er begangen hat, an.
Als den größten nennt er jene Chimäre einer allgemeinen Monarchie, wovon er seinen Nachfolger durch sein
eignes

eignes und durch Karl des fünften Beyspiel, ernstlich zurück zu bringen sucht. Er fügt die Lehren des Kaisers seines Vaters zu den seinigen hinzu, ob er gleich gesteht, sie selber nicht genug genutzt zu haben. Er hängt selbst die Aufsätze, die ihm jener hinterlassen hatte, diesem Testament an, (18) damit Philipp III. sie nicht von einander trennen möge. Karl, V, Kaiser, Herr von Spanien und Deutschland, in der Kraft seines Alters, mit einer festen und gesunden Leibesbeschaffenheit ausgerüstet und mit Ruhm und Glück gekrönt, entwirft den Plan, die Ungläubigen zu bezwingen, alle Mächte Europas mit der seinigen, und alle Religionen mit seinem Glauben zu vereinigen. — Nach einer langen Reihe von Jahren, mit vergeblichen Anstrengungen hingebracht, legt er alle diese schwindelnden Ideen zugleich mit seinen Kronen ab. Philipp II, sein Sohn, läßt sich durch dieselbe Lockung reitzen, und es gelingt ihm nur noch schlechter. Dies ist es, was sein Nachfolger von ihm erfahren soll. Die Verschiedenheiten der Religionen, der Gesetze und der Sitten bey den Völkern von Europa; die große Anzahl fester Städte, womit dieser Welttheil erfüllt ist, und die eben so viel schwere Belagerungen erfordern; die fast gleiche Stufe, worauf diese Nationen in der Kriegskunst stehen; ihr Leichtsinn, der sie stets bereit macht, sich dem ersten besten zu überlassen, der sich erbietet, sie von dem Joch einer Herrschaft, die mit ungeheurer Mühe gegründet ist, zu befreyen: das alles sind eben so viel Hindernisse gegen diesen verführerischen Plan, die Philipp als durchaus unübersteiglich betrachtet.

Er räumt ein, daß er ehmals anders gedacht habe. Durch das Feuer seiner Jugend sey er zuerst gehindert worden, diese weise Ueberlegung anzustellen;

nach-

nachher, habe die glückliche Aussicht nach dem Gewinn zwo großer Schlachten, und die Unruhen, welche Frankreich zerrütteten, seine Verblendung verlängert, und ihn bewogen mit Stolz alle Anerbietungen eines vortheilhaften Friedens zu verwerfen. Er glaubt Ursach zu haben, zu fürchten, daß sein Sohn keinen bessern Gebrauch von seiner Vernunft machen werde, und er sucht ihn durch eine getreue Darstellung all der thörichten Unternehmungen, wozu ihn dieser lächerliche Anspruch verführt habe, selbst dafür zu bewahren.

Er klagt sich daher an, daß er gesucht habe, sich zum Kaiser der ganzen neuen Welt erklären zu lassen; Italien, unter dem Vorwand eitler Rechte, an sich zu reißen; die drey Brittischen Königreiche zu erobern; (ein Project, daß ihm allein in 6 Jahren 20 Millionen blos in Zurüstungen zu der Flotte gekostet habe, mit der er diese Macht zu Boden schmettern wollte, und die man die Unüberwindliche nannte; ob sie gleich 1588 bey ihrem ersten Auslaufen auf Einmal gleichsam vernichtet wurde:) die Niederlande zu unterjochen; die Französische Monarchie umzustürzen, indem er die Schwachheit des letzten Königs sich zu Nutze machte, und die Unterthanen desselben, hauptsächlich die Geistlichen gegen ihn empörte; und endlich seinen eignen Oheim dem Kaiser Ferdinand, und seinen Neffen, dem Römischen König Maximilian von den Thronen des Reichs zu stoßen. Die ungeheuren Summen, welche alle diese Versuche ihm gekostet hatten, sind dabey angemerkt. Sie belaufen sich auf mehr als 600 Millionen Dukaten, und er verweiset seinen Sohn auf den Beweis davon, den er in den Verzeichnissen finden werde, welche er eigenhändig aufgesetzt und in seinem Kabinet niedergelegt habe. Dennoch macht er sich über diese Verschwendung noch nicht so große Vorwürfe, als

über das vergoſſene Menſchenblut; und in der That iſt
es ſchauervoll, wenn man ſein Geſtändniß lieſt, daß
er mehr als 20 Millionen Menſchen ſeiner Leidenſchaft
geſchlachtet, und mehr Land, als er in Europa beſitze,
zur Wüſteney gemacht habe.

Und was hatte er durch das alles erworben? —
Dieſe Anmerkung läßt er ſeinén Sohn machen. Das
Verhängniß, als hätte es ſeinen eignen Vortheil damit verbunden geglaubt, ließ alle ſeine ſchwarzen Entwürfe ſcheitern. Deutſchland entgieng ihm durch die
Eiferſucht und den Haß eigner Blutsfreunde. England
ſchützten Wogen und Stürme. Holland entriß ihm
die Treuloſigkeit ſeiner Unterthanen, welche die Entfernung vor ſeiner Rache ſchützte. Frankreich rettete die
Unbeſtändigkeit der Einwohner, ihr Widerwillen gegen fremdes Joch, und die großen Eigenſchaften des
Königs, der es beherrſchte. So richtete er alſo durch
dieſes fürchterliche Lermen und durch die Ströme von
Blut nichts aus, als daß er ſeine Staaten durch das
kleine Königreich Portugall vermehrte.

Philipp wendet nun dieſen Unterricht genauer auf
die Perſon und die Lage des Erben ſeiner Macht an.
Die Staatsmaximen, von denen kein König von Spanien, und Philipp III. wegen ſeiner großen Jugend
am allerwenigſten abweichen ſoll, ſchränkt er auf folgende Artikel ein. Um ſeines eignen Vortheils, um
ſeiner Ruhe und um ſeiner Völker willen, ſolle der
Nachfolger mit dem König von Frankreich den Frieden
erhalten, den Er vor ſeinem Tode ſchließen zu müſſen
geglaubt habe. Nie von dem beſten Einverſtändniß
mit dem Pabſt abgehen, und eine Menge Kardinäle
in ſeinen Vortheil ziehen, um deſſen immer deſto ſicherer zu ſeyn. Den Kaiſer und ſeine Familie lieben;

doch

doch aber das Geld zu den Besoldungen, welche er
aus Staatsgründen den Churfürsten, Fürsten und
Prälaten Deutschlands ferner geben müsse, nie durch
seine Hände gehen lassen, damit sie stets durch diese
Freygebigkeit ihm verbunden bleiben mögen. Zugleich
solle er immer sorgen, sie untereinander uneinig zu erhalten; durch dieses doppelte Mittel würde er dereinst
die Verhältnisse, welche die Zeit zur Erlangung der
Kaiserwürde entstehen lassen könne, zu seinem Vortheil
zu kehren im Stande seyn. Ueberhaupt möge er um
so mehr seine ganze Aufmerksamkeit auf Deutschland
richten, da mehr als sonst irgendwo in den Nordi-
schen Ländern dort Verschiedenheit der Vortheile
herrsche.

Polen, Dännemark und Schweden sind Staa-
ten; von denen er nichts zu besorgen zu haben glaubt.
Das erste, weil auch außer der Entfernung die Politik der benachbarten Fürsten, und Polens eigne schlecht
verstandene Staatskunst, seinen König mehr zum Beamten als zum Herrn seiner Unterthanen mache; und
die beyden andern eben auch wegen ihrer großen Entfernung, ihrer Armuth und ihrer schlechten Kenntniß
der Kriegskunst. Ganz anders spricht er von Frankreich, England und Flandern. Diese betrachtet er als
Mächte, die Spanien sehr furchtbar sind, und gegen
die es stets auf seiner Hut seyn soll.

In Ansehung Englands giebt er die Vorschrift,
alles zu thun um zu verhindern, daß die Kronen der
drey Brittischen Reiche nicht auf Einem Haupte vereinigt werden; und von dieser Begebenheit spricht der
feine Staatsmann gleichsam im prophetischen Geiste,
als ob sie schon ganz nahe wäre. Aus dieser Ursach
solle man sich das Geld nicht gereuen lassen, welches

man

man in diesen Inseln verschwenden müsse, um sich Anhänger zu machen und immerfort eine Menge Kund-
schafter darinn zu halten; aber man müsse sich andere
zu verschaffen suchen, als die Jetzigen, deren Treue
ihm aus mehreren Ursachen verdächtig sey. Sorgfältig solle man alle die Uneinigkeiten zu nähren suchen,
welche die Verschiedenheit der Religionen in diesem
Lande sowohl als in Frankreich hervorbringen könne.
Die Verwirrungen, welche bey uns durch die Ligue
entstanden wären, hält er hinfort für ein unzulängliches
und abgenutztes Mittel, weil jetzt ein König auf dem
Thron sich befestigt habe, der zu herrschen verstehe.
Aber man könne immer noch in beyden Reichen zu tausend andern bürgerlichen Trennungen Gelegenheit geben; hauptsächlich zu solchen, die sie beyde mit einander in Krieg verwickeln oder doch in gegenseitigen Argwohn erhalten müßten. Dies würde geschehen, wenn
man die Ansprüche des einen dieser Staaten auf den andern begünstigte, denn ihr natürlicher Haß mache sie
schon hinlänglich geneigt dazu. Das größte Unglück
für Spanien würde es seyn, wenn diese beyden Mächte sich mit den Niederlanden verbänden; denn alsbann,
sagt er, würden sie eine Gewalt erlangen, die im Stande wäre, sich Meer und Land zu unterwerfen. Man
müsse durchaus ein Mittel finden, alle Europäische
Fürsten von der Schiffarth nach beyden Indien auszuschließen, und dies könne auch keine andern Schwierigkeiten haben, als die von Seiten jener drey Mächte kämen, weniger indessen von Frankreich als den beyden andern, weil dieses keine Seemacht habe. Dies
sey noch ein Grund mehr, sich der Niederlande und
vorzüglich Englands zu versichern.

Unter allen diesen Rathschlägen Philipps ist keiner, der seinen Sohn zum Kriege verleiten könnte,

nicht

nicht einmal gegen die Niederländischen Rebellen. Im Gegentheil sucht er ihn sorgfältig davon abzuhalten. Das Verfahren, welches er gegen diese Provinzen zu beobachten empfiehlt, ist, ihnen allgemeine Verzeihung angedeihen zu lassen, und weiter nichts von dem Volke zu fordern, als daß es die Spanische Oberherrschaft anerkenne, auf alle die Statthalter, Minister und Beamten, die man dort unterhalten werde, ein wachsames Auge zu haben; sie weder zu lange noch mit einer zu unumschränkten Gewalt im Besitz ihrer Stellen zu lassen, weil man von ihnen am meisten zu fürchten haben würde, wenn sie es sich würden einfallen lassen, sich an die Spitze einer Parten zu stellen. Im Fall aber Spanien den Krieg nicht vermeiden könne, so solle Philipp III sich von den Erfahrungen, die er ihm hier mittheilt, leiten lassen. Um in einem Kriege glücklich zu seyn, müsse er ihn nur in jenen vortheilhaften Verhältnissen anfangen, die von Zeit zu Zeit sich darbieten, als Veränderungen der Regierung, bürgerliche Uneinigkeit, Bedürfnisse und Schwachheiten der Monarchen, u. s. w. Diese Maxime Philipps, daß ein großer Herr auf das genaueste mit dem Character und den Neigungen der benachbarten Fürsten bekannt seyn müsse, ist so wahr, daß eigentlich in den angrenzenden Staaten nie eine Veränderung erfolgen sollte, zu der er nicht schon vorbereitet wäre und in der Verfassung, sie sich in dem ersten Augenblick zu Nutzen zu machen. Er schließt diesen Artikel, indem er den neuen König erinnert, daß ein Gott ist, der die Kriege nicht nach den Grundsätzen der Eroberer richtet, und daß Er einst vor dem Richterstuhl dieses Gottes werde Rechenschaft ablegen müssen.

Nach diesen Maximen, die nur blos die auswärtigen Angelegenheiten angehen, kömmt Philipp auf

 die

die innere Regierung des Reichs. Ein König von
Spanien, sagt er, herrscht über Völker, die eben so
unendlich weit in ihren Sitten von einander abstehen,
als sie durch die Himmelsstriche entfernt sind, er be=
fleißige sich daher, jedes nach seinem Character, und
alle mit Mäßigung und Milde zu regieren. Er lerne
seine Räthe und seine Sekretaire selbst kennen, und wäh=
le sie auch selbst. Die Abfertigungen an seine Gesandten
muß er selber machen können, und auch im Dechiffriren
geschickt seyn, so wird er nicht Gefahr laufen, daß ein
wichtiges Geheimniß durch einen Vertrauten entdeckt
werde. Er suche mit Sorgfalt die Männer von Ehre
und von Talenten auf, um ihnen Bedienungen zu ge=
ben. Er hüte sich, Jemanden schwer zu beleidigen,
hauptsächlich Leute von hohem Range; sein ältester
Sohn, merkt er hierbey an, habe darinn gefehlt, und
dies sey sein Unglück geworden. Der König, fährt er
er fort, mache einen Unterschied zwischen dem alten
und dem neuen Adel, und ziehe jenen vor, weil er ge=
wöhnlich reinerer und uneigennützigerer Gesinnungen
fähig ist; und so bald er kann vermindere er die zu gro=
ße Anzahl der Justiz= und Finanzbedienten, und der
königlichen Hofbeamten. Dieselbe Regel giebt er in
Ansehung der Geistlichen und setzt hinzu, man solle
diese bey den Bedürfnissen des Staats nicht mehr scho=
nen, als die andern, und dies, weil sie eines großen
Vermögens nicht nur entbehren können, sondern
auch sollen; denn Ueppigkeit, Weichlichkeit und Gott=
losigkeit, die gewöhnlichen Früchte ihrer Reichthümer
und ihres Müssiggangs, werden sie sonst bald um die
Ehrfurcht bringen, die ihrem Stande gebührt. —
Kaufleute hingegen, Arbeiter, Handwerker und Sol=
daten suche er zu vermehren; ihr Fleiß, ihre Betrieb=
samkeit und ihre Arbeit erhalten allein den Staat ge=

gen

gen den Ruin, welchen ihm die Ausschweifungen der andern Stände bereiten. — Alle Grundsätze, die, so wie diese, zur Aufrechthaltung der Subordination und der guten Wirthschaft in einem Staate abzwecken, verdienen gelobt zu werden, aus welchem Munde sie auch kommen mögen.

Mit dem Artikel seiner häuslichen Anordnungen beschließt Philipp sein Testament. Er legt seinem Nachfolger auf, die Versprechungen und Heyrathsbedingungen der Infantin, seiner Schwester, zu erfüllen. Für den Prinzen selbst schlägt er eine Vermählung vor, zu der er schon die ersten Schritte gethan und insgeheim die Artikel angegeben habe; diese werde er in Loo's Händen finden. Er bemerkt, daß selten ein König den Günstling seines Vaters geliebt habe; dennoch schlägt er ihm Christoph von Mora zum Vertrauten vor, der auch der seinige gewesen war. — Philipp III folgte der Bemerkung und nicht der Empfehlung, und gab Mora's Platz dem Marquis von Donia. — Sein Vater verlangt auch, als einen Beweis kindlicher Achtung für sein Andenken, daß all denen Personen, welche er selbst eingesetzt habe, ihre Aemter gelassen werden mögen; die Art aber, womit er sich darüber ausdrückt, zeigt, daß er es mehr wünscht als hofft. Er empfielt seinem Sohn vorzüglich die Doctoren Ollius und Vergius, die in seiner Krankheit ihm beygestanden hatten. Von Antonio Peres (19) spricht er als von einem gefährlichen Menschen, mit dem er sich aussöhnen müsse; man dürfe ihn weder in Frankreich, noch in Flandern, noch weniger in Spanien, wohl aber in dem unnützen Italien leiden. Er schließt das ganze Stück mit einigen kurzen Maximen, Gott zu lieben, der Tugend nachzustreben und sich die Vorschriften eines Vaters zu Nutze zu machen.

 Uebri

Uebrigens sind in dem ganzen Stück noch schöne Züge
von Frömmigkeit und Ergebung in den Willen Gottes,
welcher, wie er hofft, ihn lieber in diesem, als in jenem
Leben züchtigen werde. (20).

Die erste von diesen Verordnungen, welche der
neue König erfüllte, war seine Vermählung mit der
Erzherzogin von Grätz (21) Er ließ sogleich nach dem
Tode seines Vaters um sie anhalten, und im Anfang
des folgenden Jahres gieng sie von dem Erzherzog Albert begleitet nach Spanien. Sie giengen an der Küste von Marseille vor Anker, um die Landluft zu genießen. Der Herzog von Guise war Statthalter dieser Provinz; er hatte vorher Nachricht davon bekommen, Bericht an den König abgestattet, und darauf
den Befehl erhalten, diese Prinzessin mit den größten
Ehrenbezeugungen aufzunehmen. Heinrich bestimmte
50,000 Thaler zu den Unkosten, und befahl mir, sie
nach Marseille zu schicken. Ich war schon im Begriff,
la Font oder einen Andern, der Bedienter bey meiner
Gemahlin war, und ungeachtet seines schlechten Aeu-
ßern so viel Fähigkeit zeigte, daß ich für ihn zu sorgen
beschlossen hatte, dahin zu senden, um zu bestimmen,
wie das Geld angewendet werden sollte. Es war aber
nicht nöthig, und ich konnte alles durch einen Menschen,
den ich dort hielt, besorgen lassen. Die Erzherzogin
wollte, ungeachtet der Bitten des Herzogs von Guise
und der Stadt Marseille, durchaus in keine Stadt gehen, um das Ceremoniel zu vermeiden. Sie ließ Ge-
zelte am Ufer aufschlagen, wo sie ausruhen und die
Messe hören konnte. Der Erzherzog besuchte aus Andacht die Kirchen von Marseille, aber er kam ohne Gefolge und incognito; und sobald er die Reliquien ge-
küßt hatte, kehrte er zurück ohne sich einen Augenblick
aufzuhalten.

Diese

Diese Vermählung verknüpfte die beyden Linien des Oestreichischen Hauses durch ein zweytes Band; denn der vorige König von Spanien hatte schon am 5. May des letzten Jahres seine Tochter, die Infantin Isabella, an den Erzherzog Albert verheyrathet, welcher deswegen den Kardinalshut ablegen mußte. Dem Anschein nach hatte sie eine reiche Aussteuer bekommen, denn sie erhielt die 17 Provinzen der Niederlande, die Franche-Comté und Charolois. Aber die sonderbaren Bedingungen, die damit verknüpft, und ohne welche die Schenkung für ungültig erklärt war, daß der neue Souverain am Indischen Handel keinen Antheil nehmen und in seinen Ländern keine andere als die katholische Religion dulden sollte, machten sie im Grunde zu nichts; denn es war nicht leicht die Flamänder zur Annehmung so harter Bedingungen zu bewegen.

Unterdessen, bis der Erzherzog selbst nach Flandern gehen könnte um alle Schwierigkeiten zu heben, schickte er den Amirante von Arragonien als seinen Verweser dahin, welcher auch einige Thaten an der Grenze von Deutschland verrichtete. (22) Diesen ließ er durch seinen Vetter, den Kardinal Andreas von Oestreich, (23) ablösen, welcher eine Menge Edicte machte, die alle unausgeführt blieben. Da endlich das Uebel so groß wurde, daß man glaubte, es könne keinen Aufschub mehr leiden, so kam der Erzherzog selber mit seiner Gemahlin nach den Niederlanden. Er landete am fünften September dieses Jahres an, dessen Rest er mit eben so unwirksamen Drohungen hinbrachte. Endlich mußte zu offenbarer Gewalt geschritten werden, und dies war der Anfang jenes langen und blutigen Krieges zwischen Spanien und den

Fla-

Flamändern, deſſen Begebenheiten und Fortgang ich bey jedem Jahre anzeigen werde.

Zu gleicher Zeit mit dem Beylager ſeiner katholiſchen Majeſtät in Spanien, feyerte man zu Paris die Vermählung der Prinzeſſin Katharine mit dem Prinzen von Bar. (24) Dadurch wurde endlich das ſo lange ungewiſſe Schickſal dieſer Dame entſchieden. Man hatte ſie noch bey Lebzeiten der Königin Mutter mit dem Herzog von Alençon vermählen wollen, aber der Haß Heinrichs des Dritten gegen ſeinen Bruder machte daß die Sache fehlſchlug. Nachher ſollte ſie den König ſelbſt heyrathen, aber darinn wollte Katharine von Medicis aus Abneigung gegen das Haus Navarra nicht willigen. Die Prinzeſſin ſchlug ihrer Seits den alten Herzog von Lothringen aus, den man ihr anbot, weil er Kinder aus der erſten Ehe hätte. Der König von Spanien hielt um ſie an, mit der Bedingung, eine genaue Verbindung mit dem König von Navarra zu ſchließen, aber davon wollte dieſer nichts hören. Nachher warb der Herzog von Savoyen um ſie, aber dies hintertrieben die Proteſtanten, weil in den damaligen Verhältniſſen dieſe Heyrath der reformirten Religion hätte nachtheilig werden können. Den Prinzen von Condé wollte ſie nicht, weil er zu arm wäre; eben ſo ſchlug ſie ohne irgend einen hinreichenden Grund den König von Schottland aus. Auch der Prinz von Anhalt gehörte zu ihren Freyern; und in den Bewegungen des Zorns, worin ſie zuweilen gegen den König ausbrach, warf ſie ihm vor, er hätte ſie gern zwey oder drey andern fremden Prinzen, oder wie ſie ſich ausdrückte, fremden Edelleuten in die Arme geliefert, um durch ſie den rückſtändigen Sold zu bezahlen. Man hat noch kürzlich geſehn, wie ihr Vorurtheil für den Grafen von Soiſſons ſie gegen alle Bewer-

werbungen des Herzogs von Montpenfier taub machte,
der sich sehr gut für sie schickte. Am Ende zwang sie
die Nothwendigkeit, sich doch zu etwas zu entschließen,
daß sie den Prinzen von Bar annahm (25).

Kaum war es bekannt geworden, daß diese Heyrath im Werke sey, so gab die Verschiedenheit der Religionen unter beyden Verlobten der ganzen Geistlichkeit und besonders den Bischöfen, die mit zu Paris
versammlet waren, eine Gelegenheit zum Widerspruch, welche sie sich nicht entgehen ließen. Das erste
Mittel, dessen sie sich bedienten, war, zu Rom aus
allen Kräften die Ausfertigung der Dispensation zu
hindern, ohne welche sie nicht glaubten, daß man zu
der Vermählung schreiten würde. Zu dem Ende konnten sie sich unmöglich getreuern Händen anvertrauen,
als dem Kardinal von Ossat, der zwar freylich nur an
diesem Hofe war, um die Vortheile des Königs zu besorgen. Aber es ist dieses nicht die einzige Gelegenheit,
wo ich diesen Prälaten beschuldige, nicht nur seine
Aufträge überschritten, sondern grade das Gegentheil
davon gethan zu haben. Wenn ich einer Nachricht
aus Rom trauen soll, von der ich schon einmal geredet
habe, so unterließ der Kardinal von Ossat im Namen
der ganzen Partey, deren Werkzeug er war, nichts,
um den Pabst von der Ertheilung der Dispensation abzuhalten, welche er doch von dem König Befehl hatte,
zu suchen (26). Alle diese Leute gaben Seiner Heiligkeit zu verstehen; wenn er diese Gunst strenge weigerte, so müßte zweyerley erfolgen: erstlich, die Prinzeßin
würde katholisch werden; zweytens, die Protestanten
würden glauben, der König habe sie dazu gezwungen;
dies müsse ihren Argwohn, den sie schon so deutlich
zeigten, noch vermehren, und sie würden nun Heinrich den vierten für einen offenbaren Verfolger ihrer

Reli-

Religion halten. Dies werde denn endlich den Bürgerkrieg veranlaſſen, welcher für die Vortheile des heiligen Stuhls und der wahren Religion ſo ſehr zu wün-
ſchen ſey.

Das andre Mittel, deſſen ſich die Geiſtlichkeit
bediente, beſtand in ſo lebhaften Vorſtellungen, daß
man ſie wohl Drohungen nennen könnte. Der König
hatte die Gefälligkeit, ſie anzuhören; er erlaubte ſelbſt
eine Zuſammenkunft, wo der Doctor Du-Val von der
einen, und der Paſtor Tillenus von der andern Seite
jeder ſeine Sache geltend zu machen ſuchte. Sie erhiß-
ten ſich, wie mich dünkt, ziemlich unnützer Weiſe, aber
jeder rühmte ſich nachher, wie gewöhnlich, ſeinen Wi-
derſacher überwunden zu haben. Ich rede davon als Augenzeuge, denn ich ließ mich durch die Menge, die ſich
wie zu einem anziehenden Schauſpiel dahin drängte, auch
mit fortreißen; doch kam ich nur erſt gegen das Ende
dazu, als die Kämpfer ſchon der Bedrückung zu erlie-
gen begannen. Ich weiß nicht, warum man mir bey
dieſer Gelegenheit die Entſcheidung aufdringen wollte;
vielleicht geſchah es, weil der König mir befohlen hatte,
den Heyrathskontrakt aufzuſetzen. Schon fiengen ſie
an, mir alle Punkte des Streits, der ſeit einigen
Stunden dauerte, zu wiederholen, aber ich bat ſie ſehr
ernſtlich, mich mit dieſer Verlegenheit oder dieſer Ehre
zu verſchonen. Ich ſagte ihnen, wenn es zwey ſo gelehrten Häuptern nicht möglich geweſen wäre, ſo viel
Kanons und päbſtliche Dekrete mit der heiligen Schrift
zu vereinigen, oder die Unmöglichkeit dieſer Vereini-
gung darzuthun, damit gar nicht mehr die Rede davon wäre; ſo dürfe man dieſes von einem Unwiſſenden wie ich gar nicht erwarten; — und das iſt auch
meine Meinung.

Da

Da diese Unterredung nicht den Nutzen gestiftet
hatte; den die Geistlichen davon erwarteten (27), und
da sie sahen, daß es ihnen zu Röm nicht besser glückte;
so erklärten sie endlich, nichts sey im Stande sie zu bewegen, ihre Einwilligung zu dieser Heyrath zu geben.
Man hätte sie ihnen allenfalls erlassen; aber es mußte
ein Bischof gefunden werden, der die Trauung verrichtete, und da diese Herren alle zusammen hielten, so
entstand hieraus noch eine Schwierigkeit, auf welche
sie ihre letzte Hofnung baueten.

In dieser Verlegenheit fiel es dem König ein,
sich an den Erzbischof von Rouen zu wenden (28),
von dem er mehr Gefälligkeit erwartete, weil er sein
unächter Bruder war, und ihm erst noch seit kurzem
sein Erzbisthum zu danken hatte. Außerdem war
auch dieser Prälat überall dafür bekannt, daß er —
nicht sehr gewissenhaft sey; um den gelindesten Ausdruck zu gebrauchen. Dem ungeachtet fand Heinrich
bey dem ersten Antrag einen Mann, der ihn in einem
andächtig rebellischen Tone mit einer Menge gut oder
schlecht angebrachter Citationen aus den Kirchenvätern,
den Kanons, und der heiligen Schrift überschüttete.
Ueber eine so neue Sprache aus dem Munde eines
Menschen, der sonst gewöhnlich von etwas ganz anderm redete, erstaunt, konnte der König sich kaum enthalten ihm in's Gesicht zu lachen und ihn zu fragen,
durch welches Wunderwerk er auf einmal so gelehrt
und so gewissenhaft geworden wäre. Er hielt es indessen für besser, dem Prälaten durch vernünftige Gründe zu antworten; da aber dieser taub dagegen blieb, so
verlohr Heinrich endlich die Geduld. Er warf ihm seine Undankbarkeit vor, und setzte endlich, da er wieder
auf seine erste Idee zurück kam, hinzu: „Weil Sie
„so sehr den Gescheiden machen, so will ich Ihnen
„einen

„einen großen Gelehrten, Ihren gewöhnlichen Beicht-
„vater schicken, der sich auf die Gewissensfälle ganz
„vortreflich versteht.“ Dieser große Gelehrte und Ge-
wissensrath war Roquelaure, von Alters her und noch
jetzt der Gefährte des Erzbischofs in allen seinen
Schwelgereyen, und der ihm durch seine Vorbitte den
Stuhl von Rouen verschafft hatte. Der Erzbischof
verstand sehr gut, was diese kleine Drohung bedeutete;
und seine etwas verwirrte Mine war hinlänglich den König zu überführen, daß er die großen Vortheile fürchtete,
welche der vertraute Umgang Roquelauren über ihn
geben konnte; ohne noch die zu rechnen, welche er
durch seinen freymüthigen, schnellen und fruchtbaren
Witz erhielt, welchen der ganze Hof an ihn kannte,
und den der Prälat eben nicht an eine übertriebene
Ehrfurcht für den bischöfflichen Character gewöhnt hatte.

Der König ließ Roquelaure gleich kommen, so
bald er den Erzbischof verlassen hatte. „Wissen Sie
„wohl,“ sagte er zu ihm, „daß Ihr Erzbischof sichs
„einfallen läßt, den Prälaten und den Doctor zu ma-
„chen, und daß er mir die heiligen Kanons anführt,
„von denen er doch, glaube ich, nicht mehr versteht
„als Sie und ich. Bey dem allen aber bleibt mir
„durch seine Weigerung meine Schwester sitzen. Thun
„Sie mir den Gefallen und reden Sie mit ihm, wie
„es Ihre Art ist, und erinnern Sie ihn ein wenig an
„die alten Zeiten.“ „Ach, beym Himmel! Sire,“
schrie Roquelaure, „Das ist nicht recht, denn so wahr
„ich lebe, mich dünkt es ist Zeit, daß unsere Schwe-
„ster Käthchen auch die Süssigkeiten des Lebens schme-
„cke. Ich glaube nicht, daß sie künftig wegen zu gro-
„ßer Jugend daran sterben wird. Aber, Sire, sa-
„gen Sie mir nur, was giebt denn der saubre Bi-
„schof für Gründe an, denn bisweilen ist er eben so

schlecht

„schlecht damit versehen als ich?   Ich will ihn suchen
„und ihn seine Schuldigkeit lehren.“

Er hielt Wort. So bald er zu ihm ins Zimmer trat, rief er: „Nun! Herr Erzbischof, was
„soll denn dies heißen? Ich höre, Sie machen den
„Zeck; bey Gott! das werde ich nicht leiden; meine
„Ehre beruht sehr darauf, weil die Leute sagen, daß
„ich Sie regiere. Wissen Sie nicht mehr, daß ich
„auf Ihre Bitte mich dem König für Sie verbürgte,
„als ich ihn angieng, um das Erzbisthum Rouen für
„Sie zu erlangen? Werden Sie mich nicht zum Lüg-
„ner machen, wenn Sie sich so einfältig anstellen? So
„was passirte allenfalls zwischen Ihnen und mir, dann
„wir haben uns in kritischen Augenblicken gesehn; aber
„man muß sich dafür hüten, wenn von dem Dienst
„des Königs und seinen ausdrücklichen Befehlen die
„Rede ist.“ — „Aber du lieber Gott, antwortete der
„Erzbischof, wie soll ichs denn anfangen? Soll ich
„mich denn vor der ganzen Welt lächerlich machen,
„und mir von allen andern Prälaten eine Handlung
„vorwerfen lassen, bey welcher jedermann sagt, daß das
„Gewissen in große Gefahr kommt; denn unter allen
„Bischöffen, mit denen der König davon geredet hat,
„ist auch nicht einer gewesen, der es nicht gleich ab-
„geschlagen hätte?“ — „Was zum Teufel, un-
„terbrach ihn Roquelaure, was lassen Sie sich aber
„auch einfallen, die Sache so zu nehmen! Zwischen
„Ihnen und den Bischöffen ist ein größer Unterschied;
„denn die Leute stopfen sich so viel griechisch und latei-
„nisch in den Kopf, daß sie alle närrisch davon werden.
„Und überdem sind Sie des Königs Bruder und ver-
„bunden zu thun was er Ihnen befiehlt, ohne sie lan-
„ge zu besinnen. Er hat Sie nicht zum Erzbischof
„gemacht, damit Sie ihm Predigten halten und die
„Ka-

„Kanons lehren sollen; sondern um ihm in allen, wo-
„durch sein Dienst befördert wird, zu gehorchen. Wenn
„Sie nicht aufhören den Kindskopf zu machen, so wer-
„de ichs Hannchen von Condom schreiben, und der
„lustigen Bernarde und Meister Julian; verstehn Sie
„mich? — Lassen Sie sichs nicht zweymal sagen.
„Wissen Sie, daß Ihnen über die Gunst des Königs
„nichts gehen darf; sie hat Ihnen mit meiner Vorbitte
„mehr geholfen, als den andern alle ihr Griechisches und
„Lateinisches. Sie sind mir warlich der rechte Mann,
„um von Kanons zu reden, wo Sie den Teufel davon
„verstehen!“ Der Erzbischof wollte wieder das Wort
nehmen, um ihm zu sagen, er müsse diesen scherzhaf-
ten Ton jetzt ablegen, der sich wohl für ihre Jugend-
jahre geschickt hätte, und zugleich mischte er etwas
vom Paradiese hinein. Dies Wort faßte Roquelaure auf. „Was zum Teufel!“ schrie er „Paradies!
„Wie können Sie doch so unsinnig seyn (29) von ei-
„nem Orte zu schwatzen, wo Sie in Ihrem Leben
„nicht gewesen sind! Sie wissen nicht wie es darinn
„aussieht, noch ob man Sie dort wird aufnehmen wol-
„len, wenn Sie einst hinreisen werden.“ — Ja, ja,
rief der Erzbischof, ich werde aufgenommen werden;
zweifeln Sie nicht daran. „Wohl gesprochen, antwortete sein Gegner, der ihn immer noch nicht los ließ,
„bey meiner Seele, wohl gesprochen! ich glaube das
„Paradies ist so wenig für Sie gemacht, als das Lou-
„vre für mich. — Aber setzen wir einmal Ihr Pa-
„radies, Ihre Kanons und Ihr Gewissen vors erste
„bey Seite, und entschließen Sie sich die Prinzessin zu
„trauen. Wenn Sie's nicht thun, so werde ich Ih-
„nen Ihre drey oder vier elenden Lateinischen Worte
„nehmen, denn mehr weiß der Herr nicht, und dann —
„adieu Krummstab und Mütze! und was noch schlim-
„mer.

„mer ist, adieu das schöne Schloß zu Gaillon und
„10,000 Thaler Einkünfte!

Es fielen noch eine Menge Reden zwischen diesen beyden Menschen vor, von denen man nach dieser
Probe urtheilen kann. Roquelaure hielt den Erzbischof so lange fest, bis er ihm versprochen hatte, die
Prinzessin zu trauen, und in der That war er es auch,
der diese Ceremonie verrichtete. (30) Ich bekam für
die Bemühungen, die ich bey dieser Sache gehabt hatte, von beyden Seiten sehr reiche Geschenke; unter
andern schickte mir der Herzog von Lothringen ein köst-
bares Spanisches Pferd mit prächtigem Zeuge und der
König, dem ich alle diese Sachen brachte, befahl mir
sie zu behalten.

Dies war nicht die einzige Gelegenheit, wo die
Geistlichkeit dem König widerstand. Weit stärker noch
und auch weit nachdrücklicher stemmte sie sich gegen die
Bestätigung des Edicts von Nantes, welches sie noch
immer nicht verschmerzen konnte. Beynahe seit einem
Jahre wurde wegen dieser Angelegenheit zu Paris eine
Versammlung gehalten. Unterdessen hatten die Geistlichen Zeit gehabt, das Parlament, die andern höchsten Gerichtshöfe und die Sorbonne gegen das Edict
einzunehmen; und sobald es öffentlich bekannt gemacht
werden sollte, empörten sich alle Korps dagegen, und
gaben sich unglaubliche Mühe es zu hindern. Man
sprach von nichts anderem. Jedermann hatte an dem
Edict etwas auszusetzen und bestritt es aus verschiednen Gründen. Sie waren bey weitem nicht alle gültig, eben so wenig als alle die Ursachen, welche das
Parlament anführte, um es nicht einzuregistriren.
Aber die Aufrichtigkeit, die ich bis jetzt, selbst in Dingen, die mich am allernächsten angiengen, behauptet

habe, zwingt mich zu gestehen, daß alle diese Leute auch nicht in allen Stücken Unrecht hatten.

Es war zum Beyspiel durch einen der Artikel des Edicts den Reformirten erlaubt, zu welcher Zeit, an welchem Orte und so oft sie wollten, alle Arten von Synoden und anderen Versammlungen, ohne den König oder die Obrigkeit um Erlaubniß zu fragen, zusammen zu berufen und zu halten; ja sogar auch alle mögliche Fremde dabey zuzulassen, ohne bey irgend einem Tribunal es anzuzeigen; desgleichen auch ihrer Seits ohne Urlaub allen solchen Versammlungen im Auslande beyzuwohnen. Es ist in die Augen fallend, daß ein Punkt, der, allen Gesetzen des Königreichs eben so schnurgerade zuwider, als dem königlichen Ansehen, den Rechten der Magistratur und dem Nutzen und der Ruhe des Staats nachtheilig war, nur durch Ueberraschung erlangt seyn konnte. (31) Auch stützten sich die Feinde der Protestanten vorzüglich auf diesen Artikel in ihren Vorstellungen an den König, wobey jeder die Ursachen, die ihn am nächsten angiengen, geltend zu machen suchte. Das Parlament stellte vor, daß dieser Punkt den Rest seines Ansehens völlig vernichtete, welches sowohl als das königliche Ansehen, (denn es behauptet, daß diese beyden nur Eins sind) schon so sehr durch die Geistlichkeit eingeschränkt wäre. Ausser den Appellationen, die ihm allein noch übrig blieben, hätte es nur noch den Schatten seiner vorigen Gewalt. Die Geistlichen und die Sorbonne beklagten sich, daß diese Erlaubniß der reformirten Kirche in Frankreich einen Vorzug vor der katholischen gäbe, die in ihrer Gerichtsbarkeit nie eine so große Macht gehabt hätte; — und es ist nicht zu läugnen, daß dieses wahr war. — Endlich breitete man sich über alle die schlimmen Würkungen aus, welche diese uneingeschränkte Unabhängigkeit

gigkeit der Hugenotten, sowohl durch sie selbst als auch durch ihre Verbindung mit allen Feinden Frankreichs in Europa, hervorbringen könnte.

Heinrich hatte das Edict noch nicht selbst untersucht, er hatte sich es blos vorlesen lassen, und bey der Gelegenheit mochte man über diesen Punkt nur leicht hingeschlüpft seyn, oder ihn gar ausgelassen haben. Durch sein Erstaunen zeigte er denen, die ihm die Vorstellungen thaten, daß er hintergangen worden sey, und versprach dies zu ändern und ihnen Antwort zu geben. So bald sie auch nur hinaus waren, ließ er mich holen und wies mir das Edict. Ich verhehlte ihm meine Meinung so wenig, als ich es hier gethan habe; ich setzte sogar hinzu, es schiene mir, man habe den Protestanten geschadet, indem man ihnen durch diesen Artikel gar zu große Vortheile habe verschaffen wollen, denn dadurch würden die Rechtschaffensten unter ihnen immer den Verläumdungen ausgesetzt seyn, daß sie mit den Fremden Ränke gegen den Staat schmiedeten oder sich von ihnen bestechen ließen. Der König wurde dadurch in seiner Meinung noch bestärkt, er entließ mich, indem er mir befahl mich zu bereiten, alle diese Gründe mit Nachdruck in der Versammlung der Protestanten zu unterstützen, welche auf der Stelle zusammen berufen werden sollten. Er selbst verlangte unterdessen darüber eine Erklärung von denen, die das Edict gemacht hatten.

Die Herren von Schomberg, von Thou, Calignon und Jeannin, (denn der König ließ sie gleich alle Viere kommen) kamen ein wenig aus der Fassung als er ihnen vorwarf: sie hätten sein Vertrauen gemißbraucht. Schomberg und de Thou nahmen das Wort für alle, und sagten: sie wären gewissermaßen gezwungen worden es zu thun; denn die Herrn von Bouillon und von la Tremouille hätten ihnen im Namen aller ihrer Religionsverwandten gedrohet, den Vergleich ganz abzubrechen, wenn man ihnen diesen Artikel verweigerte, und selbst gegen die Katholiken die Waffen zu ergreifen, welches damals äußerst gefährlich gewesen wäre, weil der Frieden mit Spanien noch große Schwierigkeiten gefunden hätte. Der König war mit der Entschuldigung zufrieden und gab dem Syndikus der Geistlichkeit, Berthier, den Auftrag, sie der Versammlung zu hinterbringen, und zugleich in seinem Namen hinzuzusetzen, daß, da bey den vier Personen, welchen er die Verfertigung des Edicts aufgetragen hätte, nur der einzige Calignon reformirt wäre, so habe Er nicht vermuthen können, daß die drey andern der protestantischen Religion einen so großen Vortheil über die katholische einräumen würden. Die Bischöffe zeigten durch ihre Antwort, daß sie von diesen drey Herren nicht dieselbe Meynung hegten. Man nannte sie in öffentlicher Versammlung falsche Katholiken, welche in einer Menge Sätzen mit den Calvinisten eins wären und von den andern gar nichts glaubten. Man kann dieser Beschuldigung den verdienten Tadel zukommen lassen; aber demungeachtet haftet noch mancher Verdacht auf den Commissarien, den ihre Antwort an den König nicht so gut aufhebt, als ihr erstes Stillschweigen ihn erregt hatte.

Dem Herzog von Bouillon hatten sie übrigens nicht zu viel gethan. Ich suchte die Wahrheit ihrer Beschuldigung zu erforschen, und ich fand, daß er eine unüberwindliche Hartnäckigkeit gezeigt hätte. Aber sie würden die andern Protestanten vernünftiger gefunden haben; und was hätte er allein alsdann thun können? Wenn alle Reformirte dem Herzog glichen, was dach-

ten

ten denn die Commiſſarien durch ihre blinde Nachgie-
bigkeit auszurichten? Aus Nothwendigkeit den Staat
und den König verrathen? Ein größeres Uebel giebt
es nicht in den Augen geſchickter und wohlgeſinnter
Staatsmänner, und man kann auch vernünftigerweiſe
ihnen dieſen Gedanken nicht zuſchreiben. Ich für meinen
Theil glaube, daß Bouillon der einzige Beförderer des
in dieſem Artikel enthaltnen Projectes war, ſo wie er
ihn auch allein erfunden hatte. Es ſcheint mir nach
meinen Vermuthungen, daß er dabey nicht ſowohl auf
die andern als an ſich ſelbſt dachte, und folgendes konnten ſeine Abſichten ſeyn.

Um ſeinem Rangſtreit mit den Herzogen und
Pairs von Frankreich, und den Marſchällen, welche
älter waren als er, ein Ende zu machen, hatte er die
Auskunft erſonnen, ſeine unabhängige Herrſchaft Sedan zu einem Reichslehn erklären zu laſſen (32). Aber
dieſes Vorrecht ſollte ihn nicht um die Gemeinſchaft
mit den reformirten Großen in Frankreich bringen, denn
ſonſt würde er dadurch mehr verlohren als gewonnen
haben. Er hatte daher einen Mittelweg geſucht, um
ſeinen Vortheil mit ſeinem Ehrgeiz zu vereinigen: ſeine Kirche zu Sedan ſollte immer mit den reformirten
Kirchen in Frankreich zuſammenhängen, welches auch
nach jenem Artikel recht gut geſchehen konnte, unterdeſſen er ſich ſelber ſtets als ein fremder Fürſt behandeln ließ.

Berthier kam zurück und hinterbrachte dem König die Geſinnung der verſammelten Prälaten und das
Reſultat ihrer Berathſchlagungen, welches darin beſtand, daß den vier Commiſſarien alle Unterſuchung
von Religionsſachen genommen, und dieſer Artikel

nebſt einigen andern weniger wichtigen in dem Edict
verändert werden ſollte. Heinrich verſprach es.

Da indeſſen die Verſammlung der vornehm-
ſten Proteſtanten, die ſich damals zu Paris befanden
gleich auf den folgenden Tag, nachdem der König die
Erklärung von den Commiſſarien gefordert hatte, an-
geſetzt war, ſo erhielt ich, wie gewöhnlich, ein Ein-
ladungsbillet dazu. Seit einiger Zeit hatte ich mich
nicht mehr dabey eingefunden, weil ich ſah, daß meine Gegenwart den drey oder vier Herren, die darinn
den Ton angaben, Zwang anthat und zu weiter nichts
half, als Streit zu veranlaſſen. Ich betrog ihre Erwartung, indem ich bey der jetzigen Verſammlung er-
ſchien. Der Herzog von Bouillon merkte gleich die
Abſicht, welche mich jetzt gegen meine Gewohnheit dahin führte, und gab mir es mit einem bittern ſpöttiſchen
Ton zu verſtehen. Ich entſchuldigte mich in meiner
Antwort durch die Geſchäfte des Miniſteriums, und
ſtellte mich, als ob ich die Urſach der gegenwärtigen
Zuſammenkunft nicht wüßte. Ohne auf die trotzige
Mine und auf einige Worte zu achten, welche la Tremouille hinwarf, um anzuzeigen, daß ſie meine Rede
nicht für aufrichtig hielten, nahm ich meinen Platz zwiſchen den Herren von Mouy, von Clermont und von
Sainte - Marie - du - Mont. Dieſe unterrichteten
mich von der Sache, welche vorgenommen werden
ſollte, und verſicherten mich zugleich, daß der Artikel,
welcher ſo großes Lermen erregte, beynahe von allen
Proteſtanten gemißbilligt würde; nur die Herren von
Bouillon, von la Tremouille, du Pleſſis und einige
andere von der Kabale beſtünden ſo hartnäckig darauf,
um die Sachen bis zu einem Bürgerkriege zu bringen. Dies ſtand aber nicht in ihrer Gewalt, ungeachtet aller ihrer Bewegungen und ihres Geſchreyes. So
bald

bald es zur Stimmensammlung kam, setzte unsre Partey ihre Meinung durch. Denn die besten Gründe waren auf unserer Seite (33).

Man machte noch einige Einschränkungen bey andern Artikeln, wobey das gemeine Beste nicht genug in
Acht genommen zu seyn schien. Alle Welt wurde durch
Heinrichs Betragen, das Gerechtigkeit mit Sanftmuth
so glücklich zu paaren wußte, gerührt. Er ließ sich
herab, seine Gründe dazu, nachdem die Sache einmal
fest beschlossen war, der größern Menge zu erklären;
bey den Uebrigen mußte er sich begnügen, sie zu hindern, daß sie nicht noch etwas schlimmeres anfiengen.

Mit gleicher Klugheit betrug er sich gegen einige
übelgesinnte Katholiken, welche, um sich selbst nicht
zeigen zu dürfen, eine gewisse Martha Brossier ins
Spiel brachten, die vom Teufel besessen seyn sollte,
und der Gegenstand der öffentlichen Neugierde geworden war, welche sich immer von dem Wunderbaren einnehmen läßt, es mag nun wahr oder falsch seyn. Es
ist zum Erstaunen, wie ein an sich so lächerliches Schauspiel, welches nicht verdiente die Blicke des niedrigsten
Pöbels auf sich zu ziehen, sich anderthalb Jahre hat
erhalten und eine Staatssache werden können. Aber
die eine Hälfte ließ sich würklich durch das Uebernatür-
liche blenden, welches doch nur im äußeren Anschein
lag, und die andere fürchtete die Wirkungen, nicht
des Wunders selbst, sondern der verborgnen Triebfe-
dern, welche es spielen ließen. Martha Brossier fand
Beschützer in Menge unter der Geistlichkeit, und bis
zu Rom selbst, wohin sie sich bringen ließ (34). Heinrich ließ mit guter Art der Wahrheit Zeit, von selbst
an den Tag zu kommen, und die ganze Geschichte endigte damit, daß die Urheber und die Schauspielerin

dieser

dieſer Comödie mit der gebührenden Verachtung be-
ſtraft wurden.

Der Tod verſchiedner Perſonen von Wichtigkeit
gab zu andern Reden Anlaß. Da der Kanzler Chiverny, Schomberg und Incarville ſtarben, die alle
drey zu dem Finanzrath gehörten; ſo entſtand eine
Veränderung .in den Angelegenheiten des Staats.
Bellievre bekam das große Siegel; Incarville's Stelle
als General-Controleur erhielt de Vienne auf meine
Vorbitte, und für mich wurde das Amt eines Ober-
auffehers der Finanzen wieder erneuert. Heinrich ließ
mich in den Garten der Tuillerien rufen, wo er ſpa-
zieren gieng, und ſagte mir, er hätte beſchloſſen, die
Finanzen einer einzigen Perſon anzuvertrauen; und
indem er einen ſehr ernſthaften Ton annahm, forderte
er eine Verſicherung von mir, daß ich von dieſem Mann,
ſobald er ihn würde genannt haben, ihm ganz frey meine Meinung ſagen wollte. Ich verſprach es, und er
antwortete ſchnell, indem er mich lächelnd auf die Wan-
ge klopfte, ich müßte den Mann genau kennen, denn
ich wäre es ſelber. Seine Majeſtät gab mir noch die
Aemter eines Oberauffeßers über die Wege und über
die Veſtungswerke, von denen ich die Beſtallungen auf
einmal erhielt. Da Sancy, ſeinen gewöhnlichen
ſchwindelnden Einfällen überlaſſen (35), für gut befand
ſich aus dem Conſeil zurückzuziehen, und ſeine Stelle
als Oberauffeher über die Gebäude niederzulegen, füg-
te der König auch dieſe noch zu den übrigen Wohlthaten, womit er mich überhäufte, hinzu. Die Beſol-
dung des Chefs der Finanzen wurde feſtgeſetzt, und betrug 20,000 Livres; und die Stelle eines Oberauffe-
hers über die Landſtraßen und beſondere Auffehers über
die Pariſer Straßen brachte 10,000 Livres ein.

Der

Der König war mit dieser festen Bestimmung des
Gehalts so zufrieden, daß er auch die Gnadengeschen-
ke, welche er die Absicht hatte mir zu geben, auf eine
gewisse jährliche Summe setzen wollte. Es geschähe,
sagte er, sowohl, damit ich nicht für jeden großen Dienst,
den ich ihm leisten würde, eine Belohnung verlangte,
als auch um sich die Mühe zu ersparen, jedes Geschenk,
das er mir machte, und selbst die allerkleinsten, einre-
gistriren zu lassen, denn ohne das nahm ich sie nicht
an. Er kündigte mir daher an, alle diese Geschenke
und Begnadigungen sollten künftig in einem einzigen
festgesetzten Geschenk zusammenfließen, wozu ich die
Anweisung jedesmal im Anfang des Jahres in der Form
eines vom Parlament bestätigten Patents erhalten sollte. Zugleich fragte er mich, ob ich mit der Summe
von 60,000 Livres zufrieden wäre, und setzte hinzu,
es sey seine Absicht, daß ich von diesem Gelde liegen-
de Gründe kaufen sollte, welche mir frey stünde denen von meinen Kindern zu hinterlassen, die sich deren
am würdigsten machen würden. — Es blieb mir
nichts übrig, als diesen großmüthigen Fürsten meinen
Dank zu bezeugen. (Dies festgesetzte Geschenk, von
dem ich hier im voraus geredet habe, wurde erst im Jahr
1600 gemacht, und gieng von 1601 an).

Mademoiselle von Bourbon (36) starb auch um
diese Zeit, desgleichen Espinac, der Erzbischof von
Lion, (37) von dem man sagen kann, daß er alle Arten von Schicksalen versucht hatte; und endlich die
Gemahlin des Connetable und die Frau von Beaufort.
Diese beyden letztern Todesfälle erregten vorzüglich großes Aufsehen. Verschiedene ähnliche und nicht gewöhnliche Umstände in den letzten Tagen beyder Damen;
eine heftige Krankheit nemlich, die aber nur drey oder
vier Tage dauerte, ihr zu Berge stehendes Haar, die

J 5   scheuß-

scheußliche Entstellung sonst so schöner Gesichter, und noch einige andere Symptomen, die man sonst jederzeit würde für natürlich oder höchstens für Wirkungen von Gift gehalten haben, veranlaßten das Gerücht, welches sich überall verbreitete, der Tod dieser beyden jungen Frauenzimmer, sey, eben sowohl als ihre Erhebung, ein Wort des Teufels, welcher jetzt gekommen wäre, sich für die kurzen Freuden, die er sie hätte genießen lassen, selbst bezahlt zu machen. Die Seuche der Magie und der verborgnen Wissenschaften war damals so stark, und der Haß und Neid gegen den hohen Rang, den diese beyden Frauen erreicht hatten, so groß, daß diese Sache nicht nur unter dem thöricht leichtgläubigen Volke sondern auch unter den Hofleuten selbst für eine gewisse Wahrheit galt.

Folgendes erzählte man von dem Tode der Gemahlin des Connetable (38), und zwar, wie es hieß, auf den Bericht der Damen selber, die damals bey ihr versammlet waren. Indem sie sich ganz vergnügt mit diesen in ihrem Kabinet unterhielt, trat auf einmal eine von ihren Kammerfrauen mit erschrocknem Gesicht herein und meldete ihr, ein Gewisser, der sich für einen Cavalier ausgäbe, auch von gutem Ansehen wäre, nur daß er etwas schwärzlich aussähe und eine gigantische Figur hätte, sey so eben in das Vorzimmer getreten, und verlange mit ihr über Sachen von der äussersten Wichtigkeit, die er nur ihr allein entdecken könne, zu reden. Die Frau von Montmorency ließ sich die ganze Gestalt dieses außerordentlichen Bothschafters auf das genaueste beschreiben, und bey jedem Zuge sah man sie erblassen und in eine so schreckliche Herzensangst gerathen, daß sie kaum noch die Kraft hatte, zu sagen, man möchte den Cavalier bitten, seinen Besuch auf eine andere Zeit zu verschieben. Aber er antwortete

mit

mit einem Ton, daß die Ueberbringerin der Bothschaft beynahe vor Schrecken gestorben wäre: weil denn die gnädige Frau nicht im guten kommen wolle, so müsse er sich die Mühe geben, sie bis in ihrem Kabinette aufzusuchen. Sie fürchtete denn doch die öffentliche Audienz noch mehr als die geheime, und entschloß sich endlich zu ihm zu gehen; aber sie that es mit allen Zeichen der völligen Verzweiflung.

Nachdem die traurige Bothschaft zu Ende war kam sie zu der Gesellschaft zurück, aber in Thränen schwimmend und halb todt. Sie hatte kaum noch Zeit einige Worte hervor zu bringen, um von den Damen Abschied zu nehmen, und vorzüglich von dreyen unter ihnen, die ihre besondern Freundinnen waren, und ihnen zu versichern, daß sie sie nicht wieder sehen würden. Indem sie noch redet, wird sie plötzlich von den heftigsten Schmerzen ergriffen, und stirbt nach drey Tagen, jedem, der sie sieht, durch die gräßliche Verstellung ihrer Gesichtszüge ein Abscheu. So lautet die Geschichte. Kluge Leute mögen davon glauben, was zu glauben ist.

Die Frau von Beaufort war über den Punkt der Astrologie die schwächste von allen Personen ihres Geschlechts. Sie machte kein Geheimnis draus, daß sie die Wahrsager um Rath fragte. Stets hatte sie ein Gefolge von ihnen, das sie nie verließ. Sonderbar aber ist es, daß, ob sie sie gleich ohne Zweifel gut bezahlte, sie ihr doch immer nur unangenehme Sachen verkündigten. Der Eine sagte ihr, sie würde nur einmal verheyrathet werden; ein Andrer, sie würde jung sterben; dieser, sie möge sich vor einem Kinde hüten; jener, sie werde von einem ihrer Freunde verrathen werden, u. s. w. Dadurch gerieth sie

in

in einen Tiefſinn, der ſie gar nicht mehr verließ. Eine von ihren Kammerfrauen, Gracienne, hat mir nachher geſagt, daß alle dieſe Reden einen ſo tiefen Eindruck auf ſie machten, daß ſie oft jedermann von ſich entfernte, und ganze Nächte allein zubrachte, um über alle dieſe Prophezeiungen bitterlich zu weinen.

Weil ſie damals hochſchwanger war, ſo werden manche die Urſach des Unglücks, welches zu ihrer Niederkunft hinzu kam, nicht weit ſuchen. Sie war in der That ſchon an Leib und Seele krank, als ſie gegen das Ende der Faſten den König auf der Luſtreiſe nach Fontainebleau begleiten wollte. Sie blieb nur wenige Tage daſelbſt. Heinrich, der nicht wollte, daß man ihm vorwerfen könnte, er habe dieſe Frau während der Oſterzeit bey ſich behalten, bath ſie, nach Paris zurück zu kehren, und ihn die Feſttage zu Fontainebleau zubringen zu laſſen. (39).

Die Frau von Beaufort empfieng dieſen Befehl mit Thränen in den Augen; als es zur Abreiſe kam, war es noch weit ärger. Heinrich, mehr als jemals von ſeiner Leidenſchaft für dieſe Dame erfüllt, von der er ſchon zween Söhne, und eine Tochter Namens Henriette, gehabt hatte, mußte ſich eben ſo ſehr zwingen. Er begleitete ſie bis auf den halben Weg nach Paris (40), und ob ſie gleich nur auf wenige Tage ſich zu trennen glaubten, ſo fürchteten ſie doch den Augenblick, als ſollte es auf wer weiß wie lange ſeyn. Wer gern an Ahndungen glaubt, wird dieſe einzelnen Umſtände nicht unwichtig finden. Die beyden Liebenden überhäuften ſich von neuem mit den zärtlichſten Liebkoſungen; und man hat in all den Worten, die ſie ſich in dieſem Augenblick ſagten, Beweiſe von je-

nem

nem Vorgefühl eines unvermeidlichen Schicksals fün¬
den wollen.

Die Herzogin sprach mit dem König, als säße
sie ihn zum letzten male. (41.) Sie empfahl ihm
ihre drey Kinder, ihr Haus zu Monceaux und ihre
Bedienten. Heinrich hörte ihr zu, und statt sie zu
trösten, wurde er selbst weich. Sie nahmen Abschied,
aber eine geheime Bewegung führte sie schnell wieder
zu einander zurück. Der König hätte sich nicht aus
ihren Armen reißen können, wären nicht der Marschall
von Ornano, Roquelaure und Frontenac gekommen,
und ihn fast mit Gewalt fortgezogen hätten. Sie
brachten ihn wieder auf den Weg nach Fontainebleau,
und sein letztes Wort war, daß er la-Varenne seine
Geliebte empfohl, und ihm gebot, es ihr an nichts
mangeln zu lassen, und sie in Zamet's Haus zu brin¬
gen, welcher ausersehen war, um für diese so theure
Person Sorge zu tragen.

Ich befand mich zu Paris, als die Herzogin von
Beaufort ankam; aber ich war im Begrif abzureisen,
um mit meiner Gemahlin zu Rosny des Abendmal
zu nehmen. Zugleich wollte ich den Prinzen und die
Prinzessin von Oranien dahin begleiten, und ihnen
die Gebäude zeigen, welche des Königs Freygebigkeit
mich in den Stand setzte, aufzuführen. Vorher aber
glaubte ich von der Frau von Beaufort Abschied neh¬
men zu müssen. Sie hatte ganz vergessen, was zu
Saint-Germain vorgefallen war, und empfieng mich
auf die schmeichelhafteste Art. Noch wagte sie es
nicht, sich deutlich über die Gefälligkeit gegen ihre Ab¬
sichten heraus zu lassen, zu welcher sie mich so sehr
gern gebracht hätte, aber sie suchte mich auf alle Art
zu gewinnen, indem sie mit dem freundlichen Betra¬

gen, das sie eben nicht gegen Jedermann annahm, zugleich noch einige zweydeutige Worte verband, die mir ein gränzenloses Glück zeigen sollten, wenn ich in den Rathschlägen, die ich dem König in Ansehung ihrer gab, künftig nicht mehr so strenge seyn wollte. Mich rührten die Hirngespinste, wovon der Kopf dieser Frau voll war, eben so wenig als die, womit sie den meinigen zu erfüllen suchte; ich stellte mich, als verstünde ich nichts von einer so sehr verständlichen Rede, und bezahlte den Doppelsinn ihrer Worte mit allgemeinen Versicherungen von Ehrerbietung, Zuneigung und Ergebenheit, die weiter nichts bedeuten, als was man will.

Nach meiner Rückkehr ließ ich meine Gemahlin dieselbe Schuldigkeit beobachten. Sie wurde eben auch sehr freundlich empfangen. Die Herzogin bat sie, ihr gut zu seyn, und mit ihr als mit einer Freundin zu leben, und zugleich entdeckte sie ihr ihre Geheimniße mit einer Art, welche den höchsten Grad vertraulicher Zuneigung zu verrathen schienen, wenn man, so wie meine Gemahlin, nicht wußte, daß die Frau von Beaufort, die im Grunde nur einen mittelmäßigen Verstand hatte, in der Wahl ihrer Vertrauten es nicht so genau nahm. Sie hatte keine größere Freude, als wenn sie dem ersten, der ihr vorkam, von ihren Entwürfen und Hofnungen vorreden konnte. Je tiefer die, mit welchen sie redete, unter ihr waren, je freier sprach sie; dann maß sie ihre Ausdrücke gar nicht ab, und erlaubte sich oft, sich schon Königin zu nennen.

Ueber die Geschichte ihres bisherigen Lebenslaufs war sie nicht zurückhaltender, als über das, was ihr in Zukunft begegnen sollte. Etwas zu viel Naivetät

vetät über diesen Punkt mag vielleicht das Gerücht von einigen unregelmäßigen Schritten in ihrer Jugend, welches damals ausgebreitet wurde, veranlaßt haben. Es ist indessen so höchst unwahrscheinlich, daß eine Frau so unbesonnen oder so zerstreut seyn sollte, ohne Unterschied gutes und böses von sich zu erzählen, daß ich jene satirischen Züge blos für eine Erfindung des Hasses ihrer Feinde halte. Auch mache ich mir kein Gewissen daraus, eine von ihren Bedientinnen, welche la Rousse hieß, mit ihrem Mann sechs Jahre in die Bastille gesperrt zu haben, weil sie nach dem Tode dieser Dame ihr Andenken auf die schändlichste Art verlästerten; denn wenn auch alles, was sie sagten, wahr gewesen wäre, so mußte doch die Achtung, die man ihrer Familie, der Liebe des Königs zu ihr, und den Kindern, die sie von ihm hatte, schuldig ist, der üblen Nachrede Stillschweigen auflegen.

Die Frau von Rosny war über alles, was ihr die Herzogin gesagt hatte, sehr erstaunt; sie wurde es aber noch mehr, als diese die Höflichkeiten, welche sich Personen von gleichem Stande erzeigen, mit dem Ton einer Königin auf eine seltsame Art vermischte, und hinzu setzte: sie könnte so oft es ihr beliebte zu ihrem Lever und des Abends zu ihr kommen, und mehr dergleichen Dinge. Natürlich mußte sie, so wie alle Welt that, daraus auf eine nahe Veränderung in dem Zustande der Herzogin schließen, und sie theilte mir diese Gedanken mit, als sie ganz voll davon zu Hause gekommen war. Ich hatte auch ihr von allem, was über diese Sache zwischen dem König und mir vorgegangen war, so wie von dem Auftritt zu Saint-Germain ein Geheimniß gemacht. Jetzt versprach ich ihr, sie von dem wahren Verhältniß zu unterrichten, wenn sie der Prinzeßin von Oranien kein Wort

von allen den Reden der Frau von Beaufort wieder-
sagen wollte; und wir machten uns auf den Weg
nach Rosny.

Zwey Tage nachher, am Sonnabend vor Ostern,
hielt ich mein Wort. Ich hatte ihr eben die Absicht der Herzogin, sich zur Königin erklären zu lassen, alle Mühe, die
sich ihre Verwandten und Kreaturen deshalb gaben, die
innern Kämpfe des Königs, und den Entschluß, den
er jetzt gefaßt zu haben schien, sich selbst zu überwinden, erzählt, und hielt mich nur noch bey einigen
Betrachtungen über die Unglücksfälle auf, welche eine
entgegengesetzte Aufführung dem Lande würde zugezogen haben, als ich auf einmal an dem äussersten Schloß-
thore jenseits des Grabens die Schelle ziehen hörte.
Der Tag war noch nicht angebrochen und Niemand
im Hause antwortete. Es wurde nun noch stärker ge-
klingelt, und eine Stimme rief verschiedne Male laut:
Im Namen des Königs! Ich weckte nun selbst einen Bedienten, und unterdeß er das Thor aufmachte,
nahm ich meinen Schlafrock um und gieng hinunter,
voll Unruhe, was man doch so früh von mir verlangte.

Der Kurier sagte mir, er wäre die ganze Nacht
geritten um mich im Namen des Königs den Augenblick nach Fontainebleau zu rufen. Der Mensch sah
so traurig aus, daß ich glaubte, der König müsse
krank seyn; „das nicht,‟ antwortete er, „abermal in
„der äussersten Betrübniß. Die Herzogin ist todt.‟
Ich ließ mir die Worte mehrere Male wiederholen, so
unwahrscheinlich kamen sie mir vor. Als ich endlich
nicht mehr daran zweifeln konnte, fühlte ich mein Herz
getheilt, durch den Kummer über die Betrübniß, die
dieser Tod dem König verursachen müsse, und die

Freude

Freude über das Gute, das für ganz Frankreich daraus entstand: Dies letzte Gefühl behielt indessen die
Oberhand, indem ich überlegte, daß Heinrich durch
einen vorübergehenden Schmerz tausend noch weit
grausamern Herzzerreißenden Scenen entgehen würde.
Mit diesen Gedanken beschäftigt gieng ich in das Zimmer meiner Gemahlin zurück, und sagte ihr: „Sie
werden weder zum Lever noch Abends zur Herzogin
gehn; denn sie ist — todt.“ Ich nahm den Kurier mit
mir hinauf, damit er frühstücken könnte, indem ich
mich ankleidete, und uns zu gleicher Zeit von den nähern Umständen dieser großen Begebenheit Nachricht
gäbe, welche ich noch ausführlicher in dem Briefe sah,
den la Varenne von Paris an den König geschrieben
hatte, und den mir dieser, nebst noch einem andern
von la Varenne an mich selbst, durch den Kurier
überschickte.

 Zamet (42.) war ein Hofmann, der sich ein-
zuschmeicheln suchte; man kann also denken, daß er
es bey dem Empfang der Herzogin an nichts hatte
fehlen lassen, und daß er nichts versäumte um ihr die
Zeit angenehm zu vertreiben. Am grünen Donner-
stage hatte er ihr zu Mittage die köstlichsten Speisen,
die alle nach ihrem Geschmack zugerichtet waren, vorgesetzt; nach der Tafel fiel es ihr ein, der Musik bey
der Vesper im kleinen Saint-Antoine beyzuwohnen;
hier aber hatte sie zuerst einen Anfall von Schwindel,
der sie bewog schnell zurück zu kehren. Kaum war sie
wieder in Zamet's Hause angekommen, und in den
Garten gegangen um frische Luft zu schöpfen, so bekam sie einen Schlagfluß, der sie beynahe gleich er-
stickt hätte. Man kam ihr sogleich zu Hülfe und brachte sie wieder zu sich selbst; aber voll von der Idee,
daß man sie vergiftet hätte, (43) wollte sie nicht län-

ger in diesem Hause bleiben, und befahl, sie in's das Kloster Saint-Germain zu ihrer Tante, der Frau von Sourdis zu bringen.

Kaum hatte man Zeit sie zu Bette zu bringen, so bekam sie die fürchterlichsten und schnell hintereinander wiederholten Anfälle von gräßlichen Convulsionen. La Varenne hatte die Feder ergriffen, um den König von dem ersten Zufall zu benachrichtigen, aber alle diese Anzeichen des Todes machten, daß er ihm weiter nichts sagen konnte, als daß alle Aerzte an dem Leben der Frau von Beaufort verzweifelten, weil das Uebel die heftigsten Gegenmittel erforderte, und bey ihrer Schwangerschaft alles, was man thun könnte ihr zu helfen, tödtlich werden würde. Kaum war dieser Brief abgegangen, so bekam die Kranke, welche schon im letzten Todeskampfe lag, noch einmal Verzuckungen, von denen sie ganz schwarz und so fürchterlich verstellt wurde, daß la Varenne, der voraus sah, daß der König gleich auf die erste Nachricht nach Paris eilen würde, es für das Beste hielt, ihm in einem zweyten Billet zu schreiben, sie sey schon todt, um ihn nicht einem so betrübten und zugleich so gräßlichen Anblick auszusetzen, als der, eine Frau, die man zärtlich geliebt hat, in Bewegungen und Verzuckungen, die ihr beynahe gar keine menschliche Gestalt mehr ließen, ihren Geist aufgeben zu sehen.

La Varenne schrieb mir zugleich durch diesen Kurier, die Herzogin sey zwar noch nicht todt, aber er glaube nicht, daß sie noch eine Stunde zu leben habe. (44) In der That starb sie auch wenige Augenblicke nachher in einer Abscheu und Schrecken erregenden Zerrüttung der Natur. Der König war sogleich beym Empfang des ersten Briefes zu Pferde gestiegen; auf halben dem Wege empfieng er den zweyten. Er hörte nur die Stimme seiner Leidenschaft, und was man ihm auch sagen mochte, so wollte er noch den Trost haben, seine Geliebte zu sehen, ungeachtet er sie todt glaubte. (45) Die drey Personen, die ihn schon das erste mal nach Fontainebleau zurück geführt hatten, brachten es endlich durch ihre Vorstellungen und Bitten so weit, daß er auch diesesmal umkehrte, und von dort aus hatte er mir den Kurier geschickt, der jetzt bey mir angekommen war.

Ich verlor keinen Augenblick; zum Frühstück war ich schon zu Poissy und um Mittag zu Paris. Der Erzbischof von Glasgow mußte mich in seinem Wagen bis Essonne fahren lassen, hier nahm ich Post und traf den Abend zu Fontainebleau ein. Der König gieng in seiner Gallerie auf und ab, und war in einen Schmerz versunken, der ihm alle Gesellschaft unerträglich machte. Als ich zu ihm trat, sagte er mir, er hätte es wohl erwartet, daß mein Anblick seine Betrübniß vergrößern würde, und es träfe auch ein, aber dennoch fühlte er so sehr, daß er in dem schrecklichen Zustande, worin ihn sein jetziger Verlust gestürzt hätte, des Trostes bedürftig wäre, daß er sogleich beschlossen hätte, mich zu sich zu rufen, um von mir eine Hülfe zu erhalten, die ich allein ihm geben könnte.

Ich wußte wohl, aus welchen Quellen ich die Trostgründe schöpfen mußte, da ich einen Fürsten vor mir hatte, der gegen die Pflichten, die ihm die Religion und die Verwaltung des Staats auflegte, gleich empfindlich war. Ich erinnerte ihn an einige Stellen der heiligen Schrift, wo Gott als Vater und als Herr jenes Vertrauen und die gänzliche Ergebung for-

dert,

dert, welche dem Menschen die Verachtung aller ir
dischen Dinge einflößen. Dann setzte ich einige an
dere hinzu, welche uns von der göttlichen Vorsehung
jene vortrefliche Idee geben, wodurch wir sie in den
traurigen Begebenheiten sowohl als in den glückli
chen erkennen und anbeten lernen. Ich wagte es,
ihm den Fall, der seinen Schmerz erregte, als ei
ne Schickung vorzustellen, für die er einst Gott am
meisten danken würde. Ich versetzte mich mit ihm
in die traurige und doch, wenn seine Geliebte das
Leben behalten hätte, unvermeidliche Lage, wo er,
auf der einen Seite von allem, was die zärtlichste
Liebe anziehendes hat, und auf der andern von der
Stimme der Ehre und der Pflicht bekämpft, doch
endlich über diese Fesseln würde haben einen Ent
schluß fassen müssen, die er nicht hätte zerbrechen
können, ohne sein eignes Herz zu zerreißen, noch fort
tragen, ohne sich mit Schande zu bedecken. Hier
kam der Himmel ihm zu Hülfe, durch einen frey
lich schmerzhaften Schlag, aber der doch allein im
Stande war zu einer Heyrath den Weg zu bah
nen, von welcher die Ruhe Frankreichs, die Freu
de seines Volks, das Schicksal von Europa und
des Königs eigne Zufriedenheit abhieng; denn er
würde immer geglaubt haben, das Glück einer recht
mäßigen Verbindung sey durch die Verstoßung ei
ner Frau, die durch tausend gute Eigenschaften seine
Zärtlichkeit verdiente, zu theuer erkauft.

Ich merkte bald, daß dieser letzte Grund, der
auf eine für seine Geliebte vortheilhafte Art vor
gestellt war, indem er auf sein Herz Eindruck mach
te, auch zugleich, durch das Vergnügen seine
Wahl rechtfertigen zu hören, ihm wohlthat. Er
gestand mir, es sey ihm angenehm zu hören, daß

ich

ich seine Empfindungen für die Frau von Beaufort zu denjenigen rechnete, welche durch wahre Sympathie entstehen, und nicht blos auf Wollust gegründet sind, und er habe gefürchtet, ich möchte ihm nur solche Trostgründe sagen, die ihn beschämen würden. Unsre erste Unterredung dauerte sehr lange, und ich besinne mich nicht mehr auf alles, was ich ihm sagte. So viel weiß ich noch davon, daß, nachdem ich dem Schmerz die erste Erleichterung gewährt hatte, die man ihm schuldig ist, sich nehmlich mit sich selbst zu beschäftigen, ich nachher ihm mit gutem Erfolg die Verbindlichkeit zu Gemüthe führte, die jedem Fürsten und jedem Staatsmann obliegt, daß er auch bey der gerechtesten Betrübniß die nothwendige Freyheit des Geistes zu erhalten suchen müsse, um die öffentlichen Geschäfte nicht zu versäumen. Heinrich hatte weder die Schwachheit, eigensinnig an seinem Schmerze zu kleben, nach den Fehler, sich durch Härte zu heilen; (46) er hörte noch mehr auf seine Vernunft, als auf sein Herz. Schon jetzt schien er denen, die ihn in sein Zimmer zurück gehen sahen, weniger traurig. In der Folge, da Niemand ihn in seiner Traurigkeit bestärkte, im Gegentheil die Geschäfte sie mit jedem Tage verminderten, erhob er sich bald wieder zu dem Zustande, in dem jeder vernünftige Mann, der große Ursachen zur Betrübniß gehabt hat, sich befindet. Er verdammte seinen Schmerz nicht, aber er schmeichelte ihm auch nicht, und er affectirte weder die Erinnerung daran bey jeder Gelegenheit zurück zu rufen, noch auch sie ängstlich zu vermeiden.

Der Herzog von Joyeuse gab auch damals der Welt viel zu reden. (47) Aus einem Hofmann

und

und Soldaten hatte er sich erst zum Kapuziner gemacht; dann verließ er den Mönchsstand, um wieder ein Krieger und ein vollkommner Weltmann zu
werden, und hier gewann er wieder Geschmack am
Kloster, von dem ihn der Pabst nur auf so lange,
als der Krieg währen würde, losgesprochen haben
soll; diesmal aber hielt er Wort bis an seinen Tod.
Die Vermählung seiner Tochter, (48) der einzigen
Erbin des Hauses Joyeuse mit dem Herzog von
Montpensier war die letzte Handlung die er that, so
lange er noch dieser Welt angehörte. Die Marquisin
von Bellisle (49) folgte seinem Beyspiel, und wurde eine Barfüßerin.

Eilf-

Eilftes Buch.

Die in dem Kompromiß, welcher wegen des Marquisats Saluzzo in die Hände des Pab- **1599.** stes niedergelegt war, bestimmte Zeit war verflossen, ohne daß seine Heiligkeit in dieser Sache etwas entschieden hätte. Der Herzog von Savoyen, der besser als irgend Jemand wußte, daß der Ausspruch nicht günstig für ihn ausfallen würde (1), hätte um das Urtheil aufzuschieben alle die Kunstgriffe gebraucht, die an diesem kleinen Hofe gewöhnlich sind, der zu seiner Erhaltung und Vergrößerung Hinterlist, Wortbrüchigkeit, Unterwerfung und Anhänglichkeit an den Stärkern anwendet. Die erste Idee des Herzogs war, einen Kompromiß zu wiederrufen, den er blos eingegangen hatte, um Zeit zu gewinnen und in der Hoffnung, daß Frankreich vielleicht mit dem heiligen Stuhl zerfallen würde. Weil aber dieses doch zu auffallend gewesen wäre, so nahm er zu einem andern Kunstgrif seine Zuflucht, um den Pabst zu bewegen, daß er freywillig der Entscheidung dieser Sache sich entzöge. Er schrieb seinem Gesandten zu Rom, er habe sichere Nachrichten sowohl aus Frankreich als aus Italien, daß Clemens VI I. von dem König gewonnen wäre, doch mit der geheimen Bedingung, daß Seine Majestät sich verbände nachher dem Pabst selbst alle ihre Rechte auf das Marquisat abzutreten. Der Gesandte, selbst zuerst durch seinen Herrn betrogen, erklärte sich über diese Art, Richter und Partey zu seyn, auf eine Weise, daß Clemens, der die Entscheidung nur um des Wohls beyder Thei-

le

le willen übernommen hatte, sich sogleich mit Unwillen davon lossagte.

Der Herzog von Savoyen, welcher ganz gewiß erwartete, daß der Pabst diese Partey ergreifen würde, ließ demungeachtet dem König sagen, er stellte die ganze Sache völlig seiner Willkühr anheim, und es wäre dazu kein fremder Schiedsrichter nöthig. Er hoffte von ihm das Land, über welches der Streit entstanden war, am sichersten zu erhalten, indem er ihn von der Seite der Ehre reitzte, und zugleich stellte er es ihm als etwas so geringes vor, daß es die Aufmerksamkeit eines so großen Königs gar nicht verdiente. So lautete die Anweisung, welche die Herren von Jacob de la Rochette, von Lullins, von Bretons und von Roncas erhalten hatten, die als Agenten des Herzogs von Savoyen nach Paris gekommen waren.

Wenn man solche Absichten hat, so sucht man gewöhnlich zuerst den Minister und Vertrauten des Fürsten auf seine Seite zu ziehen, oder, um die Sache bey ihrem wahren Namen zu nennen, man sucht ihn zu bestechen. Man giebt sich kaum einmal die Mühe, ihm zu verbergen, daß man in dieser Absicht komme, so wenig sie auch anständig ist. Man ist auch in seinen Ausdrücken nicht so vorsichtig, als bey einem Kongreß. Diese Herren sagten mir daher: der Herzog von Savoyen verlange das Marquisat Saluzzo von dem König blos als eine Gnade und als ein Geschenk, und zugleich suchten sie mir ziemlich deutlich zu verstehen zu geben, daß dieses Geschenk auch nach Maaßgabe der Wichtigkeit desselben und der Art, wie ich mich dabey verwenden würde, auf mich zurück ströhmen sollte. Ich mochte den Sinn dieser letzten Worte nicht verstehen; auf die ersten antwor-

tete

tete ich sehr trocken, man könne nichts verschenken, das
man nicht wirklich selber besäße. Der Herzog müsse
daher den Anfang damit machen, daß er Seiner Majestät das Marquisat Saluzzo wieder einräumte; dann
würde Heinrich, der, wie ich ihnen versichern könnte,
eine eben so große Seele hätte, als ihr Herr, diesen
auch königlich behandeln; und ich ersuchte sie daher
sehr ernstlich, sich unmittelbar an den König zu wenden. Sie thaten es, durch den Ton, mit dem ich
sprach, abgeschreckt. Heinrich war äußerst höflich gegen sie, in allen Sachen aber, die den Staat angehen
konnten, zeigte er eine solche Bestigkeit, daß sie nach
verschiedenen vergeblichen Versuchen selbst urtheilten,
auf diesem Wege sey nichts auszurichten.

Sie sahen ganz Frankreich und den Hof selbst
mit Unzufriednen und Meutern erfüllt, und dies brachte sie auf den Gedanken, daß man dem König in seinem Lande genug zu thun geben könnte, um seine Aufmerksamkeit von allen auswärtigen Angelegenheiten abzuziehen, wenn man diese Leute zu irgend einem gewalt-
thätigen Entschluß reitzte. Die persönliche Gegenwart
ihres Herrn schien ihnen aber nothwendig um diejenigen
unter den Großen, welche ihren Verhetzungen Gehör
geben würden, mit Nachdruck zur Entscheidung zu bringen. Sie schrieben daher dem Herzog, sein Vortheil
erfordere, daß er selbst nach Paris käme. Der ganze
Plan paßte vortrefflich zu seinem Character (2); er
genehmigte ihn auch sogleich und bat den König um die
Erlaubniß ihn zu besuchen, welche dieser gern abgelehnt
hätte, wenn es mit guter Art möglich gewesen wäre.
Aber der Herzog ließ ihm auch nicht den geringsten Vorwand dazu, indem er versicherte, er unternehme bloß
diese Reise, um sich selbst mit Sr. Majestät zu vergleichen, oder vielmehr, sich in allen Stücken seinem

Wil-

Willen zu unterwerfen. Das alles begleitete er mit so viel Klagen über Spanien, daß es schien, er stehe auf dem Punkt, mit diesem Hofe zu brechen, und künftig auf seine Verbindung mit Frankreich sein ganzes Heil zu setzen. Nur vor kurzem hatte er eine vortheilhafte Anerbietung des Königs von Spanien, welcher ihm schrieb, er möchte ihm seinen ältesten Sohn und seine älteste Tochter schicken, um sie an dem Hofe zu Madrid als Prinzen vom königlich Spanischen Geblüt erscheinen zu lassen, ausgeschlagen.

Dieser Schritt des Herzogs von Savoyen bewog den Pabst, sich in die Angelegenheit von Saluzzo nicht mehr zu mischen, aber der König verlohr die beyden Punkte, die ihm gleich anfangs die wesentlichsten schienen, keinen Augenblick aus dem Gesichte: von der Genugthuung, die der Herzog ihm schuldig war, nichts nachzulassen, und seine Schritte bey den unruhigen Köpfen des Hofes zu beleuchten.

Der Marschall von Biron war immer noch der, welchen er an die Spitze derselben setzte. Heinrich erfuhr, daß er bey seinem Aufenthalt in Guyenne sich große Mühe gegeben habe, den Adel dieser Provinz zu bewegen, sich mit ihm zu verbinden, und daß er selbst bey Tische gegen alle diese Leute Reden geführt habe, die einen Feind des königlichen Ansehens verriethen. Das alles konnte indessen auch blos eine Wirkung seiner Prahlerey und seines Hochmuths seyn; aber die Sache erhielt mehr Gewicht, als man zugleich hinter seine Bewegungen am Savoyischen Hofe kam, so behutsam er auch dabey gewesen war. Der König gieng in der That dies Jahr beynahe blos deswegen nach Blois, weil er Birons Entwürfe vereiteln und die Völker im Gehorsam erhalten wollte, ob er gleich öffentlich

diese

dieſe Reiſe für eine Luſtbarkeit ausgab, um die ſchöne
Luft dieſer Gegend im Sommer zu genießen, und dort,
wie er ſagte, trefliche Melonen zu eſſen. Uebrigens
war es ihm bey dem jetzigen Zuſtande der Sachen gleichgültig, ſich von Paris zu entfernen.

Ich begleitete ihn; der Aufenthalt zu Blois hatte
aber nichts merkwürdiges, wobey ich mich aufhalten
könnte. Die Zeit gieng hin mit den Sorgen, von denen
ich eben geredet habe und mit der Nachſuchung um die
ſo ſehr gewünſchte Trennung ſeiner Ehe mit Margarethen von Valois.

So lange die Herzogin von Beaufort lebte, hatten nur wenige den König getrieben, auf dieſe Scheidung zu denken. Viele hielt die Furcht ab, daß ihre
Bemühungen nur der Maitreſſe zum Vortheil gereichen
würden, welche allgemein gehaßt wurde; andere wollten ſich dem Zorn dieſer Frau nicht ausſetzen, der, auch
wenn ihre Plane ſcheiterten, immer noch furchtbar blieb.
Kaum hatte ſie die Augen geſchloſſen, ſo war es, als
hätten ſich das Parlament, die übrigen Korps und
das Volk über dieſe Sache zuſammen verſchworen.
Der General-Prokurator kam, und bat den König,
ſeinen Unterthanen dieſe Freude zu machen, und er
verſprach die Wünſche ſeines Volks zu erfüllen, ob
es gleich in Anſehung der Wahl noch ſehr unent-
ſchieden war.

Ich fieng jetzt meinen Briefwechſel mit der Königin Margarethe noch weit ſtärker an. Bis jetzt war
mir nichts daran gelegen geweſen, das Hinderniß zu
heben, weswegen ſie ihre Einwilligung verweigerte, die
Ausſchließung der Frau von Beaufort. Vielmehr
ſah ich es als ein Hülfsmittel an, zu welchem alle Welt
vielleicht noch würde ihre Zuflucht nehmen müſſen, wäre

te es auch nur an den Römischen Hofe die Hände zu
binden, wenn der König sich durch seine Geliebte hätte
gewinnen lassen; und übrigens war mir die Gefälligkeit, die ich bey Margarethen fand, Bürge, daß sie
es nicht als bloßen Vorwand einer völligen Weigerung gebrauchte. Die Antwort, welche sie mir von
Ulsson auf den Brief schickte, worinn ich von dem Opfer, das man von ihr erwartete, mit den ehrerbietig-
sten aber auch sehr deutlichen Ausdrücken sprach, wie
es sich bey solchen Unterhandlungen gehört, bestärkte
mich in dieser Meynung. Um mir zu zeigen, daß sie
verstände, worauf es ankäme, erklärte sie sich geradezu
über den Scheidebrief, und machte dabey so wenig beschwerliche Bedingungen, daß die Sache nun beynahe
keine Schwierigkeit mehr haben konnte. Sich mit ihr
wegen einer anständigen Pension zu vergleichen, und
ihre Schulden zu bezahlen, das war alles was sie verlangte, und um von ihrer Seite diese Sache, entweder mit dem König oder mit mir zu beendigen, wählte sie einen Mann, der uns gar nicht unangenehm war,
ob er gleich zu ihrem eifrigsten Anhängern gehörte.
Es war derselbe Langlois, der bey der Uebergabe von
Paris so nützliche Dienste geleistet, und deswegen
das Amt eines Requetenmeisters zur Belohnung erhalten hatte.

Schwerlich hätte man einen gescheutern Mann
zu solchen Angelegenheiten finden können. Er brachte
dem König eine Antwort von Margarethen (3); denn
Heinrich hatte es auch für schicklich gehalten, ihr zu
schreiben, und sein Brief war äußerst gütig und höflich, aber freylich nicht so deutlich als der Meinige.
Zu gleicher Zeit übergab Langlois einen Aufsatz von
den Forderungen der Königin, über welche man sogleich einig war. Um die Sache nun desto sicherer zu
ma-

machen, übernahm er, sie zu bewegen, daß sie eigenhändig an den Pabst schriebe, um ihn zu überzeugen, daß
man sie nicht nur in dieser Sache gar nicht gezwungen habe, sondern daß sie selbst sie eben so dringend
wünschte, als ganz Frankreich; und er hielt auch
Wort. So bald d'Offat dieses Dokument hatte,
fand er weiter keine großen Schwierigkeiten. Sillery,
der die Schande seines ersten Auftrages auslöschen wollte, unterstützte ihn dabey. Der heilige Vater hielt
die Bewilligung der Gunst, die man von ihm verlangte, nur noch durch die gewöhnlichen Verzögerungen
des Anstandes und der Formalitäten auf, und gab dem
Einbläsen der Neider kein Gehör; denn diese verhaßte Menschenart findet sich überall, und mischt sich in
alles. Endlich bevollmächtigte er seinen Neffen, den
Bischof von Modena als Nuncius, die letzte Hand an
das Werk zu legen, welches nur in Frankreich vollen-
det werden konnte; und gab ihm zwey französische Beysitzer, den Erzbischof von Arles und den Pater Angelus, welchem er den Purpur geschickt hätte, und der
jetzt der Kardinal von Joyeuse (4) hieß. Man nahm
den Ausweg, daß man die Ehe für unstatthaft erklärte, und daher den König und die Königin von aller
gegenseitigen Verbindung freysprach.

Unterdessen daß man an der Beendigung dieser
Sache arbeitete, hörte Heinrich, der nach Fontainebleau zurückgegangen war, und den größten Theil seiner Zeit mit Lustbarkeiten und an der Tafel hinbrachte,
von dem Fräulein von Entragues (5) reden. Auf die
Schilderung, welche ihm die Hofleute von ihr machten, die immer sich bemühten, seiner Neigung für das
schöne Geschlecht zu schmeicheln und sie ihm als ein eben
so schönes als munteres und geistreiches Mädchen vorstellten, bekam er Lust, sie zu sehen, und wurde auch
sogleich

sogleich heftig in sie verliebt. Hätte er doch den Kummer voraussehen können, den diese neue Leidenschaft ihm in der Folge verursachen würde! Aber es war einmal Heinrichs Schicksal, daß die Schwachheit, die seinen Ruhm verdunkelte, auch das Glück seines Lebens vergiften sollte.

Das Mädchen war kein Neuling. Obgleich sie nicht unempfindlich gegen das Vergnügen war, einen so großen König sich um sie bewerben zu sehen, so hörte sie doch noch mehr den Ehrgeiz, der ihr schmeichelte, daß es ihr in dem jetzigen Verhältniß vielleicht nicht unmöglich seyn würde, ihre Rolle so gut zu spielen, daß sie aus ihrem Liebhaber einen Gemahl machen könnte. Sie übereilte sich daher nicht, seine Wünsche zu erfüllen. Stolz und Schamhaftigkeit wurden wechselsweise angewendet, und in der Folge der Eigennutz. Sie verlangte nicht weniger als hunderttausend Thaler zum Preis für die letzte Gefälligkeit. So bald sie sah, daß sie Heinrichs Leidenschaft durch ein Hinderniß nur gereizt hatte, welches mir so fähig schien sie abzukühlen, daß er mir nur mit äußerster Gewalt diese Summe abbringen konnte, so verzweifelte sie weiter an nichts und sann nur auf neue List. Sie führte den Zwang an, worinn ihre Eltern sie erhielten (6), und die Furcht vor ihrer Rache, wenn sie in des Königs Verlangen willigte. Er antwortete darauf so gut es ihm möglich war; aber er konnte das Fräulein nicht befriedigen, und endlich wußte sie einen günstigen Augenblick zu fassen, und sagte ihm rein heraus, sie würde ihm nie etwas einräumen, wenn er ihr nicht schriftlich verspräche, sie binnen einem Jahre zu heyrathen. Es geschähe nicht um ihrer selbst willen, sagte sie, daß sie dieses Versprechen forderte, und dabey begleitete sie diesen sonderbaren Vorschlag mit einem Anschein von Bescheidenheit, der den König nur noch verliebter machen mußte.

Sie

Sie würde mit einer mündlichen Versicherung sich begnügen, oder vielmehr gar keine verlangen; denn sie wisse wohl, daß ihre Geburt ihr keine Ansprüche auf diese Ehre erlaubte, aber sie habe diese Schrift nöthig, um ihr bey ihren Eltern als Entschuldigung ihrer Schwachheit zu dienen. Da sie merkte, daß Heinrich immer noch anstand, so war sie so fein, ihm zu verstehen zu geben: sie sähe im Grunde diese Verschreibung als ein Hirngespinst an; denn es sey ihr wohl bekannt, daß Er nicht so wie seine Unterthanen vor Gericht könne belangt werden.

Heinrich gab bey dieser Gelegenheit ein großes Beyspiel von der Tyranney der Liebe. Er war nicht verblendet genug, um nicht deutlich einzusehen, daß dies Mädchen ihn blos zu betrügen suchte. Der Ursachen gar nicht einmal zu gedenken, die er auch außer dem hatte, sie für keine Vestalin zu halten, noch der gegen den Staat geschmiedeten Ränke, wovon ihr Vater, ihre Mutter, ihr Bruder und sie selbst überführt worden waren, und welche dieser ganzen Familie einen Befehl zugezogen hatten, Paris zu verlassen, den ich noch ganz kurz vorher ihnen im Namen des Königs bekannt machen mußte, aller dieser Dinge ungeachtet war er so schwach, in das Verlangen seiner Geliebten zu willigen und ihr sein Wort darüber zu geben.

Eines Morgens, da er im Begriff war auf die Jagd zu gehen, rufte er mich in die Galerie zu Fontainebleau und gab mir dies schimpfliche Papier in die Hände. Ich muß ihm die Gerechtigkeit wiederfahren lassen, und dieses um so mehr, da ich seine Fehler nicht zu verstecken suche, daß, selbst in den größten Ausschweifungen, wozu ihn Leidenschaft hinriß, er sich doch stets überwand, seine Entschlüsse denenjenigen zu geste-

gestehen, von denen er wußte, daß sie am meisten da-
wider waren, und sie darüber um Rath zu fragen; —
ein Beyspiel von Geradsinnigkeit und Seelengröße, das
man bey wenig Fürsten finden wird. Unterdeß ich die
Schrift las, von der jedes Wort für mich ein Dolch-
stich war, wendete Heinrich sich bald auf die Seite,
um sein Erröthen zu verbergen, bald suchte er mich
wieder zu gewinnen, indem er sich wechselsweise anklag-
te und vertheidigte. Ich hieng mit meiner ganzen
Aufmerksamkeit an dem unglücklichen Papier. Die
Bedingung, ein Mädchen zu heyrathen, wenn es binnen Jahresfrist einen Sohn gebähren würde, (denn
dies waren die eigentlichen Ausdrücke) schien mir in der
That lächerlich und augenscheinlich ungültig; aber die
Schande und Verachtung, welche den König bedecken
müßte, wenn dies Stück bekannt werden würde, sah
ich als unvermeidlich an. Noch mehr fürchtete ich die
unglaublichen Folgen davon bey den jetzigen Verhältnissen wegen der Ehescheidung, an der man arbeitete, und dieser Gedanke machte mich stumm und unbeweglich.

Heinrich sah meine heftige innere Gemüthsbewe-
gung, ob ich gleich ihm das Papier kaltblütig zurück-
gab. „Nun, nun,“ rief er, „nur heraus mit dem,
„was Sie sagen wollen! Machen Sie nicht so sehr
„den Bescheidnen.“ Aber ich konnte so bald noch die
Worte nicht finden, in die ich meine Gedanken kleiden
sollte, und es ist wohl nicht nöthig, daß ich die Ursachen meiner Verlegenheit hier hererzähle. Wer es
weiß, was das heißt, der Vertraute eines Königs in
einer Sache zu seyn, wo es darauf ankömmt, seine
Entschlüsse zu bestreiten, — und bey Monarchen sind
diese stets unumstößlicher und vester Willen, — der
wird mich leicht entschuldigen. Heinrich versicherte
mich

mich von neuem, ich könnte alles sagen, was ich im
Kopfe hätte, ohne ihn zu erzürnen; denn daß wäre,
sagte er, eine Entschädigung die mir gehörte, für die
300,000 Livres, welche er mir entrissen hätte. Er mußte mir diese Versicherung verschiedenemal und mit einer
Art von Schwur wiederholen, und nun stand ich nicht
länger an, mich so zu zeigen, wie ich wirklich war;
ich nahm ihm das Papier aus der Hand, und riß es
in Stücken ohne ein Wort zu sagen. „Was Teufel!"
schrie der König, über diese dreiste Handlung äußerst
erstaunt, „was haben Sie vor? Ich glaube, Sie
„sind verwirrt." „Es ist wahr, Sire," antwortete ich,
„ich bin verwirrt, aber wollte Gott, ich wäre es allein in
„ganz Frankreich!" Der Entschluß war fest in meiner
Seele, eher alles zu wagen, als durch ein gefährliches
Nachgeben meine Pflicht und die Wahrheit zu verrathen.
Ohne mich an den Verdruß und den Zorn zu kehren,
welche ich in dem Gesicht des Königs las, unterdeß
er die zerrißnen Stücke aufhob, um den Aufsatz noch
einmal zu schreiben, nahm ich diesen Augenblick wahr,
ihm mit Nachdruck alles das vorzustellen, was ich sagen konnte, und was der Leser leicht von selbst erräth.
Heinrich hörte mich bis zum Ende, so aufgebracht er
auch war, aber von seiner Leidenschaft beherrscht, konnte
nichts ihn dahin bringen, seinen Entschluß zu ändern.
Alles, was er mit der höchsten Anstrengung über sich gewinnen konnte, war, einen zu aufrichtigen Vertrauten
nicht von sich zu stoßen. Er verließ die Galerie ohne
mir ein einziges Wort zu sagen, gieng in sein Kabinet,
ließ sich von Lomenie ein anderes Schreibzeug geben,
und kam nach einer halben Viertelstunde wieder heraus,
nachdem er ein anderes Versprechen aufgesetzt hatte.
Ich stand unten an der Treppe als er herunter kam; er
gieng bey mir vorbey, ohne zu thun, als ob er mich

fähe, stieg zu Pferde und gieng von der Jagd nach
Malesherbes, wo er zwey Tage blieb.

Ich glaubte nicht, daß dieser Zwischenfall die Angelegenheit der Ehescheidung, und die Wahl einer Gemahlin für den König hindern müsse; im Gegentheil:
schien mir beydes nun nur noch dringender. Die Bevollmächtigten Sr. Majestät machten daher jetzt zu
Rom die erste Eröfnung wegen einer Heyrath zwischen
ihm und der Prinzessin Marie von Medicis (7), der
Tochter des Großherzogs von Florenz. Der König
ließ es geschehen, und ernannte selbst, aber blos weil
man ihn so lange plagte bis er es that, den Connetable, den Kanzler, den Herrn von Villeroi und mich,
um mit dem Gesandten, welchen der Großherzog nach
Paris schicken sollte, an dieser Sache zu arbeiten.
Wir zogen sie nicht in die Länge. Kaum war Joan-
nini, der Florentinische Bevollmächtigte, angekommen, so waren auch in einem Augenblick die Artikel
aufgesetzt und von uns allen unterzeichnet.

Mir wurde der Auftrag gegeben, sie dem König
vorzulegen, der eine so schnelle Ausführung nicht
vermuthet hatte. Als ich auf seine Frage, was ich
brächte, ihm antwortete: „Ich bringe Ihnen eine Ge-
„mahlin, Sire;" blieb er eine Viertelstunde wie vom
Donner gerührt. Dann fieng er an mit großen Schritten im Zimmer auf und ab zu gehen, biß sich die Nägel, rieb sich die Stirne, und überließ sich seinen Ge-
banken, die ihn so heftig bewegten, daß er lange Zeit
mir gar nichts sagen konnte. In diesem Augenblick
zweifelte ich nicht, daß alle meine Vorstellungen Wirkung thäten. Endlich kam er zu sich selbst, wie ein
Mensch, der einen letzten Entschluß gefaßt hat.
„Nun dann," rief er, indem er seine Hände zusam-

men

men schlug, „nun dann, so sey's! Es sey, in Got-
„tes Namen! Wenn keine Hülfe ist, wenn ich wie
„Sie sagen, zum Wohl meines Reichs durchaus
„mich vermählen muß, so geschehe es!" — Er gestand mir, die Furcht, nicht besser anzukommen als
das erste Mal, verursache noch allein seine Unentschlossenheit. Sonderbarer Widerspruch des menschlichen Geistes! Ein Fürst, der sich mit Glück und
Ruhm und tausend grausamen Zwistigkeiten gewickelt
hatte, wie Krieg und Staatskunst sie ihm zuzogen, zit-
terte bey der bloßen Aussicht auf häuslichen Zank,
und war viel unruhiger, als da man noch in demselben Jahre auf die Angabe eines Kapuziners von Mayland (8), an seinem eignen Hofe einen Italiener entdeckt hatte, der nach Paris gekommen war, ihn zu
ermorden. — Die beschloßne Vermählung konnte
erst in dem folgenden Jahre vollzogen werden.

Noch einige auswärtige Begebenheiten muß ich
bey diesem Jahre anführen. Der Krieg brach mit
Heftigkeit in den Niederlanden los, sobald der Erzherzog dahin gegangen war. Auf wiederholte Klagen
von Madrid ließ der König seinen Unterthanen verbieten, in die Dienste der Provinzen zu treten; aber
es geschah nur zum Schein. Denn da die Staatskunst
erforderte, daß man die Flamänder nicht unterdrücken ließe, so bestrafte Heinrich nicht nur die Ueber-
tretungen seines Verbots nicht, sondern er begünstigte auch unter der Hand diese Völker. In Ungarn
war Krieg, von dem ich aber weiter nichts zu sagen
habe, als daß der Herzog von Mercoeur um die Erlaubniß bat und sie auch erhielt, daselbst dem Kaiser zu dienen. In Schweden wurde durch eine
Staatsveränderung der regierende König, der zugleich zum König von Polen erwählt war, (9) von

 seinen

seinen Unterthanen vom Thron gestoßen, und sein
Oheim Karl, der Herzog von Südermannland, an
seine Stelle gesetzt, welcher durch einen Sieg, den er
über ihn erfocht, ihm alle Hofnung raubte, sein Königreich wieder zu erlangen.

Hier sind noch einige Begebenheiten, die mich
persönlich angehen. Als ich zu Blois war, kam die
Prinzessin von Epinoi (10) und ersuchte mich um
meinen Beystand bey dem König gegen die Prinzen
von Ligne, die ihre und ihrer Kinder Güter an sich
reißen wollten: Sie hatte deren fünfe, und viere davon,
drey Söhne und die älteste Tochter, brachte sie mit sich;
die jüngste wurde bey der Frau von Roubais, der
Wittwe des Vikomte von Gent, ihres und meines
Oheims, erzogen. Sie sagte mir, da ich der nächste
väterliche Verwandte wäre, den diese Kinder in
Frankreich hätten, so komme die Vormundschaft über
sie mir zu. Ich übernahm gern dies Amt, um ihnen
Recht zu schaffen; und ich hatte auch die Freude, nach
sechs oder sieben Jahren, während welcher ich für sie
sorgte als für meine eignen, sie in dem Besitz aller ihrer Güter zu sehen, welche sich auf 120,000 Livres
Einkünfte beliefen. In der Folge werde ich Gelegenheit haben, von der Verbindlichkeit zu reden, die sie
dem König schuldig sind.

Um dieselbe Zeit baten mich die Kaufleute von
Tours, ihnen die Erlaubniß auszuwirken, Manufactu-
ren von allen Arten von Gold- und Silberstoffen und
seidnen Zeugen anzulegen, welche bisher in Frankreich
noch nicht verfertiget waren; zugleich verlangten sie,
daß die Einfuhr dieser Waaren aus fremden Ländern
möchte verboten werden. Sie versicherten mich, sie
hätten hinlängliche Vorräthe, um so viel als in Frank-

reich

reich von solchen Waaren gebraucht würde, zu liefern. Ich verlangte blos so lange Bedenkzeit, als ich nöthig hatte, um mich selbst zu überzeugen, ob ihre Angabe richtig wäre; es fand sich aber das Gegentheil, und ich bemühte mich nun sie von einer Unternehmung abzumahnen, welche großen Schaden bringt, wenn sie fehlschlägt. Sie wollten sich aber nicht überreden lassen, sondern wendeten sich unmittelbar an den König, da ich mich weigerte, mich der Sache anzunehmen. Jetzt glaubte ich, stillschweigend den Ausgang abwarten zu müssen; denn in der That konnte eine solche Einrichtung, wenn sie gut ausgeführt wurde, großen Nutzen bringen. Der König, durch ihre dringenden Bitten hingerissen, gestand ihnen ihre Forderung zu. Kaum aber war ein halbes Jahr verflossen, so kamen sie schon, weil sie ihre Maasregeln nicht gut genommen hatten, und gaben ein Privilegium zurück, über welches die ganze Welt unzufrieden war, weil es nur diente, den Käufern noch größere Kosten zu verursachen.

Der König glaubte nicht, daß die Angelegenheit von Saluzzo ohne Schwerdtstreich würde beygelegt werden können; er dachte daher schon lange darauf das Amt eines Feldzeugmeisters einem Mann zu übergeben, welcher es gut und vorzüglich auch durch sich selbst verwalten könnte. Dies letzte war dem alten d'Estrées unmöglich, und doch wollte Heinrich nicht gern einen Mann, der der Großvater seiner Kinder war, dieser Stelle berauben. Er glaubte daher einen treflichen Ausweg gefunden zu haben, da der alte de Born seine Bedienung als Feldzeugmeister Leutenannt niederlegen wollte; ich sollte mit ihm darum handeln, und nachher auch die Dienste des General Feldzeugmeisters zugleich verrichten. Die schon an sich sehr beträchtträchtlichen Vorrechte der zwenten Stelle wollte der König mir zu gefallen noch vermehren, sie zur Kronbedienung erheben, die Gewalt über alle zwente Befehlshaber in den Provinzen damit verknüpfen, die Besoldung erhöhen und mir die Bestallung umsonst ausfertigen lassen. Ich gestehe aber, daß keine von diesen Anerbietungen mich rührte; ich konnte mich durchaus nicht entschließen unter einem andern zu dienen, da ich die erste Stelle verfehlt hatte. Indessen brauchte ich blos die mir obliegenden Geschäfte zum Vorwand, um der Absicht des Königs auszuweichen, und damit sagte ich auch nichts als die Wahrheit. Er setzte mir aber lange mit Bitten zu, und weil ich immer unbeweglich blieb, gieng er endlich zornig von mir, und sagte, er wollte nicht mehr mit mir davon reden; weil ich aber durchaus blos meinem Eigensinn folgte, so wollte er seiner Seits auch seinen Willen haben.

Seine guten Gesinnungen für mich machten, daß er diese Drohung den Augenblick wieder vergaß. Er ließ dem alten d'Estrées den Antrag thun, seine Stelle zu verkaufen. So wie ich dies erfuhr, ließ ich der Frau von Nery, die diesen Greis regierte, durch den Herrn Dupeche und seine Frau 3000 Thaler bieten, um die Sache zu Stande zu bringen. Der Feldzeugmeister, der von ihr gedrängt wurde, sagte zu dem König, daß er bereit wäre, eine andre Belohnung für seine Stelle anzunehmen. Heinrich sagte mir es sogleich wieder, und setzte hinzu: weil ich ihn erzürnt hätte, so verlange er von mir, in kurzer Zeit eine Artillerie so in Stand zu setzen, daß er das Markisat Saluzzo damit erobern könnte, denn man versicherte ihm täglich, er würde es nicht anders als mit Gewalt bekommen, das heißt durch eine Men-

ge

ge ziemlich schwerer Belagerungen. Denn dies ist die Art, wie man in Savoyen Krieg führt. Ich dankte dem König und schloß mit d'Estr es den Handel um 80,000 Thaler. Weil aber die kleinen Unkosten sich auch noch auf eine ansehnliche Summe beliefen, so sah ich mich genöthigt von Morand, Vienne und Villemonte 100,000 Thaler auf Zinsen zu nehmen. Drey Tage nachher wurde ich feyerlich mit der Würde eines General Feldzeugmeisters bekleidet, und leistete darüber den Eid. (11) Dies war das vierte große Amt, mit dem ich beehrt wurde. Die jährlichen Einkünfte betrugen 24,000 Livres. Ich glaubte, die Dankbarkeit, welches diese neue Wohlthat des Königs erforderte, nicht besser an den Tag legen zu können, als wenn ich alle meine Sorgen an die Artillerie wendete. In dem Arsenal schien mir, als ich es besah, alles in einem so traurigen Zustande zu seyn, daß ich beschloß meine Wohnung darinn zu nehmen, um desto besser für die Wiederherstellung desselben sorgen zu können, ungeachtet dies Schloß damals sehr schlecht gebaut, von allem entblößt und ohne alle Bequemlichkeit war.

Die Artillerie war in noch schlechtern Umständen. Ich fieng zuerst damit an, daß ich die Offiziere entfernte, welche keine einzige von den nöthigen Kenntnissen hatten, und daher im Grunde blos Bediente der Civilbeamten waren. Ich dankte auf einmal ungefehr 500 von diesen Offizieren ab. Alsdann kam ich mit den Salpetercommissarien zusammen, und schloß mit ihnen über einen ansehnlichen Vorrath von Pulver, welches ich dem König zeigte, einen Handel. Eben so schloß ich einen Akkord mit den Besitzern der Eisenhämmer, wegen des nöthigen Eisens zu den Lavetten, Bomben u. s. w.; mit auswärtigen Kaufleuten

wegen

wegen des Metalls; und mit Wägnern und Zimmer-
leuten wegen der Holzarbeiten, die ich zu meinen Planen brauchte. Der König besuchte selbst sein Zeug-
haus vierzehn Tage, nachdem ich mich darin eingerichtet hatte, und in der Folge wurde ihm dieses eine seiner angenehmsten Erholungen. Es machte ihm großes Vergnügen, alle die Vorbereitungen, welche darin gemacht wurden, und den außerordentlichen Fleiß
zu sehen, den ich darauf verwendete.

Es war aber auch nöthig, fleißig zu seyn, da
die Savoyischen Angelegenheiten immer dringender
wurden. Die einzelnen Umstände derselben und der
Krieg, den sie nach sich zogen wird das ganze folgende
Jahr hindurch der Inhalt dieser Memoiren werden.
Der Herzog von Savoyen reisete gegen das Ende von
1599 aus seinen Staaten ab um nach Frankreich zu
kommen; er brachte die Gesinnungen mit, von denen
ich schon geredet habe, aber er konnte sie nicht so geheim halten, daß er alle die Früchte, die er von seinen
Betrügereyen hoffte, hätte erndten sollen. Die Untersuchung das ehemaligen Betragens dieses Fürsten
und seiner Unterhändler, und die Kenntniß, die man
von seinem Charakter hatte, waren ihm schon nicht
sehr günstig. Bald nachher bekam man noch sichere
Nachrichten von ihm. Lesdiguieres schrieb dem König, der Herzog ließe mit großem Fleiß an seinen Vestungen vorzüglich in Bresse, arbeiten, und sie mit
Kriegs- und Mundvorräthen versehen. Durch den
Grafen Larces und den Herrn du Passage erfuhr man,
daß er sich an dem Spanischen Hofe große Mühe gegeben und auch den Pabst zu bereden gesucht habe, einen
zweyten Kompromiß sich gefallen zu lassen, indem er
ihm vorstellte, es sey der Vortheil von ganz Italien,
nicht zuzugeben, daß der König von Frankreich jenseit

der

der Gebirge etwas befäße. Die französischen Residenten zu Florenz schrieben, der Herzog unternehme diese Reise aus keiner andern Absicht, als um den König zu überlisten; dieser aber glaubte, der Herzog selbst könne in seinen Schlingen gefangen werden, und dies nicht nur durch ihn, sondern auch durch den König von Spanien und die übrigen italienischen Fürsten; denn diese zeigten öffentlich ihren Widerwillen gegen das unruhige und ehrgeizige Gemüth des Herzogs, und Philipp III hatte noch nicht vergessen, wie laut er sich darüber beschwert hatte; daß, indem man die Niederlande und die Franche Comté, welche mehr werth wären als beyde Castilien und Portugall, der einen Infantin zum Heyrathsgut gäbe, die andre, welche er geheirathet hatte, nichts als ein Kruzifix und ein Bild der heiligen Jungfrau mitgebracht hätte. Eine Menge anderer ähnlicher Unbesonnenheiten, und gegenseitige Klagen und Nachrichten hatten ihr voriges gutes Verständniß völlig zu Grunde gerichtet.

Die Folge zeigte die Richtigkeit dieser Bemerkungen, welche der König mir mittheilte, als er mir Lesdiguiere's Brief zeigte; öffentlich ließ er sich aber von seinem Unwillen über das, was er von dem Betragen des Herzogs erfuhr, nichts merken. Er befahl mir sogar, von Seiten der Artillerie und der Finanzen nichts zu versäumen, damit er zu Lion auf eben die Art, die bey dem Empfang fremder Fürsten gebräuchlich ist, aufgenommen würde. Ich glaube auch nicht, daß er Ursach gehabt hat, sich über mich zu beschweren, aber die Grafen von St. Jean verweigerten ihm gewisse Ehrenbezeugungen, welche, wie die Herzoge von Savoyen behaupten, das Kapitel zu Lion schuldig ist, ihnen als Grafen von Villars zu erzeigen (12). Der größte Aufwand wurde zu Fontaine-

bleau

bleau und zu Paris gemacht, wo der Herzog seiner
Seits auch sich mit einem Glanz zeigte, der völlig seines Ranges würdig war. (13).

Drey Tage nach seiner Ankunft zu Paris ließ der
König, dem es ganz recht war, daß der Herzog die
neue Ordnung sehen sollte, die man im Arsenal beobachtete, mir sagen, er würde mit ihm und den vornehmsten Herren und Damen seines Hofes das Abendessen darinn einnehmen. Der Herzog von Savoyen
kam aber so zeitig, daß ich eine so große Eil nicht blos
für zufällig halten konnte. Er verlangte die Magazi-
ne zu sehen; dies war aber gar nicht der Ort, wohin
ich ihn führen wollte, denn ich schämte mich selbst der
Armuth der alten Vorrathshäuser. Ohne ihm zu antworten brachte ich ihn in die neuen Werkstätten. Er
gerieth in eine so große Verwunderung über zwanzig
neu gegossene Kanonen, eben so viel, die man im Begrif war zu gießen, vierzig vollkommne Lavetten, und
eine Menge anderer Werke, woran er mit großem
Fleiß arbeiten sah, daß er sich nicht enthalten konnte
mich zu fragen, was ich mit diesen großen Zurüstungen anfangen wollte. „Montmelian einnehmen;"
antwortete ich lachend. Ohne sich merken zu lassen,
daß diese Antwort ihn ein wenig aus der Fassung gebracht hatte, fragte er mich in einem scherzenden und
vertraulichen Ton, ob ich dort gewesen wäre? Ich antwortete, nein; „nun, ich dachte es wol," fuhr er
fort, „denn sonst würden Sie das nicht sagen. Mont-
„melian ist unüberwindlich." Ich blieb bey dem
Ton, in welchem er mit mir redete, und sagte ihm,
ich riethe ihm nicht den König zu zwingen, daß er
einst diese Unternehmung versuchte; denn sonst glaubte ich sehr gewiß zu seyn, daß Montmelian den Titel
unüberwindlich verlieren würde.

Diese

Diese Worte machten sogleich unsere Unterredung sehr ernsthaft. Der Herzog nahm daher Gelegenheit, von der Ursach, die ihn nach Frankreich gebracht hatte zu reden, und gab mir auf eine höfliche Art zu verstehen: er wisse, daß ich ihm bey dem König nicht günstig wäre. Wir hatten aber nicht Zeit, mehr davon zu sprechen; der König kam, und man dachte an nichts als Freude und Vergnügen. Dies hinderte jedoch nicht, daß noch denselben Abend von beyden Theilen Kommissarien ernannt wurden, um den Grund des Streites zu untersuchen. Von Seiten des Königs waren es der Connetable, der Kanzler, der Marschall von Biron, Meiße, Villeroi und ich, und von dem Herzog von Savoyen, Belly sein Kanzler, der Marquis von Lullin, die Herren von Jacob, der Graf von Morette, der Ritter von Bretons und des Allymes.

Der Herzog von Savoyen hatte schon 1600. einige von unsern Kommissarien auf seine Seite zu ziehen gewußt, und er gewann die Uebrigen völlig durch seine große Freygebigkeit bey Gelegenheit der Neujahrsgeschenke, womit er sie und den ganzen Hof überhäufte. (14.) Ich war der, welcher ihm die meiste Sorge machte, weil jedesmal, wenn die Sache vorgenommen wurde, ich fest darauf bestand, der Herzog solle entweder dem König das Marquisat Saluzzo zurück geben, oder ihm das Land Bresse und die ganzen Ufer der Rhone, von Genf bis Lion abtreten. Wenn es nicht gar zu unhöflich gewesen wäre, zu verlangen, daß ich aus den Versammlungen ausgeschlossen würde, so hätte man gewiß dies Mittel ergriffen; so aber hielt man sich an den ersten Plan, mich, um welchen Preis es auch seyn möchte, zu gewinnen.

Des

Des Allymes (15) kam den 5. Januar, um mir im Namen seiner Hoheit die gewöhnlichen Komplimente zu machen. Er bat mich auf die höflichste Art von der Welt, die Gründe seines Herrn in Erwägung zu ziehen, das heißt mit klaren Worten, sie anzunehmen, und er begleitete seine Bitte mit der Ueberreichung des Bildes des Herzogs, dessen mit Diamanten besetzte Kapsel 15 — bis 20,000 Thaler werth war. Um mir ein wenig zu Hülfe zu kommen, damit ich mit meinem Gewissen einig würde, sagte er mir, dies Bild käme von einer französischen Prinzessin her, und, da er mich mit der Bewunderung der Diamanten beschäftigt sahe, setzte er hinzu, der Fürst, der es mir schickte, sey dem König eben so ergeben als er mein Freund wäre. Ich fragte des Allymes, indem ich immer das Bild noch hielt, welches die Vorschläge wären, die er zu thun hätte. Er glaubte, der entscheidende Augenblick sey gekommen, und kramte daher sogleich seine ganze Beredtsamkeit aus. In Ermanglung besserer Ursachen setzte er einen hohen Werth auf den vorgeblichen Bruch seines Herrn mit Spanien. Er erbot sich, sich mit dem König zu vereinigen, um ihm Neapel, Mayland, das deutsche Reich selbst erobern zu helfen; denn nichts war ihm zu theuer. Wenn man ihn reden hörte, hätte man glauben sollen, er könne mit allen diesen Staaten schalten, wie er wolle, an welcher willen er nicht zweifelte, setzte er hinzu, daß Sr. Majestät dem Herzog ein elendes Marquisat lassen würde, daß aus zusammen gebrachten Stücken bestünde.

Länger konnte ich mich nicht halten. Ich antwortete des Allymes, wenn der König Saluzzo wieder verlangte, so geschähe es nicht wegen des Werths dieses Ländchens, welches ein zu unbeträchtlicher Gegen-

genstand wäre, sondern weil die Ehre erfordere, daß
man sich ein altes Krongut nicht nehmen lasse, welches der Herzog von Savoyen zu einer Zeit sich anges
maßt habe, wo er, bey Heinrichs III Rückkehr aus
Pohlen von demselben mit Geschenken überhäuft, auch
aus Dankbarkeit sich eines solchen Unrechts hätte enthalten sollen. Ich dankte dem Abgeschickten für alles
das Verbindliche, das er in seine Rede gelegt hatte,
und seine Komplimente mit ähnlichen zu erwiedern, versicherte ich ihm, sobald der Herzog Saluzzo so wie es
wäre herausgegeben hätte, würde ich mir alle Mühe
geben, den König zu vermögen, daß er Seiner Hoheit
die reichen Königreiche verschaffte, die er uns angebo-
ten hätte, und die er noch besser würde brauchen können als Heinrich. Zu gleicher Zeit öfnete ich die Kapsel des Bildes, rühmte die Arbeit und die Einfassung
desselben, sagte aber dabey, der zu hohe Werth desselben wäre für mich ein Grund es nicht anzunehmen.
Wenn er mir aber erlauben wollte, die Einfassung und
die Diamanten loszumachen, so würde ich gern das
Bild zum Andenken eines so gütigen Fürsten behalten.
In der That versuchte ich schon, es heraus zu nehmen,
als des Allymes mir sagte, es käme ihm nicht zu, etwas an den Geschenken seines Herrn zu verändern.
Ich bat ihn daher, es ganz wieder mitzunehmen, und
er entfernte sich ohne einige Hofnung mich auf seine Seite zu ziehen, und, wie mir schien, mit meinem Verfahren sehr schlecht zufrieden.

Jetzt blieb nichts übrig, als zu versuchen, ob man
mich aus den Versammlungen ausschließen könnte.
Auf die Weigerung des Königs erdachte der Herzog
ein anderes Mittel. Er bat, daß der Patriarch von
Constantinopel (16) im Namen des Pabstes den Zu-
sammenkünften beywohnen möchte. Heinrich bewilligte

ligte es, ohne an die List zu denken, die hinter diesem Vorschlag verborgen war. Den folgenden Tag bestimmte er das Haus des Connetable zum Versammlungsort, weil er Lust hatte, Ball zu spielen, und es ihm bequem war, gleich beym Herausgehen aus dem Hause, sobald die Unterredung angegangen wäre, seine Partie anzufangen. Er verließ uns, nachdem er alle Commissarien ermahnt hatte, nur auf die Gerechtigkeit Rücksicht zu nehmen; mir besonders sagte er ins Ohr: „Geben Sie gut Achtung auf alles, und „sehen Sie zu, daß ich nicht betrogen werde."

So bald er hinaus war sah ich, daß alle, anstatt sich niederzusetzen, sich trennten und immer zwey oder drey beysammen blieben. Der Nunzius unterhielt sich bald mit dem einen bald mit dem andern, er gab nicht zu, daß man etwas in der gehörigen Form abgehandelt hätte, und vorzüglich vermied er sorgfältig, mich anzureden. Endlich kam Bellievre und sagte mir: der ehrliche Mann, der Patriarch mache sich ein Gewissen daraus mit einem Hugenotten umzugehen; er bäte mich daher im Namen der ganzen Versammlung, ich möchte mich lieber entfernen, weil sonst nichts zu Stande kommen würde. Ich merkte gleich die Absicht dieses Kunstgriffes, machte eine tiefe Verbeugung und gieng hinaus, aber blos um dem König auf der Stelle Bericht abzustatten. Er war noch in der Gallerie, wo er sich aufgehalten hatte, um mit Bellengreville zu sprechen; und er fragte mich erstaunt, wo ich hingienge und ob schon alles vorbey wäre. Aber er wurde sehr zornig, als er erfuhr, was vorgegangen war, und befahl mir in die Versammlung zurück zu gehen, indem er sagte, wenn Jemand dort wäre, dem meine Gegenwart mißfiele, so käme es ihm zu hinauszugehen, und nicht mir. Ich störte ein wenig

nig die Freude der Versammelten, als ich ihnen den neuen Befehl des Königs hinterbrachte. Man nahm nun zu einem andern Mittel die Zuflucht, man ließ die Zeit damit hingehen, daß man Auswege suchte, und, als die Mittagsstunde heran rückte, verschob man die Untersuchung des Streitpunkts bis auf den Nachmittag. Aber alle Mühe, die man sich bey dem König gab, war vergebens; ich blieb bey den Kommissarien und der Nunzius mußte am Ende seinen Widerwillen überwinden. Bretons und Roncas drehten und wendeten sich, um nicht zur Rückgabe des Marquisats gezwungen zu werden. Sie erboten sich es von dem König zur Lehn zu empfangen, und, wenn das noch nicht genug wäre, sich bey la Bresse dieselbe Bedingung gefallen zu lassen. Es war mir leicht zu machen, daß alle diese Vorschläge durchfallen mußten, und ich vereinigte alle Stimmen dahin, daß dem Herzog von Savoyen die Wahl gelassen wurde, entweder Saluzzo zurückzugeben, oder an dessen Stelle das Land Bresse bis an den Fluß Dain, das Vikariat Barcelonette, das Thal Sture, das Thal Perouse und Pignerol abzutreten. Im letzteren Fall hätte man alle von beyden Seiten weggenommene Plätze zurückgegeben (17).

Der Herzog von Savoyen hatte einen ganz andern Ausspruch von den Kommissarien erwartet. Aber die Wahrheit ist, daß sie es nicht wagen durften, öffentlich eine Meinung zu bestreiten, auf deren Seite, wie sie wohl sahen, der König war. Ihr einziges Hülfsmittel war, sich zum besten des Herzogs mit allen Hofleuten zu vereinigen, welche dem König unaufhörlich vorsagten, er müsse nicht so strenge mit einem Fürsten verfahren, dessen Bündniß, wenn er es durch eine unbeträchtliche Wohlthat erkaufte, ihm tausendmal mehr Vortheil bringen würde, als ein schlechtes

Lehn,

lehn, welches so schwer zu erhalten wäre. Die Wahl, welche man dem Herzog von Savoyen ließ, diente noch zum Vorwand, ihm sechs Monathe zuzugestehen, um sich zu entscheiden. Er verlangte anderthalb Jahr, ich hingegen behauptete, die Sache bedürfte gar keines Aufschubs. Ich theilte dem König diesen Schluß mit, den man wider meinen Willen gefaßt hatte, und zugleich stellte ich ihm vor, wie schädlich es wäre, dem Herzog von Savoyen eine so lange Zeit zu geben, um seine Verständnisse zu erneuern und sich zum Kriege vorzubereiten, da er doch nur einen Augenblick brauchte, um zu wählen, und ohnedem seinen Entschluß schon lange gefaßt hätte. Heinrich aber war durch die Reden der Hofleute für die Nothwendigkeit, dem Herzog einen Aufschub zuzugestehen, einmal eingenommen, er fragte mich daher, wie ich es denn sonst zu machen dächte. „Ich würde,“ antwortete ich, „den Herzog von Sa„voyen mit allen möglichen Ehrenbezeugungen durch „15000 Mann Infanterie, 4000 Reuter und 20 Ka„nonen bis Montmelian oder irgend einen andern Ort, „den er wählen könnte, zurückbegleiten lassen, und als„dann seine Erklärung wegen der Wahl fordern.“ Der König hatte schon sein Wort gegeben, er verwarf daher meinen Rath. Dies that mir sehr leid, und ich bin immer der Meinung gewesen, hätte Heinrich hierinn nicht nachgegeben, so würde er den Krieg vermieden und völlige Genugthuung erhalten haben. Alles, was ich erhalten konnte, war, daß die zugestandnen 6 Monathe auf drey eingeschränkt wurden.

Da der Herzog von Savoyen sah, daß der König, aller seiner Bemühungen überdrüßig, ihm am Ende keine andre Antwort mehr gab, als die wenigen Worte: Ich will mein Marquisat haben; so gieng er kurz darauf nach Chambery zurück, um sich zur Vertheidigung zu rüsten, und den Ablauf des Termins, welcher in den Junius fiel, zu erwarten. Er hätte es nicht nöthig gehabt, wenn die Absicht einer gewissen Nicole Mignon nicht fehlgeschlagen wäre (18). Sie hatte sich vorgenommen, den König zu vergiften, und glaubte, ihr Vorhaben dem Grafen von Soissons mittheilen zu können, weil er bey allen Gelegenheiten sein Mißvergnügen an den Tag legte. Dies Weib aber erregte einen solchen Abscheu bey ihm, daß er sogleich hingieng, sie anzugeben; sie gestand ihr Verbrechen und wurde lebendig verbrannt.

Drey Monate lang fiel nichts merkwürdiges vor, als der Streit zwischen du Plessis und du Perron. Gegen das Ende des vorigen Jahres erschien von dem erstern ein Buch über das Abendmahl, welches die Protestanten für ein Meisterstück hielten, und daß ich sogleich dem Letztern, der damals in seinem Bißthum Evreux war, zuschickte. Der Unterschied der Religion hat nie die Dankbarkeit und Freundschaft dieses Prälaten gegen mich, noch die Achtung, die Zuneigung und die Verehrung, welche ich jederzeit für seine Verdienste, seine Talente, und selbst für seinen Stand, als Bischof des Sprengels unter den ich gehörte, gehabt habe, vernichten können. Unsere gegenseitigen Briefe beweisen dies. In seiner Antwort auf den, worin ich ihm von dem Buche geschrieben hatte, las ich mit großer Verwunderung, daß Irrthümer und falsche Behauptungen darin so häufig wären, daß man es von einem Ende bis ans andre tadeln müßte. „Nicht daß ich den Herrn du Plessis „einer Unredlichkeit beschuldigen wollte," setzte du Perron, „ron, mit eben so viel Mäßigung gegen seinen Gegner als Höflichkeit für mich, hinzu, „aber ich beklage, daß „er das Unglück gehabt hat, den Einfällen der Kompila-

„pilatoren zu trauen, die ihm schlecht gedient haben.“
Der Rest seines Briefes enthielt blos Komplimente
über die Feldzeugmeisterstelle, die ich eben erhalten
hatte, und Versicherungen der Freude, die er darüber
empfinden würde, wenn er sähe, „daß ich so gut den
„Kanones der Kirche gehorchte, als ich über die Kano-
„nen von Frankreich den Befehl führte.“

Ich habe nie ganz die gute Meinung von du Plessis gehabt, die alle meine Mitbrüder von ihm gefaßt
hatten, und ich würde mich sehr bedankt haben, für
die Genauigkeit aller der dicken Bände gut zu sagen,
die er so schnell einen auf den andern folgen ließ; denn
vor dem Werk über das Abendmahl hatte er schon eine
Abhandlung über die Kirche herausgegeben. Um gut
zu schreiben, und hauptsächlich über solche Gegenstände, muß man lange denken. Dies war es auch, was
ich dem Bischof von Evreux antwortete, zugleich aber
sagte ich ihm: ich könnte nicht glauben, daß das ganze Buch, so wie er behauptete, aus Fehlern zusam-
mengesetzt sey. Schon damals sagte ich ihm vorher,
es würde zu einem großen Streit zwischen ihnen Anlaß
geben, denn du Plessis würde weder seine Antwort noch
seine Beschuldigung so hingehen lassen. Dies war aber
auch alles, was mein Brief ernsthaftes enthielt. Der
übrige Raum war mit Komplimenten, mit Lob, und
einer Einladung meine Wohnung zu besuchen, ange-
füllt, welches alles nicht erwähnt zu werden verdient (19).

Was ich vorausgesehen hatte, geschah, ausgenommen, daß ich einen Streit in Schriften, und keinen öffentlichen erwartet hatte. Ich wollte mich des
königlichen Ansehens bedienen, um die beyden Kämpfer abzuhalten, so weit zu gehen. Du Plessis war
der

der hartnäckigste (20) und bestand darauf, sich mit dem
Bischof von Evreux zu messen. Jedermann weiß, wie
die Sache ablief. Du Plessis vertheidigte sich auf eine
erbarmenswürdige Art, und zog sich mit Schimpf heraus. Der König, der diesen Kampf mit seiner Gegenwart hatte beehren wollen, gab dem Verstand und
der Gelehrsamkeit des Herrn du Pernon das größte Lob.
„Was halten Sie von Ihrem Pabst?" fragte er mich
während des Streits; denn du Plessis war unter den
Protestanten was der Pabst unter den Katholiken ist.
„Ich halte, Sire," antwortete ich, „daß er mehr
„Pabst ist, als Sie glauben, denn in diesem Augen
„blick giebt er dem Bischof von Evreux den rothen
„Hut. Wenn unsre Religion keinen bessern Grund
„hätte, als seine gekreutzten Arme und Beine, so wür
„de ich sie den Augenblick verlassen."

Bey dieser Gelegenheit schrieb der König dem Herzog von Epernon, die Diöcese von Evreux hätte die
von Saumur überwunden; dies wäre einer der größten Vortheile, die die Kirche Gottes seit langer Zeit
erhalten hätte; und durch ein solches Verfahren würde man mehr Protestanten zu der Kirche zurückführen,
als in 50 Jahren nicht mit Gewalt geschehen würde.
Dieser Brief, dessen Inhalt eben so sonderbar war, als
Heinrichs Einfall, ihn an den Herzog von Epernon
zu richten, erregte, als er bekannt geworden war, eben
so viel Aufsehen, als der Streit selbst, und bekannt
mußte er werden, da er in solchen Händen sich befand.
Einige sagten, der König habe ihn blos geschrieben,
um den Verdacht zu zerstören, den man ungeachtet
seiner Religionsveränderung noch immer gegen seine
Aufrichtigkeit im katholischen Glauben hegte, und welcher den Jesuiten Gelegenheit gab, in ihren Briefen
nach Rom nachtheilig davon zu sprechen. Andere bil

deten

beten sich ein, es läge in Heinrichs Worten noch ein geheimerer Sinn, als der, welcher beym ersten Anblick sich darzubieten schiene. Sie behaupteten, der König habe dadurch, entweder den Spanischen Hof oder die Calvinisten überreden wollen, daß man sich nur vergebens bemühen würde, das französische Kabinet zu heftigen und blutigen Maasregeln gegen sie zu bewegen.

Der Monat Junius kam heran, ohne daß der Herzog von Savoyen Mine machte, sein Versprechen zu erfüllen, und der König fieng an einzusehen, daß er anders, als mit Gewalt, nichts erlangen würde. Aber auch außer den Ueberredungen der Hofleute, die alle dem Herzog ihre Stimme verkauft zu haben schienen, wurde Heinrich damals noch durch ein weit stärkeres Hinderniß abgehalten; nemlich seine Liebe zu der Fräulein von Entragues, welcher er jetzt den Titel: Marquisin von Verneuil, gegeben hatte. Er konnte nicht mehr daran denken, sie zu verlassen, und ich schäme mich fast, zu sagen, daß, nachdem ich endlich durch wiederholtes Bitten ihn bewogen hatte, nach Lyon zu gehen, er erst überlegte, ob er sie nicht mitnehmen wollte, und dazu beredeten ihn noch die Schmeichler am Hofe (21). Sie war schwanger geworden, und wegen des schriftlichen Versprechens, das sie in Händen hatte, war dieser Umstand für den König doppelt interessant. Der Himmel kam ihm wieder zu Hülfe. Während eines heftigen Gewitters schlug der Blitz in das Zimmer der Marquisin; sie sah ihn unter ihr Bette fahren, und kam vor Schrecken mit einem todten Kinde nieder. Der König war bis Moulins vorgerückt, von wo er traurig seine Blicke nach dem Ort zurück warf, wo er seine Geliebte verlassen hatte; hier erfuhr er diesen Zufall. Er machte einige Betrachtungen,

durch

durch welche er wieder Herr über sich selbst wurde, und setzte seinen Weg nach Lion fort, wo die Truppen zu ihm stoßen sollten.

Ich sollte mich auch dort einfinden, so bald ich die Regierungsgeschäfte völlig in Ordnung gebracht, und die Gelder und übrigen Bedürfnisse des Krieges versichert haben würde. Dazu hatte ich den Augenblick der Ausführung nicht erwartet. Ich hatte schon allen Generaleinnehmern geschrieben, der König verbiete ihnen, auf andere Anweisungen Zahlung zu leisten, als die, welche für die Besatzungen an der Grenze und den Sold der Truppen ausgestellt wären; alle andern sollten unmittelbar aus dem königlichen Schatz bezahlt werden, wohin ich ihnen befahl, unverzüglich ihre Gelder abzuschicken. Denen, welche die Renten auszahlten, verbot ich, bis auf weitern Befehl irgend eine zu bezahlen; und dies aus dem Grunde, damit sie nicht nach ihrer Gewohnheit auch solche fortbezahlten, welche entweder schon getilgt oder ohne baares Geld gemacht waren. Ich ließ Rekruten ausheben, und sie lieber den alten Korps einverleiben, als neue Regimenter daraus machen. Auf die Artillerie wendete ich noch besonders große Sorgfalt. Ich schickte den Befehlshabern derselben in Lionnois und Dauphiné, und den Artilleriecommissarien in Bourgogne, Provence und Languedoc Befehl, ihre besten Stücke zusammen zu bringen, eine verhältnißmäßige Anzahl von Lavetten und Kugeln verfertigen, und das alles nebst dem Pulver und den übrigen Vorräthen nach Lion und Grenoble bringen zu lassen. Ich war sogar selbst nach Lion gegangen, aus Furcht, meine Befehle möchten nicht gehörig befolgt seyn, und kam nach drey Tagen von da zurück.

M 3

Die

Dieselben Befehle gab ich auch in den andern Provinzen. Ich schloß einen Handel mit Fuhrleuten, um eine Last von 33,000 Centnern in vierzehn Tagen nach Lion zu schaffen, ohne mich über die Art der Waare zu erklären, und sie machten sich in Gegenwart eines Notarius dazu anheischig. Aber sie wunderten sich nicht wenig, als man ihnen die Ladung überlieferte, welche in 20 Kanonen, 6,000 Kugeln und einigen andern Artilleriestücken bestand, die eben nicht leicht fortzubringen sind. Sie behaupteten, so schwere Stücke könnte nicht als Fuhrmannswaaren gelten; da ich sie aber bedrohte, ihre Wagen, ihre Pferde und sie selbst in Beschlag zu nehmen, und sie auch die Kosten nicht verlieren wollten, die sie schon im voraus aufgewendet hatten, so entschlossen sie sich, zu thun, was von ihnen verlangt wurde, und ich hatte die Freude, alles in 16 Tagen zu Lion ankommen zu sehen, statt daß nach der gewöhnlichen Art zwey bis drey Monate und ein ungeheurer Aufwand würde erfordert worden seyn, um diese Sachen hinzuschaffen.

Man zweifelte immer noch, daß der König sich im Ernst entschließen würde, den Krieg wieder anzufangen, bis daß man sahe, daß er selbst den Weg nach dem Gebirge nahm. Der Kanzler Bellievre, der aus allen Kräften den Krieg wiederrathen hatte, kam jetzt, da er sah, daß meine Meinung die Oberhand behielt, zu mir, um, wo möglich, zu machen, daß ich seinen Gründen meinen Beyfall gäbe. Ich hielt ihn nicht für einen von denen, mit welchen es unnütz ist, sich in eine Erklärung einzulassen; und seine Aufrichtigkeit zeigte sich noch mehr aus der Art, wie er mit mir redete, und aus den Betrachtungen, von denen sein Geist bewegt zu seyn schien. Der Zustand Frankreichs, für das jeder Krieg, wie er auch seyn mochte,

durch-

durchaus verderblich war; die Ehre des Königs, welcher
daran läge, ein so festes Werk, als den Frieden von
Vervins zu behaupten; der Vorwurf eines Friedens-
bruchs, dem er sich aussetzte; die Furcht, alle Bundsgenossen des Herzogs von Savoyen gegen sich zu bekommen, denen man nichts entgegen zu setzen hätte,
als eine zwar mit Artillerie gut genug versehene Armee, die doch aber nicht stärker wäre, als 6 bis 7000
Mann Infanterie und 12 — 1500 Pferde (denn
so stark glaubte er sie nur) und der es überdem an allen Lebensmitteln und nöthigen Vorräthen fehlte. —
Dies waren die Einwürfe des Kanzlers.

Ich glaube, daß man weder in diesen Memoiren,
noch in dem Betragen, das ich mein ganzes Leben hindurch und hauptsächlich seitdem ich zur Verwaltung der
öffentlichen Angelegenheiten berufen bin, beobachtet habe, etwas finden wird, welches mir es nothwendig
machte, mich wegen eines zu starken Hanges zum
Kriege zu entschuldigen. Wenn es aber scheint, daß
ich bey dieser Gelegenheit gegen meine Grundsätze gehandelt habe, so kommt dieses daher, daß es eigentlich keinen Grundsatz giebt, so allgemein er auch seyn
mag, der auf alle mögliche Fälle paßt; und daß, wenn
man auch, so wie ich thue, voraussetzt, der Krieg
sey stets ein Uebel, er doch auch oft ein nothwendiges
und selbst unumgängliches Uebel wird, wenn man
Rechte, denen man ohne Niederträchtigkeit nicht ent-
sagen darf, nicht anders, als mit dem Schwerdt geltend machen kann. Und eben so ist es auch wahr, daß
Großmuth und Milde, zwey der schönsten Eigenschaften bey einem Souverain, wenn sie gegen die Regeln
der Klugheit angewendet werden, nur als ein feh-
lerhaftes Betragen und wirkliche Schwachheit anzusehen sind.

M 4

Außer

Außer diesen allgemeinen Gründen zeigte ich dem Herrn von Bellievre auch noch die besondern Ursachen, die ich bey diesem Kriege hätte. Zuerst bewies ich ihm, daß er sich vergebliche Sorgen machte. Der König von Spanien war der einzige mächtige Bundsgenoß, von dem zu befürchten war, daß er sich mit dem Herzog vereinigen würde. Aber man bedenke, daß der damalige König von Spanien ein junger Fürst ohne Erfahrung und ohne Talent zum Kriege war, der genug zu thun hatte, seine eignen Unterthanen zum Gehorsam zu bringen, und von einem Minister regiert wurde, welcher sowohl wegen seines Characters, als auch aus Begierde sich alles Geldes, welches der Krieg kosten könnte, zu bemächtigen, eben soweit davon entfernt war; daß endlich Philipp III selbst mit dem Herzog unzufrieden und mit dem ganzen übrigen Europa überzeugt war, daß der König hier sein Eigenthum zurück verlangte. Wenn man dies alles erwegt, so wird man sich diesen Krieg blos als eine Mißhelligkeit zwischen dem König von Frankreich und dem Herzog von Savoyen denken, oder vielmehr als einen hartnäckigen Eigensinn des letztern, welcher auf eine falsche Einbildung von seiner Macht und auf die Ränke, die zu seinem Besten in dem französischen Kabinet geschmiedet wurden, sich gründete. Dies vorausgesetzt, so hieng der Erfolg dieses Krieges von der Schnelligkeit ab, mit welcher man ihn führen würde. Ich behauptete gegen den Kanzler, daß der König in diesem Jahre mit 4000 Mann die Sachen weiter bringen würde, als in dem folgenden mit 30,000. Dabey zeigte ich ihm auch deutlich, daß wir nicht so von allem entblößt wären, als er sich einbildete, und daß es wenigstens der Armee an den zwey Artikeln, womit mir oblag, sie zu versehen, an Geld und an Geschütz nie fehlen sollte. Bellievre ließ sich noch nicht

über-

überzeugen, im Gegentheil schien er mich mit Verdruß zu verlassen. Der Ausgang hat gezeigt, auf welcher Seite die besten Gründe waren.

Der Herzog von Savoyen, der gegen seine Erwartung eine Französische Armee im Begrif sah, ihm über den Hals zu kommen, nahm seine Zuflucht zu seinen gewöhnlichen Kunstgriffen, um wenigstens den Winter heran kommen zu laßen, ehe die Feindseligkeiten angefangen würden. Er schickte Abgeordnete über Abgeordnete an den König nach Lion. Bald schien er aufrichtig Willens zu seyn, den Vertrag zu erfüllen, bald suchte er durch die scheinbarsten Gründe den Bedingungen auszuweichen, und zuweilen setzte er neue Entwürfe an ihre Stelle, die dem König sichtbare Vortheile verschaffen sollten. Dieser ließ sich auch so gut hintergehen, daß er wirklich glaubte, er würde nicht weiter als Lion vorzurücken brauchen, und daher sich viel zu lange in dieser Stadt aufhielt. So lange ich hier bey ihm war, warnte ich ihn vor den Kunstgriffen seines Gegners, aber kaum war ich nach Paris zurückgekehrt, um die Zurüstungen zu beschleunigen, so nahm ihn der Herzog durch seine verstellte Aufrichtigkeit dergestalt ein, daß er mir schrieb, ich sollte meine Arbeit nur aufschieben, denn alles wäre beygelegt.

In der That hatte auch der Herzog von Savoyen alles, was man von ihm verlangte, eingeräumt, aber nur mit dem Munde, um dadurch Zeit zu gewinnen. Er schlug vor, daß man einander Geißeln geben sollte; ein geschickter Vorwand, die Erfüllung eines Versprechens aufzuhalten, weil doch Zeit dazu gehört, sie zu bestimmen und zu schicken. Ich schrieb dem König alles, was ich von diesem vorgeblichen Vergleich dachte, und ließ, ohne Furcht ihm ungehorsam zu

wer-

werden, meine Vorräthe abgehen. (22) Von Montargis schickte ich mein Gepäck auf der Loire weiter, und wollte selbst mit der Post folgen, als ich von dem König einen Brief bekam, welcher nur diese wenigen Worte enthielt: „Sie hatten richtig errathen. Der „Savoyard spottet unserer. Kommen Sie geschwind „und vergessen Sie nichts von dem, was wir brauchen, „ihn für seine Treulosigkeit zu strafen."

Ein andrer Brief, den Villeroy geschrieben hatte, unterrichtete mich genauer von allem, was zuletzt vorgefallen war. Heinrich hatte Roncas kommen lassen, der sich aber bey ihrer gegenseitigen Erklärung schlecht aus dem Handel zog. Der König verlangte, daß er sich auf eine Art verpflichten sollte, die zu keiner Ausflucht mehr Raum ließ, und da verrieth sich endlich der Savoyische Gesandte durch seine Zweydeutigkeiten. Heinrich gerieth darüber in einen solchen Zorn, daß er, ohne ihn weiter hören zu wollen, sogleich den Weg nach Chambery nahm; und von diesem Orte war auch der Brief geschrieben, den ich eben erhalten hatte. Der König glaubte, Chambery würde sich gleich bey seiner Annäherung ergeben, ohne ihm erst die Mühe zu machen, es zu belagern; darin hatte er sich aber geirrt.

Er arbeitete zu gleicher Zeit an seiner Heyrath mit Marien von Medicis, und diese Unterhandlung, die dem Pabst sehr angenehm seyn mußte, brachte dem König den Nutzen, daß sie den heiligen Vater abhielt, sich des Herzogs von Savoyen anzunehmen. D'Alincourt, den Heinrich deswegen nach Rom geschickt hatte, erhielt alles was er forderte. Die Heyrath wurde beschlossen, und es kam nur noch darauf an, Jemanden nach Florenz zu schicken, der im Na-

men

men des Königs mit der Prinzeſſin getrauet würde.
Bellegarde bewarb ſich ſehr um dieſe Ehre, aber er
erhielt weiter nichts, als daß er Ueberbringer des Auftrags an den Herzog von Florenz wurde.

Unterdeſſen, daß dieſe Ceremonie zu Florenz vor
ſich gieng, glaubte Heinrich mit nichts, als Bällen,
Schauſpielen und Feſten beſchäftigt ſcheinen zu müſſen; aber das hinderte ihn nicht, mit größter Sorgfalt den ganzen Plan des Feldzuges zu machen. Er
gab Lesdiguieres den Auftrag, des Schloß Montmelian genau zu rekognosziren; und auf ſeinen Bericht, daß man mit 20 Kanonen, und etwa 20 000
Schüſſen ſich deſſelben bemeiſtern könnte, beſchloß er
es anzugreifen. Vienne und Coſtenet, die ich mitgebracht hatte, mußten Bourg en-Breſſe in Augen-
ſchein nehmen; ſie wären auch der Meynung daß
man es erobern könnte, und es wurde ausgemacht, daß
man verſuchen ſollte, ſich der beyden Städte in Einer
Nacht durch die Petarde zu bemächtigen, bis die be-
queme Zeit zur Belagerung der beyden Citadellen heran
käme. Der Marſchall von Biron bekam den Auftrag
von dem Könige, und er wählte Bourg für ſich und
ließ Montmelian durch Er. qui angreifen.

Ohne es zu wiſſen hatte Heinrich unter allen ſeinen Generalen grade den gewählt, dem dieſe Unternehmung am wenigſten gelingen konnte. Biron hatte ſich um dieſe Zeit ſchon ſehr tief mit dem Herzog
von Savoyen eingelaſſen; man glaubt ſogar, daß ſein
Vertrag mit ihm damals wenigſtens ſchon entworfen
war. Er ließ den Gouverneur von Bourg, Bouvens,
warnen, auf ſeiner Hut zu ſeyn, und beſtimmte ihm
die Nacht, und die Stunde, wo man ihn zu überfallen dächte. Dies alles iſt nachher bewieſen worden,
aber

aber das sonderbarste ist, daß durch diese Verrätherey dennoch die Eroberung von Bourg, und zwar in derselben Nacht, wo man sie beschlossen hatte, nicht verhindert wurde.

Bouvens theilte der Besatzung und den Bürgern die erhaltne Nachricht mit. Er ermahnte sie, sich gut zu wehren, ließ große Feuer anzünden, verstärkte alle Wachen, und gebrauchte in der Nacht des Angrifs jede mögliche Vorsicht, so, daß er selbst auf der Schildwacht stand. Alle Welt erwartete mit großer Ungeduld die Mitternachtsstunde, welche, wie in dem Bilserstand, zu dem Angrif bestimmt war. Biron aber, der seine Truppen selber anführte, nahm — es sey nun, daß er dem Gouverneur noch mehr Zeit lassen, oder dadurch die ganze Unternehmung rückgängig machen wollte, oder auch blos von ungefehr einen so weiten Umweg, daß er, anstatt um Mitternacht anzukommen, erst mit Tages Anbruch vor Bourg erschien. Er wollte daher die Offiziere überreden, man müsse die Sache auf ein andermal verschieben, weil diese Stunde zu solchen Ueberfällen nicht bequem wäre, und viele von den Offizieren waren auch seiner Meynung. Aber Saint-Angel, Chambanet, Lostanges, Vienne, und vorzüglich Castenet, der sich gerühmt hatte, er wolle die Petarde am hellen Tage anschrauben, wenn auch alle Bastione besetzt wären, und auch Bösse, dem der König des Gouvernement von Bourg versprochen hatte, widersetzten sich so nachdrücklich, daß Biron endlich, um nicht furchtsam zu scheinen, einwilligte, da er überdem glaubte, daß die ganze Unternehmung scheitern würde.

Es erfolgte aber das Gegentheil. Die Besatzung und die Bürger hatten bis um 2, um 3, endlich bis

um

um 4 Uhr gewacht; sie glaubten nun, der Anschlag
wäre mißlungen, oder auch die ganze Nachricht falsch
gewesen. Wie sie den Tag anbrechen sahen, giengen
sie zu frühstücken und sich niederzulegen, und überließen
die Wache der Mauer einigen Schildwachten, die voll
Schlafs waren, und ihr Amt sehr schlecht in Acht
nahmen. Castenet und noch drey sichere Leute, die ich
ihm gegeben hatte, giengen, jeder mit einer Petarde
in der Hand, bis an die Contrescarpe vor, und blos
zwölf Mann, von geprüfter Tapferkeit und wolbewaf-
net folgten ihnen. Die Schildwacht ruft: Wer da?
Castenet antwortet, wie ich ihm gesagt hatte, es wären Freunde, welche dem Gouverneur Nachricht bräch-
ten, es hätten sich 2000 Schritte von der Stadt
Soldaten blicken lassen, welche aber wieder zurückgegangen.— Er setzte hinzu, er hätte dem Herrn von
Bouvens verschiednes von dem Herzog von Savoyen
zu sagen, und rief dem Soldaten zu, er möchte ihm
diese Nachricht bringen, damit er das Thor aufma-
chen ließe. Die Schildwacht verläßt ihren Posten,
und geht zum Gouverneur. Castenet verliert keinen
Augenblick, geht bis an das Thor, schraubt seine Petarde an, welche die Zugbrücke wegreißt und eine Bresche macht, durch welche die 12 Mann schnell hinein
dringen; sie setzen mit kurzen Leitern durch den Graben, der nicht tief ist, und das ganze Korps folgt ihnen. Alles dies geschah so plötzlich, daß die Stadt
in einem Moment voll Feinde war, und Bouvens
kaum Zeit hatte sich mit seiner Besatzung in größter
Eil in die Citadelle zu retten.

Auf eben die Art wurde auch die Stadt Mont-
mellan erobert, und der König ließ nun Chambery
einschließen. Die erschrocknen Bürger dachten gar
nicht daran, die Stadt zu vertheidigen, sondern ver-
schanz-

schanzten sich in dem Schlosse, wo sie anfangs guten Widerstand thun zu wollen schienen. Aber gleich den folgenden Tag jagte ihnen eine Batterie von 8 Stücken, deren Wirkung sie nicht abzuwarten wagten, Furcht ein, und sie verlangten zu kapituliren. Der König hatte so gute Anstalten gemacht, daß nicht die geringste Gewaltthätigkeit dabey vorgieng. Die französischen Damen, welche ihren Männern gefolgt waren, ließen sich in Chambery häuslich nieder, und gleich den Tag nach der Uebergabe gab meine Gemahlin bey ihrer Wirthin den vornehmsten Damen der Stadt einen Ball, wobey alles so vergnügt zugieng, als ob Chambery nicht in fremden Händen wäre.

Der König schickte mich darauf nach Lion zurück, um die Unterhaltung und den Transport der Artillerie zu besorgen, und befahl mir zugleich, auf dieser Reise die Citadellen von Sainte-Caterine, Seissel, Pierre-Chatel, Cluse und die andern Plätze in Bresse, vorzüglich aber das Schloß von Bourg anzusehn. Nachher schrieb er mir noch, ich sollte einen Vorrath von Schanzkörben, jeden 3 Fuß hoch und 9 breit, machen lassen, ich antwortete ihm aber, solche Schanzkörbe würden zu nichts gut seyn, als daraus Hürden für Schöpfe, die man in Tarantaise gekauft hätte, zu machen. Heinrich bemächtigte sich unterdessen der Orte Conflans, Miolens, Montiers, Saint-Jacome, Saint-Jeande Maurienne und Saint Michel, keiner von diesen Plätzen hielt sich gegen die Kanonen. Bey der Eroberung von Miolens wurde ein Mensch in Freyheit gesezt, der hier seit 15 Jahren gefangen war. Feugeres brachte ihn zu mir, und sonderbar war es, daß diesem Menschen die Dauer seiner Gefangenschaft, und die Art seiner Befreyung grade so war voraus gesagt worden, als es eintraf.

Um

Um den Auftrag des Königs auszurichten, reisete ich wieder von Lion ab. Ich kam den Mittag nach Villars, und den Abend nach Bourg, wo der Marschall von Biron mich sehr gut aufnahm und bewirtete. Als er erfuhr, daß ich gekommen wäre, die Citadell in Augenschein zu nehmen, so gab er sich die größte Mühe, mich davon zurück zu halten, indem er mir vorstellte, daß ich mich der augenscheinlichsten Gefahr aussetzte. Er hatte Recht; die Unternehmung war sehr gefährlich, aber sie wurde es blos daburch, weil Biron selbst, da er mir meinen Vorsatz nicht ausreden konnte, die Feinde so gut davon unterrichtet hatte, daß ich überall, wo ich mich blicken ließ, eine Batterie gegen mir überstand. (Von dem Gegentheil wenigstens kann ich mich nicht überzeugen.) Ich ließ mich indessen doch nicht abhalten, Tag und Nacht dazu anzuwenden, bis ich alle meine Beobachtungen gemacht hatte.

Biron, der vielleicht erwartete, daß mir meine Neugier theuer zu stehn kommen würde, legte mir andere Schlingen, da er sah, daß mir nichts geschehen war. Den Tag da ich von Bourg abgehen wollte, um nach Lion zurück zu kehren, erhielt ich Nachricht, daß ein feindlicher Haufen von 200 Mann bey einem Schlosse angekommen wäre, das nicht weit von dem Orte lag, wo ich mein erstes Nachtquartier nehmen mußte. Ich sagte es dem Marschall, aber weit entfernt von der freundschaftlichen Furcht, die er mir kurz vorher gezeigt hatte, nannte er die ganze Nachricht lächerlich. Dies vermehrte meinen Verdacht, und ich bat ihm um eine Bedeckung. Er weigerte sich erst, endlich sagte er, er wollte seiner eignen Leibwache diese Sorge auftragen; aber er gab ihnen in geheim Befehl, zurück zu kommen, und mich in Villars zu lassen.

Dies

Dies thaten sie auch, so bald ich abgestiegen und mein Gepäck abgeladen war. Das gezwungne in diesem Verfahren war zu auffallend. Ich ließ meine Maulesel gleich wieder beladen, und hielt erst vier Meilen weiter, zu Ring an, wo ich mich sicher glaubte. Hier wurde der Zweifel, den ich gehabt hatte, daß Biron mich dem Herzog von Savoyen in die Hände liefern wollte, zur Gewißheit. Drey Stunden nachdem ich Villars verlassen hatte, kamen die 200 Mann, griffen das Haus an, wo sie mich glaubten, und schienen sehr verdrießlich, ihren Streich verfehlt zu haben.

Zu Lion erwartete mich schon ein Kurier von dem König, der Geschütz von mir forderte um Conflans zur Uebergabe zu zwingen, welches der einzige von allen diesen kleinen Orten war, der seinem Angrif widerstanden hatte. Er ergab sich aber auch, sobald das Geschütz anrückte. Heinrich sagte mir, da ich nach Saint-Pierre-d'Albigny zu ihm gekommen war, er fürchtete, daß es ihm bey Charbonnienes und dem Schloß zu Montmelian nicht so leicht werden würde, und er schien bey sich anzustehen, ob er auch gegen den Anfang des Winters diese Belagerungen unternehmen wollte. Ich versicherte ihm, daß, statt fünf Monaten, die er zu der Belagerung von Montmelian nöthig hielte, die ganze Sache nicht länger als so viel Wochen dauren sollte, wenn nehmlich diese ganze Zeit über die Arbeiten mit gleichem Nachdruck fortgesetzt würden. Der König glaubte meinen Worten nicht, und nachdem ich hinaus war, sagte er sogar zu meinem Bruder und zu La Varenne: meine Neider zögen Vortheil aus der stolzen Einbildung, die in meinen Reden herrschte. Ich war indessen sicher, nichts ohne Grund versichert zu haben, denn ich hatte mit

äußer-

äußerſter Genauigkeit die ſchwachen Stellen dieſes
Schloſſes beobachtet, die vielleicht andern entgangen
waren.

Der König ließ den folgenden Tag ſeine Armee
unter meinen Befehlen und machte eine Reiſe nach
Grenoble. Dieſe Zeit wendete ich an, nicht mehr
um Montmelian, unter deſſen Kanonen wir ſtanden,
zu beobachten, ſondern um den Plan von der umliegenden Gegend und der Art, wie ich die Batterien zu
der Eroberung des Forts vertheilen wollte, zu machen.
Alsdann gieng ich nach Grenoble, wo der König noch
immer mit ſeinem Staatsrath dieſe Unternehmung
überlegte, nachdem er mir ausdrücklich verboten hatte, ſie in ſeiner Abweſenheit anzufangen. Ich beſtand
von neuem darauf, und fand ſtets dieſelbe Wider-
ſetzung. Ob es aus Feindſchaft gegen mich oder aus
Zuneigung zu dem Herzog von Savoyen geſchah, daß
der Graf von Soiſſons, der Herzog von Epernon,
la Guiche und viele andre ſo gegen alle Vernunft ſtrit-
ten, weiß ich nicht. In dem ganzen Staatsrath war
Niemand als Lesdiguieres und Créqui meiner Meynung. Endlich warf ich den Plan, den ich gemacht
hatte, auf den Tiſch, und gieng hinaus indem ich
ſagte, unterdeſſen das man endlich über Montmelian
einen Entſchluß faſſen würde, wollte ich alles vorbe-
reiten, um es wegzunehmen, und zu gleicher Zeit
inzwiſchen Charbonnieres angreifen.] Das Beyſpiel
dieſes Forts, zu deſſen Eroberung ich nur 8 Tage
verlangte, würde vielleicht zeigen, was man mit Montmelian machen könnte. In der That fieng ich ſogleich
die Belagerung von Charbonnieres an, wo ich unerhörte Beſchwerden ausſtand. Die erſte Schwierigkeit war, das Geſchütz bis auf die Schußweite heran
zu bringen. Der einzige Weg, der zu der Stadt

führt, ist ausserordentlich enge, und auf der einen Seite durch das senkrechte Ufer des Flusses Are, auf der andern durch unzugängliche Felsen eingeschlossen. Man konnte kaum des Tags eine Meile machen, denn alle Augenblick mußten die Stückpferde ausgespannt werden, weil fast immer eins von den Rädern der Kanonen halb in der Luft über dem Abgrund schwebte. Man hatte mir wenigstens versichert, daß ich gutes Wetter haben würde, denn in diesem Klima ist der Herbst beynahe immer schön; aber es fielen so heftige Regen ein, und die Wasser traten dergestalt aus, daß die 8 Tage, in denen ich den Ort zu erobern versprochen hatte, beynahe blos mit dem Fuhrwerk hingiengen. Dies war auch meine Entschuldigung im Staatsrath gegen die boshafte Anmerkung, die der Graf von Soissons und die andern über meine Versicherung machten. Der König, der mich in diesem Augenblick ansah, bemerkte, daß ich im ganzen Gesicht ausgeschlagen und voll rother Flecken war. Er lief auf mich zu, riß mein Kleid auf, und schrie, indem er meinen Hals und meine Brust erblickte: „Ach Freund! Sie sind verloh„ren." Zu gleicher Zeit ließ er seinen Arzt Laurens rufen, welcher aber, nachdem er den Ausschlag untersucht hatte, mir versicherte, ein Aderlaß und Schonung würde das Uebel heben. In der That war es auch blos eine Erhitzung des Bluts, weil ich stark gearbeitet und, wenn ich im Schweis oder vom Regen durchnäßt war, mich erkältet hatte, und ich hatte es nicht einmal bemerkt. Ich ließ zur Ader, so bald ich in mein Quatier nach Semoy gekommen war; der König nahm das seinige zu la Rochette und schickte den folgenden Tag Thermes zu mir, um sich nach meinem Befinden zu erkundigen. Er war nicht wenig verwundert als Thermes ihm sagte, er habe mich zu

Pferde

Pferde und mit der Untersuchung meiner Batterien beschäftigt gefunden.

Ehe ich diese richtete, wollte ich den Ort noch genauer rekognosciren. Ich machte den Anfang mit der kleinen Stadt, die am Fuß des Forts liegt und Aiguebelle heißt. Es war als ob man mich überall kennte, und alles sich gegen mich verschworen hätte; so wie ichs nur wagte mich blicken zu lassen, wurde auf mich gefeuert. Der Felsen, auf dem Charbonnieres liegt, schien mir von allen Seiten unzugänglich, und auch von dem Geschütz nicht zu beschädigen. Dies machte mich sehr betrübt, endlich aber nach langem Untersuchen glaubte ich einen Ort zu bemerken, der zwar von außen natürlicher Fels zu seyn schien, im Grunde doch aber wohl nur mit Erde ausgefüllt seyn konnte, die man wieder mit Rasen bedeckt hatte. Ich mäßigte indessen noch meine Freude über diese Entdeckung, bis daß ich in der Nacht würde Mittel gefunden haben, mich völlig davon zu überzeugen. In der Finsterniß schlich ich mich nachher bis dicht an die Mauer, und ich war außer mir vor Freuden, als ich den Boden mit meiner Pike untersuchte, und fand, daß ich überall so tief ich wollte hinein stoßen konnte, und also das Bastion so war, wie ich mir vorgestellt hatte. Nun war ich nicht mehr zweifelhaft, von welcher Seite ich das Fort angreifen wollte; es kam nur nach darauf an, im Felde einen Ort zu finden, wo man die Batterien errichten konnte. Zwar ist Charbonnieres rings umher mit Bergen umgeben, die die Vestung kommandiren, aber sie sind so steil, daß kaum ein Mensch zu Fuß hinauf steigen kann. Ich fieng nun an, an allen diesen Bergen herum zu klettern, aber sie schienen mir in der That fürchterlich, und für das Geschütz ganz unzugänglich, einen einzi-

gen

gen ausgenommen, an deſſen Abhang ich einen Weg entdeckte, wo es allenfalls möglich zu machen war, durch Menſchen einige Stücken hinauf zu ſchleppen. Aber zum Unglück konnte man nicht anders in dieſen Weg kommen, als durch einen andern, der ſo nahe unter dem Fort weg gieng, daß man mit Steinen hinein werfen konnte.

Dies war ein Hinderniß mehr, aber ich ließ mich nicht abſchrecken. Ich ſuchte 100 Franzoſen und 100 Schweitzer aus, und verſprach jedem Mann einen Thaler, wenn ſie es möglich machten durch dieſen Weg ſechs Kanonen auf die Anhöhe zu bringen. Um dieſen Plan auszuführen hatte ich eine ſehr dunkle Nacht gewählt. Ich befahl meinen Leuten hauptſächlich, ſo wenig Lermen zu machen, als möglich; und um die Aufmerkſamkeit der Belagerten von ihnen abzuleiten, ließ ich auf der entgegengeſetzten Seite Pferde und Kärrner heran führen; ihr Rufen und das Knallen der Peitſchen zog das ganze Feuer der Feinde dorthin, aber ohne alle Wirkung, weil meine Kärrner durch Wagen, Schanzkörbe und ſelbſt durch Mauern ſehr gut bedeckt waren. Unterdeſſen entgiengen meine Arbeiter den Belagerten, die durch den Lerm ihres eignen Geſchützes betäubt waren. Ich hatte den Befehlshaber der Artillerie in Bretagne la Valle, und noch einige Offiziere ernannt, um über dies ſonderbare Fuhrwerk die Aufſicht zu haben, und meine Leute aufzumuntern. Es fiel aber ein ſtarker Regen ein, la Valle und die Offiziere verließen ihren Poſten und giengen zum Abendeſſen, und die Soldaten ließen ihre Kanonen auf halbem Wege im Stiche. Ich argwöhnte, was vorfallen könnte, und gieng nach dem Orte zu; da begegnete ich ihnen, wie ſie zurückkamen. Sie kriegten einen derben Verweis, ich drohte ihnen, daß ſie

in

in drey Monaten kein Geld bekommen sollten, und
führte sie auf der Stelle an ihre Kanonen zurück.
Sie spannten sich vor, und brachten die Stücke wieder in Bewegung. Ich verließ sie nicht eher, als bis
ich sie ausser Gefahr sah, welches doch nicht ohne einigen Verlust abgieng. Ihre Versäumniß machte, daß
man sie am Ende entdeckte, Sechse wurden getödtet
und Achte verwundet.

Ich kehrte noch im Dunkeln in mein Quartier zurück, so naß vom Regen und so voll Koth, daß ich
nicht zu kennen war, übrigens aber sehr zufrieden,
meine 6 Kanonen über den gefährlichen Fleck hinaus-
gebracht zu haben, wenn sie gleich noch nicht oben auf
dem Felsen waren. Nachdem ich eine Stunde geschla-
fen hatte, frühstückte ich und kehrte zurück, um die
Arbeit vollends zu Stande zu bringen. La Vallée
begegnete mir, und da er nicht wußte was ich gethan
hatte, so brüstete er sich mit ihrer Arbeit in der Nacht.
Die Entdeckung seiner Lüge und meine Vorwürfe hätten ihn mit Scham überhäufen sollen, aber er war der
unerschrockenste Lügner den ich je gesehn habe. „Was,‟
rief er ohne aus der Fassung zu kommen, „Sie wa-
„ren dabey? Warhaftig, ich bin ein Esel.‟ „Ja
„das sind Sie‟ antwortete ich, „und noch mehr;
„aber daß es das letzte Mal sey! Und machen Sie
„Ihren Fehler wieder gut.‟ Es war kein Zweifel,
daß die Belagerten suchen würden wieder zu gewinnen,
was sie durch unsre List verlohren hatten; aber dem
ungeachtet kamen früh um 9 Uhr, ohne Pferde zu
gebrauchen blos durch die Kräfte meiner Arbeiter, die
Kanonen glücklich auf die Höhe des Felsens, wo ich
unterdessen einen Vorrath von Schanzkörben, von
Bohlen um die Kanonen darauf zu stellen, und von

 allen

allen was man nöthig hat um eine Plateforme zu machen, angeschafft hatte.

Die letzte Unbequemlichkeit entstand noch, als man die Schanzkörbe füllen wollte. Es war auf eine Viertelmeile im Umfang keine Erde dazu da. Alles was der undankbare Boden darbot, war kleines Gestein, welches man nicht einmal bey den Oefnungen und zu dem Boden brauchen konnte, wenn man nicht Gefahr laufen wollte, seine Leute zu Krippeln zu machen. Die Offiziere, die, aus Mangel eines so gewöhnlichen Hülfs mittels, sich dem ganzen Feuer der Vestung ausgesetzt sahen, benachrichtigten mich mit großen Schrecken von ihrer Lage. Ohne dadurch bewegt zu scheinen, sagte ich ihnen, sie sollten immer, so wie ich es befohlen hätte, anfangen die Palisaden rings um den Rand des Felsens machen zu lassen, um wenig stens den Feinden den Anblick der Kanonen zu entziehen, die sie sonst hätten demontiren können. Mein Befehl wurde sehr schnell ausgeführt, weil diese Berge beynahe ganz mit Holz bedeckt waren. Um den Mangel der Erde zu ersetzen, ließ ich durch die Zimmerleute und Pionniere der Armee 200 starke Buchen fällen und in Klötze hauen, die zum Theil rund waren, um die Schanzkörbe auszufüllen, zum Theil viereckt, um meine 6 Kanonen darauf feststellen zu können. Um die letzte Richtung des Geschützes, das schon durch die Pallisaden, an denen alle Zweige geblieben waren, sehr versteckt wurde, den Feinden noch besser zu verbergen, hatte ich an beyden Seiten eine Menge mit Schanzkörben besetzter Oefnungen machen lassen, auf welche auch unaufhörlich aus dem Fort gefeuert wurde. Den Ort aber, wo die Artillerie wirklich stand, konnten die Feinde nicht eher entdecken, als bis bey uns alles, um ihre Kanonen zum schweigen zu

bringen,

bringen, fertig seyn, und die Palisaden, die unsere Batterie verstecken, niedergeworfen werden würden.

Um 2 Uhr Nachmittags war diese ganze Arbeit vollbracht, und der König kam selbst eine Stunde nachher, sie in Augenschein zu nehmen. Er umarmte mich, bezeigte mir seine Zufriedenheit darüber, und hatte Lust, das Feuer den Augenblick anfangen zu lassen; ich stellte ihm aber vor, es sey nöthig die Belagerten zu täuschen, bis die Nacht angegangen seyn würde. Er ließ es sich auch gefallen, bis der Graf von Soissons, d'Epernon, la Guiche und Villeroi, die ihn begleiteten, ihm zeigten, seine Batterie hätte nichts gegen sich über, als einen Felsen, an dem man vergebens die Zeit verschwenden würde. Nun kam er zurück und verlangte, man sollte einige Schüsse auf das entgegengesetzte Ravelin thun. Ich machte wieder Vorstellungen, und vielleicht mit ein wenig zu viel Hitze. Es war mir äußerst kränkend, eine Arbeit, die mir so viel gekostet hatte, der Gefahr ausgesetzt zu sehn, durch zu große Uebereilung vernichtet zu werden. Heinrich erzürnte sich über meinen Widerstand, er befahl mir noch einmal und sehr nachdrücklich, zu thun was er forderte, indem er selbst hinzusetzte, ich vergäße, daß er Herr wäre. Ich antwortete gleich, „ja Sire, „Sie sind Herr, und Ihr Wille soll geschehen, wenn „ich auch alles darüber verderben müßte.“ Zugleich ließ ich die Pallisaden niederreißen und befahl zu feuern, aber ich mochte nicht Zeuge davon seyn, und gieng voll Verdruß zurück.

Da die Kanonen noch nicht das Ziel genommen hatten, so gab sich alle Welt damit ab und richteten sie nach Gutdünken; keiner aber traf den rechten Fleck. Nachdem man etwa 100 Schüsse verlohren hatte, schick-

te der König la Guesle um mich zu suchen und sich
gegen mich über die schlechte Wirkung meiner Batterie
zu beschweren. Ich gab la Guesle zur Antwort, ich
bäte Se. Majestät mich zu entschuldigen, aber da die
Sonne gleich untergehen würde, so sey es zu spät noch
etwas anzufangen. Der König ließ aufhören zu feuern,
und nachdem alle Welt weggegangen war, nahm ich
mein Nachtlager mitten zwischen den Kanonen, und
brachte die ganze Nacht zu, meine Batterie vollends
in Stand zu setzen, ob es gleich unaufhörlich regnete.
Die Belagerten arbeiteten auch fleißig und waren nicht
ohne Besorgniß, man möchte endlich die schwache Stelle finden, auf die sie alle ihre Aufmerksamkeit richteten. Ich schloß dieses aus den Feuern und Lichtern,
die ich im Fort angezündet sah, und begnügte mich,
durch einige Schüsse, die ich von Zeit zu Zeit auf sie
that, ihre Sicherheit zu stöhren.

Mit Tages Anbruch fiel ein so gewaltiger Nebel,
daß man um 6 Uhr das Fort nicht sehen konnte.
Dieser Umstand war mir verdrießlich, weil alle meine Batterien fertig waren, und ich mich den Abend
vorher gerühmt hatte, ich würde Charbonnieres diesen Tag einnehmen. Es fiel mir ein, ob die durch
das Feuern erregte Bewegung der Luft nicht vielleicht
den Nebel zertheilen könnte, und ich ließ einige Schüsse auf gerathewohl thun. War es Zufall oder natürliche Wirkung; genug, was ich im Scherz vorgeschlagen hatte, gelang über alle Erwartung. Kaum hatte
meine übrige Artillerie den Kanonen auf dem Berge
geantwortet, so verschwand der Nebel. Die Belagerten hatten sich die ganze Nacht durch mit Errich-
tung einer Batterie von vier Stücken, meinen sechsen,
die die Unbesonnenheit des vorigen Abends ihnen entdeckt hatte, gegen über, beschäftigt. Sie suchten sogleich

gleich die Meinigen zu demontiren, und ich sah, daß
man ihnen dazu nicht Zeit lassen dürfte. Ich ließ
schnell eine Kanone dahin richten, welche gerade in
eine Oefnung traf, zwey von ihren Stücken unbrauch-
bar machte, einen Kanonier tödtete und zwey andere
verwundete. Aber dies geschah doch nicht eher, als bis
ihr erstes Feuer uns 6 Kanoniere und 2 Pionniere getödtet, 2 Artilleriecommissarien und noch 12 Menschen
verwundet und zwey von unsern Stücken so lange un-
brauchbar gemacht hatte, bis man sie auf eine andere
Stelle bringen konnte.

Der König, der den Lerm hörte, kam um 9 Uhr
selbst und ließ sich seine Mittagsmahlzeit an einen Ort
bringen, den ich für ihn so eingerichtet hatte, daß er
ohne Gefahr alles sehen konnte. Es war ein geräu-
miger Platz, mit großen Bäumen umzäunt, die ich
völlig ganz aufeinander hatte legen lassen, so daß sie
einen Wall machten. Indem ich dem König die Lei-
chen derer, die so eben getödtet waren, zeigte, ließ ich
ihn merken, daß dies die Folge der üblen Rathschläge
von gestern Abend wären. Dies sagte ich nicht ohne
Absicht, denn ich sah, daß dieselben Personen noch immer meine Arbeit tadelten und den König gegen mich
einzunehmen suchten. Ich achtete wenig auf alle ihre
Reden, und sagte ganz laut, da ich noch nüchtern
wäre, ungeachtet ich die ganze Nacht gearbeitet hätte,
so wollte ich jetzt allen denen, die den Feldzeugmeister
zu machen Lust hätten, freyes Feld lassen, aber wenn
ich zurück käme, und man mich nicht nach Gefallen
über die Batterien schalten ließe, so würde ich die ganze Sache aufgeben. Mein Tisch als Feldzeugmeister
war von 4 Couverts in einer Art von halben Gewöl-
be, daß die Natur in dem Felsen gebildet und mit
Epheu tapeziert hatte. Der König schickte mir eine

N 5

große

große Forellenpastete, die er von Genf erhalten hatte. Meine Mahlzeit dauerte nicht lange. Ich gieng nun wieder zu dem König und wiederholte meine Bitte, er möchte erlauben, daß ich allein mein Amt verwaltete; zugleich erneuerte ich mein Versprechen, daß der Tag nicht vorübergehen sollte, ohne daß Er Herr von Charbonnieres wäre. Er antwortete, er wollte zufrieden seyn, wenn er es in drey Tagen würde. La Guesle nahm das Wort, und sagte, wenn er in der Vestung wäre, so wollte er wohl hindern, daß sie in einem Monat noch nicht eingenommen würde. „Nun," rief ich endlich, der vielen Reden überdrüßig, „so geht „doch alle hinein, und wenn ich Euch nicht noch die„sen Abend hängen lasse, so will ich ein Zeck heißen."

Der König gieng in seinen umzäunten Platz zurück, und ich wurde von der beschwerlichen Gegenwart der Höflinge befreyet, weil er drey Stunden zubrachte, seine Mahlzeit zu erwarten, zu speisen, und den ganzen Artillerie Park anzusehen. Nachher kam er mit dem Grafen von Soissons zurück, zu dem er, laut genug, daß ich es hören konnte, sagte: Der Ort wird heute nicht eingenommen werden. Der Graf antwortete mit dem Ton eines gefälligen Hofmannes, da Se. Majestät mehr Kenntniß vom Kriege hätte als irgend Jemand, so sollte er doch sein Ansehn gebrauchen, um mich zum Gehorsam zu zwingen, statt daß er seine Kräfte verschwendete einen Felsen zu beschießen, dem das Geschütz nichts anhaben könnte. Ich erhielt meine Genugthuung noch in demselben Augenblick. Gerade wie der König heran kam, schlugen die Feinde Chamade, und der Unterbefehlshaber der Vestung kam heraus um mit mir zu kapituliren. Ich bat Seine Majestät, sich nicht darauf einzulassen, und sagte dem Befehlshaber, er möchte nur wieder zurückgehen, denn

der Ort müßte sich auf Discretion ergeben. Er kehrte mit angenommer Dreistigkeit zurück, und sagte, es
wären ihrer noch 200 in dem Fort, die wohl noch 8
Tage sich würden zu vertheidigen wissen. Heinrich
gieng nun fort und ließ Villeroi und Lesdiguieres bey
mir, welche der Meynung war, man sollte die von
den Belagerten vorgeschlagenen Bedingungen annehmen. Der letzte führte mich sogar gegen das Fort hin,
indem der Abgeschickte hineingieng, um mir zu zeigen,
daß die Feinde aufs äußerste gebracht wären. Ich
hielt ihn auf, da wir nur noch etwa 300 Schritt von
der Kurtine entfernt waren, indem ich sagte, es wäre Verwegenheit, sich im Angesicht der Kanonen so
auszusetzen und nahm meinen Weg etwa hundert Schritte seitwärts hinter einen Felsen, der mich bedeckte, indessen die Herren ziemlich zur Unzeit meiner Vorsicht
spotteten. Sie wurden aber bald anderes Sinnes;
eine fürchterliche Salve zwang sie mir zu folgen.

Der Unterbefehlshaber kam zum andernmal, er
änderte aber beynahe gar nichts in seinen Vorschlägen.
Ich schickte ihn zurück ohne ihn hören zu wollen; da
Villeroi dies sah, sagte er mir, wenn die Stadt heute nicht eingenommen würde, so könnte er sich
nicht entbrechen, dem König zu hinterbringen, daß dieser Streich durch meine Schuld mißlungen wäre. Ich
that, als ob ich ihn nicht hörte, gab den Belagerten
meinen letzten Entschluß schriftlich, und ließ das Feuer
der Batterien wieder anfangen. Die zweyte Lage zün-
dete das Pulver der Belagerten an, tödtete etwa 25
Männer und 6 oder 7 Weiber; bey der dritten stürzte
das ganze kleine Ravelin ein; und sie konnten nun die
Bresche nicht mehr schützen, weil die Kanonen einen
tiefen Weg, der dahin führte, bestrichen, und ihnen
mit jedem Schuß ihre besten Leute tödteten. Dies
zwang

zwang sie, zum andernmal Chamade zu schlagen; ich
stellte mich aber als ob ich es nicht merkte, ob ich gleich
sah, daß ihr Trommelschläger durch eine Kugel, der
gerade unter seinen Füßen in die Erde schlug, wenigstens zwey Klaftern hoch in die Luft geworfen wurde,
doch ohne den geringsten Schaden zu nehmen. Die
Belagerten steckten nun ein Tuch auf eine Pike und
schrien, sie ergäben sich, man möchte aufhören zu schießen. Ich hielt aber doch nicht eher ein, als bis die
Feinde von der Bresche herab unsern Soldaten die
Hand reichten, und ich fürchten mußte, einige Franzosen mit ihnen zu tödten. Nun setzte ich mich zu
Pferde und sprengte im Galop in Charbonnieres hinein. Man hätte den Ort wie eine im Sturm eroberte
Stadt behandeln können, aber es hätte ein hartes
Herz dazu gehört, um nicht durch einen so mitleidens-
werthen Anblick, als den, welcher sich mir darbot, be-
sänftigt zu werden. Es waren alle Weiber, die Verwundeten und die vom Feuer beschädigten, die sich
mir zu Füßen warfen. Nie habe ich irgendwo die
Frauenzimmer so schön gesehn, als in dieser Stadt;
noch auch ein so vollkommen schönes Weib, als eine
von denen, die mich um Gnade zu bitten kamen.
Statt meine Drohung, daß ich sie alle wollte hängen
lassen, auszuführen, ließ ich es bey den Bedingungen, die ich ihnen zuerst vorgeschrieben hatte, und befahl die Besatzung an einen Ort, den ich bestimmte,
in Sicherheit zu bringen.

Ungeachtet des Erfolgs vor Charbonnieres fand
ich doch noch große Schwierigkeiten, um den Kriegsrath dahin zu bringen, daß er sich zum Angrif des
Schlosses Montmelian entschloß. Der Streit wurde
außerordentlich lebhaft. Der König ließ sich durch die
Menge hinreißen; „Sehen Sie wohl zu, was Sie
„thun,"

„thun,“ sagte er zu mir, „denn wenn wir gezwun-
„gen werden, die Belagerung aufzuheben, so wird
„alle Welt über Sie schreien, und ich vielleicht am
„ersten.“ Man wußte damals noch nicht, was eine
starke und gut bediente Artillerie bey einer Belagerung
vermag. Das, was bey Charbonnieres vorgegangen
war, hatte meine Ideen über diesen Punkt so sehr
bestärkt, daß ich mich nicht scheuete, mich öffentlich zu
verpflichten Montmelian in fünf Wochen zu erobern,
so wie ich es schon im ersten Kriegsrath behauptet hatte. Ich machte nur eine Bedingung dabey, welche
der König mir nicht abschlagen konnte, weil er sie mir
schon im voraus zugestanden hatte; die nemlich, daß
Er nicht bey der Belagerung seyn sollte, denn ich sah
voraus, daß sie sehr mörderisch seyn würde. Ich zeigte die Plane der Stadt und des Angrifs, den ich entworfen hatte; und da alle Welt übereinkam mir meinen Willen zu lassen, so fieng ich die Belagerung an.

Dies Schloß liegt auf einem fast eben so harten
Felsen, als der von Charbonnieres; er ist so hoch, daß
er die ganze Gegend kommandirt, jäh wie ein Absturz
und von allen Seiten unzugänglich, ausgenommen nach
der Stadt zu. Hier ist der Abhang weniger steil, aber
dagegen hat er einen breiten und tiefen Graben, der
in den Felsen selbst mit solcher Mühe gehauen ist, daß
man nicht anders als mit einem scharfen Meißel hat
arbeiten können, und drey Bastione, die man weder
zu sappiren noch zu miniren vermag, weil ihr Grund
von lebendigem, fast undurchdringlichem Felsen und über
anderthalb Toisen tief ist. In dem Felde giebt es
verschiedene Berge; aber einige sind so entfernt, daß
sie völlig außer der Schußweite liegen, und die nächsten haben einen so steilen und spitzen Gipfel, von so
hartem und nacktem Stein, daß, weit entfernt Kanonen.

nen hinaufzubringen und gebrauchen zu können, es
vielmehr fast unglaublich scheint, daß ein Mensch hinauf klimmen könne. Der Platz selbst war damals
mit 30 Kanonen, mit Pulver wenigstens zu 8000
Schüssen, mit einer verhältnißmäßigen Besatzung und
mit Munition im Ueberfluß versehen.

Die erste Betrachtung, welche mich gegen diese
dem Anschein nach unüberwindlichen Schwierigkeiten
unterstützte, war, daß, so fest und zusammenhängend
auch der Felsen schien, auf dem, oder vielmehr in welchem die Basteien gearbeitet waren, er doch unmöglich
überall von gleicher Dichtigkeit seyn könnte; hatte er
aber nur eine einzige schwache Stelle, so war ich versichert, mit dem Geschütz, das ich hatte, einzubrin-
gen. Um dessen gewiß zu werden, ließ ich die Laufgräben dem Bastion Mauvoisin gegen über eröfnen,
denn ohne Laufgräben war es unmöglich nahe genug zu
kommen, um unterscheiden zu können, ob diese ganze
Masse nur aus einer einzigen Klippe bestände, die
mit dem Meisel bearbeitet war. Aber ein Felsen, der
in der Erde steckte, erlaubte nicht, daß man die Laufgräben weiter vorwärts bringen konnte.

Ich nahm meine Zuflucht zur List. In einer sehr
dunkeln Nacht ließ ich ganz nahe an diesem Bastion
eine Hütte von Hürden und Moos machen, welche
tief genug war, daß die Kanonen sie nicht von oben
treffen konnten. So wie der Tag sie den Belagerten
entdeckte, durchlöcherten sie sie mit Flintenschüssen, aber
sie stürzte nicht um, und es war keiner von den Unsri-
gen darinn. Ich erlaubte den Feinden einige Tage ihren Zorn an dieser Hütte auszulassen, bis sie endlich
von selbst aufhörten darauf zu feuern, weil sie glaubten, man habe sie nur dahin gebauet, damit sie ihr

Pul-

Pulver daran verschwenden sollten. Sobald ich merkte, daß die Belagerten sie vernachläßigten, begab ich
mich selbst die Nacht dahin, ohne andre Schutzwaffen
mit zunehmen, als ein großes rundes Schild, das
im Nothfall mich ganz und gar gegen die Schüsse
bedecken konnte. Von hier aus betrachtete ich das
Bastion mit äusserster Aufmerksamkeit. Ich entdeckte
unterwärts Licht darin, woraus ich schloß, daß es
hohl seyn müßte und folglich nicht aus dem ganzen in
den Felsen gehauen, weil man diesen von inwendig
nicht so tief hätte durchbohren können. Die Belagerten besserten wahrscheinlich grade etwas darin aus.
Da der Tag anbrach, bemerkte ich auch noch, daß die
Flanke keine Schulterwehr hatte; ein neues Wahrzei-
chen, daß nicht beydes von rohem Felsen war, daß
diese Flanke sich beynahe ganz unbedeckt darstellte, und
leicht von den Kanonen könne beschädigt werden. Dies
war mir genug, und ich hatte nun weiter keine Sorge, als unbeschädigt wieder aus der Hütte zu kommen. Dies hatte große Schwierigkeiten, da ich am
hellen Tage, nicht über 100 Schritt von der Brust-
wehr, die mit Soldaten besetzt war, einen Raum von
200 Schritten passiren mußte, ehe ich in Sicherheit
kommen konnte. Ich wählte den Augenblick, wo die
Wachen sich ablösen, und der Soldat nachläßiger
wird, ließ meinen Schild im Stiche und fieng an aus
allen Kräften zu rennen. Vier Schildwachten er-
blickten mich, schrieen und gaben zu gleicher Zeit
Feuer, die Kugeln flogen mir um die Ohren und bedeckten mich mit Staub und Kieseln, aber ohne mich
zu verwunden; ehe die andern Soldaten sich fertig gemacht hatten, war ich schon bey unserm ersten Posten.

Ich hatte anfangs eine Anhöhe auf der Seite
der Isere erwählt um eine Batterie darauf zu errichten,
weil

weil man Stufen hineinhauen und dadurch das Auf-
steigen erleichtern könnte. Nachher aber rekogniscirte
ich an den entgegengesetzten Ufer des Strohms einen
Berg, der nach der Citadelle zu lag, und der noch den
Vortheil hatte, daß man den Weg zu den Brunnen
des Schlosses, den zu dem Magazin, den Eingang
des Kommandantenhauses und die Hauptwacht sehen
konnte. Dieser war mir noch lieber, ich sorgte also
nur, wie ich 6 Kanonen hinaufbringen wollte. Auf
allen Seiten war dieser Hügel steil wie eine Mauer,
außer an der einen, wo auch der Weg hinaufgieng,
der mit seinen Umschweifen eine Meile lang war. Aber
dies war noch nicht die größte Unbequemlichkeit. Nachdem man die Stücke hinaufgebracht hatte, fand man
oben nicht so viel Raum, um sie aufpflanzen zu können, und es mußten zu dem Ende so harte Felsen weg-
gebrochen werden, daß die meisten Offiziere meine Arbeit lächerlich nannten.

Die Feinde dachten ganz anders darüber. Von
dem Augenblick an, wo sie sahen, daß wir versuchten,
uns auf dieser Spitze festzusetzen, richteten sie auch 6
Kanonen dahin und machten ein unaufhörliches Feuer.
Sie fiengen gerade damit an, als ich oben war und
arbeiten ließ. Ich hatte meinen Kommandöstab in
der Hand und trug eine grüne Uniform mit goldnen
Borten und auf dem Kopf einen grün und weißen Fe-
derbusch. Die erste Lage gieng hoch über meinen Kopfe weg, die folgende hingegen kam viel zu tief. Da
ich sah, daß man zum drittenmal losbrennen wollte,
sagte ich zu Lesine, Malgnan und Feugeres, die dritte
Lage könnte doch wohl in die Mitte treffen, wahrscheinlich haben mich die Belagerten gesehen und zielen nach
mir. Zu gleicher Zeit gieng ich einige Schritte zurück
hinter eine Felsenbank, indem ich mit der Hand meine

Pike

Pike an dem Ort, wo ich erst gestanden hatte, fest
hielt. Die eine Kugel streifte an meiner Pike hin, die
andern tödteten drey Pionniere und zwey Kanoniere
und zerschmißen die Gläser und Flaschen, die man zum
Frühstück gebracht und in ein Loch im Felsen gestellt
hatte. Dieser Zufall wurde dem König als eine Verwegenheit von meiner Seite vorgestellt, und er schrieb
mir sogleich, meine Person wäre ihm noch nöthiger zu
Geschäften als zum Kriege. Er verlangte, daß ich
mich mehr in Acht nehmen sollte, als ein gemeiner
Soldat, der noch erst sich Glück und einen Namen
erwerben muß; wenn ich ihm nicht hierin gehorchte,
so würde er mich zurück rufen.

Heinrich könnte der Begierde, die Anordnung
dieser Belagerung zu sehen, nicht widerstehen. Er
schrieb mir zum zweytenmal um mich zu bewegen, ihm
sein Wort zurück zu geben, und versprach zugleich,
nur an die Orte zu gehen, die ich ihm bezeichnen und
blos mit dem Grafen von Soissons, mit d'Epernon,
Bellegarde und mir. Ich bat ihn, wenigstens die
Stickerey seines Kleides unter einem schlechten Man-
tel zu verbergen und vorzüglich einen kleinen Umweg
von einer halben Stunde zu machen, um ein gewisses
mit Kieseln bedecktes Feld zu vermeiden, weil die
Feinde diesem gegenüber immer 30 bis 40 Soldaten
mit Musketen Wache halten ließen und 10 bis 12 Kanonen dahin gerichtet hatten, denn sie wußten, daß
man alle Augenblicke dies Feld durchstrich, um zu der
neu errichteten Batterie auf dem Felsen zu kommen.
Ich hoffte, Heinrich würde diese Gefälligkeit für mich
haben, aber so bald er zur Stelle kam, konnte er sich
nicht überwinden, eine Vorsicht zu gebrauchen. Alle
meine Bitten waren vergebens, und wir ritten alle
Fünfe hinter einander. Einige Salven aus dem klei-

nen Gewehr, die wir gleich anfangs bekamen, machten, daß einige von uns erblaßten. Aber es war ganz
anders, wie wir auf das Feld kamen. Die Feinde
machten auf Einmal ein so fürchterliches Feuer aus ihrem groben Geschütz und den Musketen, daß wir in
einem Augenblick ganz mit Erde bedeckt und unsere
Haut überall von einem Hagel kleiner Kiesel geschun-
den war. Heinrich machte das Zeichen des Kreutzes;
dies bewog mich zu sagen: „Nun sehe ich, daß Sie
ein guter Katholik sind." Er antwortete: „Vorwärts,
es ist nicht gut hier." Wir verdoppelten unsere Schritte und sahen es als ein sonderbares Glück an, daß keiner von uns getödtet oder auch nur schwer verwundet
war. Bey der Rückreise war von demselben Wege
nicht mehr die Rede; man gieng über die Berge, wohin ich Pferde für die Gesellschaft schickte.

Der König schämte sich, so den Abentheurer gemacht zu haben. Als ich ihm einige Tage nachher
schrieb, alle meine Batterien wären fertig, und er, da
er von Tarantaise zurück kam abermals Lust hatte, sie
zu sehen, war er vorsichtiger, und befahl mir auf einige Stunden einen Stillstand mit dem Gouverneur
des Schlosses zu schließen. Nachdem Heinrichs Neugier befriedigt war, fiel es mir ein, mich des Rechts
des Generalfeldzeugmeisters, wenn er sein Amt in Gegenwart des Königs verwaltet, zu bedienen. Weil
dieses aber nicht ohne Abfeurung des ganzen Geschützes geschehen konnte, welche man als einen Bruch des
noch nicht abgelaufenen Stillstandes würde angesehen
haben; und um die Belagerten zu bewegen, daß sie
ihn zuerst brächen, befahl ich einigen Kommissarien gewisse Vorräthe, deren man bedurfte, auf die Batterie
des Felsens bringen zu lassen. Die Belagerten, welche noch nichts von ihrem Stolz verlohren hatten, und

es

es vielleicht schon bereueten, daß sie sich auf den Stillstand eingelassen hatten, riefen, dies wäre gegen den
Vertrag und sie würden schießen. In der That feuer-
ten sie auch zwölf bis funfzehnmal. Ich hatte Befehl
gegeben, daß man sich auf diesen Fall bereit halten sollte, ihnen mit einer ganzen Lage von allen Batterien
zu antworten; es war die erste, und die Belagerten
erstaunten nicht wenig, als sie sahen, daß funfzig
Stücke ihre Werke bestrichen. Sie waren nun die
ersten, welche um Verlängerung des Stillstandes baten, hauptsächlich, als eine zweyte Lage schnell auf
die erste folgte. Von diesem Augenblick an verlohren
sie die Einbildung, daß ihre Citadelle unüberwindlich wäre, und suchten heimlich Mittel, sich in der
Güte zu vertragen.

Zwey Frauen wurden von ungefähr mit diesem
Vergleich beschäftigt. Die Frau von Brandis, die
Gemahlin des Gouverneurs von Montmelian, die
mit ihm in dem Schlosse war, beschäftigte sich zu ihrem
Vergnügen mit kleinen Arbeiten von Glas und Koral-
len. Sie schickte meiner Frau, welche in der Stadt
war, sehr niedliche Ohrringe und zwey Glasketten, die
sie selbst gemacht hatte. Diese übersendete ihr dagegen Wildpret und Wein, und ließ sie fragen, ob es
nicht möglich wäre, daß sie sich sehen könnten. Sie
erhielten die Erlaubniß, und brachten drey Nachmittage so vertraulich mit einander zu, daß sie am Ende
anfiengen mit einander zu überlegen, wie man Montmelian mit Ehren übergeben könnte. Sie theilten diesen Einfall ihren Männern mit, und, weit entfernt,
uns zu widersetzen, berechtigten wir sie vielmehr, ihre
Unterredungen, wo noch immer eine der andern verbarg, daß sie Vollmacht hätte, fortzusetzen. Die Frau
von Brandis bekam eine Unpäßlichkeit, welche es ihr

nö-

nöthig machte, die Landluft zu genießen. Ihr Mann
glaubte, er könne mich durch meine Gemahlin um die
Erlaubniß dazu bitten lassen, und diese ergrif die Gelegenheit, um dem Grafen von Brandis die Noth, in
die er gerathen würde, ohne vielleicht nachher ehren-
volle Bedingungen erhalten zu können, so gut vorzustellen, daß er sich entschloß, mit mir in Unterhandlung
zu treten, und mir zu dem Ende eine Deputation schickte. Ich gab dem König Nachricht davon, und dieser
trug die Sache in seinem Conseil vor. Hier wurde
beschlossen, daß man dem Gouverneur einen Monat
Zeit lassen wollte, wenn er unterdessen nicht entsetzt
würde, sollte er den Ort übergeben. Ich war sicher,
daß er sich nicht so lange halten könnte, und überdem
hieß dies auf eine Treue rechnen, die bey Feinden sehr
zweydeutig zu seyn pflegt. Ich sagte auch meine Meinung darüber, aber es war vergebens einen Entschluß
zu bestreiten, an dem der Neid so vielen Antheil hatte, als die Furcht.

Der König bereuete nicht eher, daß er dem Rath
des Marschalls von Biron und des Herzogs von Epernon
mehr gefolgt war, als dem meinigen, als bis sich kurz
vor der den Belagerten zugestandnen Frist das Gerücht
verbreitete, es käme von der andern Seite des Gebirges ihnen eine Armee von 25000 Mann zu Hülfe.
Er gestand mir die Verwirrung, worinn diese Nachricht ihn stürzte. Zwar war er entschlossen, den Feinden entgegen zu gehen und ihnen ein Treffen zu liefern,
aber er fühlte, wie viel es gewagt sey, einen Platz wie
Montmelian hinter sich zu lassen. Er fragte mich deswegen, ob ich nicht auf eine oder die andere Art ein
Mittel wüßte, mich des Orts noch vor dieser Zeit zu
bemächtigen. Die Sache hatte große Schwierigkeiten,
indessen gelang sie doch, und zwar auf folgende Art.

Seitdem der Stillstand geschlossen war, ließ der Graf von Brandis alle Fremde in sein Schloß, welche Lebensmittel oder andere Bedürfnisse brachten, deren seine Verwundeten und die Frau von Brandis selbst nöthig hatten. Weil nur ein einziger Eingang da war, so entstand oft ein solcher Gedrang, daß es zu Prügeleyen kam, und der Gouverneur konnte oder wollte die Händel nicht schlichten, weil unter diesen Leuten, die größtentheils Soldaten waren, sich auch verschiedene Franzosen befanden. Er bat mich, dem Uebel selber abzuhelfen, und ich glaubte, daß dieses die Gelegenheit sey, welche ich suchte. Ich stellte eine Wache von 50 ausgesuchten Leuten an das Thor des Schlosses, und gab ihnen Offiziere, die, von meiner Absicht unterrichtet, die Wachen der Vestung gewöhnten, sie hereinkommen zu sehen. Anfangs giengen sie etwa nur zu dreyen oder vieren hinein, bald aber in größerer Anzahl, so daß die Besatzung es nicht mehr zu hindern, noch auf sie zu feuern wagte, und sie fast eben so gut Meister des Schlosses waren, als die Savoyarden, ohne daß diesen der geringste Vortheil daraus erwuchs; im Gegentheil vermehrten die Franzosen nur noch die Unordnungen, statt sie zu hindern.

Brandis hielt dies alles nur für Folgen von der Ungezogenheit der Soldaten, und beklagte sich darüber bey mir. Ich antwortete, er könne nur gegen diese Fremden, die, wie ich glaubte, vom Lande wären, Gewalt brauchen; aber er sagte, er würde dies gethan haben, wenn nicht eine große Anzahl von meinen Soldaten bey ihnen wären, und ehe er diese, selbst ohne Absicht sie zu beleidigen, angriffe, wollte er lieber mir allein die Sorge übertragen, die Verwirrung und Unruhen zu hemmen. Dies war gerade mein Wunsch, ich stellte mich aber, als ob ich blos nachgäbe, um die

Ru-

Ruhe wieder herzustellen, und sagte dem Gouverneur, dies würde mir sehr leicht seyn, wenn ich innerhalb des Thores eine eben so starke Wache hätte, als außerhalb. Er war damit zufrieden, und ich ließ nun 50 Mann hinein rücken, aber diese waren nicht die Einzigen; 30 waren schon vor ihnen hineingekommen; und eine weit größere Anzahl schlich sich mit ihnen durch. Ich selbst kam mit meinem ganzen Gefolge, und von diesem Augenblick an waren wir so stark, daß wir das untere Fort und einen Theil des Oberen in unserer Gewalt hatten.

Brandis sah nunmehr seinen Fehler ein; aber da er ihn nicht anders verbessern konnte, als indem er sich noch großmüthiger zeigte, so kam er zu mir, und sagte, er wolle sichs gefallen lassen, daß ich auch die Obere Vestung in Besitz nähme, und er verließe sich gänzlich auf mein Wort und auf meine Redlichkeit. Ich beschloß, sein Vertrauen nicht zu mißbrauchen, und die Bedingungen genau zu halten. Ich aß den Abend in der Citadelle und schlief auch darin, und schon den Tag nachdem ich den Auftrag dazu von dem König erhalten hatte, brachte ich ihm die Nachricht, er könne den Feinden entgegen rücken, ohne etwas von Montmelian zu befürchten zu haben. Er brach nun in bester Ordnung an der Spitze seines Heeres auf, aber die Nachricht, welche er erhalten hatte, war falsch gewesen.

Die Besatzung von Montmelian räumte die Vestung nach Ablauf des Monats und überlieferte sie uns. Der König befahl mir, Crequi mit seiner Kompagnie hieher zu setzen und dieser erhielt Verstärkung und alle nöthige Vorräthe. Ich wollte den König überreden, die Werke von Montmelian, daß man doch bey dem

Frie-

Frieden dem Herzog würde zurückgeben müssen, und alle
die andern eroberten Vestungen zu schleifen; aber die
Rathschläge der Höflinge, die alle in Savoyischen
Sold zu stehen schienen, retteten Montmelian gegen
alle gute Politik.

Die in Chiffern geschriebnen Briefe des Marschalls von Biro:, welche man zwey Jahre nachher
aufsieng, erklärten das Geheimniß dieses Betragens
so wohl bey Montmelian als auch bey allen den übrigen Begebenheiten. Biron schrieb darin dem Herzog
von Savoyen, er hätte für die Besatzung von Montmelian einen Monat Frist erhalten, damit er Zeit hätte, die Belagerung aufheben zu lassen, er dürfte nichts
von seinen Freunden erwarten, wenn er nicht etwas
außerordentliches thäte um diesen Ort zu retten, der
stark genug wäre, sich drey Monate zu halten. Er
betheuert, wie sehr es ihm selbst schmerzen würde, die
Vestung übergehen zu sehen. In dem Briefe, den
er nach der Uebergabe an den Herzog schreibt, sagt er
ihm, seine Nachläßigkeit, dem Schlosse zu Hülfe zu
kommen, habe die französischen Großen von seiner Partey zum Schweigen genöthigt; sie würden sich gegen
den König erklärt haben, wenn er vorgerückt wäre, sich
mit ihnen zu vereinigen, und ihnen dadurch Mittel gegeben hätte, es mit einigem Erfolg zu thun. Ungeachtet er sorgfältig die Namen ausläßt, sind sie doch
alle in dem Briefe so gut bezeichnet, daß man sie ohne
Mühe erkennt. Mein eignes Schweigen bey dieser
Gelegenheit hilft nur einigen wenigen, die das Publikum vielleicht nie im Verdacht gehabt hat.

Montmelian hatte sich noch nicht ergeben, als
man in der französischen Armee erfuhr, daß der Kardinal Nepot Aldobrandini als päbstlicher Legat unter-

wegs

weges wäre, um mit dem König wegen des Friedens und seiner Vermählung in Unterhandlung zu treten. Heinrich gab mir den Auftrag, den Legaten mit allen möglichen Ehrenbezeugungen zu empfangen; ich gieng ihm daher mit einem leichten Korps von 3000 Mann Infanterie und 500 Reutern entgegen, und aus der Art wie er empfangen wurde, als er sich Montmelian näherte, konnte er schließen, daß er mit einem Feldzeugmeister zu thun hatte. Der Stillstand gab mir die Macht, mich des Geschützes der Vestung wie des meinigen zu bedienen, und ich brachte beydes zusammen, um ihm noch mehr Ehre zu erzeigen. Das Signal wurde mit einer weisen Fahne von der Batterie des Felsens gegeben. Meine Artillerie machte nach einem starken Musketenfeuer den Anfang, denn folgte die von dem Schlosse, so, daß beyde immer Zeit hatten, wieder zu laden; dies zweymal wiederholte Feuer von 170 Kanonen, die mit der möglichsten Ordnung gelöset wurden, und deren Knallen die Echos in allen den Felsenklüften umher vermehrten, that die herrlichste Wirkung von der Welt, aber ich glaube nicht, daß dieses dem Kardinal so schien. Er war durch eine Ehrenbezeugung, die sich so fürchterlich ankündigte, mehr erschreckt als geschmeichelt, er dachte, alle Berge würden über ihm einstürzen und machte mehr als einmal das Zeichen des Kreuzes.

Ich führte ihn zum Mittagsessen nach Notre Dame de Miens, und sagte ihm gleich wegen der Angelegenheit, wovon er mit mir sprach, zwey Dinge voraus; erstlich, daß er nicht allen Leuten, die sich gegen ihn mit Aufträgen von dem König brüsten würden, trauen, und zweytens, daß er ihnen noch weniger glauben möchte, wenn alle diese Leute ihm versprächen, daß man dem Herzog von Savoyen alle eroberte Vestun-

gen

gen, ohne sie geschleift zu haben, wieder geben würde, denn dies werde ganz gewiß nicht geschehen. Mit dieser vorläufigen Nachricht überließ ich ihn denen, welche gekommen waren, ihn im Namen des Königs abzuholen, und setzte den Krieg durch den Angriff der Citadell von Bourg und des Forts Sainte Catherine fort.

Auf die Bitte der Stadt Genf, welche der König sich gern verbinden wollte, machte man mit dem letzteren den Anfang. Das Fort liegt auf einem Erdhügel mitten in einer Ebne, deren Mittelpunkt es zu seyn scheint; als wir in der Nähe desselben ankamen, fragte mich Biron, bey dem ich mich von ungefehr befand, ob ich jetzt gleich, und so wie wir hier zu Pferde wären, den Ort mit ihm rekognosciren wollte. Ich antwortete, um dieses bey hellem Tage zu thun, fielen wir mit unserm Aufzuge und unsern Federbüschen zu sehr in die Augen; er selbst ritt einen Schimmel und trug eine große weise Feder. Dennoch versetzte er; „ach, daß hat nichts zu sagen; zum Henker, sie „werden sich nicht unterstehen, auf uns zu feuern!" „Nun dann, rief ich, wie Sie wollen! Wenn es „auf mich regnet, werden Sie auch naß werden." — Wir nahmen nun das Fort mit Muße in Augenschein, und man that höchstens zwölf bis funfzehn Büchsenschüsse nach uns, und, wie ich glaube, gar in die Luft, ungeachtet wir doch unserer zwanzig zu Pferde waren. Ich war darüber äußerst erstaunt, und sagte zu Biron: „Entweder ist niemand da drinnen, oder „sie schlafen, oder sie fürchten sich vor Ihnen." Dem König schien die Sache noch unglaublicher, denn da er den Abend vorher nur mit sechs Pferden hingekommen war, regnete es Kugeln; und als ich selbst den folgenden Morgen ganz früh blos mit Erard und Feugeres mich zu Fuß näherte, wurde ich mit einem sol-

chen

chen Lermen des Geschützes empfangen, daß der König Montespan zu mir schickte, weil er glaubte, es geschähe ein Ausfall. „Auf wen haben es denn die „Leute gemünzt?" rief dieser mir zu, da er Niemanden sahe. Ich antwortete: „Auf mich, aber ich ha„be gesehen, was ich sehen wollte." Ungefehr muthmaßte ich, woher die Achtung kommen könnte, die man dem Marschall von Biron überall bezeigte. Uebrigens fand ich die Flanken der Bastione von Sainte Catherine so schlecht, daß sie größten Theils eingestürzt waren, und auch der Graben war nicht in besserem Stande. Ich versicherte daher dem König, der Platz müsse sich ergeben, so bald man nur mit den Laufgräben würde bis an den Rand des Grabens gekommen seyn; in der That fiengen auch die Belagerten, denen es ohnedem an Allem fehlte, an zu fürchten, der Ort möchte mit Sturm erobert werden, und verlangten zu Kapituliren, wenn binnen sechs Tagen kein Entsatz käme.

Nachdem ich die Laufgräben eröfnet hatte, bat ich den König um Erlaubniß, eine Reise nach Genf zu machen. Ich kam den folgenden Tag mit hundert Pferden dort an, und grade zur rechten Zeit, um diese Stadt, die wegen der Menge von Katholiken, die sie in ihren Mauern hatte, erschrocken war, zu beruhigen. Die Herren von Guise, von Epernon, von Elbeuf, von Biron, von la Guiche und Andre waren mit ihrem ganzen Gefolge dort. Vergebens gab ich den Bürgern die Versicherung, daß der König ihnen gewogen wäre, und daß ich sie nicht verlassen wollte, so lange alle diese Herren bey ihnen wären; das Andenken ehmaliger Verfolgungen war in den Gemüthern der Genfer noch zu neu. Sie gaben sich nicht eher zufrieden, als bis ich den Grund ihrer

Furcht

Furcht gehoben hatte, indem ich noch denselben Abend mit jenen Herren redete, welche denn auch alle, am folgenden Morgen abreiseten. Die Stadt schickte nun zehn bis zwölf von ihren vornehmsten Bürgern, mit ihrem Prediger Beza an der Spitze, ab, um den König zu bekomplimentiren, und zu versuchen, ob sie eine Sache, die sie noch sehr geheim hielten, aber an der ihnen ausserordentlich viel lag, die Schleifung des Forts Sainte-Catherine, von ihm erhalten könnte. Beza sprach wie ein Mann von Verstande, und der mit Feinheit zu loben weiß. Er pries das Glück der Protestanten wegen der schönen Zeiten, welche die Regierung eines so großen Fürsten ihnen verkündigte. Heinrich dankte den Abgeordneten und der Stadt, und erbot sich der letztern ein Geschenk von derjenigen seiner Eroberungen zu machen, die ihr am bequemsten gelegen wäre; zugleich kam er ihrer Bitte zuvor, und sagte ihnen leise, sie sollten das Vergnügen haben, Herren der Citadelle und des Forts Sainte Catherine zu seyn, und er gebe ihnen in meiner Gegenwart sein Wort, (er hielt mich zu gleicher Zeit bey der Hand) daß keine Bitte jemals ihn sollte abhalten können, diese Vestung schleifen zu lassen. Die Abgeordneten giengen voll Freude zurück.

Auf die wiederholten Bitten des Kardinals Aldobrandin hatte der König eingewilligt, daß zu Lion Zusammenkünfte wegen des Friedens angefangen würden, und, um mit dem Legaten zu unterhandeln, den Kardinal du Perron, den Connetable, den Kanzler, Villeroy und Jeannin ernannt; sie waren aber noch über nichts einig geworden, als die künftige Königin in dieser Stadt ankam. (23) Kaum hatte der König dieses erfahren, so verließ er sein Standquartier und ritt mit einem Theil der Herren von seinem Hofe, im

heftig-

heftigsten Regenwetter, mit Postpferden nach Lion.
Wir kamen um 11 Uhr des Nachts auf der Brücke
an, und mußten, von der Kälte und dem Regen
durchdrungen, eine Stunde warten, ehe man uns ein=
ließ, weil Heinrich, um das Vergnügen zu haben,
die Königin zu überraschen, sich nicht nennen wollte.
Sie hatten beyde einander noch nicht gesehen. Die
Vermählungs = Feyerlichkeiten wurden ohne allen Pomp
vollzogen, wir sahen den König sich zur Abendtafel
setzen, nachher schickte er uns fort, um auch unser
Abendessen einzunehmen, und entfernte sich in das
Zimmer der Königin.

Durch Heinrichs Ankunft wurde der Streit über
die Friedensartikel nur noch mehr erhitzt. Fast alle
Bevollmächtigte waren auf der Seite des Herzogs von
Savoyen, und wünschten dem Legaten ihrem Hof zu
machen. Aus dieser Ursach ließ der König sich von
der ganzen Unterhandlung Rechenschaft geben, und
er tadelte sehr die Kommissarien, daß sie ihre Voll=
macht überschritten hätten. Bellievre und Villeroy
hatten dem Legaten versprochen, keiner von den erober=
ten Plätzen sollte geschleift werden, vorzüglich nicht
Sainte Catherine, weil der Legat wegen dieses Orts,
als des besten und selbst des einzigen Bollwerks des
Herzogs von Savoyen gegen die Republik Genf, sich
ganz besonders bemüht hatte. Heinrich gab ihnen zu
verstehen, die Uebereilung, womit sie eine solche Be=
dingung, ohne Seine Meynung deswegen eingeholt
zu haben, unterschrieben hätten, schiene ihm verdäch=
tig, und er würde ihnen darüber in einigen Tagen sei=
nen Willen bekannt machen. Er ließ mich rufen, und
sagte mir, das kürzeste wäre, die fünf Basteien des
Forts in die Luft zu sprengen, und den Genfern sagen
zu lassen, sie möchten es vollends schleifen, ehe der

Legat ihm darüber, wie er es erwartete, Vorstellungen
thun könnte. Nie ist ein Befehl schneller und besser
ausgeführt worden. In Einer Nacht machten die
Genfer diese Citadelle völlig dem Erdboden gleich,
und nahmen selbst alle Materialien mit, so daß man
den andern Tag kaum glauben konnte, daß jemals eine Vestung an diesem Ort gestanden habe, und daß
sich die Neuigkeit davon verbreitete, als wäre sie durch
das Feuer des Himmels verzehrt worden. Als man
die Wahrheit erfuhr, wurde der Legat sehr erbittert
darüber, doch gestand er in seinem Verdruß, ich wäre der einzige gewesen, der ihn darüber nicht mit fal-
scher Hofnung geschmeichelt hätte, aber er hätte auf
meine Warnung nicht genug geachtet. Am meisten
verdroß es ihn, daß er auf das Wort der Kommissarien dem Päbst das Gegentheil versichert hatte. Drey
oder vier Tage lang wurde darüber die Unterhandlung
völlig abgebrochen, und als man sie nachher wieder
anfieng, war der Kardinal so ärgerlich, daß er alle
Vorschläge verwarf. Diese bestanden darin, daß der
Herzog von Savoyen dem König den Lauf der Rhone
mit den umliegenden Gegenden bis auf eine bestimmte
Entfernung abtreten; auf eine Meile weit davon keine
Vestung, um den Durchgang der Spanier zu begünstigen, anlegen; und der Republik Genf die Einkünfte gewisser, auch benannter Dörfer lassen; daß Bechs-
Dauphin geschleift und Chateau-Dauphin wiedergegeben; und daß der Herzog endlich 150,000 Thaler
für die Kriegskosten bezahlen sollte.

Der König hielt die ganze Unterhandlung wegen
der Hartnäckigkeit des Legaten für fruchtlos, und beschloß, den Krieg nun noch lebhafter fortzusetzen. Er
ließ mich rufen, und theilte mir seinen Entwurf mit,
daß er an der Spitze seines ganzen Heers den Herzog
von

von Savoyen auffuchen wollte, unterdeffen ich mit
der Artillerie die Citadelle von Bourg beſchöſſe. Für
jeden von uns fanden ſich beſondre Hinderniſſe bey der
Befolgung dieſes Plans, und bey beyden war der
Geldmangel die gröſte Schwierigkeit. Ich hielt die
Unternehmung auf Bourg für ſehr ſchwer, weil wir
ſchon ſo weit in der Jahrszeit gekommen waren. Die
Unterſchied, den ich zwiſchen dieſem Schloſſe und dem
von Montmelian, dem es ſonſt, wie mich dünkt, ungefehr gleich zu ſchätzen iſt, mache, beſteht darin, daß
das letztere für einen, der etwa nur zehn oder zwölf
Kanonen hat, freylich ſo wichtig iſt, als zehn Plätze
wie Bourg, weil es bey der Eroberung von Montmelian nur darauf ankömmt, hinlängliche Artillerie
zu haben, um alle Außenwerke zu beſchießen; daß
aber für eine Armee, die ſechszig Kanonen hat, die
Citadelle von Montmelian nicht mehr Schwierigkeiten
macht, als die von Bourg, weil dieſe regelmäßiger iſt,
und nur ganz methodiſch und Fuß vor Fuß angegriffen
werden kann. Hätte man mir geglaubt, als ich den Rath
gab, gleich nach der Eroberung von Montmelian vor
Bourg zu rücken, ſo hätte es damals ſchon in der
Gewalt des Königs ſeyn können.

Heinrichs Verlegenheit kam hauptſächlich daher,
daß er alles zu fürchten hatte, wenn er mit ſeinen Generalen, von denen, wie er wußte, die meiſten in einem heimlichen Verſtändniß mit dem Herzog von Savoyen und den Spaniern gegen ihn ſtanden, ſich in
das feindliche Land wagte. Lesdiguieres war der einzige, auf den er rechnen konnte. Dieſer hatte noch
kürzlich einen Beweis ſeiner Treue gegeben, indem er
Calignon benachrichtigte, daß der Herzog von Bouillon ſich eines gewiſſen Ondevous bediente, um ſeine
Verbindungen mit den Großen des Reichs zu unterhalten.

halten. Es ist wahr, daß wenn Calignon seinen Auftrag ein wenig schneller ausgerichtet hätte, Ondevous nicht würde Zeit gehabt haben zu entfliehen, wie er that, und daß durch seine Gefangennehmung alle Entwürfe der heimlichen Verschwörer würden entdeckt worden seyn: aber aller Wahrscheinlichkeit nach war dies nicht Lesdiguieres Schuld. Ich rieth daher dem König, sich nur auf ihn zu verlassen, und um ihn sich noch mehr zu verbinden, ihn zum Marschall von Frankreich und Gouverneur von Piemont zu machen. Den bösen Willen der Uebrigen konnte man leicht fruchtlos machen, indem man ihnen Aufträge weit von der Hauptarmee gab.

Was uns beyden aber das dringendste schien, war der Geldmangel, und wir beschlossen, daß ich in vier Tagen nach Paris reisen sollte; um dort sechs Wochen lang die Finanz Geschäfte zu besorgen; in den vier Tagen aber sollte ich alle nöthige Verbereitungen zu der Belagerung von Bourg machen, von dem wenigen übrigen Gelde der Truppen den Sold geben, und alle gewöhnliche und ausserordentliche Ausgaben des königlichen Hofstaats besorgen. Ich ließ gleich am folgenden Tage meine Gemahlin und mein Gepäck vorausgehen, und sagte ihnen, sie sollten zu Rouanne Nachricht von mir erwarten, von wo ich gleich nach meiner Ankunft sie auf der Loire weiter bis Orleans zu schicken gedachte. Sie erwarteten mich dort noch drey oder vier Tage länger, weil durch die Veränderung in dem Friedensgeschäft meine Maasregeln fruchtlos gemacht wurden.

Da ich von dem König Abschied nahm, genehmigte er meinen Vorschlag, vorher auch zu dem Legaten zu gehn, der mir jederzeit viele Achtung bezeigt hatte.

hatte. Ich trat in Reisekleidern zu ihm hinein, und meine Postpferde erwarteten mich am andern Ufer des Flusses, seinem Hause gegen über. Er fragte mich, wohin ich in diesem Aufzug gehen wollte? „Nach „Italien, sagte ich; ich hoffe diesmal in guter Ge- „sellschaft dem heiligen Vater die Füsse zu küssen.“— „Was? nach Italien? antwortete er, O, mein Herr, „das wird nicht nöthig seyn! Helfen Sie mir nur, „ich bitte Sie, diesen Frieden wieder anzufangen.“ Ich that, als wenn ich nicht ungeneigt wäre, noch daran zu arbeiten, aber blos aus Ehrfurcht für ihn, weil der König den Gedanken daran aufgegeben hätte. Dann gieng ich mit wenig Worten die vornehmsten Artikel desselben noch einmal durch, und fragte Seine Eminenz, ob er dem, was ich ihm sagen wollte, glauben würde. Auf seine Versicherung sagte ich ihm denn, er könnte völlig überzeugt seyn, daß der König niemals von den Bedingungen wegen des Ufers der Rhone, der Dörfer in der Nachbarschaft von Genf, und wegen Chateau-Dauphin und Be- che-Dauphin etwas nachlassen würde, weil ich dar- über seinen Willen so gut, als er selbst, kennte. Er fragte mich um die Ursachen, ich entschuldigte mich aber, sie ihm zu sagen, weil die Zeit dazu zu kurz wäre. Nun gieng er in Gedanken einige Male im Zimmer auf und ab, und fragte mich denn, indem er eben so sehr auf eine aufrichtige Antwort drang, ob, wenn er mir diese Punkte zugeständne, die übrigen nicht mehr erwähnt werden sollten? Ich antwortete, ich glaubte ihm dafür Bürge seyn zu können. Dar- auf ersuchte er mich, das, was er mir gesagt hätte, dem König zu hinterbringen. Heinrich sah mich mit Vergnügen zurückkommen. Ich gieng den Augenblick mit einer Vollmacht des Königs wieder zu dem Lega- ten, und auf der Stelle wurde der Vergleich, an

dem

dem schon so lange vergebens gearbeitet war, geschlossen. (24).

..... Die Bedingungen waren folgende. Für das Marquisat Saluzzo, auf welches der König Verzicht that, sollte der Herzog von Savoyen ihm die Plätze: Sental, Monte und Roquesparviere, den ganzen District Bresse, die Ufer und umliegenden Gegenden von beyden Seiten der Rhône bis Lion, (ausgenommen die Brücke von Grezin und einige für den Herzog nothwendige Durchgänge nach Franche-Comté, jedoch ohne daß dieser dadurch das Recht erhielte, von diesen Orten irgend eine Abgabe zu erheben, noch ohne des Königs Erlaubniß Vestungswerke daselbst anzulegen oder Truppen durchmarschieren zu lassen, und mit der Bedingung, daß er für das Recht des Durchgangs über die Brücke von Grezin hunderttausend Thaler an die Krone Frankreich bezahlte) ferner die Citadelle von Bourg, das Amt Gex, Chateau-Dauphin mit den dazu gehörenden Orten, und alles, was jenseits des Gebirges zu der Provinz Dauphiné gerechnet werden könnte, abtreten; desgleichen Aus, Chousy, Vulley, Pont-d'Arley, Seissel, Chana und Pierre-Châtel in der Gegend von Genf an die Behörde zurückgeben; die Vestungswerke von Beche-Dauphin sollten geschleift werden; und der König, indem er von seiner Seite alle seine übrigen hier nicht genannten Eroberungen zurück lieferte, das Recht haben, das Geschütz und die Kriegsvorräthe, welche sich dermalen darin befanden, zurückzunehmen. Die übrigen Artikel betrafen die über die Grenzen entwichnen Verbrecher, die Kriegsgefangnen, die geistlichen Pfründen, den Gütertausch zwischen Privatpersonen, und mehr dergleichen Dinge. Es wurde auch ausgemacht, daß der Herzog von Nemours, der einen Theil

seiner Güter in dieser Gegend hat, weder wegen denen,
die von Frankreich, noch wegen denen, die von Savoyen zur Lehn gehn, sollte beunruhigt werden. Die
übrigen, bey allen Friedensschlüssen gewöhnlichen Klau-
seln übergehe ich.

Obgleich dieser Vergleich von mir im Namen
des Königs, von dem Legaten für den Pabst, und
von den Bevollmächtigten des Herzogs von Savoyen
unterschrieben war, so hielt doch dieser auf den Antrieb
des Grafen von Fuentes den letzten Abschluß desselben
durch seine Klagen und Weitläuftigkeiten so lange auf,
daß der König es noch nicht für rathsam hielt, seine
Truppen nach Hause zu schicken. Er machte unterdessen,
bis der Herzog sich völlig entschliessen würde, eine Reise
mit Postpferden nach Paris. (25) Wenn er noch
einmal wieder hätte nach Savoyen gehn müssen, so
hatte er nöthig, zu einer Zeit, wo es überall eine
Menge aufrührischer Köpfe gab, Maasregeln wegen
der innern Angelegenheiten seines Reichs und vorzüglich der Hauptstadt zu nehmen. Er ließ den Connetable und Lesdiguieres mit hinlänglichen Truppen während seiner Abwesenheit an der Grenze von Savoyen,
und Villeroy nebst noch einigen Bevollmächtigten mußten zu Lion bleiben, um das Friedensgeschäft zu Ende zu bringen.

Aber er hatte nicht nöthig, in diese Provinz zurück zu kehren. Der Herzog von Savoyen bequemte
sich nach mancher Widerspänstigkeit endlich zu klügeren
Betrachtungen; er erwog, was seine Hartnäckigkeit
ihn schon gekostet hatte, und schätzte sich sehr glücklich,
den Vergleich so, wie er gemacht worden war, annehm-
men zu können. Man setzte also noch die letzten Formalitäten hinzu, und der Frieden wurde mit den ge-
bräuch-

bräuchlichen Feierlichkeiten zu Paris und zu Turin
bekannt gemacht. Dennoch wurden die Artikel nicht
erfüllt, ohne daß der Herzog nicht noch verschiedne
Schwierigkeiten gemacht hätte, wodurch Villeroy noch
einen Theil des folgenden Jahres zu Lion aufgehalten
wurde. Damals endlich wurde man vollkommen einig, und der spanische Hof, der sich in diese Sache
stark gemischt hatte, gab selbst dem Herzog von Savoyen den Rath, zufrieden zu seyn. Heinrich bezeigte bey allen diesen Gelegenheiten dem Pabst große Achtung; er bewilligte jeden Aufschub, den der Legat,
welchen der Herzog durch den Grafen Octavio Tasso-
ne dazu bewog, für ihn verlangte. Dies geschah gegen Villeroys Rath; aber der König glaubte, nachdem er im Grunde alles, was er nur fordern konnte,
erhalten hätte, schickte es sich nicht, über die Art, wie
es geschähe, so strenge zu seyn; und er wollte sich nicht
der Gefahr aussetzen, daß der Krieg um einer so ge-
ringen Ursach willen, erneuert würde. Uebrigens
war dieser Krieg ihm so vortheilhaft, als je einer, der
in einem einzigen Feldzuge geendigt worden ist. Heinrich verordnete, daß der District Bresse nicht mit zu
dem Generalamt Lion, sondern zu der Provinz Bourgogne geschlagen werden, und unter der Cour des Aides zu Paris stehen sollte.

Die Königin gieng noch nicht gleich nachher nach
Paris. Sie hatte ihren Oheim, Dom Juan, einen
natürlichen Sohn aus dem Hause Medicis, und ihren Vetter Virgilio Ursini, mitgebracht. Der letztere war in der Jugend mit ihr erzogen worden, und
machte sich jetzt Hofnungen, die weit über seinem
Stande waren. Verschiedne andre Italiener und
Italienerinnen waren in ihrem Gefolge, unter andern
ein junger Mensch mit Namen Concini, und ein Mäd-

 chen,

chen, Leonore Galigai, welche beyde in der Folge eine Rolle spielten. Ich gieng acht Tage vor ihr voraus nach Paris, um die Feierlichkeiten ihres Einzugs zu besorgen, der in jedem Betracht einer von den prächtigsten war. (26) Den folgenden Tag kam der König mit ihr und dem ganzen Hofe nach dem Arsenal, um bey mir zu speisen. Sie brachte alle ihre italienischen Mädchen mit, welche an dem Wein von Artois großen Geschmack fanden, und ein wenig zu viel davon tranken. Ich hatte einen treflichen weißen Wein, der so klar war, als das hellste Wasser; diesen ließ ich in die Wasserflaschen füllen, und wenn sie Wasser verlangten, um ihren Burgunder damit zu vermischen, wurde ihnen dieser weiße Wein gereicht. Da der König sie bey so sehr guter Laune sah, merkte er wohl, daß ich ihnen einen Streich gespielt hatte. — Die Vermählung machte, daß man den ganzen Winter über an nichts als Lustbarkeiten dachte.

Der Krieg wurde dies Jahr über in Flandern sehr lebhaft geführt. Der Prinz Moriz von Oranien gewann im May eine Schlacht (27) gegen den Erzherzog Albert, worin er die rechte Hand desselben, den Admiranten von Castilien, gefangen bekam. Er rückte darauf vor Nieuport, mußte aber die Belagerung aufheben. Von dem Kriege des Kaisers mit den Türken in Ungarn will ich weiter nichts erwähnen, als daß er dabey den Herzog von Mercoeur zu seinem General Lieutenant machte. Eben so übergehe ich die prächtigen Feierlichkeiten des Jubiläums zu Rom (28), und beschließe die Denkwürdigkeiten dieses Jahrs mit einer Begebenheit, welche zu weisen Betrachtungen über den Zweykampf Anlaß geben kann. Breauté (29) schlug sich, tödtete seinen Gegner, und wurde nachher selbst von Meuchelmördern umgebracht.

Zwölftes Buch.

Ich habe jetzt in diesen Denkwürdigkeiten zum letzten Mal von Kriegen gesprochen, wenigstens in so fern sie Frankreich angehen. Heinrichs des Großen Lebenslauf, der bis jetzt unaufhörlich im Geräusch der Waffen verflossen ist, wird in der Folge nur nach die Thaten eines friedfertigen Königs und eines Vaters darstellen. Da die Art, wie er den letzten Feldzug in Savoyen beendigt hatte, die Gewißheit gab, daß der Frieden nun nicht mehr durch die alten Feinde der Monarchie gestöhrt werden, sondern so lange dauern würde, als es dem König gefiele, so nahm ich wieder auf seinen Befehl und unter seinen Augen die Finanzplane vor, welche der Krieg aufgeschoben hatte, um sie von jetzt an nicht wieder zu unterbrechen. Nach der Idee welche ich bereits von den Angelegenheiten, welche das Innere des Königreichs betreffen, gegeben habe, würde man Unrecht haben, die Lebensart, welche der König und ich nunmehr führten, für geschäftlos zu halten; wenn sie weniger tumultuarisch und weniger lermend war, so war sie vielleicht darum nur noch beschäftigter.

Da bin ich also einmal wieder in mein Kabinet eingeschlossen, wo ich mit äusserster Aufmerksamkeit allen Mißbräuchen nachspähe, welche noch in der Rechnungskammer, den Departements der Finanzen, den Domainen, der Cour des Aides, der Gabelle, den Steuern, den Entschädigungen, den fünf großen Pach-

1601.

tungen

tungen, den Zehenten und allen andern Fächern auszurotten übrig sind. Ich arbeite zu gleicher Zeit für
die Gegenwart und für die Zukunft und suche es so zu
machen, daß die Ordnung, welche ich in der Einrichtung aller dieser Theile einführe, auch in der Folge
nicht umgestoßen werden könne. Ich beschäftige mich
mit den Mitteln, den König zu bereichern, ohne seine
Unterthanen arm zu machen, seine Schulden zu til-
gen, seine Gebäude auszubessern, die Kunst, Städte
zu befestigen noch mehr, als die Kunst des Angrifs
und der Vertheidigung derselben, zu vervollkommnen,
und Vorräthe von Waffen und Kriegsbedürfnissen anzuschaffen. Ich sinne nach über die beste Art, die öffentlichen Arbeiten an Straßen, Brücken, Dämmen
und andern Werken, welche einem Fürsten nicht weniger Ehre machen, als die Pracht seiner Schlösser,
und dabey von einem allgemeinen Nutzen sind, herzustellen oder wieder anzufangen. Ich mache deswegen
den Anfang damit, daß ich nachforsche, wozu die Gelder, welche zu diesem Behuf den Städten und Ge-
meinheiten verwilligt waren, angewendet worden sind,
oder vielmehr welches Betrugs man sich bey der Ver-
wendung dieser Summen schuldig gemacht hat.

Der Einfall, zu jedem Fach der Finanzen allgemeine Anschläge zu machen, welche die Gestalt derselben auf eine deutliche und einförmige Art vorschreiben, hat mir immer so glücklich und so geschickt, um sie
mit der größten Genauigkeit zu führen, geschienen,
daß ich diese Methode auf alles, wobey sie sich anbrin-
gen ließ, ausdehnte. Gleich am ersten Tage dieses
Jahrs, da ich dem Könige der Gewohnheit gemäß
die goldnen und silbernen Zahlpfennige überreichte,
brachte ich ihm zu gleicher Zeit fünf solche allgemeine
Anschläge, wovon jeder auf eine von meinen Bedienungen

nungen Beziehung hatte, in Einem sehr schön ein-
gebundenen Hefte. In dem Ersten, welcher der wichtigste war, weil ich darinn in das Detail von Allem,
was mich als Oberauffeher der Finanzen angieng,
mich einließ, war erstlich alles Geld, welches in Frankreich für den König erhoben wird, von welcher Art es
auch seyn mag, zweytens alle Unkosten bey der Einnahme desselben, welche davon abgezogen werden müssen, und folglich auch drittens der reine Ueberschuß,
welcher in die königlichen Kassen kömmt, begriffen. —
Ich kann mir unmöglich einbilden, daß, seitdem die
Finanzen nach gewissen Vorschriften behandelt worden
sind, noch niemand auf den Einfall gekommen seyn
sollte, solche Formulare zu machen; der Eigennutz allein muß die Anwendung derselben verhindert haben.
Doch dem sey wie ihm wolle, ich werde immer behaupten, ohne solche Führer kann man nur als ein Blin-
der oder als ein Betrüger arbeiten.

Der zweite dieser Anschläge war blos zum Unterricht des Verwahrers des königlichen Schatzes gemacht.
Er lernte daraus, von welchen Orten und unter welchem Namen alle königliche Gelder, die während des
Jahres seiner Verwaltung durch seine Hände giengen,
ihm entrichtet werden müßten; und ferner, wie viel
er von dieser ganzen Summe verwenden konnte, und
wozu. Der dritte betraf das Feldzeugmeisteramt.
Ein genauer Aufsatz der Einnahme und Ausgabe, ein
getreues Inventarium von allem, was zur Artillerie
gehörte, als die Anzahl und Beschaffenheit der Stücke und des andern Gewehrs, der Vorrath von Kriegs-
werkzeugen und Lebensmitteln, welche in den verschie-
benen Plätzen und Magazinen vertheilt waren, der
Zustand der Zeughäuser und Vestungen, und verschie-
bene Bemerkungen darüber waren in diesem Aufsatz

ent-

enthalten. Der vierte handelte von meinem Amt als
Oberaufseher über die Straßen, und zeigte die schon
aufgewendeten oder noch aufzuwendenden Kosten auf
alle Ausbesserungen in diesem Fach, sowohl die, welche dem König, als die, welche den Provinzen obli-
gen. Im fünften endlich waren alle die Städte und
Schlösser, hauptsächlich die Grenzorte, welche jetzt
gleich einige Kosten nöthig machten, hergerechnet, und
ein kurzer aus ihrer Lage und ihrem gegenwärtigen
Zustande gezogner Anschlag der dabey nöthigen Arbeiten hinzugefügt.

Der König verbesserte auf meine Vorstellung eine
Menge Mißbräuche bey dem Münzwesen, welche die
vornehmste Ursache der Abnahme des Handels, der davon abhängt, waren. Der erste war die Freyheit,
Gelder zu acht und gar zu zehen Prozent auszuleihen;
ein Gesetz, welches für den Adel und das Volk gleich
schädlich ist: für den erstern, weil, da jede Art des
Handels ihm in Frankreich untersagt ist, sein ganzer
Reichthum in liegenden Gründen besteht; und für das
letztere, weil es, in seiner Trägheit, die ihm eben so
viel als betriebsamer Fleiß einbringt, zufrieden, eine
ungeheure Menge Geldes für den Staat ungenutzt liegen läßt, welche es sonst auf eine fruchtbare Art für
denselben würde wuchern lassen. Die Zinsen zu acht
Prozent wurden verboten, und sechs Prozent dagegen
festgesetzt.

Bisher hatten alle Europäische Münzen in Frankreich gegolten, und man gebrauchte sie ohne Unterschied
mit dem von dem König ausgemünzten Gelde; es wurde daher verboten, sich fremden Gelds im Handel zu
bedienen, das Spanische allein ausgenommen, weil
die plötzliche Ausschließung desselben auf einmal eine

zu große Leere würde gemacht haben (1). Noch nöthiger war es, der Waaren unserer Nachbarn entbehren zu lernen, als ihrer Münzen. Frankreich war
ganz voll von ihren Manufacturwaaren, und es ist
unbeschreiblich, welchen Schaden uns die ausländi-
schen Zeuge, besonders die reichen, thaten. Die Einfuhr der letzteren und aller andern wurde daher bey
großer Strafe verboten; und da im Lande nicht so viel
kostbare Zeuge gemacht werden konnten, als man brauchte, so ergrif man das wahre und beste Mittel, man
trug sie nicht. Der Gebrauch aller Arten von reichen
Stoffen wurde durch den König abgeschafft (2).

Alle diese Verordnungen hatten Beziehung auf
die letzte, durch welche verboten wurde, gemünztes
Gold oder Silber aus dem Lande zu führen. Nicht
nur die Gelder selbst sollten konfiszirt werden, wenn
man sie auffienge, sondern auch das ganze Vermögen
derjenigen, die entweder unmittelbar Gold oder Silber
ausführten, oder auch nur die Ausfuhr begünstigten.
Der König zeigte öffentlich, wie sehr ihm diese Sache
am Herzen lag, indem er einen Schwur that, niemals
einen Uebertreter dieses Gesetzes zu begnadigen, und
sogar diejenigen, welche für einen solchen bitten würden, seine Ungnade empfinden zu lassen. Das alles
aber würkte noch weiter nichts, als daß man den Unterschleif nur noch heimlicher betrieb. Ich glaubte, ein
Beyspiel würde gegen ein so eingewurzeltes Uebel mehr
wirken, als alle mögliche Drohungen. Verschiedne
sehr angesehene Personen, und selbst vom Hofe mußten
aus diesem schlechten Handel Vortheile zu ziehen, indem sie das Geld unter ihrem Namen gehen ließen,
oder das Ansehen, welches ihr Verkehr mit dem Auslande und in den Grenzorten ihnen gab, sich theuer
bezahlen ließen. Dies wußte ich, und ich hielt es für

das

das beste, mich an diejenigen zu wenden, welche man
zu diesem Verkehr brauchte. Ich versprach ihnen zur
Belohnung für ihre Nachrichten den vierten Theil der
Summen, welche durch ihre Vermittlung würden
aufgefangen werden; dies konnte ich thun, weil mir
der König die eingezogenen Gelder ganz und gar
überlassen hatte, und durch dieses Mittel wurde ich
gut bedient.

Kaum war ein Monat verstrichen, so erhielt ich
von einem ganz gemeinen Menschen, denn die Urheber hatten sich nicht nennen wollen, Nachricht, daß
man einen Transport von 200,000 Thalern in Golde
machen würde, welcher auf zwey Wagens abgehen sollte, von denen der erste aber nur den kleinsten Theil la-
ben würde. Ich nahm sogleich alle meine Maasregeln,
weil mir aber die Summe gar zu groß schien, so hielt
ichs für meine Schuldigkeit, dem König davon Nachricht zu geben. Er schränkte das Recht, welches er
mir gegeben hatte, in so fern ein, daß ich mir das Ganze zueignen könnte, wenn es nicht über 10,000 Thaler betrüge, der Ueberschuß aber sollte für ihn seyn,
„und würde ihm sehr gelegen kommen, setzte er hinzu,
„weil er einige Summen im Spiel verlohren hätte, die
„er nicht das Herz gehabt habe, mir wissen zu lassen,
„noch von seinen eignen Geldern zu nehmen.“ Ich
war nicht gewinnsüchtig genug, um zu warten, und
mir den zweyten Wagen zu Nutze zu machen. Ich
ließ dem ersten aufpassen, und mit solcher Wachsamkeit, daß er eine halbe Meile jenseits der französischen
Grenze angehalten wurde. Im Lande selber, und wäre es auch nur eine Viertelmeile von der Grenze gewesen, hätte dies nicht geschehen können, weil die Uebertreter sonst einen Vorwand gehabt hätten, ihre Absicht
zu läugnen. Man fand 48,000 Thaler an Sonnen-

tha-

thalern, Pistolen und Quadrupeln, welche tief in
einige Ballen gewöhnlicher Waaren eingepackt waren.
Die Führer wagten es nicht, sie zurück zu fordern, des
Königs Wille darüber war zu gut bekannt. Die Sache machte daher zwar Lermen genug bey Hofe, aber
Niemand meldete sich dazu, und Heinrich theilte das
Geld so, daß er 72,000 Livres für sich behielt, 25,000
den Angebern gab, und die übrigen 47,000 mir überließ, mit dem Versprechen, daß in Zukunft jeder Fang
der noch in der Art gemacht werden könnte, er möchte
auch noch so ansehnlich seyn, mir ohne Einschränkung
ganz zu Theil werden sollte. Aber es gieng kein Geld
mehr hinaus; Ein Beyspiel hatte diesem verderblichen
Handel ein Ende gemacht.

Die Beyspiele, welche die Justizkammer (3), welche man gegen die Unternehmer, Schatzmeister, Einnehmer und andere Bediensten dieser Art errichtet hatte, denen, welche Unterschleif gemacht hatten, vorbe-
reitete, hätten dem Anschein nach noch weit furchtba-
rere Würkungen hervorbringen sollen. Meine Meinung war, man sollte sich nicht begnügen, ihnen das
unrechte Gut wieder zu nehmen; ich trug vielmehr auf
wirkliche Strafen für diejenigen an, welche sich Erpressungen hätten zu Schulden kommen lassen. Denn
warum hätte man auch dies Verbrechen von denen,
welche die Gerechtigkeit ahndet, ausgenommen, wenn
nicht das Geld einmal im Besitz wäre, alle Vergehun-
gen, welche um seinetwillen geschehen, wieder gut zu
machen? Ich möchte, wenn es möglich wäre, allen
Franzosen den Unwillen, den ich gegen einen so schäd-
lichen Mißbrauch fühle, und meine ganze Verachtung gegen die, welche ihm ihre Erhebung zu danken
haben, mittheilen. Wenn wir es auch für etwas geringes achten, durch diese unwürdige Gewohnheit (denn
keine

keine greift so unmittelbar die Ehre der Nation an, als
diese) uns bey unsern Nachbarn verächtlich zu machen;
so wollen wir uns wenigstens die Uebel, die sie uns
selbst zufügt, nicht verbergen. Nichts hat so sehr beygetragen, bey uns die Begriffe von Redlichkeit, Ein-
falt und Uneigennützigkeit umzustürzen, oder diese Tugenden lächerlich zu machen; nichts hat jenen unglücklichen Hang zur Ueppigkeit und Weichlichkeit, der
zwar allen Menschen gemein ist, bey uns aber durch
unsere characteristische Lebhaftigkeit, nach welcher wir
uns gleich mit Wuth an alle Gegenstände hängen, die
man uns zu unserm Vergnügen darbietet, zur andern
Natur wird, so sehr bestärkt; nichts setzt den französischen Adel insbesondere so sehr herab, als das schnelle und glänzende Glück der Unternehmer, weil es die
nur zu gut gegründete Meinung verbreitet, daß in
Frankreich dieses beynahe der einzige Weg ist, zu Ehrenstellen und den höchsten Würden zu gelangen, und
daß alsdann alles vergessen ist und alles rechtmäßig wird.

Wenn man bis zu der Quelle hinaufspüren will,
so sind die kriegerischen Tugenden beynahe die einzigen
Eigenschaften, wodurch in Frankreich der wahre Adel
erlangt, fortgepflanzt und verherrlicht wird. Man
wird diesen Gebrauch weder für eine bloße Meynung
noch für ein Vorurtheil halten, wenn man erwägt, daß
nichts natürlicher ist, als demjenigen Stande, durch
welchen die andern in der Sicherheit, ohne die es kein
wahres Gut giebt, bestehen und erhalten werden, den
Vorrang einzuräumen; aber dieser Stand führt nicht
zu großen Glücksgütern, und zwar ist dieses gerade eine
Würkung jener Simplizität, welche das Alterthum und
die Reinigkeit seiner ersten Einrichtung beweiset; er ist
blos ehrenvoll, weil man damals noch keinen andern
Lohn für schöne Handlungen kannte, als die Ehre.

Jetzt

Jetzt, da sich die Begriffe verändert haben, und das
Geld jeder Sache ihren Werth giebt, vergleicht man
die Classe dieses großmüthigen Adels mit den Classen
der Finanz- oder Justizbedienten, oder der Handels-
leute; aber dieses geschieht blos, um auf diese Leute
die Achtung zu übertragen, welche man denen, die als
lein mächtig und also in der That höher als wir sind,
nicht versagen kann, und weil man den Erstern diesen
Vorzug entrissen hat. Und wie wäre es auch möglich,
daß dieses nicht geschehen sollte, da man sieht, daß
der Adel über diesen Punkt genau eben so denkt, als
das Volk, und sich nichts daraus macht, ein reines
und erhabnes Blut durch schimpfliche Verbindungen
mit Bürgerlichen, die nichts als die Wechselbank, den
Kaufmannsladen, das Komptoir oder die Chikane
kennen, zu vermischen.

Dieser Mißbrauch bringt natürlicherweise noch
zwei andere hervor, die Verwirrung der Stände und
die Ausartung der Geschlechter; und die Erfahrung
beweiset dieses noch besser als die Vernunft. Man
werfe nur die Augen auf jene Menge von ablichen
Blendlingen, welche den Hof und die Stadt erfüllen,
man wird nichts mehr von jener männlichen, einfachen
und kraftvollen Tugend ihrer Ahnherren finden, keine
edlen Gefühle, keine Festigkeit des Geistes; ein unbe-
sonnenes und ausgelassenes Aeußeres, Leidenschaft für
Spiel und Schwelgerey, große Sorge für den Putz,
Nachdenken über Wohlgerüche und alle Arten der
Weichlichkeit sind an die Stelle getreten. Man sollte
glauben, sie wetteiferten mit den Weibern. Sie wählen noch Kriegsdienste; aber wozu sind sie mit solchen
Anlagen fähig, zu denen noch oft eine geheime Verachtung des Standes, den sie nur aus Zwang ergriffen haben, sich gesellt? Dieser Verfall ist bedaue-
ernß-

ernswürdig, aber er wird unvermeidlich bleiben, so
lange der Stand, dessen einziger Zweck der Ruhm ist,
sich nicht im Besitz des höchsten Ranges und ersten
Ehrenstellen befindet. Diese müssen daher denen, die
blos durch Reichthümer gestiegen sind, entrissen werden; weil die Schande, mit denen man diese Geschöp-
fe des Ungefährs bedeckt finden würde, wenn man
sie genau untersuchte, nicht hinreicht um sie uns verächtlich zu machen, so ist es nöthig ihnen durch wahre
schimpfliche Herabsetzung zu zeigen, welche Stelle sie
einnehmen sollen.

Diese Gründe sind fühlbar, der König war auch
sehr für sie, dem ungeachtet wurde aus dieser Justizkammer weiter nichts, als was immer daraus werden
wird; einige kleinere Diebe mußten für die Uebrigen
bezahlen, und die vornehmsten Schuldigen fanden sichern
Schutz durch eben das Metall, um dessen willen man
sie angrif. Sie wendeten einen Theil davon zu Geschenken an und retteten dadurch den andern. Bey
dem König selber würde dies Hülfsmittel nicht gewürkt
haben, wenn man es unmittelbar angewendet hätte;
aber man fand bey den Damen des Hofes und bey
der Königin selbst Zutrit, man gewann den Connetable, Bouillon, Bellegarde, Roquelaure, Souvré
und einige andere, die, ob sie gleich nicht von solchem
Stande waren, dennoch den König einzunehmen mußten; dahin gehörten Zamet, la Varenne, Gondy,
Benevil, Concini und Mehrere von dieser Art. Heinrichs Gefälligkeit gegen alle, denen er einige Vertrau-
lichkeit erlaubte, und hauptsächlich gegen das andere
Geschlecht, zerstörte alle seine schönen Entschließun-
gen, und so traf das Ungewitter nur diejenigen, welche sich den Vorwurf zu machen hatten, nicht genug
gestohlen zu haben, um ihren Raub in Sicherheit zu
brin-

bringen. ·Man möchte beynahe die Abschaffung eines Theils jener Beamten aller Art, von denen die Gerichtshöfe und die Finanzen wimmelten, und deren Ausgelassenheit sowohl als ihre übermäßige Menge eine unwidersprechliche Beglaubigung der Uebel, welche ein Staat ausgestanden hat, und sichere Vorläufer seines Untergangs sind, weil sie zu gleicher Zeit vorgenommen wurde, auch als eine Handlung der Justizkammer betrachten.

Im Monat May giengen der König und die Königin aus Andacht wegen des Jubiläums nach Orleans. Ich begleitete sie bis auf eine halbe Meile jenseits Fontainebleau, von wo sie nach Puiseaux in das Nachtquartier giengen. Diese kurze Zeit der Freyheit nutzte ich, um das Gut Baugy zu besuchen, welches mir wegen großen Summen, die ich darauf stehen hatte, durch ein Urtheil zugesprochen war. Ich hatte gleich angefangen, von dem konfiszirten Gelde hier bauen zu lassen; aber noch zwey Meilen von meinem Nachtquartier wurde ich durch einen Kurier von dem Könige aufgehalten, der schon von weitem hinter mir her sich hören ließ. Er brachte mir einen Brief, welcher diese wenigen Worte enthielt: „Ich hatte Ihnen zehen Tage zu Ihrer Reise nach Baugy gegeben; aber „ich habe wichtige Briefe von Buzenval bekommen, „die ich Ihnen zeigen will. Sie werden mir ein Vergnügen machen, wenn Sie gleich herkommen und die „Nacht hier in Puiseaux bleiben. Mit zu bringen „brauchen Sie nichts, ich habe für Ihr Quartier gesorgt und mein Jagdbette dahin bringen lassen. Auch „hat Coquet Befehl, Ihnen ein Abendbrod und auf „den andern Morgen ein Frühstück bereit zu halten, „denn länger werde ich Sie nicht aufhalten. Leben „Sie wohl, mein sehr lieber Freund."

Ich nahm von meiner Gemahlin, die mich begleitete, Abschied, und gieng sogleich, blos mit zwey Edelleuten, einem Pagen, einem Kammerdiener und einem Reitknecht, nach Puiseaux. Der König war im Klosterhofe, wo er die jungen Leute aus seinem Gefolge sich mit ritterlichen Spielen belustigen ließ. So bald er mich erblickte, rufte er Pasquier, welchen ihm Villeroy mit Buzenvals Briefen geschickt hatte. Dieser schrieb ihm darin, der Prinz Moriz hatte den Feldzug begonnen, und seine Armee durch die Besatzungen, die er aus ihren Quartieren gezogen hätte, verstärkt, und er hätte mehr als 2000 Wagen bey sich. Mit dieser Armee hoffte er (dies hatte Buzenval von verschiedenen Offizieren und von dem Prinzen selbst erfahren) durch Brabant, Lüttich, Hennegau und Artois bis an die höheren Gegenden der Flüsse an der Französischen Gränze vorzudringen, und mit unserm Beystand, auf den er rechnete, würde er den Krieg in die Gegend von Gravelingen, Dünkirchen und Nieuport spielen; der Erzherzog, welcher weit schwächer als der Prinz von Oranien wäre, weil er die Truppen aus Deutschland und Italien noch nicht erhalten hätte, sähe diese Vorbereitungen mit Erstaunen, aber er wage es nicht sich dem Marsch des Feindes zu widersetzen, und begnüge sich blos, ihm zur Seite zu bleiben, damit er sich nicht ausbreiten könne, ihn aufzuhalten und dem Orte, über welchen das Ungewitter losbrechen würde, nahe zu seyn. — Buzenval hatte diese Umstände, welche man ihm mitgetheilt hätte, so wichtig gefunden, daß er glaubte, dem König davon benachrichtigen zu müssen.

Nach meiner Kenntniß von den Niederlanden fand ich diesen Entwurf des Prinzen von Oranien so gewagt, daß er ihm eine völlige Niederlage hätte zu-

ziehen können. Er mußte im Angesicht und im Ge-
biete des Feindes einen sehr langen Marsch durch ein
Land so voll Holz, Hecken, enger und hohler Wege
liräche, wie hauptsächlich das Lüttichsche ist, daß ich
gar nicht glaubte, eine solche Menge von Wagen
würde durchkommen können. Der König war auch
meiner Meynung, und nachdem wir die Sache eine
Weile mit einander überlegt hatten, beschloß er, dem
Prinzen Moriz seine Gedanken darüber zu eröfnen.
Ich kehrte nun wieder nach Baugy zurück und besah
unterwegs Sully, in der Absicht es zu kaufen, welches
ich auch im folgenden Jahre that. Der König setzte
unterdeß seine Wallfahrt nach Orleans fort. Er legte
dort den Grundstein zu dem neuen Bau der Kreuz-
kirche und gieng dann wieder nach Paris, wo ich auch
drey Tage vor ihm angekommen war.

Heinrichs Briefe bewogen den Prinzen, seinen
Plan zu ändern. Er belagerte Rhimberg und nahm
es den zehnten Junius ein. Um sich zu rächen berenn-
te der Erzherzog am fünften Julius Ostende, (4) und
Moriz rückte nun vor Bolduc, um ihn entweder dadurch zu zwingen, seine Unternehmung aufzugeben, oder
durch die Eroberung dieser Vestung, die man für die
wichtigste in ganz Brabant hielt, sich schablos zu halten. Mein Urtheil war abermals, daß keines von
beyden erfolgen würde, und als der König in Gegenwart der Hofleute, welche zugegen waren, da er diese Nachricht erhielt, und alle sehr verschieden davon
sprachen, mich rief, um meine Gedanken darüber zu
wissen, antwortete ich: ob ich gleich nur sehr jung
Bolduc gesehn hätte, so erinnere ich doch mich noch sehr
gut dieses Platzes, und, auch abgerechnet, daß seine
Lage eine Belagerung außerordentlich schwer machen
würde, schiene es mir bey der Größe und der zahlrei-

H. Denkwürdigk. III. B.   Q   chen

chen Bürgerschaft desselben unmöglich, ihn so einzuschließen, daß Niemand hinein oder heraus könnte, wenn man nicht eine Armee von 25,000 Mann hätte. Der Prinz von Oranien scheiterte in der That vor Bolduc, aber alles dieses geschah erst im November.

Der Krieg, welcher so nahe an unsern Grenzen anglieng, bewog den König, sich Calais zu nähern, als hätte er blos die Absicht, diese Gegenden zu besuchen. Ob er indessen gleich immer noch den Spaniern nicht trauete, so befürchtete er doch bey dem jetzigen Zustande ihrer Angelegenheiten nicht, daß sie den Frieden brechen würden; aber es war ihm nicht unangenehm, ihnen einige Unruhe zu machen, um sich für die vielen Ursachen zum Mißvergnügen, die er täglich von ihnen erhielt, zu rächen. Das, was sie thaten, hätte ihn vielleicht noch zu nachdrücklichern Schritten bewegen können, wenn nicht die Staatsklugheit bey ihm über die Empfindlichkeit gesiegt hätte. Nach allen den Maschinen, die sie vergebens hatten spielen lassen, um Frankreichs Bündniß mit den Schweitzern zu trennen, und den Pabst zu hindern, daß er nicht in dem Streit wegen des Marquisats Saluzzo das Schiedsrichteramt übernähme, weil er nothwendig den Herzog von Savoyen hätte Unrecht geben müssen, hatten sie diesem auch in dem letzten Feldzuge durch den Grafen von Fuentes Truppen zuführen lassen. Ihre unabläßigen Bemühungen bey Biron, Bouillon, Auvergne, dem Prinzen von Joinville und Andern waren Niemanden unbekannt. Biron hatte es selbst mündlich dem König gestanden, und dieser hatte noch ganz neuerlich bey seiner Rückkehr von Orleans sichre Nachrichten von ihren geheimen Unterhandlungen in Metz, Marseille und Bayonne erhalten.

Die

Dies alles hatte Heinrich ſtillſchweigend ver-
ſchmerzt, aber nichts erbitterte ihn ſo ſehr, als die
Beleidigungen, welche unſer Vothſchafter zu Madrid,
la-Rochepot (5) nebſt ſeinem Neſſen und ſeinem ganzen Gefolge von dem Spaniſchen Hofe vor kurzem erfahren hatte.' la-Rochepot erzählte die Sache umſtändlich in ſeinen Briefen, und Heinrich rief in der
heftigſten Bewegung: „ich ſchwöre bey Gott, kann
„ich nur Einmal meine Sachen in guter Ordnung ſe-
„hen, und Geld und was ich ſonſt brauche, zuſam-
„men bringen, ſo will ich einen ſo fürchterlichen Krieg
„mit ihnen anfangen, daß ſie es bereuen ſollen, mich
„dazu gezwungen zu haben.“ Dennoch that er dieſes
Mal über eine ſo auffallende Verletzung des Völker-
rechts die Augen zu, aber er mußte ſich große Gewalt
dabey anthun. „Ich ſehe wohl, ſagte er öfters zu
mir, „Eiferſucht des Ruhms und Staatsintereſſe ma-
„chen es ſehr ſchwer, daß Frankreich und Spanien
„je einig ſeyn können, und ein bloßes Wort von die-
„ſem Hofe iſt nicht Sicherheit genug, wenn man Ru-
„he haben will.“ Er war von dem politiſchen Grund-
ſatz Villeroys und Sillerys, die oft in meiner Gegenwart behaupteten, eine genaue Verbindung mit Spanien ſey nicht nur weder unmöglich noch gefährlich,
ſondern vielmehr das wahre Syſtem, das man befol-
gen müſſe, ſo ziemlich zurückgekommen. Die Gründe, welche ich ihnen entgegenſetzte, waren, die natürliche Rivalität dieſer beyden Kronen, ihre mit einander
ſtreitenden Vortheile, und das Andenken ſo vieler und
noch ſo neuer Beleidigungen; und ich zog daraus den
Schluß, gegen einen ſo ſchlauen und treuloſen Nachbar
bliebe nichts übrig, als ihm nicht zu trauen und ſich zu
vertheidigen. Die letzten Nachrichten von Madrid gaben
mir für dieſes Mal gewonnene Sache, wenigſtens bey
dem Könige, und er bedachte ſich nicht länger, nach der Ge-

Q 2

gend

gend von Ostende aufzubrechen, so bald er nur den
beyden berühmten Gesandschaften, die er damals erhielt, Gehör gegeben hatte.

Die Eine war von dem Großherrn. Dieser
hatte erfahren, daß von seinen Feinde, dem Sophi
von Persien eine feyerliche Botschaft an den Papst,
den Kaiser und den König von Spanien abgeschickt
worden war, ohne des Königs von Frankreich zu erwähnen, gegen welchen er den Andern gewisser Maa-
ßen seine Freundschaft anbot, indem er sich die ihrige
ausbedung. Der Türkische Monarch that nun dasselbe bey uns, und er bediente sich dazu seines Arztes (6),
eines Christen, den er zum Botschafter gemacht hatte. Die Ausdrücke, in welchen dieser stolze Potentat
von den Franzosen sprach, beweisen eine auszeichnende
Achtung, von der man wenig Beyspiele hat. (7) Er
schätze, sagte er, die Freundschaft und die Waffen
der Französischen Nation allein höher, als die ganze
Macht aller andern christlichen Völker; und wenn auch
diese sich mit den Persern gegen ihn verbänden, so
glaubte er ihre Anstrengungen verachten zu können,
wenn er des Bündnisses und der Hülfe eines Königs
versichert wäre, dessen persönliche Ueberlegenheit über
alle seine Nachbarn ihm nicht unbekannt zu seyn schien.
Der Türkische Botschafter überreichte dem König im
Namen seines Herrn eine Menge reicher Geschenke,
und gab auch mir zwey trefliche Säbel, welche ich
sorgfältig aufhebe.

Die andre Gesandtschaft kam von der Republik
Venedig. Dieser Staat war durch besondre und oft
erneuerte Bündnisse, und durch ein gemeinschaftliches
Verhältniß gegen die Macht der Spanier, schon seit
langer Zeit genau mit Frankreich verbunden. Er
war

war einer der ersten gewesen, durch die Edlen Grade-
nigo und Delfini dem König zu dem Frieden und seiner
Vermählung Glück zu wünschen, und der letztere dieser beyden Herren war auch bey der gegenwärtigen Gesandtschaft. Heinrich ließ die Botschafter zu Paris
mit den höchsten Ehrenbezeugungen empfangen. Sie
wurden auf seinem eignen Silbergeschirr bedient und
mit reichen Geschenken überhäuft. Auch die Ersten
hatten Geschenke von demselben Werth erhalten. Er
war damals mit der Königin, die schon weit in ihrer
Schwangerschaft gekommen war, zu Fontainebleau,
und alle Briefe, die er mir schrieb, handelten von dem
Empfang der Gesandten und den Geschenken. Weil
er, und noch weniger die Königin, die doch an der
Gesandtschaft großen Antheil hatte, so bald nicht nach
Paris kommen konnten, so wollte er aus Achtung für
die Venetianischen Botschafter sie nicht bis zu seiner
Rückkehr warten lassen. Er schrieb, daß er ihnen zu
Fontainebleau Audienz geben wollte, und seine Kut-
schen und Züge mußten sie mit denselben Ehrenbezeugungen dahin führen.

Die Erzherzoge fiengen gleich an zu besorgen, der
König möchte vielleicht, indem er nach Calais zu mar-
schirte, den Plan haben, ihre Absichten auf Ostende
zu hindern, und dadurch das Wiedervergeltungsrecht
wegen der schlechten Behandlung seines Gesandten gebrauchen. Um den Zweck seiner Reise wo möglich zu
entdecken, schickten sie den Grafen von Sore als Botschafter an ihn, unter dem Vorwand, ihm dieselben
Complimente zu machen, die er von allen Seiten wegen der Schwangerschaft der Königin empfieng. Sore
hatte zugleich den Auftrag, einen günstigen Augenblick zu suchen, um einige Worte als eine Klage über
diese Reise fallen zu lassen. Dadurch wurde dem Kö-

                    nig

nig ein schönes Feld eröfnet, und, statt ihnen über
diese Klagen Genugthuung zu geben, beschwerte er sich
im Gegentheil heftig über den Spanischen Hof, wobey er jedoch, aber nur in allgemeinen Ausdrücken
versicherte, der Bruch solle nicht von seiner Seite kommen, wenn er nicht durch ein fortgesetztes schlechtes
Betragen von ihnen dazu gezwungen würde. Der
Gesandte stellte sich, als ob er mit dieser Versicherung
zufrieden wäre.

Sobald die Königin von England erfuhr, daß
Heinrich zu Calais wäre, glaubte sie eine günstige Gelegenheit gefunden zu haben, ihr Verlangen, den besten Freund, den sie hatte, zu sehen und zu umarmen, befriedigen zu können. Er wünschte diese Zusammenkunft eben so sehr, um mit ihr sowohl über
die allgemeinen Staatsangelegenheiten der Christenheit, als auch über die Ihrigen insbesondre, und vorzüglich über die, welche die Englischen und Holländischen Gesandten zu Nantes berührt hatten, mit ihr
reden zu können. Elisabeth schrieb ihm zuerst einen
sehr höflichen und mit Dienstanerbietungen erfüllten
Brief; sie ließ ihm sodann durch Milord Edmund,
den sie nach Calais schickte, die gewöhnlichen Complimente machen und jene Versicherungen wiederholen,
unterdessen kam sie selber nach Dover und schickte von
da den Lord Sidney mit neuen Briefen ab.

Heinrich wollte sich nicht an Höflichkeit übertreffen
lassen. Er antwortete mit einer Art, die eben soviel
Ehrfurcht und Achtung für Elisabeths Geschlecht, als
Verehrung und Bewunderung ihrer Person zeigte.
—Dieser Briefwechsel dauerte einige Zeit zum großen
Verdruß der Spanier, die über eine solche Nachbar-
schaft und ein so genaues Verkehr eifersüchtig waren.

Aber

Aber von allen den Briefen, welche der König
und die Königin bey dieser Gelegenheit einander schrieben, ist nur der einzige in meinen Händen geblieben,
worin Elisabeth ihm die Hindernisse meldet, welche sie
abhalten mit ihm zusammen zu kommen, und zugleich
das Unglück der gekrönten Häupter beklagt, welches
sie wider ihren Willen zu Sklaven der Formalitäten
und weitläuftiger Vorsichten macht; denn dieser Brief
verursachte meine Reise nach England (8). Sie sagte darin ihrem theuren und geliebten Bruder, so
nannte sie immer den König: es thue ihr um so mehr
leid, ihn nicht sehen zu können, weil sie ihm etwas
mitzutheilen hätte, welches sie keinem Menschen, und
auch nicht dem Papier anvertrauen könnte, und doch
seye sie im Begrif, nach London zurückzukehren.

Diese Worte erregten die Neugier des Königs,
und er plagte sich vergebens, ihre Bedeutung zu errathen. Er ließ mich durch den Sekretair Feret holen, und sagte mir: „Ich habe einen Brief von mei-
„ner guten Schwester, der Königin von England, die
„Sie so sehr lieben, erhalten. Er ist mehr als jemals
„voll von Schmeicheleyen, aber sehen Sie einmal, ob
„Sie besser als ich errathen können, was sie am En-
„de desselben sagen will.“ Ich war mit ihm einstimmig, daß sie nicht ohne große Ursach sich so ausdrücken könnte. Es wurde also beschlossen, ich sollte den
folgenden Tag nach Dover gehen, als hätte ich bloß
die Absicht, die Nachbarschaft der See zu benutzen
um einmal nach London zu streifen. Zugleich sollte ich
Achtung geben, wie sich die Königin bey meiner Ankunft, von der sie gewiß bald unterrichtet werden würde, verhielte. Ich sagte keinem Menschen etwas von
dieser Reise, als einigen wenigen von meinen Leuten,
die ich mitnehmen wollte.

Q 4

Mit

Mit dem frühsten Morgen bestieg ich ein Boot und kam um 10 Uhr zu Dover an, wo Milord Sidney, der mich nur erst vor wenigen Tagen zu Calais gesehen hatte, unter der Menge der Abgehenden und Ankommenden mich sogleich erkannte. Die Herren Cobham, Raleigh und Greffin waren bey ihm; und noch zwey andere, die Grafen von Evencher und Pembroke, kamen gleich hinzu. Er umarmte mich und fragte, ob ich käme, der Königin meine Aufwartung zu machen. Ich verneinte es, und versicherte ihm sogar, daß der König von meiner Reise nichts wüßte; zugleich bat ich ihn, auch der Königin nichts davon zu sagen; denn da ich nicht die Absicht gehabt hätte, ihr aufzuwarten, hätte ich auch keine Briefe ihr zu überreichen, und wünschte nur inkognito eine ganz kurze Reise nach London zu machen. Die Herren antworteten alle mit Lachen, ich hätte eine vergebliche Vorsicht gebraucht, weil das Wachtschif wahrscheinlich schon jetzt meine Ankunft gemeldet hätte, und ich sollte mich nur gefaßt machen, bald einen Boten von der Königin ankommen zu sehen; sie würde mich gewiß nicht so gehen lassen; noch vor drey Tagen hätte sie öffentlich von mir in sehr verbindlichen Ausdrücken gesprochen. Ich stellte mich, als ob mir dieser Zufall äußerst unangenehm wäre, und als ob ich zugleich noch immer darauf rechnete, unentdeckt zu bleiben, wenn nur diese Herren den Ort, wo ich logierte, verschweigen wollten; sobald ich nur gegessen hätte, setzte ich hinzu, indem ich sie plötzlich verließ, würde ich gleich weiter reisen. Kaum war ich in mein Zimmer getreten, wo ich mit meinen Leuten redete, so umarmte mich jemand von hinten zu, und sagte mir, er nähme mich im Namen der Königin gefangen. Es war ein Hauptmann von ihrer Leibwache; ich umarmte ihn wieder,

und

und sagte lächelnd: ich schätze mir diese Gefangenschaft zur größten Ehre.

Er hatte Befehl, mich sogleich zu der Königin
zu führen; ich folgte ihm. „Was? sagte sie zu mir,
„Herr von Rosny, brechen Sie so durch unsere Ge-
„häge? Sie gehen vorbey ohne zu mir zu kommen.
„Dies wundert mich; denn ich habe gesehen, daß Sie
„mir ergebner sind, als einer von meinen Dienern, und
„ich glaube Ihnen keine Ursach gegeben zu haben, die-
„se gute Meynung zu ändern. Ich antwortete mit
wenigen Worten, was sich auf einen so gnädigen Empfang gebührte, und dann kam ich durch einen ganz
natürlichen Uebergang auf die Gesinnungen, welche
der König für sie hegte.' „Um Ihnen zu beweisen,
„erwiederte sie, daß ich alles glaube, was Sie mir
„von dem Wohlwollen des Königs, meines Bruders,
„und dem Ihrigen sagen, will ich mit Ihnen von dem
„letzten Briefe reden, den ich an ihn geschrieben habe.
„Ich bilde mir ein, daß Sie ihn gesehen haben, denn
„Stafford (diesen Namen führte Milord Sidney)
„und Edmund haben mir gesagt, daß der König selten
„etwas vor Ihnen geheim hält.“ Bey diesen Worten
zog sie mich auf die Seite, um mich mit mehrerer Freyheit über den gegenwärtigen Zustand der Angelegenheiten Europas unterhalten zu können. Sie that dies
mit so vieler Deutlichkeit und Richtigkeit, indem sie
von dem Vertrag zu Vervins anfieng, daß ich zugestehen mußte, diese große Königin sey ganz des Rufes,
den sie in Europa erlangt hatte, würdig. Sie ließ
sich auf diese einzelnen Umstände ein, um mir zu zeigen, daß Heinrich die Ausführung der großen Entwürfe, welche sie beyde gegen das Haus Oesterreich
im Sinne hatten, nothwendig mit ihr vereint anfangen müsse; und sie bewies dies durch den großen Zu-

Q 5

wachs

wachs an Macht, den dieses Haus täglich gewinne.
Sie erinnerte mich an das, was über diesen Gegenstand im Jahr 1598 zwischen dem König und den
Englischen und Holländischen Gesandten vorgefallen
wäre, und fragte mich, ob er noch immer in denselben Gesinnungen beharrte, und warum er die Ausführung so lange verschöbe?

Ich gab auf ihre Fragen zur Antwort: der König mein Herr dächte jetzt noch, so wie er immer gedacht hätte, und in keiner andern Absicht sammlete er
Geld, Kriegsvorräthe und Soldaten; aber es fehlte
noch viel dazu, daß Frankreichs Zustand so wäre, wie
er seyn müßte, um es zu unternehmen, eine so gut
gegründete Macht, als die der österreichischen Fürsten
zu zernichten. Ich unterstützte diesen Satz, indem
ich den außerordentlichen Aufwand anführte, den Heinrich seit dem Frieden zu Vervins sowohl für die allgemeinen Bedürfnisse seines Landes, und um die Unternehmungen der Aufrührer zu unterdrücken, als auch
zu dem so eben nur geendigtem Kriege mit Savoyen
hatte machen müssen. Ich verbarg ihr nicht, was ich
immer von jener Unternehmung gedacht habe; daß
nemlich, wenn auch England und die vereinigten Niederlande ihre äußersten Kräfte gegen das Oesterreichische Haus anstrengten, dennoch dieses, wenn es die
Macht seiner beyden Linien vereinigte, sich nicht nur
ohne Mühe gegen jene behaupten, sondern auch die
Wagschaale gleich erhalten könnte, so lange England
und die Niederlande nicht von der ganzen Kräft der
französischen Monarchie, welcher aus mehr als einer
Ursach die erste Rolle in diesem Kriege zufällt, unterstützt würden. Wäre es nun aber nicht ein unnützes
und selbst unweises Unternehmen, wenn man, um
die furchtbare Oesterreichische Macht zu untergraben,

blos

blos dieselben Mittel anwendete, durch welche man sich
gegen sie nur hätte vertheidigungsweise halten können?
Es sey daher unumgänglich nothwendig, noch einige
Jahre zu warten, ehe man sich erklärte; unterdessen
würde Frankreich erlangen, was ihm fehlte, und um
den Streich, den man dem gemeinschaftlichen Feinde
beybringen wollte, desto sicherer führen zu können, mit
seinen Bundsgenossen sich bemühen, die benachbarten
Könige, Fürsten und Staaten, hauptsächlich die deutschen, welche von der Tyranney des Oesterreichischen
Hauses am meisten zu fürchten haben, zu derselben
Absicht zu verbinden.

Die Königin sah aus der Art, wie ich mich ausdrückte, daß ich ihr mehr Heinrichs Gesinnungen, als
meine eignen, vorlegte. Sie gab mir dieses zu verstehen, indem sie gestand, sie fände meine Meinung
so vernünftig, daß sie nicht umhin könnte, ihr beyzu-
pflichten. Eine Sache gäbe es noch, setzte sie hinzu,
über die man sich von beyden Seiten nicht früh genug
erklären könnte; diese nemlich, daß, da die vorgeschla-
gene Verbindung blos den Zweck hätte, die österreichi-
sche Macht in die gehörigen Schranken zurück zu drän-
gen, es auch nothwendig sey, daß jeder der Bundsgenossen von selbst seine Wünsche dergestalt einschränkte,
daß die andere nicht dadurch vor den Kopf gestoßen
werden könnte. Wenn man zum Beyspiel vorausset-
te, daß Spanien die Niederlande verlöhre, so könne
dieser Staat weder ganz, noch zum Theil, so wenig
von dem König von Frankreich, als von dem König
von Schottland, der einst ganz Groß-Britannien
besitzen würde, oder selbst von den Königen von Schweden und Dännemark, die an sich zu Wasser und zu
Lande mächtig genug wären, um die andern Bundsgenossen aufmerksam zu machen, begehrt werden; und
dasselbe

daſſelbe fände auch bey andern Provinzen, die man den Spaniern entreißen könnte, in Ansehung der nächſten Nachbarn dieſer Länder ſtatt. „Denn, ſagte ſie, „ich leugne es nicht, wenn mein Bruder Heinrich ſich „zum Eigenthümer der Niederlande machen, oder auch „ſie nur als ein Lehn beſitzen wollte, ſo würde ich da- „durch zur heftigſten Eiferſucht gereißt werden; aber ich „würde es ihm auch nicht verdenken, wenn er im Be- „tracht meiner dieſelbe Beſorgniß hegte."

Eine Menge Betrachtungen in dieſer Art, wel- che die Königin noch hinzufügte, und die eben ſo viel Scharfſinn als Weisheit zeigten, erfüllten mich mit ſtaunender Bewunderung. Es iſt nichts ſeltnes, daß Fürſten große Plane entwerfen; der Geiſt wird in ih- rer Sphäre ſo natürlich darauf geleitet, daß man nur nöthig hat, ſie auf den Nachtheil dabey aufmerkſam zu machen; ihre Plane nehmlich ſtehen oft ſo wenig im Verhältniß mit ihren Kräften, daß ſie die meiſte Zeit kaum die Hälfte von dem, was ſie unternehmen, ausführen können. Aber ſich Mühe zu geben, nur ver- nünftige Entwürfe zu machen, die ganze Oekonomie derſelben mit Weisheit zu beſtimmen, und alle dabey mögliche Widerwärtigkeiten voraus zu ſehen, und ihnen ſo vorzubeugen, daß, wenn ſie eintreten, man nur nöthig habe, das ſchon ſeit langer Zeit bereit gehalten Gegenmittel anzuwenden; — dies iſt eine Sache, wo- zu nur Wenige fähig ſind. Unwiſſenheit, blühender Glückszuſtand, Wolluſt, Eitelkeit, ja ſelbſt Trägheit und Furcht, machen, daß täglich Dinge unternom- men werden, die völlig unmöglich ſind. — Daß Eliſabeth und Heinrich, die über ihren politiſchen Plan nie mit einander Abrede genommen hatten, ſo genau in allen ihren Ideen zuſammentrafen, und daß dieſe Uebereinſtimmung ſich bis auf die kleinſten Um-

ſtände

ſtände erſtreckte, war nicht weniger überraſchend für mich.

Da die Königin ſah, daß ich ſie ſchweigend und mit Verwunderung anblickte, glaubte ſie ſich nicht deutlich genug erklärt zu haben, daß ich den ganzen Gehalt ihrer Worte hätte faſſen können; aber als ich ihr ganz aufrichtig die wahre Urſach meines Schweigens und meines Erſtaunens geſtanden hatte, bedachte ſie ſich noch weniger, ſich bis auf die kleinſten einzelnen Gegenſtände ihres Plans einzulaſſen. Aber ich werde Gelegenheit genug haben, von dieſer Sache zu handeln, wenn ich die großen Entwürfe auseinander ſetzen werde, welche durch Heinrichs frühzeitigen Tod ſcheiterten; ich will daher den Leſer nicht durch unnütze Wiederholungen ermüden. Nur mit wenig Worten will ich hier die fünf Hauptpunkte anzeigen, auf welche die Königin von England jenen weitläuftigen Plan zurückbrachte. Sie beſtanden darin: erſtlich, Deutſchland in Anſehung der Kaiſerwahl und der Ernennung eines Römiſchen Königs dieſelbe Freyheit wieder zu verſchaffen, welche es vor Alters gehabt hatte; zweytens die vereinigten Provinzen durchaus unabhängig von Spanien, und eine mächtige Republik daraus zu machen, indem man, wenn es möglich wäre, einige von Deutſchland getrennte Provinzen damit verbände; drittens eben ſo mit der Schweiz zu verfahren, indem man einige angrenzende Länder, vorzüglich Elſaß und die Grafſchaft Burgund dazu ſchlüge; viertens, die ganze Chriſtenheit in eine gewiſſe Anzahl ſich ſo ziemlich gleicher Mächte zu vertheilen; und fünftens, alle Sekten darin zu den drey Religionen, welche in Europa die ausgebreitetſten zu ſeyn ſcheinen, zu bringen.

Unſre Unterhaltung dauerte lange. Ich werde nie die Königin ſo, wie ſie es wegen der Eigenſchaften ihres Herzens und ihres Geistes, die sie in diesen Augenblicken zeigte, verdient, loben können. Der König war mit dem, was sie mir gesagt hatte, sehr zufrieden, als ich ihm den Bericht davon abstattete. Er unterhielt sich mit ihr darüber in Briefen während der ganzen Zeit, welche sie beyde noch zu Calais und Dover zubrachten. Man kam wegen aller vorläufigen Umstände überein, und machte selbst schon Einrichtungen wegen der Hauptsache, welche aber so geheim gehalten wurden, daß diese ganze Unterhandlung bis an den Tod des Königs und selbst noch lange nachher unter diejenigen gehört hat, über welche man nur eben so gewagte als sich selbst widersprechende Vermutungen vorgebracht hat.

Heinrich kam nicht eher wieder nach Paris, als bis er eine genaue Besichtigung aller seiner Grenzplätze angestellt, und für ihre Sicherheit gesorgt hatte. Uebrigens blieb er bey dem Streit der Spanier und Flamänder ein gleichgültiger Zuschauer, und that auch weiter nichts für Ostende, als daß er es geschehen ließ, daß verschiedne französische Unterthanen unter den Truppen des Prinzen von Oranien Dienste nahmen. Dies kostete einigen von ihnen das Leben, unter andern dem jungen Chatillon-Coligny (9), dem eine Kanonkugel vor Ostende den Kopf wegnahm, und dessen Tod gewiß ein großer Verlust für Frankreich war. Der König sagte laut, als er es erfuhr: das Land hätte einen Mann von großen Verdiensten eingebüßt. Mir besonders war dieser Unglücksfall sehr schmerzlich. In so jungen Jahren hatte Coligny bereits alle Eigenschaften eines großen Kriegsmannes, Tapferkeit, Kaltblütigkeit, Klugheit, einen umfassenden Geist, und die Kunst, sich bey dem Soldaten und dem Offizier gleich beliebt zu machen, in sich zu vereinigen gewußt.

Aber

Aber die Eifersucht der Hofleute machte ihm bald aus allen diesen Tugenden ein Verbrechen bey dem Könige. Coligny war ein Protestant. Man hinterbrachte Seiner Majestät, er habe schon darnach gestrebt, sich zum Oberhaupt aller Reformirten in und ausserhalb des Königreichs zu machen, wozu ihn der Herzog von Bouillon zu bewegen suchte. Bey jeder Gelegenheit, hieß es, hätte er die stärkste Neigung blicken lassen, in die Fußtapfen seines Vaters und Großvaters zu treten, und diese selbst noch zu übertreffen; er sollte versichert haben, der Tod würde ihn nicht schmerzen, wenn er das Glück hätte, ihn an der Spitze eines Heers zur Rettung seiner Brüder zu finden. Seine Liebe für die Soldaten nannte man einen schlauen und gefährlichen Kunstgrif. Man gab dem König zu verstehen, der Prinz von Oranien sey schon eifersüchtig auf Coligny gewesen, und er selbst würde von dem Sprößling eines Stamms, der Frankreichs Königen so viel zu schaffen gemacht hätte, dereinst alles zu befürchten gehabt haben. Dies gieng so weit, daß als ich nach Hofe gieng, um einige Gnadenbezeugungen für die Mutter und den Bruder des Verstorbnen zu erbitten, Heinrich mir blos alle diese Reden wiederholte; denen er nur zuviel Glauben beymaß, und mir nicht nur über Chatillons Tod vollkommen getröstet, sondern auch gegen diese ganze Familie dergestalt eingenommen zu seyn schien, daß ich eine Vorbitte aufgab, durch die ich weiter nichts würde ausgerichtet haben, als mir selbst wegen der Gleichheit meiner Religion und wegen meiner Verbindungen mit dem Verstorbnen, zu schaden.

Der König hatte das Vergnügen, seine Gemahlin zu Fontainebleau in eben so guter Gesundheit, als er sie verlassen hatte, wieder zu finden. Er trennte sich während ihrer Schwangerschaft nur selten von ihr, und schien die größte Sorge für ihre Gesundheit zu tragen (10). „Bringen Sie mir diesmal keine Geſchäftsleute mit,“ schrieb er mir wenige Tage vor ihrer Entbindung, „davon muß in der erſten Woche nach „der Niederkunft meiner Frau die Rede nicht seyn, wir „werden genug zu thun haben, zu hindern, daß sie „nicht melancholisch werde.“

Der Augenblick, welcher den König, die Königin und das ganze Reich mit Freude erfüllen sollte, erschien endlich. Maria brachte am siebzehnten September einen Prinzen zur Welt, und das gute Befinden der Mutter und des Kindes gab die besten Hofnungen. (11) Ich glaube sagen zu dürfen, daß keine Freude der meinigen gleich kam. Die engſten Banden fesselten mich an die Person des Königs; diese Eigenschaft hatte ich noch vor allen guten Franzosen und seinen getreusten Unterthanen voraus; um an dieser Begebenheit den lebhaftesten Antheil zu nehmen. Heinrich war auch so sehr davon überzeugt, daß er mir die Ehre erzeigte, mich durch ein Billet, welches er den Abend um 10 Uhr mir von Fontainebleau nach Paris schickte, davon zu benachrichtigen. „Die Kö- „nigin,“ schrieb er mir ganz kurz, „ist jetzt eben von „einem Sohn entbunden worden. Ich gebe Ihnen „Nachricht davon, damit Sie sich mit mir freuen kön- „nen.“ Außer diesem Billet, worin er nur sein Herz hatte reden lassen, schrieb er mir, als dem General-Feldzeugmeiſter, an demselben Tage noch ein anderes, welches la Varenne mir überbringen mußte. Er sprach darin von der Geburt des Dauphins, als einer Ursach zur Freude für ihn, welche er nicht genug ausdrücken könnte. „Und noch nicht so sehr, sagte er, „in so fern er mich so nahe angeht, als wegen des all-

„gemeinen

„gemeinen Wohls meiner Unterthanen." Er befahl mir, die Kanonen des Arsenals lösen zu lassen, und dies geschah auch so, daß man es bis Fontainebleau hören konnte. Die Befehle waren bey dieser Gelegenheit überflüssig. Vom ersten bis zum letzten der Unterthanen des Königs waren die Freudenbezeugungen diesmal eben so frey von Furcht als von Politik.

Seine eigene Freude wurde durch einen kleinen Kummer, den er sich freywillig zuzog, getrübt. Sein erster Leibarzt, la Riviere (12), war ein Mann, der nicht mehr Religion hatte, als alle die, welche sich öffentlich mit der Sterndeuterey abgeben, ob man ihm gleich in der Welt die Ehre erzeigte, zu sagen, er verberge ein protestantisches Herz unter der Aussenseite eines Katholiken. Heinrich fühlte schon für seinen Sohn eine Liebe, welche ihm die lebhafteste Ungeduld gab, die künftigen Schicksale desselben zu wissen. Er hörte immer sagen, daß la Riviere oft glücklich getroffen hätte, und befahl ihm daher, mit aller Aufmerksamkeit und den Gebräuchen seiner Kunst das Horoskop des Dauphins zu machen. Um genau den Augenblick der Geburt zu wissen, hatte er gesucht, sich die beste Uhr, die man nur finden konnte, zu verschaffen. Demungeachtet schien es, als hätte er diese Idee wieder verlohren, bis etwa vierzehn Tage nachher, da ich mit ihm allein war, die Rede zwischen uns auf jene Prophezeyungen kam, welche, wie ich oben gesagt habe, la Brosse von ihm und von mir gemacht hatte, und die so genau eingetroffen waren. Auf einmal erwachte nun, stärker als zuvor, die Begierde bey ihm, einen ähnlichen Versuch bey seinem Sohn zu machen.

Er ließ la Riviere rufen, welcher, ohne sich es merken zu lassen, die Arbeit schon angefangen hatte, und sagte ihm in meiner Gegenwart, ohne daß sonst jemand zugegen war: „Nun, la Riviere, Sie sagen „mir gar nichts über die Geburt des Dauphins; was „haben Sie gefunden?   „Ich hatte etwas dergleichen „angefangen, antwortete la Riviere, aber ich habe „alles liegen lassen, weil ich mich nicht mit einer Wis- „senschaft beschäftigen wollte, welche ich zum Theil „vergessen habe, weil ich sie stets äußerst trüglich fand.“ Heinrich sah gleich, daß diese Worte nicht aufrichtig waren, es sey nun aus Furcht, dem König zu miß- fallen, es sey üble Laune, oder Grille, oder auch Handwerkssprache eines Sterndeuters, der seinen Ge- heimnissen mißtrauet. Er fuhr daher fort: „Ich sehe „wohl, daß das Sie nicht abhält; denn Sie gehören „sonst nicht zu den so sehr Gewissenhaften. Aber Sie „wollen nur mir nichts sagen, aus Furcht zu lügen, „oder mich böse zu machen. Sey es aber, was es „wolle, ich will es wissen, und ich befehle Ihnen selbst, „bey der Gefahr mich zu beleidigen, daß Sie mir's „frey heraus sagen.“ la Riviere ließ es sich drey bis viermal wiederholen, und dann hub er mit verstelltem oder wahrem Unwillen an: „Sire, Ihr Sohn wird „hohes Alter erreichen, und länger regieren, als Sie, „aber Sie und Er werden von ganz verschiedenen Nei- „gungen und Launen seyn. Er wird auf seinen Mei- „nungen und Einfällen bestehen, und zuweilen auch „auf den Meynungen Anderer. Weniger sagen als „denken, wird das beste seyn. Trostlose Zeiten dro- „hen Ihren alten Gesellschaftern. Was Sie geschont „haben, wird zerstört werden. Er wird große Din- „ge ausführen, in seinen Entwürfen sehr glücklich seyn, „und der Christenheit viel von sich zu reden geben. „Stets Krieg und Frieden. Nachkommen, — wird „er haben, und nach ihm wird alles schlimmer werden. „Das ist alles, was Sie von mir erfahren werden,

„und

„und mehr war ich nicht entschloſſen, Ihnen zu ſa-
„gen.“ Der König ſann einige Augenblicke über das,
was er gehört hatte, nach; dann rief er: „Sie mey-
„nen die Hugenotten, ich ſehe es wohl; aber das ſa-
„gen Sie nur, weil Sie auch ein halber Proteſtant
„ſind.“ „Ich meyne alles, was Ew. Majeſtät be-
„liebt, antwortete la Riviere, aber mehr werden Sie
„von mir nicht erfahren.“ Mit den Worten verließ
„er uns ſchnell. — Heinrich blieb noch lange mit mir
„am Fenſter ſtehen, und wir unterhielten uns über je-
„des Wort, welches la Riviere geſagt hatte; ſeine ganze
„Rede hatte einen tiefen Eindruck auf den König gemacht.

Er fuhr fort mir mit derſelben freundſchaftlichen
Art alles zu ſchreiben, was zu Fontainebleau vorgieng,
nachdem ich es kurze Zeit nach jener Unterredung verlaſſen hatte. „Sie können nicht glauben, ſchrieb er
„mir, wie wohl ſich meine Frau befindet, nach allen
„dem, was ſie ausgeſtanden hat. Sie hat von ſelbſt
„ſich wieder den Kopfputz aufſetzen laſſen, und ſpricht
„ſchon vom Aufſtehen. Sie geht ſchon bis ins Ne-
„benzimmer. (Es war der neunte Tag nach ihrer
„Entbindung) Ihr Temperament iſt ſtark. Mein
„Sohn befindet ſich auch wohl, Gott ſey Dank! Daß
„ſind die beſten Neuigkeiten, welche ich einem treuen
„und mir zugethanen Diener, den ich liebe, ſchreiben
„kann.“ (13) Er ſchickte den Dauphin nach Saint-
Germain, weil die Luft dort beſſer iſt, und wollte, daß
ihn die ganze Stadt Paris ſehen ſollte. Solche kleine
Aufmerkſamkeiten zeigen oft beſſer den wahren Grund
der Geſinnungen, als auffallende Handlungen. Er
ließ ihn unbedeckt durch dieſe große Stadt tragen, und
der wiederholte Zuruf der Pariſer bewies, wie ſehr ihnen dieſe Popularität gefiel.

Hein-

Heinrich hatte der Königin versprochen, wenn sie einen Prinzen zur Welt brächte, so wollte er ihr Monceaux als Eigenthum schenken. Er schrieb mir daher auch um dieselbe Zeit: „Meine Frau hat Monceaux „gewonnen, weil sie mir einen Sohn geboren hat; ich „bitte Sie deswegen, den Präsidenten Forget holen „zu lassen, und mit ihm über diese Sache zu reden, „und auch für die Sicherheit zu sorgen, welche ich „dabey wegen meiner Kinder geben muß, damit auf „alle Fälle die Summe, für welche ich Monceaux neh„me, auch recht gewiß sey." Er erinnerte mich, zu gleicher Zeit, die Tapeten zu fordern, welche die Stadt Paris der Königin zum Wochengeschenk versprochen hatte. Zu eben der Zeit, wo der Himmel Frankreich einen Prinzen gab, wurde auch in Spanien eine Infantin geboren (14).

Die Unterhandlung mit dem Großherzog von Florenz, welche schon verschiedene Jahre gedauert hatte, wurde endlich in dem Gegenwärtigen beendigt. Um zu verstehen, wovon hier die Rede war, muß man wissen, daß der Großherzog, Ferdinand von Medizis, unter der Regierung Heinrichs III, bey Gelegenheit der Unruhen, welche Frankreich zerrütteten, sich der kleinen Inseln bey Marseille, Ratonneau, Pomegue und If, nebst dem Schlosse auf der letztern, bemächtigt hatte. Heinrich IV war entschlossen, sie wieder zu haben, und ließ sie 1598 durch d'Ossat, der damals in Italien war, von dem Großherzog zurückfordern. Dieser wagte es nicht, eine abschlagende Antwort zu geben, er that blos die Vorstellung, er habe an diese Inseln große Summen gewendet, welche er doch nicht einbüßen könnte. D'Ossat hob diese Schwierigkeit, indem er den König verbindlich machte, zur Entschädigung für jene Kosten 300,000 Tha-

ler

fer zu bezahlen, für welche zwölfe von den reichsten
und angesehensten Personen in Frankreich Bürgschaft
leisten sollten; als ob der König nicht allein für eine so
mittelmäßige Summe hätte gut sagen können (15).
Er bestätigte indessen den Vergleich, ohne sehr darauf
zu merken, und kurze Zeit nachher schickte der Großherzog den Ritter Vinta, um mit Gondy die Sache
nach diesem Plan abzuthun.

Die beyden Herren suchten ihre Bürgen im
Staatsrath selbst, und thaten mir sowohl, als den
Andern, den Antrag. Ich fand etwas so sonderbares
in dieser Art des Betragens gegen einen König, dessen
Macht in ganz Europa so bekannt ist, daß ich denen,
die mit mir davon reden wollten, gerade ins Gesicht
lachte. Vergebens stellte mir Villeroy vor, es sey
nothwendig, d'Ossats Versprechen zu erfüllen; ich
antwortete ihm, es habe nie Wechsler in meiner Familie gegeben. In der That war das auch mehr eine
Sache für einen Wechsler als für einen Edelmann.
„Alle Andern, sagte er, haben nicht die geringste
„Schwierigkeit gemacht.“ „Ich glaub's, versetzte ich
„mit einigem Unwillen, aber es ist auch keiner dabey,
„der nicht vom Stadtadel oder der Handelschaft ab-
stamme.“ Darüber entstand ein kleiner Zank im
Staatsrath, welcher dem König hinterbracht wurde.
Er lächelte blos dazu, und sagte: man habe unrecht
gethan mit mir davon zu reden ohne es ihm vorher gesagt zu haben, denn er selbst hätte noch nicht mit mir
darüber gesprochen. „Ich wundre mich, setzte er hinzu,
„daß er Euch nicht noch eine härtere Antwort gegeben
„hat. Kennt Ihr denn den Menschen noch nicht, wie
„viel er sich auf seinen Adel einbildet? Macht die Sa-
„che aus, ohne daß weder er noch ein anderer sich ver-
„bürge. Im Grunde hatte ich ja auch dem Bischof

                              „von

„von Rennes dazu keinen Auftrag gegeben.“ Der
Großherzog ließ sich nicht lange bitten, um die Bedingung nachzulassen, und er entsagte den zwölf Bürgen
aus Achtung für die Person des Königs. Die Acte,
die darüber aufgesetzt wurde, war vom 4ten August
1598, aber die Sache selbst wurde von beyden Theilen erst durch die Ankunft des Ritters Vinta in diesem Jahre beendigt.

Ich bekam auch einen Auftrag bey der Liquida-
tion gewisser Güter in Piemont, welche der Graf von
Soissons an den König verhandeln wollte. Sie waren ihm von Seiten seiner Gemahlin, welche aus dem
Hause Montaffié war, durch den Tod der Prinzessin
von Conty zugefallen (16). Mein Bericht war nicht
zum Vortheil des Grafen; ich stellte dem König vor,
diese Güter wären von weit geringerm Werth, als
man sie ausgäbe, und überdem noch so manchen Pro-
zessen ausgesetzt, und so nachtheilig gelegen, daß diese
Betrachtungen ihnen noch viel von ihrem Werth be-
nähmen. Diese Rede machte den Grafen von Soissons sehr ungehalten auf mich, aber er ließ es sich
nicht merken.

Fresne Canaye (17) wurde zum Bothschafter
nach Venedig und mein Bruder Bethune nach Rom
bestimmt, zum großen Verdruß der andern Minister,
besonders Villeroy's und Sillery's, mit denen ich oft
in Streitigkeiten gerieth, durch welche nachher der König belästigt wurde. Die beyden Herren hatten sich
vorgenommen, mich, wenigstens von den auswärtigen Angelegenheiten, welche, wie sie behaupteten, sie
allein angiengen, auszuschließen. Die Gesandschaften gehörten dahin, und sie sagten dem Könige in meiner Gegenwart, sie hätten ihm zu dem Posten in Rom

welt tüchtigere Leute vorzuschlagen, als Bethune, welcher gar keine Kenntnisse von den Angelegenheiten
„dieses Hofes, und auch dem Staat noch keine Dien-
„ste geleistet hätte." Mein Bruder hatte indessen
doch schon den Gesandtschaftsposten in Schottland bekleidet, und ich kann sagen, daß er ihm gut vorgestan-
den hatte; es war auch nicht zu leugnen, daß er dazu wenigstens die guten Eigenschaften, die nach meiner Meynung eben nicht die unwesentlichsten sind,
Rechtschaffenheit, Vorsichtigkeit, und Klugheit besaß.
Die ganze Rede war also zu gleicher Zeit falsch und
beleidigend. Ich ließ dies auch die Herren in meiner
Antwort fühlen, indem ich Ihnen zeigte, von welchem
Werth die Dienste, die er dem Staat im Kriege geleistet hatte, und die sie so tief unter die andern herabzusetzen schienen, in der That wären.

Villeroy wurde beleidigt, daß ich seine Dienste
nicht über die andern setzte, und behauptete seinen Satz
mit Hitze. Der König mußte uns endlich Stillschweigen gebieten, indem er sagte, es sey ungeziemend, daß
man solche Reden in seiner Gegenwart führte; und ohne unsere Dienste weiter zu untersuchen, müsse es uns
genügen, daß er uns alle drey für gute Diener hielte.
Ich bat ihn um Verzeihung, daß ich nach seinem Verbot es noch wagte ein Wort hinzuzusetzen, um Leute,
die so laut dem müssigen Leben bürgerlicher Bedienungen und der Ruhe des Kabinets den Vorzug vor den
Mühseeligkeiten, den Gefahren und dem kostbaren
Aufwand des Kriegsstandes gäben, zum schweigen
zu bringen; und ich sagte nun alles, was ich darüber
dachte. Er unterbrach mich endlich, und rief: „Gut,
„gut, ich verzeihe dem Einen wie dem Andern, und
„nehme Eure Worte, wie ich soll; aber mit der Be-
„dingung, daß Ihr künftig solche Sticheleien vermei-

 „det,

„bet, und daß, wenn einer von Euch wünscht, daß
„ich seine Freunde begünstigen soll, die andern sich
„nicht wiedersetzen, sondern es meiner Wahl überlaß-
„sen. Vor jetzt entscheide ich für den Herrn von Be-
„thune; ich schätze sein Haus, seinen Geist, seine Klug-
„heit und seine Fähigkeiten, denn ich habe ihn bey ver-
„schiedenen Angelegenheiten in Krieg und Frieden ge-
„braucht, und er hat sie auf die beste Art ausgerichtet.
Villeroy'n versprach er, nach der Rückkehr meines Bruders von Rom einen Gesandten auf seine Empfehlung
zu schicken. Er ermahnte uns, einig zu seyn, und
kehrte nun von dem Spaziergang, wo dieser Streit
ihn über zwey Stunden aufgehalten hatte, zurück, um
zu Mittag zu speisen.

Ich that dies Jahr verschiedene Reisen nach Fontainebleau, um mit dem König über einige Sachen
zu reden, die ich ihm nicht anders mittheilen konnte.
Weil wir oft und auf lange Zeit von einander entfernt
waren, so erhielt ich mehr Briefe von ihm, als gewöhnlich. Der, worin er von dem Marschall von
Ornano (18) redet, ist sonderbar. Er hatte von ihm
einige Ursachen zum Mißvergnügen erhalten. „Ich
„habe niemals, schreibt er, so viel Unwissenheit und
„Hartnäckigkeit beysammen gesehen, und wahrhaftig,
„beyde in einem gefährlichen Grade. Er hat den Cor-
„sen bis aufs äußerste gemacht. Sehen Sie nur zu,
„daß er mich nicht zwingt ihn als das bekannt zu ma-
„chen, was er ist, das heißt, unwürdig der Ehre,
„die ich ihm erzeigt habe. Seine Treue allein verband
„mich dazu, aber sein öfterer Ungehorsam wird mich
„endlich der Pflicht entlassen, diesen Ausdruck länger
„von ihm zu gebrauchen. Die Wahrheit zu sagen, ich
„bin seiner herzlich überdrüßig." — Die Staaten
von Languedoc versammleten sich dies Jahr; Hein-

rich schrieb mir, man müsse den Ort ihrer Zusammenkunft nach Nieder Languedoc verlegen, „damit, sagt
„er, meine treuen Diener nicht zum erstenmale dahin
„gehen, wo die Anhänger der Ligue waren." In einem andern Briefe befiehlt er mir, junge Pferde aus
seiner Stuterey zu Meun (19) kommen zu lassen, und
in noch einem andern, seinem Addvents und Fasten-
Prediger Garnier zwey hundert Thaler zu geben. Die
Uebrigen, welche ich übergehe, enthalten blos unbeträchtliche einzelne Umstände; aber sie sind immer ein
Beweis von der Wachsamkeit und Aufmerksamkeit
des Königs.

Ich werde nun in einem einzigen Artikel, womit ich zugleich die Denkwürdigkeiten dieses Jahres
beschließe, alle Begebenheiten zusammenfassen, welche
auf Birons Empörung, von der man nun endlich die
überzeugendsten Beweise erhielt, Beziehung hatten.
Schon zu der Zeit, da er zu Lion war, bekam der König starken Verdacht gegen ihn, und hatte deswegen
im Barfüßerkloster eine geheime Unterredung mit ihm.
Biron fand Heinrichen von allen Schritten, welche Er
bey dem Herzog von Savoyen gethan hatte, so gut
unterrichtet, daß er — er mag nun geglaubt haben,
nach einer solchen Entdeckung bliebe ihm nichts übrig,
als seinen Fehler wieder gut zu machen, oder würklich
den König nicht haben betrügen wollen, — ihm gestand, er habe in der That den Anerbietungen des
Herzogs und dem Versprechen, ihm seine Tochter
zur Gemahlin zu geben, nicht widerstehen können;
(20) er bat den König deshalb um Verzeihung, und
schwur mit dem größten Anschein der Aufrichtigkeit,
er würde nie wieder von diesem Wahnsinn sich hinreißen lassen.

N 5

Hein-

Heinrich glaubte auf dies Versprechen bauen zu können. Aber Biron hatte es eben so schnell vergessen als es gegeben worden war; er fieng seine vorigen Bemühungen wieder an, that Reisen in die Provinzen, und schmeichelte allen unruhigen Köpfen und Unzufriedenen unter dem Adel, die er nur von den Ungerechtigkeiten des Königs gegen ihn, und von seinen eignen Kredit und Verständnissen im Auslande unterhielt. Er verband sich fester als jemals mit Bouillon, Entragues, Auvergne und andern von gleichem Schlage (z v). Er überwand sich so weit, daß er der leutseligste und freundlichste Mann gegen die Soldaten wurde, da er sonst der Stolz und der Hochmuth selber war; und — so wenig köstete es dem Ehrgeizigen, sich zu jeder Rolle herab zu lassen, — er wußte den niedrigsten Pöbel an sich zu ziehen, indem er den Andächtigen und den Heuchler machte. Bis dahin jedoch hätte man noch immer glauben können, er werde seine Absichten in sich selber verschließen, und alle diese Handlungen seyen nur eine Folge eines Charaeters, dem man an vielen Leuten bemerkt, die, wenn sie gleich in allen ihren Reden einen unruhigen und nach Neuerungen strebenden Geist zeigen, dennoch oft weit entfernt sind, sich blindlings in eine Empörung zu stürzen.

So dachte auch Heinrich lange Zeit von dem Marschall, ob er gleich immer fortfuhr, ihn sorgfältig zu beobachten, und nicht ganz gleichgültig bleiben konnte, als er Birons Betragen bey seinem letzten Aufenthalt zu Dijon, wo er das Ende des Vorigen und den Anfang dieses Jahres zugebracht hatte, erfuhr. Diesem fehlte es auch nicht an Ausspähern am Hofe, und da er durch sie von dem Eindruck benachrichtigt wurde, den seine Aufführung auf den König machte,

hielt

hielt er für rathsam, mir darüber zu schreiben. Sein
Brief ist vom dritten Januar, und handelt blos davon,
daß man ihn bey dem König verläumdet, und daß
Heinrich selbst ihm Unrecht thue, indem er ihm Plane
zutraue, an die er nie gedacht habe. Er bittet mich
ihm beyzustehen, damit er seine Unschuld beweisen könne. Seine Reise nach Bourgogne entschuldigt er durch
unumgänglich nothwendige häusliche Angelegenheiten,
und versichert, er werde in zwey Tagen zurück seyn.
Endlich ersucht er mich, allem dem, was Prevot, einer von seinen gewöhnlichen Unterhändlern, den er an
mich geschickt hatte, mir von ihm sagen würde, zu glauben. Biron wurde zu kurze Zeit nach diesem Schreiben der Treulosigkeit überführt, als daß man es für
aufrichtig halten könnte; auch war ich weit entfernt,
dies zu thun, und wurde nur noch mißtrauischer.

Während seines Aufenthalts zu Calais erhielt
der König neue, noch weit umständlichere und deutli-
chere Nachrichten über den Marschall von Biron, der
wahrscheinlich damals, da er sich weniger beobachtet
glaubte, sich auch nicht so sehr in Acht nahm. Heinrich aber, anstatt gleich das Mittel zu ergreifen, welches er nicht länger hätte aufschieben sollen, hoffte noch
immer diesen Mann, den er noch nicht für unheilbar
zu halten sich überreden konnte, durch alles, was er
für fähig hielt ihn zurückzubringen, durch Sanftmuth,
freundschaftliche Behandlung und Beweise ausgezeich-
neter Achtung, die dem Herzen eines rechtschaffenen
Mannes so empfindlich sind, wieder zu gewinnen. Biron hatte ihn um ein Geschenk von 30,000 Thalern
gebeten; er fand dies billig, und gestand sie ihm ohne
Besinnen zu. Da sich einige Schwierigkeiten fanden,
welche die Auszahlung verzögerten, befahl er mir, das
Geld dergestalt zu erheben, daß man Biron sogleich
befrie-

befriedigen könnte; ich zahlte ihm auch auf der Stelle die Hälfte aus, und gab ihm auf den Rest eine binnen Jahresfrist zahlbare Anweisung.

Er glaubte, sich bey mir bedanken zu müssen, und versicherte mir, er habe mir weit mehr Verbindlichkeit wegen dieser Summe, als dem König. Ueber diesen beklagte er sich gegen mich; er läßt mich in der Vergessenheit, sagte er, ja, er verachtet mich, seitdem er diesen Degen nicht mehr braucht, „diesen „Degen, der ihn auf den Thron gesetzt hat." Bey dieser Gelegenheit konnte ich auch nicht schweigen. Ich zeigte dem Marschall mit einer Art von Vorwurf, daß seine Klage desto ungegründeter wäre, da Heinrich, dem er allein das Geschenk zu danken habe, auch sogar sich herabgelassen hätte, die Auszahlung zu betreiben. Ich redete nun noch offenherziger mit ihm. Ich stellte ihm vor, daß, selbst wenn er auch Beweise vom Gegentheil hätte, er doch immer bedenken müßte, daß er von seinem Herrn spräche, und zwar von einem Herrn, der, mehr noch durch seine persönlichen Eigenschaften als durch seine Würde, die Ehrfurcht aller seiner Unterthanen verdiente. Er wisse so gut wie ich, daß gekrönte Häupter über nichts so empfindlich würden, als über diesen Mangel an Achtung für ihre Person, über die eifersüchtige Art, den Ruhm ihrer Waffen herabzusetzen, und über die Undankbarkeit gegen ihre Wohlthaten. — Diese Ausdrücke waren, dünkt mich, deutlich genug. Ich gieng aber noch weiter, und wenn ich dem Marschall nicht gerade zu sagte, daß ich ihn für einen Verräther hielte, so war es blos seine Schuld, wenn er dies nicht aus meiner ganzen Rede schloß. Ich bat ihn dringend, nach einem andern Ruhm zu streben, der ihm wahres Lob erwerben könnte. Ich legte ein großes Gewicht auf den Unterschied zwischen den zwey Fällen die Liebe seines Fürsten und des Vaterlandes zu erwerben, und sich ihnen furchtbar zu machen suchen; eine verhaßte Rolle, die fast immer für den, der sie spielt, unglücklich abläuft. Ich sagte ihm, wenn er sich mit mir vereinigen wollte, um gemeinschaftlich für die Ehre des Staats und das allgemeine Beste zu arbeiten, so könnten wir in gewissem Verstande alle Andre von uns abhängig machen; er, durch seine kriegerischen Talente, und ich durch die Stelle, welche ich im Kabinet bekleidete; denn würden wir das Vergnügen genießen, daß alles Gute, welches geschehen würde, entweder von uns herrühren oder durch uns bewirkt werden müßte. Ich schloß endlich meine Vorstellung, indem ich ihn zu bereden suchte, daß er zum König gienge und ihm für sein Geschenk dankte.

Weit entfernt, bey diesem allem Rührung oder Reue zu zeigen, antwortete mir Biron blos mit so übertriebner und unzeitiger Erhebung seiner eignen Verdienste, und das auf eine so prahlhafte Art, daß ich jetzt von einer Sache, die ich bisher nur von ferne gemuthmaßt hatte, deutlich überzeugt wurde; daß nemlich die Rauhigkeit seines Geistes zum Theil von einem kleinen Anfang wahrer Tollheit herkämen, welche übrigens um so weniger zu verzeihen war, da sie ihn zwar hinderte, vernünftig zu schließen, aber nicht, übel zu reden und noch schlimmer zu handeln. Was mir davon den vollkommensten Beweis gab, war, daß, da er nach allem, was ich ihm gesagt hatte, mich wenigstens für einen Menschen halten mußte, in dessen Gegenwart er sich nicht genug in Acht nehmen könnte, er dennoch die Unbesonnenheit hatte, einige Worte von den Planen, die ihm im Kopfe herum giengen, fallen zu lassen. Wahrscheinlich waren es dieselben Reden,

die

die er schon öffentlich geführt hatte. Ich sahe sie nicht auf, aber er merkte selbst seine Unbesonnenheit, und um sie wieder gut zu machen, stellte er sich, als ob er meinen Gründen beypflichtete und meiner Meynung wäre. Ich aber gab von diesem Augenblick an so sehr alle Hofnung auf, ihn wieder zu seiner Pflicht zurückgebracht zu sehen, daß ich es für die Meinige hielt, von all dem, wozu er mir fähig schien, dem König nichts zu verschweigen.

Es hat stets in Heinrichs Character gelegen, daß er nur schwer gegen irgend Jemanden mißtrauisch werden konnte. Er antwortete mir, er kenne Biron genau; er sey sehr fähig alles das, was man von ihm berichte, gesagt zu haben, aber dieser Mensch habe ein finstres, cholerisches Temperament, welches ihn leicht zu wütenden Ausbrüchen hinreiße, er sey daher niemals zufrieden sondern erhebe sich stets über alle Andern, nichts destoweniger sey er der Erste, den Augenblick nachher zu Pferde zu steigen und sich für eben dieselben, von denen er gleich alles ersinnliche Böse gesagt habe, allen Gefahren auszusetzen; dadurch verdiene er denn auch einige Nachsicht wegen des geringern Fehlers seiner unüberlegten Reden. Er für seine Person, setzte der König hinzu, sey überzeugt, Biron würde in seinem Ungehorsam nie bis aufs äußerste gehen; sollte dies aber geschehen, so halte er sich selbst für eben so tapfer, wie er dies bey manchen Gelegenheiten, wo er dem Marschall das Leben gerettet, und noch neuerlich bey Fontaine-Françoise bewiesen hätte, und er würde dann ihm zeigen, daß er ihn nicht fürchte. Heinrich veränderte also in seinem Betragen gegen Biron weiter nichts, als daß er ihm nur noch freundlicher begegnete und ihn mit noch mehr Ehren-

bezeu-

bezeugungen überhäufte, welches er für das wahre
Mittel gegen die Krankheit desselben hielt.

Er schickte ihn als Bothschafter an die Königin
Elisabeth (22) und mit dieser hatte Biron eine sonderbare Unterredung. Er war unbesonnen genug, nicht
nur sie an die Geschichte des Grafen von Essex, welchen sie kürzlich hatte hinrichten lassen, zu erinnern,
sondern auch den Grafen zu bedauern, daß so viel wichtige Dienste ihm dies traurige Ende zugezogen hätten.
Elisabeth hatte die Gefälligkeit, auf diese unbeschei-
nen Reden zu antworten, und ihm die Ursachen vorzulegen, welche sie zu dieser Handlung bewogen hätten. Sie erzählte ihm, Essex hätte sich thöricht in
Unternehmungen eingelassen, welche weit über seinen
Kräften gewesen wären, und nach so manchen Beweisen seiner Empörung, ja nachdem er völlig davon überführt gewesen wäre, hätte er noch durch Unterwerfung
Verzeihung erhalten können, aber weder durch seine
Freunde, noch durch seine Verwandten wäre er zu bewegen gewesen um Gnade zu bitten. Ich weiß nicht
ob die Königin in dem französischen Bothschafter einige
ähnliche Züge mit ihrem ehemaligen Günstling zu finden glaubte; die vernünftigen Betrachtungen über den
Character der gekrönten Häupter und über die Pflicht
des Unterthanen, womit sie ihre Erzählung beschloß,
scheinen es zu verstehen zu geben; — aber Biron zog
keinen Nutzen daraus.

Nach seiner Rückkehr von London wurde er von
dem König zum außerordentlichen Bothschafter in der
Schweiz, wegen der Erneuerung des Bündnisses mit
den Cantons, ernannt. Heinrich bildete sich immer
noch ein, daß ein Auftrag, der Birons Geist fern vom
Kriege beschäftigen und ihn mit einer Versammlung so
wel-

weifer und staatskluger Männer, als der Helvetische Senat, in Unterhandlung bringen würde, endlich in ihm jeden Samen des Aufruhrs vertilgen müßte; aber unglücklicherweise giebt es Leidenschaften, die niemals alcern, und dieses sind Ehrsucht, Neid und Geldgeiz; wer Birons Herz genau geprüft hätte, würde es vielleicht von allen dreyen angegriffen gefunden haben. Kaum war er von dieser zweyten Gesandschaft zurückgekommen, so fieng er wieder an, eifriger als jemals an der Ausführung seiner alten Chimären zu arbeiten, als hätte er die verlorne Zeit wieder einbringen wollen. Vielleicht wurde er durch den Herzog von Bouillon und den Grafen von Auvergne, die jeder sich einen Anhang gemacht hatten, dazu hingerissen; vielleicht auch zog er sie in seine Plane hin.

Um sich auf eine Art zu verbinden, die es nachher unmöglich machte, daß einer den andern im Stiche ließe, unterzeichneten sie alle drey eine Associations Formel, von welcher jeder ein Original behielt. Dies sonderbare Stück wurde in Birons Prozeß zum Vorschein gebracht. Sie verbinden sich darin wechselseitig, auf Treue und Glauben eines Edelmanns und eines rechtschafnen Mannes, um ihrer gemeinschaftlichen Sicherheit willen zusammen zu halten wider und gegen Jedermann, ohne irgend Einen auszunehmen; (diese Ausdrücke verdienen bemerkt zu werden) die unverbrüchlichste Verschwiegenheit über alles, was Einem von ihnen offenbart werden könnte, zu beobachten; und, wenn Einem von den Verbündeten ein Unfall zustieße, diese Schrift zu verbrennen. Ihre Absichten konnten nur durch Spaniens und Savoyens Mitwirkung gelingen. Sie erneuerten daher stärker als jemals ihre Verständnisse mit diesen beyden Mächten, und um dieselben auch ihrer Seits

zu unterstützen, zogen sie alle unruhige Köpfe unter
dem Adel und den Kriegsleuten an sich. Um verschiedene der von Paris am weitsten entfernten Städte, besonders in Guihenne und Poitou an sich zu ziehen,
machten sie sich die Unzufriedenheit, welche dort durch
die Abgabe des Sou vom Livre, gegen die ich
in der Versammlung der Notablen so heftig gestritten
hatte, entstanden war zu Nutze; denn auch nachher
war mir es nicht möglich gewesen, sie abzuschaffen;
man hätte blos, weil es nicht möglich war, sie nach
dem ersten Entwurf einzurichten, sie in ein Hülfsgeld
von 800,000 Franken verwandelt, wovon die eine
Hälfte bey der Steuer und die Andere bey der Ein-
gangsaccise mit eingerechnet wurde.

Noch eines Grundes bedienten sich Biron und
seine Verbündeten, um das Volk aufzuwiegeln. Sie
überredeten es, man wolle die Salzpacht bey ihm ein-
führen, um es völlig zu Grunde zu richten. Ange-
stellte Leute, welche sie in großer Anzahl besoldeten,
mußten diese Provinzen in beständiger Furcht erhalten.
Welche Regierung wird jemals hoffen dürfen, von diesen Geißeln den öffentlichen Ruhe frey zu bleiben, da
die sanfte, weise und populäre Regierung Heinrichs
des Großen es nicht gewesen ist! Aber dennoch, wollen wir den Grund davon bloß in dem unglücklichen
Einfluß suchen, den Bürgerkriege auf die Sitten der
Menschen haben. Durch ihr Gift werden jene rastlo-
sen Geister erzeugt, welche die Ruhe ermüdet, denen
der glücklichste Zustand nur ein schmachtendes Uebelseyn
ist. Daher jener Wahnsinn, der sie stets außer sich
selbst versetzt, daß sie immer Gott und Menschen wegen
der Qualen, die sie sich selbst zufügen, anklagen, und ihre
Galle gegen die Fürsten ausschütten, deren Gewalt

für sie eine Marter ist und doch nicht hinreichen würde, ihre sinnlose Habsucht zu befriedigen.

Heinrich hatte sich geschmeichelt, Birons Character genau zu kennen, endlich aber öfnete er die Augen, und begann einzusehen, daß er noch zu den heftigsten Mitteln würde schreiten müssen, um die weitere Ausbreitung des um sich fressenden Uebels zu hemmen. Täglich kamen der Warnungen mehr, und von Leuten, die gar nicht verdächtig waren. Alle sagten ungefehr dasselbe. Einige sprachen von der Associationsacte, und zeigten die einzelnen Artikel derselben, die sie gesehen hatten, an. Die umständlichste und zusammenhängendste Nachricht erhielt der König durch Calvairac (23). Außer den allgemeinen Gerüchten stand auch noch darin: Biron und seine Verbündeten hätten mehrere tausend Pistolen durch Leute, die aus Spanien gekommen wären, erhalten. Ueberdem, hieß es, erwarteten sie auch noch große Summen und sogar Truppen. Das Kabinet zu Madrid habe dabey die Bedingung gemacht, daß die Rebellen zuerst suchen sollten, sich einiger guten Plätze an der See oder an der Spanischen Gränze zu bemächtigen; dem zu folge habe man schon Anschläge auf Blage, Narbonne, Marseille und Toulon gemacht, und der Graf von Auvergne erwarte nur den Ausgang derselben, um den Seinigen auf Saint Flour auszuführen.

Alle diese Nachrichten verdienten wohl, daß man sich die größte Mühe gab, der Sache auf den Grund zu kommen. Der König kam ausdrücklich deswegen ins Arsenal, um mir das, was er erfahren hatte, mitzutheilen. Er fand mich beschäftigt, die angefangenen Werke fortsetzen zu lassen, und erzählte mir auf dem Balkon des großen Ganges alle jene einzelnen

Um

Umstände. Von da gieng er nach Fontainebleau, wohin ich ihm folgte, um die letzten Maasregeln wegen Birons zu nehmen. Dieser hatte sich zu den auswärtigen Unterhandlungen seit langer Zeit des la Fin (24), eines lebhaften, verschlagnen und intriganten Mannes bedient, den er und Bouillon oft ihren Verwandten nannten. La Fin hatte verschiedene Reisen zu dem König von Spanien, dem Herzog von Savoyen und dem Grafen von Fuentes gethan; nachher aber war er über Biron mißvergnügt geworden, nach Hause gegangen und daselbst müssig geblieben. Man hofte ihn gewinnen und zum Reden bringen zu können, und bediente sich dazu der Vermittlung seines Neffen, des Vikomte von Chartres (25). Unterdessen, daß dieser sich bemühte, seinen Oheim zu einer Reise nach Fontainebleau zu bereden, kehrte ich nach Paris zurück, um alles zu einer Reise zu bereiten, welche der König nach allen den Orten, wo Biron gewesen war, das heißt nach Poitou, Guyenne, Lemosin und hauptsächlich in die Gegend von Blois zu thun für gut hielt.

La Fin entschloß sich endlich nach Fontainebleau zu kommen, und alles, was er von Birons Verschwörung wußte, zu entdecken. Der König befahl, daß er sich auf dem halben Wege dahin aufhalten sollte, damit Niemand, als die, welche er selbst an ihn schicken würde, ihn zu sehen bekäme. Aus la Fins ersten Reden schloß er, daß meine Gegenwart nothwendig seyn würde, und er schrieb mir darüber diese wenigen Worte: „Kommen Sie eiligst zu mir, mein „Freund, wegen einer Sache, die meinen Dienst, Ih„re Ehre, und unsrer beyden gemeinschaftliche Zufrie„denheit angeht. Adieu, ich liebe Sie von Herzen.“ Ich reisete sogleich mit Postpferden ab. Zu Fontainebleau begegnete ich mitten in dem größten Wege, der

zum

zum Schloſſe führe, dem König, da es eben auf die
Jagd gehen wollte, und ich lief sogleich hin, ihm das
Knie zu küſſen. „Es giebt viel Neues, mein Freund,
ſagte er, indem er meinen Kopf an ſein Herz drückte,
„alles iſt entdeckt, und der vornehmſte Unterhändler iſt
„gekommen, mich um Verzeihung zu bitten, und al-
„les zu geſtehen. Er verwickelt eine Menge Männer
„in ſeine Ausſage, und zwar die angeſehenſten und auf
„deren Zuneigung ich das größte Recht habe. Aber
„der Menſch lügt, und ich bin entſchloſſen, ihm ohne
„gültige Beweiſe nichts zu glauben. Er mengt Leute
„hinein, an die Sie niemals würden gedacht haben. —
„Nun rathen Sie einmal, Wen?“ — „Einen
„Mann zu errathen, der ein Verräther wäre! ant-
„wortete ich. Nein Sire, das werde ich nimmermehr
„thun. Er drang noch ein paar male vergebens in
„mich, dann fuhr er fort: „Der Herr von Rosny iſt
„auch darunter; kennen Sie ihn?“ — Haben alle
„Andern nicht mehr Theil daran, als ich? ſagte ich
„lächelnd. Wenn das iſt, ſo brauchen Ew. Majeſtät
„deshalb nicht ſehr beſorgt zu ſeyn.“ — „Nun, ich
„hab's auch nicht geglaubt, antwortete Heinrich, und
„um Ihnen dies zu beweiſen, habe ich Villeroy und
„Bellievre befohlen, zu Ihnen zu gehen, und Ihnen
„alle Anklagen, ſowohl gegen Sie, als gegen die An-
„dern zu bringen. Ich habe ſelbſt zu La-Fin geſagt,
„ich wollte, daß er Sie ſähe, und mit Ihnen aufrich-
„tig ſpräche. Er iſt bey der Preſſe geweſen, und jetzt
„in ſeinem Schlupfwinkel verſteckt. Aber er wird auf
„dem Wege nach Moret zu Ihnen kommen; beſtim-
„men Sie ihm Ort und Stunde, und laſſen Sie kei-
„nen Dritten dabey ſeyn.“

Ich konnte nicht begreifen, wie mein Name dahin käme und von dieſem häßlichen Komplot wär hätte

genannt werden können; ob dieses von irgend einem
von Birons Leuten, der mich für einen Freund seines
Herrn hielte, oder von ihm und seinen Verbündeten
selbst herrührte, die sich vielleicht diese Lüge erlaubt hätten, um gegen die spanischen Minister die Anzahl ihrer Anhänger und der mit der Regierung Unzufriedenen
zu vergrößern. Zwey Briefe, die ich mehr noch aus
Diensteifer als aus Höflichkeit an den Marschall geschrieben hatte, können vielleicht dazu Anlaß gegeben
haben; um so mehr, da ich darinn auf die schon oben
erwähnte Unterredung zwischen uns beyden anspielte,
und ihm frey heraus sagte, es läge nur an ihm, sich
durch die Mittel, welche er wüßte, dem Staat nützlich, und sehr beliebt zu machen. Ich hätte hinzugesetzt, ich wäre doch immer um den König, aber ich
hätte nie von Seiner Majestät die Reden gehört, welche er über ihn sollte geführt haben, und ich riethe ihm
nicht, auf diese Art davon in der Welt zu reden, weil
man sonst gewiß glauben und sagen würde, er stelle
sich nur deswegen, so unzufrieden mit dem König zu
seyn; weil er selbst kein gutes Gewissen hätte. — So
kann man vielleicht das, was ich bloß in der Absicht,
den Marschall klüger zu machen, gesagt hätte, übel
ausgelegt haben.

Wie mir der König einige Zeit nachher gesagt
hat, hielt er dafür, daß weder Biron, noch einer von
seinen Getreuen, sondern la Fin allein auf Verhetzung
derer, die mich gern um meine Stelle bringen wollten,
diese Beschuldigung ersonnen hätte. Dem sey, wie
ihm wolle, die Lüge machte so wenig Eindruck auf
Heinrichs Gesinnungen, daß, da er mir eben das
Gouvernement der Bastille gegeben, und erst gewollt
hätte, daß das Patent darüber nicht unter meinem,
sondern unter dem Namen la Chevalerie erscheinen
sollte; er bey Gelegenheit der Bironschen Sache seinen

Willen änderte, und es unter den Meinigen ausfertigen ließ, „weil er,“ dies waren seine Worte, „Niemanden wüßte, der ihm so gut dienen könnte, als ich, „wenn er etwa Vögel in dem Bauer haben sollte.“ Willeroy erhielt den Befehl dazu, und brachte mir auch kurz nachher, aber schon im Anfang des folgenden Jahres das Patent.

Ich unterhielt mich lange ohne Zeugen mit la Fin in dem Walde, dann untersuchte ich mit Willeroy und Bellievre genau alle Papiere, als Briefe, Aufsätze und andere Stücke von der Art, welche einige Beweise gegen den Herzog von Bouillon, den Marschall von Biron und den Grafen von Auvergne enthielten. Es waren darin eine Menge Namen mit diesen dreyen vermengt; aber weil dieses mit eben so wenigem Recht seyn konnte, als der Meinige hineingekommen war, den ich auch darinn fand, so werde ich mich hüten, aus so schlechten Gründen ihnen eine Stelle in diesen Memoiren zu geben, welche bey mißtrauischen Gemüthern einen gerechtern Verdacht erregen könnte, als La Fins Aussagen. Wir kamen nach dieser Untersuchung alle drey zum Könige zurück, und nachdem wir uns berathschlagt hatten, wurde der Entschluß gefaßt, vor jetzt nichts laut werden zu lassen, damit Biron keinen Argwohn gegen die Mittel, welche man anwenden wollte, ihn an den Hof zu locken und dann desto sicherer in Verhaft zu nehmen, schöpfen möchte; demungeachtet aber sollte der König sogleich die beschlossene Reise vornehmen. Wir werden bey dem folgenden Jahre den Erfolg dieser Maasregeln sehen.

Bey dem Gegenwärtigen sind noch einige Anmerkungen über verschiedene Vorfälle an den fremden Höfen nachzuholen. In England wurde die Ruhe durch eine Empörung, welche die Spanier in Irland erregten, gestöhrt. Elisabeth ließ Quinzel, den festesten ften Platz der Rebellen, belagern; ihr Anführer, der Graf von Tyroné, und Dom Alonzo del Campo, der Befehlshaber der Spanier in Irland, eilten mit so viel Truppen, als sie hatten zusammen bringen können, zum Entsatz hinzu; aber sie wurden von Mylord Perey geschlagen, Alonzo wurde gefangen und Quinzal ergab sich.

Von der Flotte, welche der König von Spanien um diese Zeit ausrüstete, hat man sehr verschiedene Meynungen gehabt, ohne etwas bestimmtes darüber sagen zu können; denn nachdem sie einige Zeit im Mittelländischen Meere umher geschweift hatte, wurde sie von einem Sturm ergriffen, und wußte nichts besseres zu thun, als sich in den Hafen von Barcellona zurückzuziehen. Sie war sehr beträchtlich, und der Prinz Doria führte den Oberbefehl; vielleicht gieng ihre Absicht auf Portugall, wo der wahre oder falsche Dom Sebastian noch immer einen großen Anhang hatte. (26). Seine Reden, gewisse Geheimnisse, welche er entdeckte, und die nur der wahre König von Portugall konnte gewußt haben, gewisse natürliche Zeichen am Leibe, die er sehen ließ, und noch einige andere Aehnlichkeiten von dieser Art zwischen ihm und Dom Sebastian schienen in der That für ihn zu sprechen; aber die Wahrheit zu gestehen, war auch keins dieser Zeugnisse ganz überwiegend. Der König von Spanien ergriff indessen das Mittel, den vorgeblichen Fürsten ins Geheim aus dem Wege zu räumen, und Niemand hat je die Wahrheit erfahren, als etwa eine kleine Anzahl von Leuten, deren Vortheil es war, sie nicht bekannt werden zu lassen.

Zu Regensburg wurde ein Reichstag gehalten, dessen Zweck ein vorgeschlagner Vergleich zwischen der katholischen und reformirten Religion seyn sollte. Man schmeichelte sich damit vergebens, und der Reichstag

                    wurde

wurde gleich nach der ersten Frage über das Ansehen der heiligen Schrift, welche man abgehandelt hatte, abgebrochen. (27) Beyde Theile wurden so erbittert, daß es unmöglich war, sie wieder zusammen zu bringen. Die Römisch Katholischen behaupteten, das Ansehn der Bibel erhalte seine ganze Kraft blos von dem Urtheil der Kirche, um durch das Vorrecht der Unfehlbarkeit in diesem Punkte noch manche andere Rechte, welche sie dem Pabst so freygebig zugestehen, zu vermehren, und die Protestanten nannten dieses einen lächerlichen Satz.

Der Krieg, welcher in Siebenbürgen entstanden war, dauerte zum Nachtheil der gegen den Kaiser empörten Woywoden Battony und Michael fort; sie wurden von Georg Basta geschlagen und Clausenburg erobert. Der Herzog von Mercoeur that sich an der Spitze der kaiserlichen Truppen gegen die Türken nicht weniger hervor. (28) Er eroberte die Vestung Weißenburg in Ungarn, welche für unüberwindlich gehalten wurde und schlug nachher die Türken zurück, welche es wieder belagerten. Der Erzherzog Ferdinand war nicht so glücklich; seine Unternehmung auf Canischa schlug fehl, aber die Malthefer eroberten und zerstöhrten die Stadt Passava in Morea.

Constantinopel und selbst das Innere des Palastes des Großherrn wurden durch die Unzufriedenheit der Janitscharen, welche in Mahomets des dritten Gegenwart sieben von seinen Lieblingen im Serail erdrosselten, und ihm selbst mit der Absetzung droheten, erschüttert. In der That war aber auch der Sultan ein des Thrones unwürdiger, feiger, grausamer, geitziger, verrätherischer und in Schwelgerey versunkener Fürst.

Anmer-

Anmerkungen
zu den
Denkwürdigkeiten des Herzogs von Sully.
Neuntes Buch.

1.

Wilhelm von Hautemer, Graf von Grancey und Herr von Fervaques, nachher Marschall von Frankreich. Seine Gemahlin war Andrea von Allemagne, eine Wittwe Guido's Grafen von Laval. Ihr Sohn erster Ehe hieß Guido XX, Graf von Laval, Montfort ꝛc; er blieb einige Zeit nachher in Ungarn. Mit ihm endigte sich dieser Zweig des Hauses Laval, oder vielmehr Rieux, der nur noch durch die weibliche Linie bestand. Denn dieser Guido war eigentlich aus dem Hause Coligny.

2.

„Er war von diesem Schlage wie betäubt, dennoch sah
„er auf Gott, wie er im Unglück mehr zu thun pflegt als
„im Glück, und sagte laut: dieser Schlag kommt vom Him-
„mel. — Nachher besann er sich ein wenig, dann rief
„er: ich habe genug den König von Frankreich gemacht, es
„ist Zeit den König von Navarra zu spielen. Dann wen-
„dete er sich gegen die Marquisin, welche in Thränen war.
„Meine Liebe, sagte er, wir müssen unsre Waffen able-
„gen und zu Pferde sitzen, um einen andern Krieg zu füh-
„ren.“ Journal de l'Etoile.

3.

Den 11. März ließ Hernard Teillo von Portocar-
rero, der Urheber dieser Unternehmung, etwa 30 Spanier sich als Bauern und Bäuerinnen verkleiden, welche
Lebensmittel zu Markte führten. Sie machten Verwirrung
in dem einen Stadtthore, indem ein Karren umwarf, der

  Sä-

Säcke voll Nüsse geladen hatte, wovon einer aufgieng, und beschäftigten dadurch die Wache. Während dieser Zeit kamen die Spanischen Truppen, welche hinter Hecken versteckt waren, heran, machten die Wache nieder und bemächtigten sich der Stadt. — Man sehe diese einzelnen Umstände in den Geschichtschreibern, unter dem Jahr 1597. Hernard Teillo verlohr das Leben, indem er diese Stadt muthig gegen Heinrich IV vertheidigte. Er hatte gesagt, die drey größten Feldherren, welche er kennte, wären, Heinrich zur Führung eines großen Heers, der Herzog von Mayenne zu einer Belagerung, und der Marschall von Biron zu einer Schlacht. Matthieu t. 2. l. 2. pag. 231.

4.

Bey den Finanzämtern waren immer zwey Personen angestellt. Der erste hieß l'Ancien; der zweyte, welcher erst nachher hinzugesetzt worden war, l'Alternatif; man nannte nun diesen dritten Triennal, weil er immer das dritte Jahr im Dienst war, und mit den beyden andern wechselte.

5.

Kaspar Schomberg, Graf von Nanteuil. Er starb zwey Jahre nachher. Man wird weiter unten sehen, daß er bey dem Edict von Nantes gebraucht wurde. Er leistete dem Staat noch verschiedene andere Dienste. Herr von Thou legt seinem Character und seiner Geschicklichkeit im Kriege und in den Geschäften großes Lob bey. l. 122.

6.

Isabelle Babou von la Bourdaisiere, ihr Mann war Franz von Escoubleau, Marquis von Sourdis. Ihre älteste Schwester Franziska war die Gemahlin Antons von Estrées und die Mutter der schönen Gabrielle; Die jüngste heirathete Claudius von Beauvilliers, Grafen von Saint Aignan. Diese ganze Familie ist in den Liebschaften des Großen Aleanders und andern satyrischen Schriften ihrer Zeit sehr verschrieen. Alle Töchter aus dieser Familie, bis auf die Großmutter dieser drey Schwestern, Maria Gaudin, waren sehr schön. Leo X fand bey seiner Zusammenkunft mit Franz I zu Bologna so viel Geschmack an dieser Maria Gaudin, daß er sie mit einem Diamant beschenkte, welcher in der Familie immer nur der Diamant Gaudin hieß. Man sehe dieses und mehrere sonderbare Anecdoten von dieser

ser

ße Familie bey Amelot de la Houssaye, Art. Babou de
la Bourdaisiere.

7.

Aubigne' erzählt, daß man damals sagte, Heinrich IV
hätte Paris mit vor Amiens genommen, um den Ueberfluß,
der in dem Lager herrschte, anzudeuten. Er ließ aber auch
seine Geliebte nach Perquigny kommen, womit der Marschall von Biron und die übrigen Generale sehr unzufrieden waren.

8.

Dies ist der Geschichtschreiber, Theodor Agrippa d'Aubigne'. Seine Geburt, seine Dienste und sein Verstand er-
warben ihm großes Ansehen bey der Partey der Calvinisten.
Er gieng 1620 nach Genf, wo er 1231 in einem Alter von
80 Jahren starb. Er hinterließ einen Sohn, Constantius
d'Aubigne', dessen Tochter die Frau von Maintenon (Fra-
zisla d'Aubigne') war. — Abbias von Chaumont, Herr
von Bertichere, ein Bruder Johanns von Chaumont, Marquis von Guitry; seine Nachkommen leben noch.

9.

Es ist gewiß, daß die Calvinisten das Edict von Nantes, welches sie in dem folgenden Jahre erhielten, der Belagerung von Amiens und der Bewegungen die sie machten,
um Vortheil daraus zu ziehen, größtentheils schuldig sind.
Der Herzog von Bouillon leugnet es nicht; man sehe die
Gründe, die er zu seiner Rechtfertigung anführt, bey Mar-
solier, l. 5. — Der beste von allen ist die Versicherung
des Herzogs und Du Plessis-Mornay's, daß, welches auch
bey den Versammlungen von Saumur, Loudun, und Vendome, die schnell hinter einander mit großer Hitze berufen
wurden, der Zweck der Reformirten gewesen zu seyn scheine,
dennoch weder sie noch die andern Häupter jemals die Absicht gehabt hätten, darauf anzutragen, daß man die Waffen ergreifen, sondern nur, daß man freundschaftlich billige
Bedingungen zu erlangen suchen sollte. Um den Herzog von
Bouillon völlig zu rechtfertigen, müßte man ihm freylich
nicht vorwerfen können, daß er sich weigerte, den König
nach Amiens zu begleiten; und daß bey der, gleich nach dem
Verlust von Amiens von Vendome nach Chatelleraut ver-
legten Versammlung, mit solcher Heftigkeit zu Werke gegangen

gangen wurde, daß der König die Herren von Schomberg, Du
Thou, Vic, Calignon und Monglat dahin schicken mußte, Um
Bedingungen anzubieten, die genug beweisen, daß er sie fürchtete. Man f. Memoires du Duc de Bouillon; seine Geschichte von Marsollier; Geschichte des Edicts von Nantes;
la vie de Duplessis-Mornay; Procès-verbal des assem-
blées de Vendome et de Chatellerat; vor allen aber
her d'Aubigné t. 3. L. 4. cap. 11.

10.

Franz von Epinai von Saint Luc. Man nannte ihn
nur den tapfern Saint-Luc. S. Brantome, vie des hommes illustres, art: Saint-Luc. t. 1.

11.

Franz von la Grange, Herr von Montigny. — Carl
von l'Aubepine, Marquis von Chateau-Neuf. Er wurde
Siegelbewahrer 1630, und legte diese Stelle nieder 1633.

12.

Anton d'Estrées, Brantome preiset seine Fähigkeiten
zu dieser Stelle, die er unter seinem tapfern Vater erlangt
hätte, und nennt es bloß Wiedereinsetzung in seine Rechte,
daß er diesen Posten jetzt bekam, den er gleich nach seines
Vaters Tode hätte erhalten sollen. Vies des hommes illustres, t. 1. p. 227. art. Mr. d'Estrées.

13.

Salomon von Bethune, Baron von Rosny, der dritte
von den vier Brüdern. Er war nur erst 36 Jahr alt.

14.

Perefixe erzählt diese Begebenheit ganz anders. „Der
Erzherzog, sagt er, erschien den 15ten September um ½
Uhr Nachmittags ganz unerwartet bey dem Quartier von
Longpre. Es hieng nur von ihm ab, 3000 Mann in die
Stadt zu werfen, so groß war der Schrecken im Lager.
Heinrich zweifelte, daß er heute würde glücklich seyn. —
Großer Gott! rief er mit lauter Stimme, indem er sich auf
den Sattelknopf lehnte, den Hut in der Hand hielt, und
die Augen zum Himmel aufschlug: wenn du mich heute stra-
fen willst, wie ichs durch meine Sünden verdiene habe; so
biete ich meinen Kopf deiner Gerechtigkeit dar. Verschone

des Schuldigen nicht; aber erbarme dich dieses armen Königreichs, und strafe nicht die Heerde um des Hirten-wil-
len! — — Da er am Ende sah, daß sich Niemand zeigte, so zog er sich zurück, schlecht zufrieden mit der Höflichkeit der Spanier wie er sich ausdrückte, die keinen Schritt
hatten thun wollen, um ihn zu empfangen, und mit einer
schlechten Art, die Ehre, die er ihnen erzeigte, aufgenommen hätten." Peref. Th. 2. Fast alle Geschichtschreiber
gestehen, daß die Spanier sich eine der schönsten Gelegenheiten den König zu schlagen, die sie jemals gehabt hatten,
entgehen ließen. Er selbst erzählte nachher, verschiedne von
den vornehmsten Offizieren seiner Armee hätten ihm damals
gesagt, sie gäben alles verlohren. Matthieu t. 2. L. 2.
pag. 237.

<h3 style="text-align:center">15.</h3>

Der König sagte von dem Kardinal Erzbischoff, er
wäre heran gekommen, wie ein Feldherr, und zurück gekehrt
wie ein Pfaffe. — Selbst Weiber fochten bey dieser Gelegenheit, als Männer gekleidet, in dem Französischen Heere. Man kannte ihrer Viere, die sich so sehr auszeichne-
ten, daß sie mit eigner Hand Gefangne machten, eine besonders, welche man le Capitaine Gascou nannte. S. über die
einzelnen Umstände Vol. 8929 des Manuscrits royaux, und
Mem. de la Ligue t. 6.

<h3 style="text-align:center">16.</h3>

Man konnte nicht hundert Thaler ausgeben, ohne daß
er wußte, ob sie gut oder schlecht angewendet wären; sagt
Perefixe.

<h3 style="text-align:center">17.</h3>

Man findet diese Briefe im Anfang des nouveau re-
cueil de lettres de Henri le Grand. Die Urschriften verschiedner derselben kann man noch jetzt in dem schönen Kabinet des Herzogs von Sully sehn. Maximilian von Bethune hat eigenhändige Erläuterungen darunter geschrieben.

<h3 style="text-align:center">18.</h3>

Bongars, der in seinen Briefen die Verwüstungen beschreibt, welche die Bürgerkriege in Frankreich angerichtet
hatten, versichert unter andern, die Heerstraßen wären so
mit Wurzeln und Dornen verwachsen gewesen, daß man

kaum

raum die Spuren derselben hätte entdecken könne. Epist. 75. ad Camerar.

19.

Als man auf dem Rathhause ihn über die Unternehmung gegen Amiens bekomplimentirte, sagte er, indem er auf Biron zeigte: „Meine Herren, dies ist der Marschall von Biron, den ich sehr gern meinen Freunden und meinen Feinden darstelle. Peref. 2 Th.

20.

Ein Freund des Herzogs von Mercoeur fragte ihn eines Tages, ob er sich denn zum Herzog von Bretagne zu machen dächte? „Ich weiß nicht, antwortete dieser, ob es „ein Traum ist, aber er dauert nun schon über zehn Jahre.“ Die Großmutter der Herzogin von Mercoeur war Charlotte, Erbin des Hauses Ponthievre gewesen, auf dessen vermeinte Rechte auf des Herzogthum Bretagne wahrscheinlich der Herzog von Mercoeur die seinigen gründete.

21.

Alexander von Medicis.

22.

Pater Bonaventura von Calatagironne, General des Franziskaner Ordens.

23.

Marie von Luxemburg, die Gemahlin Philip Emmanuels von Lothringen, Herzogs von Mercoeur. Ihr Vater war Sebastian von Luxemburg, Herzog von Penthievre und Vikomte von Martigues.

24.

Die Herzogin von Martigues. Marie von Beaucaire, eine Tochter Johanns, Herrn von Pequillon, Wittwe Sebastians von Luxemburg und Mutter der Herzogin von Mercoeur.

25.

Sie waren dem König zuvorgekommen, aber man hatte sich geweigert sie in die Stadt zu lassen. Sie giengen so lange nach Pont de lé, bis der König nach Angers gekommen war.

26.

Franziska von Lothringen. „Das Verlöbniß wurde zu „Angers mit derselben Pracht gefeiert, als wäre er ein recht= „mäßiger Prinz von Frankreich. Er war damals 4 und „die Braut 6 Jahr' alt.“ Peref. 2. Theil.

27.

Alle Geschichtschreiber stimmen darin überein, daß Heinrich im Stande war, dem Herzog von Mercoeur für seinen Ungehorsam zu strafen. Er wollte nie erlauben, daß dieser einen Abgeordneten nach Vervins schickte; und schwur, er würde lieber ewig den Krieg fortsetzen, als zugeben, daß einer von seinen Unterthanen so als ein fremder Fürst mit ihm zu unterhandeln schiene.

28.

Blavet, heut zu Tage Port=Louis im Bißtum Van= nes. — Douarnenés, ein Hafen und Rede im Bißtum Quimper.

29.

Johanne von Bethune, die Tochter Roberts VI, des Großvaters der Herzog von Sully, heirathete Johann von Luxemburg.

30.

Man hält ihn für den Verfasser der Confession de Sancy, der Begebenheiten des Barons von Fönefte, und andrer satyrischer Schriften.

31.

„Es giebt drey Sachen, sagte Heinrich IV, welche „die Welt nicht glauben will, und doch sind sie wahr und „sehr gewiß: daß die Königin von England als Jungfrau „gestorben, daß der Erzherzog ein großer Feldherr, und „daß der König von Frankreich ein recht guter Katholik ist.“ Journal de l'Etoile. p. 233.

32.

Es war nicht der Sekretair selbst, welcher Wilhelm hieß, sondern sein Sohn Robert. De Thou, l. 120. Man f. Chronologie septennaire, anneé 1598, über Heinrichs Unterredung mit den Gesandten.

33.

Das Edict von Nantes wurde den 13ten April unterzeichnet. De Thou sagt, daß die Bestätigung bis nach der Abreise des Legaten, den man nicht mißvergnügt machen wollte, verschoben wurde. Was es vortheilhafteres für die Calvinisten enthielt, als die Edicte, die ihnen schon vorher waren eingeräumt worden, bestand darin, daß man sie zu richterlichen und Finanzbedienungen zuließ. Alles übrige ist wesentlich in nichts von dem Pacificationsedict von 1577 verschieden. Bayle schreibt dem reformirten Prediger, Chamier die Ehre zu, das Edict von Nantes aufgesetzt zu haben. — Man s. Matthieu t. 2. L. 2. und andere Geschichtschreiber. — Es wären auch einige geheime Artikel darinn, wovon der nachtheiligste für die Calvinisten der ist, wodurch ihnen die Ausübung ihrer Religion in verschiedenen Städten und Districten, als in Rheims, Soissons, Dijon, Seno verboten wird, weil Heinrich durch besondere Verträge mit den verschiedenen Häuptern der Ligue sich dazu verbunden hatte.

34.

Le Grain führt eine Antwort des Königs an. Eines Tages, da die Protestanten ihn mit ihren Forderungen plagten, rief er: Wendet Euch an meine Schwester. Euer Staat ist auf die weibliche Linie vererbt. (Im Französischen ist der Spott treffender: Votre état est tombé en quenouille).

35.

Arabella Stuard; ihr Vater war Karl Graf von Lenox, ein Enkel der Königin Margarethe von Schottland, Heinrichs VIII ältester Schwester. Sie war Geschwisterkind mit Jacob VI, welcher 1602 zum Erben der Königin Elisabeth erklärt wurde; das Jahr nachher entstand eine Verschwörung um Arabellen auf den Thron zu setzen, sie starb als eine Gefangene im Tower zu London.

36.

Louise Margarethe von Lothringen, eine sehr schöne Prinzessin. Zur Zeit der Belagerung von Paris wurde eine Heyrath zwischen ihn und Heinrich IV vorgeschlagen, um beyde Parteien zu vereinigen. Die satirischen Schrif-

ten jener Zeit werfen ihr einen Liebeshandel mit dem Oberstallmeister Herzog von Bellegarde vor. Was Heinrich hier
von Liebesbriefen sagt, ist eine Anspielung auf ein Lied, das
man gegen sie gemacht hatte. Man findet es in l'Etoile,
ann. 1596. Man s. auch Galanteries des Rois de France a).

37.

In den économies royales, oder dem alten Werke des
Herzogs von Sully, stehen hier eine Menge Citationen aus dem
Alterthum, von Nebucadnezar bis auf Carl den Großen,
welche man weggelassen hat.

38.

Bey diesem innern Kampf war die Stimme der Vernunft und der Schicklichkeit nicht immer die stärkste in Heinrichs Seele. Was auch Sully sagen mag, so ist man stets
und mit vielem Grunde überzeugt gewesen, daß, wenn der
Tod dem König nicht diese ihm so theure Geliebte entrissen
hätte, er sie doch würde geheirathet, oder sich gar nicht wieder vermählt haben. Er fragte auch außer dem Herzog von
Sully noch andere um Rath. Im Vol. 9190 der MC. de
la Bibl. royale steht darüber folgende Anecdote: Heinrich
IV ließ zu St. Germain en Laye (dieß konnte höchstens ei-
einige Monate nach seiner Rückkehr aus Bretagne seyn) seine drey Minister Rosny, Villeroy und Sillery zu sich rufen,
um über diesen wichtigen Punkt sich mit ihnen zu berathschlagen. Der erste (ganz gewiß Rosny) sprach, wie er hier in
den Memoiren thut. Der andere rieth im Gegentheil dem
König, sich nicht zu vermählen, und den Prinzen von Condé, den das Geburtsrecht zu seinem Erben machte, zu seinem Nachfolger zu ernennen. Der dritte aber, Sillery,
welcher von allen der beste Hofmann war, bestritt beyde Meinungen und sagte, Heinrich könne nichts besseres thun, als
daß er seine Geliebte heirathete, und den ältesten Sohn,
den er von ihr hätte, legitimirte. — Der Erzähler dieser
Anecdote, der sich als einen Mann ankündigt, dem einer der
drey Minister den ganzen Vorgang gleich nachher mittheilte,
setzt hinzu: der König schien durch diese Reden sehr beunruhigt. „Ich hatte mir, sagte er nach einigen Minuten, viel
von

von

*) Im Französischen heißt es: qu'elle aime autant les poulets
en papiers qu'en fricassée; ein unübersetzliches Wortspiel, weil
poulets zugleich Liebesbriefchen bedeutet, worauf in dem Liede
angespielt wird. (Der Uebers.)

„von Eurer Tüchtigkeit und Treue bey dem Rath versprochen, den
„ihr mir über meine Heirath geben solltet. Aber ich fürch-
„te, ihr habt, statt mich zu einem Entschluß zu bringen, viel-
„mehr meine Unentschlossenheit durch eure widersprechenden
„Meinungen vermehrt, die ihr mit so starken Gründen un-
„terstützt, daß ich wahrhaftig nicht weiß, welche ich für die
„beste halten soll. Ich muß mir erst ein wenig Zeit neh-
„men, darüber nachzudenken." — Mit den Worten stand
er auf, und entließ die Minister.

39.

Sie hatte sich schon vor einigen Jahren nach Agen, und
nachher nach Carlat begeben. Heinrich III, ihr Bruder,
der ihr nicht besser begegnete als ihr Gemahl, ließ sie überall verfolgen, und endlich in das Schloß Usson in Auvergne
einsperren, wo sie nach dessen Tode freywillig blieb.

40.

Im alten Original steht Villeroy, es ist aber kein Ort
dieses Namens in Bretagne, und Heinrichs Weg gieng
über Vitre.

41.

Der König war es eben so sehr. L'Etoile führt einige
Antworten an, die Heinrich diesen plagenden Rednern gab. —
Einer machte ihm mit lauter mächtigen Ehrentiteln Lange-
weile; er wiederholte immer die Worte: Allergrößter, Gü-
tigster, sehr milder König ꝛc. — „und sehr müder" unterbrach ihn Heinrich. — — Ein anderer fieng seine Rede an,
Sire, Agesilaus, der König von Lacedämon — „Ventre
„saint - gris! rief der König, ich habe wohl von diesem Age-
„silaus gehört, aber er hatte gegessen, und ich bin noch
„nüchtern." — — Schon zweymal hatte er noch einem
andern Redner gesagt, er möchte es kurz machen, weil sich
dieser aber nicht daran kehrte, ließ er ihn stehen und gieng
fort, indem er ihm zurief: „so mögt ihr das Uebrige Mon-
„sieur Guillaumen sagen." Guillaume war sein Hofnarr.

42.

Er wurde den 2ten May 1598 im Namen des Königs
unterzeichnet von „Messire Pomponius von Bellievre, Rit-
„ter, Herrn von Grignan und Rath des königlichen Staats-
„raths; und von Messire Nikolaus Brulart, Ritter, Herrn
„von Sillery, Rath des königlichen Staatsraths und Prä-
„sidenten des Parlements von Paris. Im Namen des Kar-
„dinals von Oesterreich, welcher Vollmacht von Spanien
„hatte

„hatte, von Messire Johann Riegardet, Ritter, Haupt
„und Präsidente der Königlichen geheimen und Staats-
„raths; von Messire Johann Baptista von Taxis, Rit-
„ter, ꝛc. und von Messire Ludwig Verreiken, Ritter ꝛc.“
Man seh. Mém. et négociations de la paix traitée à Vervins. t. 2.

43.

Von Seiten des Herzogs von Savoyen war Messire
Kaspar von Geneve, Marquis von Lullin, Staatsrath ꝛc.
zugegen. Hinter dem Artikel 24 heißt es: „Die übrigen
„Zwistigkeiten, welche zwischen dem allerchristlichsten König
„und dem genannten Herrn Herzog obwalten, sollen dem
„Urtheil Unsers heiligen Vaters Clemens VIII anheim gestellt,
„und von Seiner Heiligkeit binnen einem Jahre entschieden
„und gehoben werden — — und bleiben bis dahin die Sa-
„chen in dem Zustande, wo sie jetzt sind ꝛc.“

44.

Es fanden sich dabey dieselben Schwierigkeiten über das
Wesentliche, und dieselben Hindernisse wegen der Formalitäten, die bey Untersuchungen dieser Art gewöhnlich aufsto-
ßen. Man s. darüber Lettres de Mrs. de Bellievre, et de
Sillery und Relation en forme de journal de tout ce qui
se passa entre les Plenipotentiaires depuis l'ouverture de
cette negociation, jusqu'à la conclusion de la paix.
Diese beyden Minister sind überall wegen ihres klugen und
standhaften Betragens gelobt worden. Sie zeigen in ihren
Briefen, besonders in denen vom 4ten März und 7ten April
die Gründe an, welche sie bewogen, mit den Abgeordneten
des Herzogs von Savoyen auf die Art abzuschließen, über
welche sich Sully beschwert. Sie thaten es bloß auf einen besondern Befehl des Königs in einem Briefe vom 9ten April.

45.

Karl von Croy, Herzog von Arschot und Prinz von
Chimay. — Dom Francisco von Mendoza und Cardona,
Admiral von Arragonien. — Heinrich IV beschwur
den Frieden am Sonntage den 21. Junius, wobey der Kardinal von Florenz, als Legat, ein feyerliches Amt hielt.
Man s. Relation etc. t. 2. p. 266. — MS. de la Bibl.
du Roi vol. 9361. — Mem. de la Ligue t. 6. Mem.
de Nevers t. 2. Matth. t. 2. Cayet und andere.

46.

46.

In der Acte über den Eid, den der Herzog von Savoyen den 2ten August ablegte, führt Botheon den Titel: Erlauchter Herr, Wilhelm von Guadalgne, Herr
von Betheon; Ritter des Orden des erhabensten und vortrefflichsten Fürsten, Heinrichs IV, allerchristlichsten Königs
von Frankreich; Staatsrath, Kapitain einer Compagnie d'or-
donnances, königlicher Verweser in der Statthalterschaft
Lionnais, Forez und Beaujolois, bevollmächtigter und ab-
geordneter Botschafter :c. Mem. et negociations etc. t.
2. p. 365.

47.

Die Briefe, welche er während der ganzen Dauer dieser Unterhandlung an seine beyden Minister nach Vervins
schrieb, beweisen es. Sie stehen in den Mem. et ne-
goc. etc. l. c. Er sagt: „mit einem Federzuge habe
„er jetzt größere Thaten gethan, als er während eines lan-
„gen Krieges mit den besten Schwerdtern seines Königreichs
„nicht habe zu Stande bringen können." — Man sagte
von diesem Feinden, die Spanier hätten mit den Waffen,
und die Franzosen durch die Unterhandlung gesiegt.

Anmerkungen
zu dem
Zehnten Buche.

1.

Diese Frage scheint jetzt durch das einmüthige Zeugniß
aller Schriftsteller entschieden zu seyn, welche darinn über-
einstimmen, daß der König Dom Sebastian in der Schlacht
gegen die Mauren, bey Alcazar, 1578, blieb; und daß folglich der vorgebliche Dom Sebastian ein Betrüger war, den
Spaniens Feinde unterstützten. Man s. De Thou. l. 65.
etc. Katharine wollte gegründete Ansprüche auf die Krone
von Portugall haben. Sie sagte, sie stamme von Robert
ab, dem Sohn Alphons III von seiner ersten Gemahlin Ma-
haud, welche 1262 gestorben sey. Der Beweis mochte wohl
nicht leicht zu führen seyn, auch scheint es, daß sie sich keine
große Mühe gab, ihre Forderungen geltend zu machen.

2.

Claudius von la Tremouille, Herzog von Thouars. Er starb 1606.

3.

Diese Zusammenkunft, zu welcher auch die Staaten der vereinigten Niederlande zugelassen wurden, wurde erst in ten Monaten May und Junius 1599 gehalten.

4.

Franz von Escoubleau, Kardinal von Sourdis, und Erzbischof von Bordeaux. Er starb 1628.

5.

Heinrich von Luxemburg, Herzog von Piney; der letzte von diesem Zweige des Hauses Luxemburg.

6.

Man nannte ihn den Ritter von Vendôme. Seine Pathen waren die Prinzeffin Katharine des Königs Schwester, und der Graf von Soiffons. Er starb 1629 als Groß-Prior von Frankreich.

7.

Indem Heinrich mit der Herzogin von Beaufort und Bellegarde über einige satyrische Verse lachte, bekam er auf einmal einen heftigen Durchfall und war sieben Stunden in großer Gefahr; er wollte immer trinken und konnte doch das Glas nicht halten. Matth. t. 2. l. 2. p. 277.

8.

Während dieser Krankheit bekam er ein Gewächs, welches der Herzogin von Beaufort einen Vorwand gab, ihm durch seinen ersten Leibarzt La Riviere, den sie gewonnen hatte, zu verstehen geben zu lassen, er würde wohl schwerlich noch Kinder zeugen können. Amelot de la Houssage n. I. bey dem 243ten Brief des Kardinals d'Offat.

9.

Perefixe sagt von dem Herrn von Rosny: „Vorzüglich war sein Genie zur Behandlung der Finanzen gemacht, und er hatte alle dazu nöthige Eigenschaften. Er liebte die Ordnung, war pünktlich, ein guter Wirth, hielt Wort, war weder zur Verschwendung, noch zur Pracht, noch zu thörichten Ausgaben an Weiber, im Spiel oder in irgend einer Sache geneigt, die sich für einen Mann, der in dieser Laufbahn arbeitet, nicht schicken. Außerdem war er wachsam, arbeitsam, schnell in der Ausführung, und widmete fast seine ganze Zeit den Geschäften und nur wenig dem Vergnü-

gen.

gen. Er hatte die Gabe, die Sachen bis auf den Grund zu durchdringen, und sich aus den Verwicklungen und Hindernissen herauszufinden, worunter die Finanzbeamten, wenn sie nicht redlich sind, ihre Unterschleife zu verbergen suchen." Peref. p. 3. — Matthieu giebt ihm eben so großes Lob. t. 2. l. 2. p. 278.

„Der König, sagt le Grain (l. 7) gab ihm die Stelle eines General-Aufsehers über die Finanzen mit einer so großen Gewalt, als noch nie einer bey dieser Würde gehabt hatte. Man muß gestehen, daß dazu ein Mann gehörte, der die Augen verbunden hatte, und nichts sähe, als den Vortheil des Königs, das heißt des öffentlichen Schatzes, der nothwendig wieder in Aufnahme gebracht werden mußte."

D'Aubigné, t. 3. l. 3. cap. 3. sagt bey dieser Gelegenheit: „Er gab die Finanzen in die Hände des Marquis von Rosny, der nachher Herzog von Sully wurde, weil er in ihm einen das Allgemeine umfassenden und arbeitsamen Geist fand, und eine natürliche Strenge, welche die Gunst aller andern verachtete und den Haß der abschlagenden Antworten trug."

Im 3ten Theil der Mem. d'etat de Villeroi heißt es: „dieses ganz andere Ansehen, das der Herr von Sully Frankreich gegeben hat, welches durch seine Wirthschaft und seine Klugheit reich geworden ist, zeigt genug, wie fähig er zu seinem Amte war. Die Einwürfe, die er dem Willen des Königs machte, und seine Wiedersetzung gegen alle Große, sind Beweise seiner Tugend, seiner Klugheit und seines Muths. Seine Neider selbst sagen, daß er allein dem Staat mehr nutzt, und die Angelegenheiten desselben besser besorgt als die andern alle zusammen."

Alle diese Zeugnisse beweisen, daß Sully den Namen eines arbeitsamen, fähigen, rechtschaffnen und besonders unerschütterlichen Ministers verdient. Die einzigen Fehler die man ihm vorwirft, Stolz, Härte und Eitelkeit sind Folgen der letzten jener Eigenschaften, die er vielleicht etwas zu weit trieb.

10.

So wie manche andere Stellen in Sullys Memoiren, ist auch sichtlich diese in dem Testament politique du Cardinal de Richelieu benutzt worden.

11.

Diesen Titel gebrauchte man damals anstatt des Titels: Staatssekretair. Diejenigen, welche damals Staatssekretaire hießen, waren eigentlich nur Finanzsekretaire oder erste Commis des Königs. Obgleich keiner von den drey Ministern den Titel: Premier-Minister führte, so war doch die Theilung der Geschäfte zwischen ihnen so ungleich, und der König gab dem Herrn von Rosny einen so großen Antheil und so große Gewalt in den Fächern der beyden andern, daß man wohl behaupten kann, ihm fehlte nichts, als der Titel eines Premier-Ministers. Dieser war damals auch noch nicht Mode. Weder du Prat unter Franz dem ersten, noch Montmorency unter Heinrich dem zweyten hatten ihn geführt. — Villerol, und unter ihm Jeannin hatten die auswärtigen Angelegenheiten, und Sillery mit Bellievre, der nachher Kanzler wurde, die innern Geschäfte des Königreichs.

12.

Grand-Voyer.

13.

Der Streit, von dem hier die Rede ist, fiel den 26. October 1598 bey dem Kanzler vor, wo die Rathsversammlung gehalten wurde. „Der Herzog von Epernon sagte zu dem Herrn von Rosny, er hätte nicht nöthig zu ihm zu kommen, und legte ein großes Gewicht auf seinen Titel. Rosny antwortete in demselben Ton, er wäre aus einem der ältesten Häuser in Frankreich. Sie werden mir doch einräumen, rief der Herzog, daß einiger Unterschied zwischen mir und Ihnen ist. Zugleich erhob er den Kriegsstand über alle andere, und bediente sich dabey oft des Wortes: der Degen. Dieses faßte der Herr von Rosny auf, und versicherte ihn, er wüßte den seinigen auch zu führen. — Ich verlange darüber mit Ihnen nicht zu rechten, antwortete Epernon.“

Der Kanzler besänftigte sie endlich, und sie kamen nun zu friedlichern Erklärungen. „Sie haben mit mir in einem „Ton gesprochen, sagte Rosny, als ob ich ein geringer Fi„nanzbedienter wäre.“ — „Nein, versetzte der Herzog, „Sie werden nicht finden, daß ich Ihnen Grobheiten oder „Schimpfworte gesagt habe.“ — „Ich bin auch nicht der „Mann, dem man Grobheiten und Schimpfworte sagt, un

terbrach

„terbrach ihn jener, ich würde sie von Niemand leiden.“ — „Ich sage das nicht. — erwiederte der Herzog. — „Ach, „das freut mich sehr“ fiel Rosny ein, indem er sich stellte, als ob er die letzten Worte des Herzogs für eine Entschuldigung nähme, „das freut mich, daß Sie mich nicht haben „beleidigen wollen.“ — „Ich beleidige Niemanden, rief „Epernon voll Zorn, und wenn es ja geschähe, so weiß ich „die zu befriedigen, die meines Gleichen sind, und den an„dern gebe ich Genugthuung nach Maasgabe ihres Stan„des.“ Auf diese letzten Worte, welche sehr beleidigend sind, griffen beyde zu den Degen; der Kanzler und die übrigen Räthe unterbrachen sie verschiedene Male, und brachten sie endlich auseinander.

Diese Erzählung ist aus dem Vol. 8055 der Manuscripte der königl. Bibl. gezogen, welche bey dieser Gelegenheit auf der Seite des Herzogs von Epernon zu seyn scheinen. Le Grain (l. 7.) und andre Schriftsteller erzählen die ganze Sache mehr zu Rosny's Vortheil.

14.

Ange Capel, Herr Du Luat. Im 8778. Bande der Mss. der königl. Bibliothek ist von einem Buch die Rede, worin Du-Luat den Finanzräthen verschiedne Erinnerungen giebt. Wahrscheinlich ist es dasselbe, wovon Sully hier spricht. — In den Anmerkungen zu dem 9ten Capitel der Geständnisse Sancy's wird Du Luat als ein muntrer und angenehmer Schmeichler vorgestellt, der seinen Herrn, den Herzog von Sully, durch einen Stammbaum, wenn er ihn von dem Hause Courtenan abstammen ließ, gleichsam bezaubert hatte. Journal de Henri III, imprimé en 1720, t. 2. p. 477.

15.

Perefixe (part. 3me) erzählt, daß dieses Gespenst mit holer gräßlicher Stimme rief: m'attendez-vous, oder m'entendez-vous, oder auch améndez-vous. Er schreibt diese Gesichter dem Spiel der Hexenmeister oder bösen Geister zu. — Auch im Journal de Henri IV, und in der Chronologie septénaire (année 1599) kömmt das Gespenst vor. Der König und die Hofleute, heißt es, hatten darüber gelacht, als über eine Fabel, aber eines Tages sahen sie es deutlich durch das Gebüsch unter der Gestalt eines langen schwarzen Mannes, der ihnen solche Furcht einjagte

D.

daß es nur darauf ankam, wer am besten laufen könnte. — Matthieu (t. 2. p. 268.) versichert, daß der Herzog von Sully eines Tages zu Fontainebleau dieses Lärmen hörte, und hinunter gieng, weil er glaubte, es sey das Gefolge des Königs, der von der Jagd zurück käme. — Bongarsius (epist. 184. ad Camerar.) sagt ganz ernsthaft, es sey ein Jäger gewesen, welcher zu Franz I Zeiten in diesem Walde getödtet worden wäre.

Ueber den großen Fisch lese man Chronol. septenaire p. 17. und über die Wasserfluth zu Rom die Briefe des Kardinals von Ossat nach.

16.

Er starb Sonntags den 13ten September an einer sehr schmerzhaften Krankheit.

17.

Was auch der Herr von Sully hier sagen mag, so ist doch das Stück in den alten Memoiren, welches den Titel: Testament des Königs von Spanien, führt, weder das wahre Testament dieses Fürsten, noch auch ein getreuer Auszug daraus. Man sieht dieses, wenn man es mit dem umständlichen Auszug bey De Thon (l. 120.) vergleicht. Es könnte aber doch seyn, daß die andere Schrift, welche er Instruction du Roi d'Espagne à son fils nennt, wirklich da er wäre. Sie hat mit dem wahren Testament Philps II weiter nichts gemein, als daß sie sichtlich in demselben Geist und nach eben den Grundsätzen abgefaßt, und auch ohne die Vorsichtigkeit geschrieben ist, womit man Werke behandelt, die zur öffentlichen Bekanntmachung bestimmt sind. — In einem verschiedenen Styl und einer andern Ordnung als in diesen Memoiren findet man sie in der Chronologie septenaire in Ansehung des Inhalts aber stimmen beyde überein.

18.

De Thon findet in dem Testament Philips II nichts, das, so wohl in Ansehung der Weisheit der Verordnungen als der Würde des Ausdrucks, mit dem Testament Kars V verglichen werden könnte.

19.

Antonio Perez war erster Minister Philips II gewesen. Er fiel in Ungnade und entfloh nach Paris, wo er 1611 starb.

20.

„Er ließ sich seinen Sarg, der von Kupfer war, in „das Zimmer bringen, und einen Todtenkopf und eine golds „ne Krone darneben auf einen Tisch setzen.“ Chronologie septénaire, année 1598. Man lese darin sein öffentliches und sein Privatleben und seine Krankheits-Geschichte nach!

21.

Margarethe von Oestreich, eine Tochter Carls, Herzogs von Steiermark, Kärnthen und Krain, und Schwester Kaiser Ferdinands II.

22.

Ueber diese Heirathen so wohl, als über die Unternehmungen im Kriege sehe man die Chronologie septénaire, ann. 1598. und 1599; und Matth. p. 298. etc.

23.

Ein Sohn Ferdinands von Tirol, des zweiten Sohnes Kaiser Ferdinands I.

24.

Heinrich, Herzog von Bar, und nach dem Tode seines Vaters, Carls II, auch von Lothringen. Der König gab seiner Schwester 300,000 Gold Thaler zur Aussteuer. Matth. p. 278.

25.

Die Chron. sept. ann. 1599, versichert im Gegentheil, daß sie große Zufriedenheit über diese Heirath bezeigte, und, da sie sehr gut lateinisch sprach, immer die Worte im Munde führte: Grata superveniet quae non sperabitur hora.

26.

Der Kardinal von Ossat spricht in seinen Briefen nicht eher von seiner Unterhandlung wegen dieser Dispensation, als bis er, nach der Ankunft des Herzogs von Bar zu Rom (1560), der selber darum anhalten sollte, auf Befehl des Königs auch seine Bemühungen in dieser Sache wieder anfieng. Nur im Vorbeygehn berührt er die Gründe, aus welchen der Pabst seine Einwilligung verweigerte. „Seine Heiligkeit, sagt er,“ hatte schon zu Ferrara dem Herzog von „Luxemburg und mir, als wir ihn um die Dispensation bas „ten,

„ten, zur Antwort gegeben, er könne sie nicht ertheilen,
„weil die Eine Partey sie nicht von ihm verlangte, ja so-
„gar nicht anerkennen wollte, daß er das Haupt der katho-
„lischen und apostolischen Kirche sey, und Macht habe, zu
„binden und zu lösen; auch es nicht für unerlaubt hielte uns
„ter Geschwisterkindern eine Heirath zu schließen. Diese
„Gründe, setzt er hinzu, dauren bey dem Pabst noch immer
„fort. ꝛc.“ — Er unterstützt sie bey jeder Gelegenheit so
eifrig mit theologischen Gründen, daß man wohl sieht, daß
ein Mann, der so fest überzeugt war, der Pabst könne nicht
einwilligen, auch nicht sehr in ihm gedrungen seyn wird.
Im Gegentheil scheint es, daß er sich alle Mühe gab, es dahin zu bringen, daß der Französische und der Lothringische
Hof in die Nothwendigkeit versetzt würden, die Prinzessin
durch alle mögliche Mittel zur Religionsveränderung zu bewegen. — Er wurde aber gezwungen, in dieser Sache gewissermaßen gegen sein eignes Gefühl dem König zu dienen;
weil er doch am Ende, freilich zwar sehr spät, diese Dispensation erhielt. — Ueberhaupt lassen sich aus seinen Briefen ungefehr, seine Grundsätze darthun; Er liebte die Person des Königs; er glaubte, die gute Politik sey von den
Vortheilen der Religion unzertrennlich; und er war überzeugt, daß die Vortheile derselben nie besser aufgehoben seyn
könnten, als in den Händen des Pabstes, der Jesuiten und
aller derer, welche sie zur Zeit der Ligue beschützt hatten.
Er liebte weder die Spanier noch das Haus Oestreich oder
den Herzog von Savoyen; aber er hatte einen tödlichen Haß
gegen die Calvinisten. Wegen der Dispensation sehe man
in seinen Briefen p. 480. ꝛc. 492. 519. 599. 615. bis 769 ꝛc.

27.

Perefixe erzählt, daß der König da er seine Schwester
durchaus nicht zur Religionsveränderung hatte bewegen können, ob er gleich so gar durch Drohungen sie dahin zu bringen suchte, zu dem Herzog von Bar sagte: „Mein Bruder,
„jetzt sehn Sie zu, ob Sie sie zahm machen können.“

28.

Karl, der natürliche Sohn Antons von Navarra und
von Mademoiselle de la Beraudiere de la Guiche, sonst auch
la Rouet genannt, welche Kammerfräulein bey der Königin Mutter war.

29.

Roquelaure's Ausdrücke sind hier nach sehr gemildert. Im Original nennt er den Erzbischof einen Esel, und erinnert ihn nicht sehr anständig an ihre Schwelgereien.

30.

„Eines Sonntags,‟ sagt die Chronologie septenaire, „hatte der König ganz früh Morgens die Prinzessin seine „Schwester und führte sie in sein Kabinet, wo der Bräu„tigam schon zugegen war. Er befahl darauf dem Erz„bischof von Rouen, die Trauung vorzunehmen. — — „Dieser weigerte sich anfangs, und wandte vor, man müss„se doch die gewöhnlichen Feierlichkeiten beobachten. Aber „der König antwortete sehr gelehrt: seine Gegenwart gäbe „der Handlung die größte Feierlichkeit, und sein Kabinet „wäre ein geheiligter Ort.‟

31.

„Der Marschall von Bouillon hatte dieses mit Einigen „Katholiken abgeredet, die vielleicht die dahinter verborgene „Gefahr nicht ahndeten. Aber der Sieur Berthier (Bevoll„mächtigter der Geistlichkeit und Bischof von Rieux) be„stritt diesen Artikel in Gegenwart des Königs so lebhaft ge„gen den Herrn Marschall; daß, nachdem seine Gründe ge„hört, und die Wichtigkeit der Sache erwogen war, — — „Seine Majestät den Artikel ausstreichen ließ.‟ — — Chronol. septen. ann. 1599. p. 66. — Matthieu stimmt mit dieser Erzählung überein, t. 2. l. 2. p. 280 ꝛc. — Dieser bestrittne Artikel des Edikts von Nantes ist wahrscheinlich der 82ꝛe, welcher nachher den Protestanten eben so nachtheilig wurde, als er anfangs vortheilhaft für sie war. Es werden ihnen darin alle Unterhandlungen, Verständnisse, Versammlungen, Berathschlagungen, Bündnisse, in und außer dem Lande, gemeinschaftlicher Geldbeitrag u. s. w. ohne ausdrückliche Erlaubniß des Königs untersagt.

32.

Man sehe die schon mehrmals angeführte Geschichte des Herzogs von Bouillon, l. 5.

33.

Das Edict von Nantes wurde endlich, nach vielen Schwierigkeiten von Seiten der Geistlichkeit, der Universi-
tät

rie und des Parlaments, am 25ten Februar dieses Jahres
bestättigt. Bey dieser Gelegenheit sagte Heinrich IV zu den
Bischöfen: „Sie haben mich zu meiner Pflicht ermahnt; ich
„ermahne Sie zu der Ihrigen: lassen Sie uns um die Wet-
„te uns bestreben, zu thun, was Recht ist. Meine Vorfahren
„haben Sie mit schönen Worten bezahlt; aber ich in meinem
„grauen Wämsgen will Ihnen die Wirklichkeit geben. Ich
„bin ganz grau auswendig, aber inwendig bin ich reines
„Gold. Ihre Bittschriften will ich durchsehen, und meine
„Antwort soll Ihnen so günstig seyn, als mir möglich ist.“
Dem Parlement, welches gekommen war ihm Vorstellungen
zu thun, antwortete er: „Sie sehen mich hier in meinem
„Kabinet, meine Herren, wo ich mit Ihnen reden will,
„nicht im königlichen Anzug, nicht mit Schwerdt und Man-
„tel, wie meine Vorgänger, noch wie ein Fürsten, der
„eine fremde Gesandtschaft empfängt; sondern im Wams,
„wie einen Hausvater, der vertraulich mit seinen Kindern
„reden will. Was ich Ihnen zu sagen habe, ist, daß ich
„Sie bitte, das Edict einzutragen, welches ich den Prote-
„stanten zugestanden habe. Was ich dabey gethan habe, ist
„um des Friedens willen geschehen. Ich habe ihn mit Freu-
„den geschlossen, und ich will ihn auch in meinem Lande
„machen.“ Nachdem er ihnen die Gründe vorgestellt hatte,
„durch welche er zu dem Edict bewogen worden war, fuhr
„er fort: „diejenigen, welche sich meinem Edict widersetzen,
„wollen den Krieg. Morgen will ich ihn den Protestanten
„ankündigen; aber ich werde ihn nicht selber führen, ich wer-
„de sie hinschicken. Ich habe das Edict gemacht, und ich
„will, daß es gehalten werden soll. Mein Wille sollte
„Grundes genug seyn. Ein gehorsamer Staat fragt nie
„dem Fürsten um seine Gründe. Ich bin König, und spre-
„che mit Ihnen als König; ich verlange Gehorsam.“ Peref. l. c. und Journal de Henri IV. — Man sehe auch
De Thou und Chron. sept. année 1599.

34.

De Thou erzählt (im Anfang des 123ten Buchs,
beym Jahre 1599.) die sonderbare Geschichte dieser vorgeblich besessnen umständlich. Folgendes ist der Auszug daraus.
Jacob Breßier, ein Becker zu Romorantin in Sologne,
war seines Handwerks überdrüßig geworden. Er durchzog
nun als Taschenspieler die Welt mit seinen drey Töchtern

Martha, Silvȳe und Marie. Die älteste, von der hier die Rede ist, machte sich seinen Unterricht, um die Rolle einer Besessnen zu spielen, so gut zu nuße, daß sie zu Orleans und Eteri alle Welt betrog. Der Bischof von Angers aber ließ sich nicht fangen. Er entdeckte den Betrug, indem er gemeines Wasser anstatt des Weihwassers nahm, einen Vers aus dem Virgil statt des Exorcismus hersagte, und anstatt seines bischöflichen Kreuzes sie mit einem Schlüssel berührte. ꝛc. Dies hinderte sie doch nicht, in Paris Glück zu machen. Sie wählte die Kirche der heiligen Genovefa, um hier dem Volke ein Schauspiel zu geben, und hatte bald großen Zulauf. Alle leichtgläubigen Geistlichen, die Kapuziner, die sie im größten Ernst exorcisirten, selbst einige von den Aerzten, welche Heinrich hinschickte, um die Sache zu untersuchen, ließen sich von ihr anführen, ob gleich einige von den Leßtern öffentlich sie eine Betrügerin nannten, vorzüglich Michael Marescot, der sie vor aller Welt überführte, daß sie weder das Lateinische noch das Griechische verstünde, nicht mehr Kräfte hätte, als ein andres Weib, und eine Verführerin und Spißbübin wäre. Das Parlament urtheilte nicht günstiger von ihr; dem ungeachtet hatten die Mönche und Prediger die Religion so sehr in die ganze Sache zu mischen gewußt, und die Besessne spielte ihre Rolle so gut, daß der Befehl des Parlaments, wodurch sie und ihr Vater angewiesen wurden, unverzüglich in ihre Heimath zurück zu kehren, so weise und gerecht er auch war, doch außerordentliches Murren und beynahe einen Aufstand in Paris erregte. Der König war sehr unruhig darüber, weil er sahe, daß alle seine alten Feinde noch von der Ligue her bey dieser Gelegenheit wieder zum Vorschein kamen. Alexander von la Rochefoucault, Herr von Saint-Martin, aus dem Hause der Grafen von Randan, wagte es sogar, die Sache noch weiter zu treiben, indem er diese Martha nach Avignon und von da nach Rom schaffte, wo sie eine Menge Gönner fand. Der Kardinal von Ossat machte endlich dem Betrug ein Ende, und die Besessne wurde von aller Welt verachtet und verlassen, bis sie zuletzt im Elende starb. — Man sehe auch die andern Geschichtschreiber.

35.

Auch Joseph Scaliger nennt den Herrn von Sancy einen Schwärmer und Schwindelgeist, ꝛc.

36.

Die Tochter Heinrichs I Prinzen von Condé' aus seiner ersten Ehe mit Maria Prinzessin von Nevers, Marquisin von l'Jsle :c.

37.

Peter von Espinac war ein großer Liguiste gewesen, doch versichert Matthieu t. 2. l. 2. pag. 308.) er habe Heinrich dem vierten nutzliche Dienste gegen Spanien geleistet. Der Herr von Thou sagt ihm verbotne Liebe, Simonie u. s. w. nach. l. 90.

38.

Louise von Budos, die Tochter Jakobs von Budar Vi. comte von Portes, und zweite Gemahlin Heinrich von Montmorency.

39.

Nach Matthieu (t. 2. l. 2. p. 316.) kam sie nach Paris um den Kaufcontract über Chateauneuf in Perche bestätigen zu lassen.

40.

Sie bließ die Nacht zu Melun, am andern Morgen begleitete der König sie selbst bis an das Fahrzeug, welches sie nach Paris brachte. Sie stieg beym Arsenal aus.

41.

D'Aubigné' sagt dasselbe t. 2. l. 5. cap. 8.

42.

Sebastian Zamet ein reicher Unternehmer; er war aus Lucca gebürtig, hatte sich aber mit seinen zwey Brüdern naturallisiren lassen. Heinrich hatte sein Haus gewählt um seine Mahlzeiten und stillen Lustbarkeiten daselbst zu halten, und liebte ihn, weil er lustig und aufgeräumt war.

43.

d'Aubigné' giebt dieses zu verstehen, indem er sagt, sie habe, nachdem sie in Zamet's Hause eine große Citrone, oder nach andern einen Sallat gegessen, auf einmal ein solches „Brennen in dem Schlunde und so fürchterliches Leibschnei„den empfunden :c." — Aber weder de Thou, noch Bassompierre noch die Chronologie, noch irgend ein anderer Geschichte schichtschreiber schiebt dieses auf Vergiftung. Le Grain meint, es sey von dem rohen und kalten Saft der Citrone gekommen. Sauval sagt, er habe alte Leute gekannt, die die Leiche der Herzogin noch auf dem Paradebette zu Saint-Germain gesehen hätten.

44

Sie hatte fürchterliche Verzuckungen, und bey der Oefnung der Leiche fand man das Kind todt. Man sehe darüber De Thou l. 122. Matthieu. D'Aubigné t. 3. l. 5. cap. 3. Le Grain l. 7. Chron. septén. ann. 1599. -Mem. de Bassompierre etc. Der letztere, so wie de Thou und Matthieu, setzen ihren Tod einen Tag früher.

45:

Bassompierre, der ein Augenzeuge war, erzählt, daß Heinrich noch nicht glauben wollte, daß sie todt wäre. Er hatte die Herzogin nach Paris begleitet; la Varenne kam, und sagte ihm und dem Marschall von Ornano, daß sie so eben verschieden wäre. Sie stiegen sogleich beide zu Pferde um dem König diese traurige Nachricht zu bringen und ihn zu hindern nach Paris zu kommen. „Wir begegneten ihm," sagt er, „jenseits La Sauffaye nahe bey Villejuif; er kam auf „Kläppern und ritt mit verhängtem Zügel. So bald er den „Marschall erblickte, errieth er alles und brach in Klagen „aus. Endlich ließ er sich bewegen in der Abtey zu la Sauf- „saye abzusteigen, wo man ihn zu Bette brachte. Zuletzt „kam eine Kutsche von Paris, in welcher er nach Fontai- „nebleau zurück fuhr." Mem. de Bassomp. t. 1. pag. 69. etc. Le Grain setzt hinzu, daß er in der Kutsche ohnmäch- tig wurde.

Die Billigkeit erfordert zu sagen, daß diese Frau in der That durch eine Menge vortreflicher Eigenschaften des Herzens die Zärtlichkeit des Königs rechtfertigte. D'Aubi- gné, der sonst nicht so leicht lobt, sagt von ihr: „Es ist „zu bewundern, wie diese Frau, deren außerordentliche „Schönheit doch gar nichts wollüstiges hatte, so viele Jahre „mehr auf den Fuß einer Königin als einer Beyschläferin „hat leben können; ohne sich mehr Feinde zu machen. Die „Bedürfnisse des Staats waren ihre Feinde rc. Matthieu sagt, daß sie dem König oft guten Rath gab. — Le Grain versichert (L. 2.) daß sie Heinrichen außerordentlich treu war;

court: so daß sie auch nie ihre Heirath mit dem Herrn von Biencourt vollziehen wollte. — In den Schriften aus dieser Zeit schildern uns diesen als einen Mann, dessen einziges Verdienst seine Geburt und seine Reichthümer waren, übrigens aber an Verstande so arm als häßlich vom Körper. Gabriele von Estrées heirathete ihn blos, um sich der Tyranney ihres Vaters zu entziehen, und weil ihr der König versprochen hatte, daß er die Vollziehung der Ehe schon hindern und sie nachher scheiden lassen wollte, welches er auch that.

46.

Der ganze Hof mußte um die Herzogin von Beaufort die Trauer anlegen. Er selbst trug sich die ersten acht Tage schwarz, und nachher violet. Mem. de Chiverny.

47.

Heinrich von Joyeuse, Graf von Bouchage, ein jüngerer Bruder des Herzogs Joyeuse, der bey Coutras blieb. „Eines Tages, da er früh um 4 Uhr, nachdem er die ganze „Nacht in Schwelgereien zugebracht hatte, bey dem Kapuzi- „nerkloster zu Paris vorbey kam, bildete er sich ein, er höre die „Engel die Metten singen. Von dieser Idee tief gerührt, wurde „er selbst Kapuziner unter dem Namen Bruder Angelus. In „der Folge warf er die Kutte weg, und führte die Waffen „gegen Heinrich den Vierten. Der Herzog von Mayenne „machte ihn zum Statthalter von Languedoc, Herzog und „Marschall von Frankreich. Am Ende schloß er einen Ver- „gleich mit dem Könige. Da sie aber eines Tages zusammen „auf dem Balkon standen, und sich eine Menge Volks unten „versammlet hatte, sagte Heinrich zu ihm: Die Leute schei- „nen mir sehr froh zu seyn, daß sie Menschen bey einander „sehen, wovon der Eine der Kirche abtrünnig geworden ist, „und der andre sie verläugnet hat. Joyeuse wurde von „diesem Worte abermals so betroffen, daß er in sein Klo- „ster zurückkehrte, und bis ans Ende Mönch blieb." Diese Anekdote ist aus den Anmerkungen zur Henriade.

48.

Henriette Katharine von Joyeuse. Aus dieser Ehe wurde bloß eine Tochter erzeugt, und die Linie von Bour- bon Montpensier erlosch.

49.

Antoinette von Orleans von Longueville, die Wittwe Carls von Gohrn Marquis von Bellisle und ältesten Sohnes des Marschalls von Retz. Mezeray erzählt uns die Ursache, warum sie der Welt entsagte. Es geschah aus Kummer, weil sie den Tod ihres Gemahls nicht rächen konnte; ein Soldat, den sie dazu gedungen hatte, wurde ergriffen und aufgehangen, ohne daß der König ihn auf ihre Bitte begnadigen wollte. Der Marquis von Belllsle war 1596 zu Mont-Saint-Michel von einem Edelmann aus Bretagne, Namens Lermartin, getödtet worden. — l'Etoile beschreibt sie als eine Dame, die um ihrer Schönheit und ihres Verstandes willen von dem ganzen Hofe bewundert wurde, und im Kloster ein Beyspiel der Andacht und Bußfertigkeit war.

Anmerkungen

zu dem

elften Buche.

1.

Dies Marquisat war ein Lehen von Dauphiné, auf welches das Haus Savoyen gar kein Recht hatte.

2.

Man sagt, daß diesem eines Tages am Französischen Hofe die Worte entfuhren: „ich bin nicht nach Frankreich gekommen, um zu erndten, sondern um auszuschen."

3.

Man lese den Brief Heinrichs des Vierten an Margarethen von Valois, und ihre Antwort in der neuen Sammlung der Briefe Heinrichs des Großen.

4.

Horaz del Monte, Erzbischof von Arles, und Franz der zweite Sohn Wilhelms von Joyeuse. Die drey Kommissarien versammelten sich in dem Pallast des Bischofs von Paris, Heinrich von Gondy. Nach einer reifen Untersuchung der Gründe von beyden Seiten erklärten sie die Ehe für nichtig wegen leiblicher und geistlicher Verwandtschaft, Religion, Zwang und fehlender Einwilligung von dem einen Theil. Heinrich IV. und Margarethe von Valois waren Verwandte im dritte Grade, denn die Mutter Johannes

von

von Albret war Margarethe, die Schwester Franz des er=
sten. Man f. wegen dieser Ehescheidung Matth. t. 2. l. 2.
De Thou l. 123. Chronol. septen. an. 1599.

5.

Katharine Henriette; ihr Vater war Franz von Bal=
zac, Herr von Entragues, Marcoussy und Malesherbes,
welcher sie in seiner zweyten Ehe mit Marien Touchet, der
Geliebten Carls IX. erzeugte. Die Schriften ihres Zeital=
ters schildern sie uns nicht so schön als die schöne Gabrielle,
aber jünger, lustig, ehrgeizig und kühn.

6.

Ganz ungegründet war diese Furcht nicht. Wenn man
dem Marschall von Bassompiere glaubt, so war zwar die
Mutter von sehr gefälliger Art, so, daß sie selbst den König
nach ihrem Gut Malesherbes hinlockte; aber weder der Va=
ter, noch der Graf von Auvergne, Henriettens Stiefbru=
der, waren so leicht zu behandeln. Sie fiengen mit dem
Grafen von Lude, welchen Heinrich in dieser Sache brauchte,
Streit an, und führten das Fräulein nach Marcoussis,
aber der König suchte sie auch dort auf. Mem. de Bass=
omp. t. I.

7.

Maria von Medicis, die Tochter Franzens, des Groß=
herzogs von Toscana und der Erzherzogin Johanna von
Oestreich, welche eine Tochter des Kaisers Ferdinand war.
Sie brachte ohne die Ringe, Schmuck rc. 600,000 Thaler
Heirathsgut mit. Chron. sept. ann. 1600 p. 121. Matth.
t. 2. l. 2. p. 336. etc. Hier findet man auch die Unter=
handlungen von d'Ossat und Sillery wegen dieser Heirath.

8.

Er hieß Bruder Honorio. Heinrich IV. dankte ihm
selbst, und ließ ihm durch seinen Gesandten zu Rom ver=
schiedene Anerbietungen thun. Matth. t. 2. l. 2. pag. 302.

9.

Sigismund. — Man sehe über alle diese auswärti=
gen Begebenheiten de Thou, die Chron. septenn. und an=
dere Geschichtschreiber bey dem Jahr 1599.

10.

... Hippolite von Montmorency, die Wittwe Roberts von Melun, Prinzen von Epinci, welcher 1594 gestorben war. Die Prinzen von Ligne, von denen hier die Rede ist, waren der Admiral und Gouverneur von Artois, welcher Marien von Melun, Frau von Rombais d'Antoing geheirathet hatte, und seine Brüder.

11.

Der König machte sie um Sully's willen zur Kronbedienung. Der Herzog verwaltete sie mit Ruhm. Brant. vie des hommes illustres art. M. de Rosny. t. 1. pag. 227. 228.

12.

Nach P. Matthieu (t. 2. l. 2. p. 223.) geschah es auf Befehl des Königs, daß die Domherren zu Lion sich weigerten, dem Herzog die Stelle eines Ehrenmitgliedes in ihrem Stifte zu geben, welche sein Vater gehabt hatte; und dieses aus dem sehr einfachen Grunde, weil die Grafschaft Villars seitdem von dem Hause Savoyen veräußert war. Diese Ceremonie bestand darin, daß man ihm bey seinem Eintritt in das Kloster den Chorrock und die Kappe überreichte, ihm in der Kirche einen Platz zwischen den Domherren gab, x.

13.

Ungeachtet dieser prächtigen Aufnahme fühlte der Herzog doch gleich, nachdem er das erstemal mit dem König gesprochen hatte, daß er das, was er forderte, nicht erhalten würde. „Ich habe meine Botschaft ausgerichtet, sagte er, „nun kann ich wieder gehn, wenn ich Lust habe." Matth. t. 2. l. 2.

14.

„Der Herzog schickte dem König zum Neujahrsgeschenk „zwey große Becken und zwey Vasen von Krystall, und die„ser ihm dagegen einen Schmuck von Diamanten, in deren „einem Heinrichs Bild war. Es war ein sehr schönes „Stück, welches der Herzog sehr hoch schätzte. — — — Kei„nen von denen, die ihm an diesem Tage ihre Aufwartung „machten, ließ er unbeschenkt von sich." Chron. Septen. ann. 1600. Man sagt, daß er die Herzogin von Beaufort auf seine Seite gezogen hatte, und daß er wahrscheinlich Saluzzo nicht würde haben herausgeben dürfen, wenn sie

nicht

nicht gestorben wäre. In einem Kartenspiel mit dem König gewann er in einem Wurf 4000 Pistolen. Heinrich glaubte das Spiel gewonnen zu haben, und legte die Karten nieder. Der Herzog, der das gewonnene Spiel in der Hand hatte, begnügte sich, dem Herzog von Guise und d'Aubigne', die ihm zur Seite standen, seine Karten zu zeigen, und warf sie dann unter die übrigen. d'Aubigne erzählt diesen Zug von der Großmuth oder Politik des Herzogs.

15.

Renat von Lucinge des Allymes, der Savoyische Gesandte in Frankreich.

16.

Der Pater Bonaventura von Calatagironne, General der Franciskaner und päbstlicher Nuntius.

17.

Es wurde nach diesem Plan eine Art von Vergleich zwischen den Kommissarien geschlossen; man schloß aber aus allem dem Aufschub, den der Herzog von Savoyen verlangte, daß er den Vertrag nicht halten würde. Bey dieser Gelegenheit wurde, wie le Grain sagt, dem König der Vorschlag gethan, den Herzog gefangen nehmen zu lassen, um ihn dazu zu zwingen, aber Heinrich verwarf diesen Rath. Man sehe die nähern Umstände dieser Unterhandlung im De Thou und der Chron. sept. ann. 1599 und 1600.

18.

Sie wollte dies Bubenstück ausführen, indem sie ihren Mann, der ein Koch war, durch den Grafen von Soissons, als Obristhofmeister des königlichen Hauses, bey dem König in Diensten brächte. Die Prinzen und selbst Heinrich IV hatten sie zu St. Denis gekannt, wo sie während des Krieges einen der vornehmsten Gasthöfe hielt. Sie sagte zu dem Grafen von Soissons, es käme nur auf ihn an, der mächtigste Fürst der Erde zu werden; er argwohnte daraus, daß sie böse Absichten haben müßte, und entdeckte glücklich die Mittel, wodurch sie sie auszuführen dachte. Chron. sept. ann. 1600.

19.

Man sehe diese Briefe in der Original-Ausgabe t. 2. part. I. p. 52.

20.

20.

„Mein Herr," sagte da Plessis zu dem Herrn von
Rosny, „mein Buch ist mein Kind. Ich werde es schon
„zu vertheidigen wissen, und ich bitte Sie, mir meinen Wil-
„len zu lassen und sich nicht darin zu mengen, denn Sie
„haben es nicht aufgezogen." Matth. t. 2. l. 2. p. 340.

21.

Sie kam in der That zu Saint-Andre' de la Cotte zu
ihm. Bassompiere, der den König begleitete, erzählt, daß
die beyden Liebenden sich bey der ersten Zusammenkunft zank-
ten. Dann aber söhnten sie sich wieder aus, und Heinrich
führte die Marquisin nach Grenoble, wo er 7 bis 8 Tage
mit ihr zubrachte, und nachher nach Chambery. t. 1. p. 86. :c.

22.

Matthieu giebt bey dieser Gelegenheit dem Herzog von
Sully großes Lob, und schreibt ihm größtentheils den glücklichen Erfolg dieses Feldzuges zu. t. 2. l. 2. p. 352.
361. 365. :c.

23.

Marie reisete den 17ten October von Florenz ab, gieng
zu Livorno zur See, kam mit einer Begleitung von 17 Galeeren nach Toulon und reiste von da über Marseille nach
Lion. Am 9ten November kam der König mit der Post in
dieser Stadt an. „Die Königin war grade bey der Abendtafel, und Heinrich wollte sie bey Tische sehn und betrachten ohne gekannt zu seyn. Er gieng bis in den kleinen Saal,
der sehr voll war; kaum aber war er hineingetreten, so erkannten ihn die, welche am nächsten bey der Thür standen.
Sie drängten sich, um ihn durchzulassen; das machte, daß
der König gleich umkehrte, ohne weiter vorzudringen. Die
Königin merkte diese Bewegung, ohne aber sonst ein Zeichen
davon zu geben, als daß sie, so wie sie bedient wurde, die
Schüssel zurückschob, und so wenig aß, daß sie mehr um des
Wohlstandes als um des Abendessens willen sitzen blieb.
Nachdem die Tafel aufgehoben war, gieng sie sogleich hinaus und in ihr Zimmer. Der König, der nur darauf ge-
wartet hatte, kam an die Thür, und der Obristhofmeister,
der vor ihm hergieng, klopfte so stark, daß die Königin urtheilte, wer es seyn müsse. Sie gieng sogleich, wie der
Obristhofmeister hineintrat, auf den König zu, und warf
sich

sich ihm zu Füßen. Heinrich hob sie auf, umarmte sie, und
nun war es nichts als Küsse, Liebkosungen und Ehrenbezeugungen von beyden Seiten. Nachher nahm der König sie
bey der Hand, führte sie an den Kamin, und sprach eine
gute halbe Stunde mit ihr. Dann gieng er zum Abendessen, wo er aber nicht viel genoß. Unterdessen ließ er der
Frau von Nemours wissen, sie möchte der Königin sagen,
er sey ohne Bett gekommen, und erwarte, daß sie ihm einen
Theil des ihrigen überlassen würde, weil sie künftig nur Eins
haben sollten. Die Frau von Nemours richtete der Königin diesen Auftrag aus, welche zur Antwort gab, sie sey
bloß gekommen, um den Willen des Königs als seine gehor-
same Dienerin zu erfüllen. Heinrich ließ sich nun ausklei-
den, und fand die Königin schon im Bett.‟ Chron. sept.
ann. 1600. Man s. auch De Thou l. 125. Matthieu
t. 2. l. 2. p. 378. etc.

24.

Ebendasselbe sagen De Thou, Matthieu und Chron.
septen. ann. 1601. auch Mem. de Nevers t. 2. p. 775. etc.

25.

Er reißte, sagt Bassompiere, des Nachts mit der Post von
Lion ab, um nach Paris zurückzukehren. Zu Rouanne bestieg
er ein Schiff, gieng zu Briare aus Land, kam den Abend
nach Fontainebleau, den folgenden Mittag nach Villeneuve,
gieng hier über die Seine unterhalb der Tuillerien, und
schlief zu Verneuil. Hier blieben wir 3 Tage, dann kehr-
ten wir nach Paris zurück. — — Darauf kam die Königin nach Nemours, und der König, der mit 60 Postpferden reisete, empfieng sie hier und führte sie nach Fontainebleau, wo sie sechs Tage blieb und dann nach Paris gieng ꝛc.
Mem. de Bassomp. t. 1. p. 89. 90.

26.

Es scheint nicht, daß man sie einen öffentlichen Einzug
in Paris halten ließ. „Der König wollte, daß die Kosten, welche die Pariser dazu bestimmt hatten, zu etwas nützlicherm angewendet werden sollten;‟ sagt die Chron. sept. „Der Herr
Marquis von Rosny, heißt es weiter unten, ließ dreymal
das ganze Geschütz des Arsenals abfeuern, als sie am Thor
ankam. ꝛc.‟

27.

27.

Die Schlacht bey Nieuport, im Monat Julius. Die Spanier verlohren 5000 Mann. Der Prinz von Oranien mußte ohnungeachtet die Belagerung aufheben, und sich nach Holland zurückziehen.

28.

Man rechnet, daß aus Frankreich 300,000 Menschen beyderley Geschlechts nach Rom giengen, den Ablaß des Jubiläums zu holen. Mich. Chron. sept. ann. 1600.

29.

Carl von Breauté aus Caux, Kapitain einer Kompagnie Reiter im Dienst der Staaten. Zwanzig Franzosen schlugen sich gegen zwanzig Flamänder. Breauté tödtete im ersten Angrif seinen Gegner, beym zweyten aber wurde er gefangen und auf Befehl des Gouverneurs von Bolduc umgebracht. Die Chron. Sept. sagt, er habe um seiner Schldgereyen willen vorher den Französischen Hof meiden müssen.

Anmerkungen

zu dem

Zwölften Buche.

1.

Matthieu (t. 2. l. 3. p. 446) bemerkt, daß dieses Verbot dem Handel großen Schaden that, und Sully gesteht auch weiter unten selbst, daß er sich genöthigt sah, zu einem andern Hülfsmittel seine Zuflucht zu nehmen.

2.

„Er gab selbst das Beyspiel, den überflüßigen Kleiderstaat einzuschränken. Gewöhnlich gieng er in graues Tuch gekleidet, mit einem Oberkleide von Atlaß oder Taffent, ohne alle Besetzung oder Stickerey. Wer sich auf diese Art kleidete, den lobte er, und hielt sich über die andern auf, die, wie er sagte, ihre Mühlen und ihr Holz auf dem Rücken trugen." Peref. 3 part.

3.

3.

Sie hieß auch die königliche Kammer und bestand aus einem Presidenten des Parlaments von Paris, zwey Räthen, zwey Requetenmeistern, einem Presidenten und vier Räthen der Rechnungs Kammer, einem Presidenten und drey Räthen der Cour des-aydes, einem General-Advokaten des Parlaments, u. s. w. — Man schickte Kommissarien in die Provinzen, um Untersuchungen gegen die, welche Unterschleif gemacht hatten, anzustellen.

4.

Von dieser Belagerung, welche drey Jahre dauerte, wird noch oft die Rede seyn; die einzelnen Umstände sehe man bey de Thou, der Chronol. septénaire und andere Geschichtschreibern.

5.

Anton von Sully, Graf von la Rochepot. Sein Neffe wurde, da er mit noch einigen französischen Cavaliers sich badete, durch einige Spanier beleidigt, welche seine Kleider in den Fluß warfen. Sie rächten sich, indem sie verschiedne von diesen Spaniern tödteten oder verwundeten; diese drangen nun mit Gewalt in das Haus des Bothschafters; und schleppten seinen Neffen und die andern Franzosen ins Gefängniß. Der Pabst legte den Streit bey, ließ die Gefangnen nach Rom bringen, und lieferte sie dem französischen Bothschafter an seinem Hofe, dem Grafen von Bethune, einem Bruder des Herrn von Rosny, aus.

6.

Bartholomäus Coeur, ein Renegat von Marseille.

7.

„Dem glorreichsten, großmüthigsten, und größten Herrn „von dem Glauben Jesus — — dem Beendiger der Streitig„keiten unter dem christlichen Fürsten, dem Herrn der Größe, „der Majestät und des Reichthums, dem ruhmvollen Füh„rer der Allergrößten, Heinrich dem Vierzen, dem Kaiser „(Padischah) von Frankreich ꝛc.“ Diesen Titel findet man in den Mss. de la Bibl. du Roi, Vol. 9592.

8.

8.

Diese Briefe und alle die hier angeführten Umstände widerlegen das Urtheil mancher nicht so gut unterrichteten Schriftsteller, und die Meynung, als ob Elisabeth, durch den Frieden zu Vervins erbittert, dem König von Frankreich persönlich nachgestellt hätte. — Man s. unter andern Vittorio Siri memorie recondite Vol. I. pag. 130. 150. etc.

9.

Heinrich von Coligny, Herr von Chatillon, sein Vater war Franz, ein Sohn des Admirals.

10.

Bayle sagt in der Republ. des Lettr. Jan. 1686, „Wir „lesen von Luisen Bourgois, einer sehr geschickten Hebam- „me, daß Heinrich ihr empfahl, ihre Schuldigkeit so gut „bey der Königin Maria zu thun, daß man nicht nöthig „hätte, einen Mann bey der Entbindung zu gebrauchen; „denn, sezte er hinzu, die Schamhaftigkeit würde zu sehr „dabey leiden.

11.

Perefixe im Gegentheil sagt, „die Niederkunft war sehr „schwer, und das Kind so mitgenommen, daß es ganz vio- „let aussahe, wodurch vielleicht schon seine Gesundheit und „Leibesbeschaffenheit von Anfang an zu Grunde gerichtet „wurden. Der König bat den Himmel um seinen Seegen „für dasselbe, gab ihm den seinigen, und legte ihm seinen „Degen in die Hand, indem er Gott anrief, er möge dem „Kinde die Gnade erzeigen, das Schwerde einst nur zu „Seiner Ehre und zur Vertheidigung seines Volks zu füh- „ren. —‟ Matthieu sagt dasselbe. „Mein Kind, sagte „Heinrich zu der Königin, freuen sie sich, Gott hat uns „gegeben, was wir wünschten.‟ — Matth. t. 2. l. 3. pag. 441.

12.

Er folgte auf d'Alibour in der Stelle eines ersten Leib-arztes bey dem Könige, welcher ihn von dem Herzog von Bouillon erhalten hatte.

13.

Das Original dieses Briefes, der aus Fontainebleau den 27ten August datirt ist, befindet sich noch jetzt im Kabinet des Herzogs von Sully. Der König sagt darin ganz treuherzig: Elle va même jusqu'a sa garderobe.

14.

Anna Maria Mauricetta, nachherige Königin von Frankreich, gebohren den 22ten September.

15.

Ungeachtet der Entschuldigungen, welche man in der Sammlung der Briefe des Kardinals von Ossat (lett. au Roi, du 5 May 1598 und à M. de Villeroy du 4 Aout 1598) findet, scheinen die Gründe des Herzogs von Sully doch wichtig.

16.

Die erste Gemahlin des Prinzen von Conty war Johanna von Coeme, Frau von Bonnétable, eine Wittwe Ludwigs Grafen von Montaffié in Piemont, gewesen; und die Tochter dieser beyden, Annen von Montaffié hatte der Graf von Soiffons geheyrathet.

17.

Philip Canaye de Fresne. — Philip von Bethune, Graf von Selles und Charost.

18.

Alphons von Ornano. Sein Vater war San-Pietro de Bastelica.

19.

Heinrich II war ein großer Liebhaber von Pferden, und seine Stutereien in dem vortrefflichsten Stande. Die Unruhen der darauf folgenden Regierungen hatten aber auch die Pferdezucht zu Grunde gerichtet, und allein zu Mehun oder Meun in Berry erzog man noch Pferde zum Gebrauch des Königs; doch auch diese Stuterey war in schlechten Umständen. Der Oberstallmeister Herzog von Bellegarde
verlegte

verlegte sie 1604 nach Saint-Leger, einem dem Könige gehörigen Walde; 1618 wurde sie ansehnlich verbessert, und
1665 durch den Minister Colbert wieder in einen sehr au-
ten Stand gesetzt. 1715 errichtete endlich der damalige
Oberstallmeister, Graf von Armagnac die königliche Stuterey in Normandin, welche seit der Zeit immer zugenommen hat.

20.

Der Marschall von Biron sollte die dritte Tochter des
Herzogs von Savoyen heirathen, und von diesem und dem
König von Spanien, Bourgogne, Franche-Comté und
die Grafschaft Charolois als ein souveraines Fürstenthum
erhalten. Dies gehörte in den großen Plan dieser beiden
Höfe, welche Frankreich zerstücken, und es unter die Statthalter der Provinzen vertheilen wollten. Man s. darüber
Vittorio Siri (mem. rec. V. 1. p. 103. 127. etc.) welcher auch den Bruder des Herzogs von Sully, den Grafen
von Bethune, wegen der Dienste, die er bey dieser Gelegenheit dem König, während seiner Gesandschaft zu Rom
leistete, ein Lob beylegt.

21.

Alles, was hier steht, wird durch die gleichzeitigen
Schriftsteller bestätigt. Matthieu, t. 2. l. 2. p. 333.
erzählt, Biron habe sich der unsinnigen Worte bedient:
„Der König mag sich hüten, mich zu beleidigen, ich weiß
„mich an Königen und Kaisern zu rächen.“

22.

Man sehe über diese Gesandtschaft Matth. t. 2. l. 2.
p. 246. etc. nach.

23.

Johann von Gudrie, Baron von Calvairac.

24.

Jacob la Fin war aus dem Hause Beauvais-la-Nocle
in Bourgogne, „der gefährlichste und treuloseste Mensch in
ganz Frankreich, sagt Perefixe. Der König, der ihn recht

„gut kannte, sagte oft zu dem Marschall von Biron, lassen
„Sie sich den Menschen nicht nahe kommen, er ist eine
„Pest und wird Sie unglücklich machen." Er ward der
Ankläger des Marschalls aus Eifersucht, weil der Baron
von Lur ihn in der Gunst desselben ausgestochen hatte, und
aus Rache, weil der Graf von Fuentes, da er merkte, daß
la Fin sie verrieth, seinen Sekretair hatte in Verhaft nehmen lassen. Aber um den Marschall desto gewisser zu stürzen stellte er sich als ob er noch immer ihm eben so sehr ergeben wäre.

25.

Pregent von la Fin, Vidome von Chartres.

26.

So sonderbar auch alle Umstände in der Geschichte des
falschen Dom Sebastian sind, so muß doch auch der Haß
der Portugiesen gegen die Spanier mit in Rechnung gebracht
werden, und von diesem Haß war auch der Herzog von
Sully nicht frey. Viele Schriftsteller, unter andern die
Chronol. septen. sind dem Dom Sebastian sehr günstig. (ann.
1601. p. 247.) Die Spanier hingegen glaubten den Betrüger so gut entlarvt zu haben, daß sie, nachdem der
Großherzog Ferdinand von Toscana ihn dem Vizekönig von
Neapel ausgeliefert hatte, es wagten, ihn auf einem Esel
reitend dem öffentlichen Spott darzubieten. Nachher wurde er auf die Galeeren geschickt. Matth. t. 2. l. 3.
pag. 451.

27.

Man s. De Thou. Chronol. sept. année 1601 und
andre mehr.

28.

Der Herzog von Mercoeur erwarb sich durch seine
Thaten den Ruf eines der ersten Helden seiner Zeit. Man
lese darüber die Geschichtschreiber seines Jahrhunderts nach.